JN259496

7人殺される

周 浩暉

阿井幸作 訳

THE SEVEN SINS

BY ZHOU HAOHUI

TRANSLATION BY KOSAKU AI

ハーパー

BOOKS

THE SEVEN SINS

（邪恶催眠师2：七宗罪）

BY ZHOU HAOHUI（周 浩晖）

Originally published in 2016 as 邪悪催眠師 2：七宗罪 by Beijing Daily Press, China.

Published by K.K. HarperCollins Japan, 2024

7人殺される

おもな登場人物

羅飛（ルオ・フェイ）――――龍州市公安局刑事隊長
劉東平（リィウ・ドンピン）――――羅飛の助手
張雨（ジャン・ユィー）――――検死官
魯宸語（ルー・チェンユィー）――――局長
朱思俊（ジュー・スージュン）――――龍州市公安局交通警察連隊の交通警察官
趙麗麗（ジャオ・リーリー）――――モデル
姚舒瀚（ヤオ・シューハン）――――趙麗麗の元恋人。不動産会社の社長息子
李小剛（リー・シャオガン）――――ネットショップ経営者
林瑞麟（リン・ルイリン）――――レストラン経営者
涂連生（トゥー・リェンション）――――トラック運転手
蕭席楓（シャオ・シーフォン）――――涂連生の友人。催眠師
李凌風（リー・リンフォン）――――フリーター
張懐堯（ジャン・ホァイヤオ）――――龍州市党委員会書記の息子
凌明鼎（リン・ミンディン）――――催眠師

プロローグ

趙麗麗《ジャオリーリー》は走るのをやめるとランニングマシンの電源をオフにし、バスルームで入浴の仕度を始めた。浴槽に湯を張りながら、いつものように壁の大鏡に映る自分の体に見惚れた。

鏡の中には健康的な美女がいる。カラスの羽のように黒くしなやかな長い髪、卵形の小さな顔、洗練され整った目鼻立ち。体に密着する黒いフィットネスウェアが肉感的なボディラインを際立たせ、長い脚と細い腰、そして張りのあるバストに引き締まったヒップ――男をとりこにする女の魅力を全身から放っている。

しかし趙麗麗は小さくため息をついた。まだ彼女が望む完璧とは程遠いからだ。

インターホンが突然鳴り、趙麗麗の思考を中断した。彼女は蛇口を閉め、バスルームから出た。すると、ドアの前で腹ばいになっていたゴールデンレトリバーが、主人の姿を見るなりうれしそうに身を起こし、一緒に玄関へ向かった。

趙麗麗がドアスコープをのぞくと、一人の男が立っていた。中ぐらいの背丈でやや肥満気味、赤い野球帽をかぶっている。うつむいていて、帽子のつばに隠れているせいで、相手の顔はよく見えない。

「誰？」趙麗麗はドア越しに尋ねた。

男は顔を上げ、ドアスコープを見つめて答えた。「お届け物です」

男が正面を向いたことで、顔がようやくはっきり見えた。年齢は三十歳ぐらい、顔が下に広く細い目、平凡な顔立ちだ。見た限り、悪い人間ではなさそうだ。

趙麗麗はまた尋ねた。「どんなもの？」彼女はこの二日間、インターネットで買い物をしていないし、誰かが何かを送ったという話も聞いていない。

「私も中身まではわかりません」男はそう言いながら腰をかがめて大きな発泡スチロール箱を抱えると、箱に貼られた送り状をしげしげと見た。「姚舒瀚《ヤオシユーハン》様からです」

彼から？　途端に趙麗麗の心が弾み、気分も舞い上がり、数え切れないほどの想像が頭に浮かんだ。それでもう配達人の男を疑うことなく、すぐにドアを開けた。

男が箱を抱えながらおぼつかない足取りで部屋に入る。どうやら箱はとても重たいようだ。

ゴールデンレトリバーが男の周りを二周し、ワンワンと二回吠《ほ》えた。とても喜んでいるらしい。趙麗麗は犬の頭をそっと撫《な》でると、「ほら、いい子にしてて」と笑いながら話しかける。そして部屋の空いている場所を指差して、「そこに置いて」と男に言った。

箱を置いた男が、送り状をはがして彼女にサインを求める。

趙麗麗がサイン欄に名前を記入すると、男は黒く巨大なバックパックを床に置いた。アウトドア好きが愛用する登山用バックパックで、縦にも横にも大きい。趙麗麗はそのバックパックを目にしたとき、中に何が入っているのか興味が湧かなかった。どこかに送り届ける小包でも入っているのだろうぐらいにしか思わなかったが、好奇心旺盛なレトリバーは、後ろ足で立ちながら二本の前足をそのバックパックにかけていた。

「こら、おとなしくして」趙麗麗は犬を呼び止めながら、サインを済ませた送り状を男に渡した。

犬に邪魔されないようにするためか、男はバックパックを近くのテーブルの上に置き、わざわざ手で支えた。倒れるのを心配しているようだ。そして床に置いた箱にあごを向けて言った。「中身を確認したほうがいいんじゃないですか？」

普通の配達員なら、客からサインを受け取ったらすぐに帰ろうとする。しかしこの男は自分から中身の確認を提案した。それでも趙麗麗は特に違和感を覚えなかった。私みたいなきれいな女をもっと目に焼きつけておきたいのだろう、と考えたのだ。

それに箱の中身が気になるのも事実だった。それで趙麗麗はしゃがみこみ、箱の中身を検めようとした。男が何も言わずにポケットからカッターを取り出し、箱と蓋の間に貼られた粘着テープを切り、発泡スチロール箱を開けたので、趙麗麗はのぞきこんだ。

一番上には隙間を埋める緩衝材代わりの丸めた新聞紙が入っていた。趙麗麗が新聞紙を全部取り出すと、中身が現れた。

「何これ？」趙麗麗は戸惑いの声を漏らした。中にあったいくつもの正体不明の品々が自分にとってどんな意味があるのか理解できず、困惑しながら顔を上げ、隣にいる男に目を向けた。

男は箱の中身に全く興味を示さず、視線をずっと趙麗麗に向けていた。飢えた狼《おおかみ》が久しぶりの獲物を前にしてよだれを垂らしているようだ。その瞬間、細長い両目が見開かれ、異様な興奮を帯びた眼光が放たれた。

趙麗麗にとってそうした眼差《まなざ》しを向けられるのは初めてではなく、むしろいつもなら見られているという感覚を楽しんでさえいた。しかし自宅というプライベートな空間では不安にさせられる。彼女は立ち上がって男に言った。「じゃあ……もう行っていいから」

しかし男に出ていく様子はなく、口角をゆっくり引き上げ、不気味な笑みを浮かべた。そして首をひねりテーブルに目を向けて、小さくつぶやいた。「あのバックパックを……」

「バックパック？」趙麗麗はひるんだ。「あのバックパックが何？」尋ねると同時に愛犬が駆け寄ってきて、主人とテーブルの間に立ち、警告音のようなうなり声をあげた。

「ちょっと見に行ってくださいよ」男はそう言うと、再び趙麗麗の瞳を見つめた。その両目からは抗《あらが》いがたい怪しげな輝きがにじみ出ていた。

1　謎の宅配便

01

馨月湾《シンユエワン》は龍州《ロンジョウ》市に新しく造られた住宅区で、この区の高層マンションは全棟エレベーター付きの一フロア二住戸だ。

九号棟は住宅区中央の人工緑地帯と隣合わせなので、馨月湾の「センター」と呼ばれている。午後になると、区内の暇な年寄りや子どもがマンション前の緑あふれるこの場所に集まり、おしゃべりをしたり遊んだりする。

「見てよ、犬だ！」男の子が九号棟の上階を指差して叫んだ。彼の友達もその声に集まり、男の子が指差す先を次々に見つめる。

確かに七階のベランダにきれいなゴールデンレトリバーがいた。その犬は後ろ足で立ち、前足と頭をベランダの手すりから出し、大きな口を開けている。口から長い舌を下げ、はあはあ息が荒い。

「ワンワン、おーい……」子どもたちは楽しげに口々に呼びかける。

犬は子どもたちの元気を感じ取ったように、ベランダの手すりに勢いよく飛び乗った。

子どもたちはますます興奮し、奇声を発する。

犬は手すりの上を数歩行き来し、ときどき首を伸ばして下を見渡した。何かにいら立っているようだ。

「下りてきて一緒に遊びたいんだよ」一人の女の子が予想した。

最初に発見した男の子が心配そうな声をあげる。「でもあんなに高いところからどうやって下りてくるの？」

別の男の子が提案する。「じゃあ僕らが行こうよ」この提案はすぐに仲間から受け入れられた。

だが子どもたちが思い描いた素敵な未来はすぐに壊されることになる。なぜならそのゴールデンレトリバーが理解できない行動に出たからだ。ベランダから飛び降りたのだ。

七階の高さのベランダから、ゴールデンレトリバーが飛んだ。次の瞬間、犬はマンション前の道路に勢いよく落ちた。重たい落下音が響き渡り、地面に突っ伏した犬は痙攣《けいれん》し、口元から真っ赤な血をゆっくりと垂れ流した。

凄惨な光景を目撃した子どもたちは泣き叫び、辺りはにわかに騒然となった。近くにいた老人たちが騒ぎを聞き、駆けつけたときには、犬はすでに動かなくなっていた。

「きっと狂犬病の犬だよ、みんな近寄ったら駄目」泣き声混じりの子どもたちの話を聞き終えた老女がそう判断を下した。その言葉を聞き、近づいて観察しようとしていた老人がすぐに後ずさった。

足腰の達者な老人が住宅区入り口にある管理会社へ急いで報告しに行った。しばらくすると、警備員の李《リー》が管理会社マネージャーの張盛《ジャンション》を連れて現場にやってきた。

張盛は真っ先に確認した。「どこの犬ですか？」

「七階だよ。東側のベランダから」

「じゃあ七〇二号室だ」張盛は李に声をかけた。「家に誰かいないか確認しに行くぞ」

建物内に入った二人はエレベーターで七階に向かった。部屋に向かう外廊下で李がつぶやく。「何の臭いだ？」

むせるような異臭が外廊下に漂っていた。しかも臭いは七〇二号室から漏れ出しているようだ。張盛は顔をしかめ、早足でドアの前まで行き、チャイムを鳴らした。

しかしいくら押しても室内から応答はない。

「ガス漏れか？」隣にいる李が疑問を口にする。張盛はひるんだ。本当にそうなら大変だ。それにガス漏れの際にはチャイムを鳴らしてはいけない。発生した電流によって爆発を引き起こす恐れがある。張盛は何度もドアを叩いたが、やはり誰も出てこない。そこですぐに考えを切り替え、設備管理部門の技術スタッフに仕事道具を持ってこさせ、ドアをこじ開けることにした。

少しして、技術スタッフの劉勝龍《リイウシヨンロン》が到着した。彼の腕なら、鍵を開けるのに二分とかからない。ドアが開けられると、さらに強烈な異臭が鼻を衝《つ》き、三人はむせて涙目になりながらやり取りした。

「駄目だ。いったん下がろう」張盛がそう叫ぶと、三人は外廊下に撤退した。そして廊下の全ての窓を全開にし、十分ぐらい経《た》つと、異臭はようやく薄まった。

三人はもう一度、七〇二号室の前に戻った。まだ呼吸が苦しいが、少なくとも目は開けられる。張盛が口と鼻を手で押さえながら、こもった声で指示を出す。「まず俺が行くから、二人は待機していてくれ」

李も劉勝龍も外廊下の窓のところまで下がり、張盛が一人で部屋に入っていった。それから一、二分後に張盛の叫び声が聞こえた。「大変だ！」驚愕《きようがく》と混乱の混じったイントネーションだ。

「どうした？」李と劉勝龍は同時に声をかけるも、どちらも部屋に近づこうとはしない。すると急に部屋から張盛が飛び出してきて、壁にもたれかかりその場にしゃがみこんだ。激しく咳《せ》き込むうちに顔から血の気が引き、何度もしゃべろうとして口を開けるが喉からは何も出てこなかった。

やっと呼吸を落ち着けた張盛は苦しげに訴えた。「ひっ……人が死んでる。警さっ……

早く警察に」

02

　一一〇指揮センターが通報を受けたとき、ちょうど巡回中のパトカーが馨月湾《シンユエワン》住宅区付近にいたので、乗車中の王靖《ワンジン》という若者が現場に最初に駆けつけた警察官となった。それから地元の派出所と市公安局刑事隊の応援が続々と到着した。刑事隊の鑑識員が現場で証拠を採取する一方、王靖は派出所の警察官とともに現場の外で警備に当たった。

　九号棟前の緑地帯にも規制テープが張られ、そこに転落死したあのゴールデンレトリバーがいる。王靖はテープの外側で警備していた。巡回警官が死んだ犬を見張っている光景はいささか滑稽だ。現場に目を向けながら話し合う野次馬《やじうま》たちを横目に、王靖はその話題の中心が自分ではないとわかっていながらも、気恥ずかしさを紛らわせないでいた。

　また一台の車が規制テープの外側に止まり、私服姿の男が二人降りてきた。前を歩く男は三十七、八歳に見え、がっしりしているとまではいえない中背だが、動作の一つ一つにたくましさが感じられる。その後ろを歩くのは背の高い二十代の若者で、浅黒い肌、半袖のワイシャツに張りつく屈強な肉体は、リングを下りたばかりのボクサーを思わせた。

　派出所の黄《ホアン》所長が進み出て、中年男性のほうに向かって声をかけた。「羅《ルオ》隊長も来られましたか」

羅隊長と呼ばれた男は軽く会釈しただけで足を止めることなく、そのまま規制テープのそばまで来て、中央にいる犬の死骸を観察し始めた。

哀れなゴールデンレトリバーは這《は》いつくばったまま硬直し、口から垂れた血は乾き始めている。

「転落死？」その中年男性は目の前にそびえる棟を見上げた。

黄所長が近寄って説明する。「七〇二号室の現場から落下しました」

中年男性はうなずき、「適切な対応でした」と褒めた。そして「死者の身元はわかりましたか？」と尋ねた。

黄所長は簡潔に答える。「趙麗麗《ジャオリーリー》、女性、二十一歳、地元の人間です」

中年男性は少し考え込むと、自分の後ろにいる若者に指示を出した。「劉《リィウ》、お前は上に行かなくていい。死者の交友関係を調べ上げて、できるだけ早く俺に報告するんだ」

若者は「わかりました」と一言口にした。

中年男性は黄所長にも声をかけた。「そちらの手をお借りすることになります」ずっと厳しい表情を張りつけているが、会話中の口ぶりはなんとも丁寧だった。

黄所長はためらわず答える。「全て当然のことです」

中年男性はもうここに用がないというように、七〇二号室に向かった。その人物の後ろ姿を見送りながら、王靖は小声で疑問を口にした。「羅隊長ってもしかして……」

「刑事隊長の羅飛《ルオフェイ》さんだ」黄所長はそう答え、そばにいる劉と呼ばれた若者も紹介した。「彼は羅隊長の助手の劉東平《リイウドンピン》さんだ」

王靖はたまらず一歩前に出て、劉と握手し、羨望の気持ちを込めて話しかけた。「お会いできて光栄です」

「しっかりやれよ」黄所長が王靖の肩を叩きながら励ます。「今日は龍州《ロンジョウ》警察の生きた伝説と一緒に仕事をするんだからな」

その言葉を聞いて王靖は背筋を伸ばした。刑事隊長の羅飛と事件を捜査できるなんて、龍州の若い警察官全員の夢と言っても過言ではない。死んだ犬の見張りをしているにしても、王靖はいままで感じたことのない感動を覚え、光栄に思った。

一人エレベーターで七階に上がった羅飛は、ヘアキャップとマスクと手袋、そして靴カバーに防護服を装着して室内に入った。刑事隊の同僚たちが写真を撮影したり、手がかりや痕跡を捜索したりして、規律良く忙《せわ》しなく働いている。部屋に入ってきた羅飛を見て、隊員の一人があごをしゃくってバスルームのほうを示した。そこが事件の中心地だと言っているようだ。

羅飛がバスルームに足を踏み入れると、しゃがみこんで床とにらめっこしている人物がいた。彼は振り向くことなく羅飛に声をかけた。「来たのか？」

羅飛が呆《あき》れたように笑った。「足音で俺だってわかったのか?」

しゃがんでいたのは、羅飛とは長年の仕事仲間である検死官の張雨《ジャンユィー》だ。二人の間には余計なあいさつなど不要だった。

「遅いぞ」張雨はぶっきらぼうに言い放つ。彼の集中力は相変わらず自身が念入りに見つめるものに注がれていた。

「東部の郊外で内偵していたんだ」羅飛が説明する。「窃盗団を一週間も見張っていた」

「他の事件の話はいい。目の前のこいつは十分厄介だぞ」張雨は片手で奥を指差した。「先に死体を見るんだ」

羅飛は体を横向きにして張雨の脇を通り抜け、バスルームの奥へ向かった。一番奥の壁際に設置された浴槽は水で満たされ、その底に全裸の女性が眠っているように横たわっている。

すでに事切れているとはいえ、羅飛にはまだ彼女の美しさが鮮明に感じられた。

ほぼ非の打ち所がない美人だ。整った顔立ちに痩せた体、やや赤みの差す白い肌、全て目を見張るほど美しい。その魅力抜群の肢体がつくる曲線美が水中で余すところなくさらされ、濡《ぬ》れた長い髪が絹糸のように水面に広がり、幻想的な雰囲気を漂わせている。さらに不思議なのは、女性の口元に満足そうな笑みが浮かんだままということだ。頭部全体が水没していなければ、羅飛は彼女がまだ死んでおらず、心地よい眠りについていると思っただろう。

　浴槽奥の蛇口のハンドルが「湯」になっているのを見た羅飛は、ちょっと思いついて右の手袋を外し、浴槽に手を入れようとした。

「何やってんだ？」視界の端で羅飛の行動を知った張雨が吠えた。

羅飛の手が空中で行き場所をなくした。「水温を測ろうかと」羅飛の説明する。「浴槽内の水と蛇口から出るお湯の温度差を比較すれば、事件が起きた大まかな時間が特定できるかもしれないと思ってな」

　張雨が厳しい顔で言う。「その水には触るな」

　理由がわからず羅飛は尋ねた。「どうして？」

「何か臭わないか？」

「むせるような臭いがするな」羅飛がうなずく。

「こっちに来て、これを見てくれ」張雨は羅飛に手招きした。目の前の床には奇怪な装置が置かれている。彼はさっきからこれをずっと観察していた。

　羅飛は張雨の隣にしゃがんで、床にある装置に目を凝らした。それは組み立てられた何かだった。一番下に直径四センチの鉄の輪があり、それに四つの足が均等に溶接されていて、床に立たせることで丸い四脚台になる。鉄の輪には丸い大きな容器が載っている。容器の直径は約六十センチ、白いすりガラス製で、底面は中華鍋のように丸く、上面は平らだ。中心に直径十センチ程度の穴が開いている。

そのガラス製容器を見つめながら羅飛は張雨に尋ねた。「蛍光灯のカバーか？」

「そうだな」張雨がうなずく。「シーリングライトのカバーだ。この装置を作った人間は、身近なものを材料にするのが好きらしい」

その推測に羅飛も賛同した。カバーの上にある素材もありふれたもの――ウォーターサーバー用の大容量ペットボトルの空き容器だったからだ。

ペットボトルは逆さまに設置され、注ぎ口がカバーの穴に刺さっている。口と穴の大きさの差を埋めるため、この製作者は注ぎ口に分厚いゴム輪をはめている。ゴム輪と穴がぴったりフィットしているので、ペットボトルはカバーの上に安定して立っている。

ゴム輪の縁に直径二センチの丸い穴が開いてあり、そこからシリコンホースが伸びてカバーの内部と連結しているのが目を引く。ホースの長さは二、三メートルほどで、もう片方の先端が浴槽に入っている。

羅飛は突然悟った。「何らかの化学装置か。むせるような臭いはここから発生したんだな？」

張雨はうなずき、羅飛にもっと見るよう指示する。「このカバーは液体試薬を溜《た》めるためのものだ。ペットボトルには固体試薬が入っていた。見ろ、ペットボトルの中には半分に切った砂時計が固定されている。ペットボトルを逆さまにすると、中の固体試薬がゆっくりと下に落ちていき、カバーの中に入っている液体試薬と化学反応を起こし、発生した気体がホースを通って浴槽に流れる。中学校の科学の授業ではお馴染《なじ》みの気体の発生装置だ。だが大きさは授業で使う実験器具の何倍もあるがな」

羅飛がまた尋ねる。「どんな気体が発生するんだ？」

張雨は目を細めた。「俺の判断が正しければ、カバーに入れられている液体は濃硫酸、注ぎ口に付着した無色透明の粉末は亜硫酸ナトリウムだ。だからこれはありきたりな、中高生なら誰もが習う化学反応が起きたにすぎない。二酸化硫黄を発生させたんだ」

うん、とうなずいた羅飛は張雨の見立てが正しいと思った。いま羅飛の前に並べられた問題は、この装置の製作者の目的だ。

立ち上がった羅飛は浴槽の周りをもう一度調べた。ホースは装置から浴槽の縁を経て底にまで伸びている。つまり発生した二酸化硫黄の大半は水中に溶けてしまった。そこまで考えが及ぶと、羅飛は張雨に気まずそうに笑った。「止めてくれて助かったよ。危うく手を突っ込んでいた」

二酸化硫黄は水に極めて溶けやすい気体で、水に溶けたあとに発生する化学反応も非常にシンプルだ。いまこの浴槽を満たしている液体はもはや水道水ではなく、濃度が決して低くはない亜硫酸だ。

張雨も浴槽のそばに近づき、水中に沈む死体を指差した。「体がところどころ赤いだろ。

皮膚が腐食しているせいだ」

羅飛は寒気を覚えた。「これ以上死体が傷つかないよう、早く水を抜いたほうがいいんじゃないか？」

「もう抜いていいだろう。サンプルは採取したからな。水を張ったままにしていたのは、お前に見てもらいたかったからだ」

羅飛がもう一度右手に手袋を装着し、慎重に栓を抜くと、浴槽の底の排水口から酸の水がゆっくり流れていった。趙麗麗の死体が徐々に水面に姿を現し、長い時間をかけてやっと水中から出た。

「いまのところ何がわかった？」羅飛が死体のほうにあごをしゃくる。

とっくに答えを用意していた張雨は説明を始めた。「体の表面には機械的外傷や頸部《けいぶ》の圧迫痕は見られないから、死因は暴力によるものではないというのが前提となる判断だ。口や鼻の辺りにきのこ状泡沫《ほうまつ》が見られないことからも、溺死ではなく死後に水中に沈んだとみられる」

その結論が満足のいくものではなかったため、羅飛は気になるポイントを直接尋ねた。

「じゃあ死因はなんだ？」

張雨は考えを整理しながら答えた。「具体的な原因はいまのところ断定できないから、検死結果を待つ必要がある。だが俺の見立てだと、二酸化硫黄の急性中毒の可能性が高い」

「なに?」もっと多くの説明を期待し、羅飛は眉を上げた。

張雨は続けて床の装置を指差した。「この装置はなかなかの大きさだから、反応が始まると大量の二酸化硫黄が発生する。その気体は浴槽内の水に完全に溶けるわけではないし、特に時間が経って水中の亜硫酸濃度が高くなるほど水の溶解力は弱まるから、そのとき大量の二酸化硫黄が水中からあふれ出し、室内に蔓延する。空気中の二酸化硫黄濃度が一定の限界に達すると、人体に急性中毒の症状が現れる。二酸化硫黄の危険性は人体の呼吸器を強く刺激するところにあって、反射的に咽頭痙攣を引き起こさせ、最終的に窒息死に至らしめる」

張雨に詳しく説明してもらったものの、聞き終わるとますます困惑した。羅飛は険しい顔でその装置を見つめた。「じゃあいったいどういうことなんだ。シンプルに聞くが、これは自殺なのか、それとも他殺なのか?」

張雨は途方に暮れた様子で肩をすくめた。彼も答えを出せていないようだ。

別の疑問を思い出した羅飛は尋ねた。「じゃああの犬には何があったと思う?」

張雨が答える。「簡単だ。あの犬は二酸化硫黄の臭いに耐えきれず、パニックになってベランダから飛び降りたんだ」

羅飛は窓の外に手を出し、手のひらを広げた。「犬すら逃げようとしたのに、大の大人がぼけっと湯に浸《つ》かったまま、黙って窒息死したっていうのか?」

「彼女は中毒症状に陥る前から意識不明になっていたのかもしれない」張雨が説明を試みる。「その前に何かの薬物を服用していて、逃げられる状態じゃなかったとか」

羅飛はちょっとうなってからまた尋ねた。「通報者は死体に接触したか?」

張雨が首を振る。「いや、そのときの室内の二酸化硫黄濃度は非常に高かった。通報者は浴槽の底に沈んだまま動かない死体を見て、慌てて部屋を飛び出したんだ」

「さっきのお前の見立てに従って、犯人がまず被害者を薬物で眠らせてから水で満たした浴槽に入れて、あの装置を作動させたと考えると疑問が生まれる。被害者の体をどう置いたらいい? 底にまで沈めたら先に溺死してしまうし、座ったポーズだと頭部が水面から出ているから、その後水没することはないだろう?」

張雨は口を歪《ゆが》めた。「確かに、俺の見立てだと矛盾が生じるな。じゃあお前が言うように考えたら、可能性は一つしかない。事件発生時、彼女は体のほとんどを水中に沈めていたが、頭部だけは自分の意志で水面から出していた。それから二酸化硫黄があふれたため中毒死し、死体が完全に水中に沈んだ。そうだとすれば、殺人の線はなさそうだ。おそらく自殺だ」

「自殺?」羅飛は張雨を見つめる。「自殺の可能性が極めて高いと?」

羅飛に詰め寄られ、張雨は言葉に詰まり、苦笑した。「自殺だとしたら、俺が見た中で一番意味不明な死に方になる。浴槽内の水が酸化していく中で彼女は全身が溶けて焼けるような強烈な痛みを感じていたはずだ。そんな痛みに耐えられる人間なんかいない。俺が知る限り、ほとんどの自殺者は簡単にできて痛みが少ない死に方を選ぶものだ。こんなわけのわからない死に方、まともじゃない」

「じゃあやはり殺人という方向性に切り替えよう。犯人は被害者に極めて強い恨みを持っていたため、こうした残忍な方法で彼女をいたぶったと仮定してみると、論理的に説明がつく。しかし——」羅飛はバスルームをゆっくり見渡した。「犯人はどうやってやったんだ？　暴力を振るった痕跡も、薬物を使用した跡もない。どうして被害者は犯人に言われるがまま従ったのか？」

「俺に聞かないでくれ」張雨は考えることを放棄し、文句を言った。「俺の仕事は検死で、よくて現場の分析を行う程度だ。どう捜査して真相を見つけるかはお前の仕事だろ」

　張雨のお手上げの様子を見て羅飛は申し訳なさそうに笑い、肩をすくめた。「わかった。検死報告書を待ってる」そしてバスルームから出て室内の他の場所を調べる準備を始めた。

　この家は七十平米ほどの２ＬＤＫで、大きい部屋が寝室に、小さい部屋は書斎に改装されている。内装のクオリティは悪くなく、家具や家電の多くが海外のブランド品で、生活の質に対する家主のこだわりの高さがうかがえる。広々としたベランダにはランニングマシンと凝ったデザインの犬小屋が両端に置かれている。

鑑識がリビングで採取した男の訪問者のものと思われる足跡を、羅飛は配達員のものだと判断した。リビングの床にある発泡スチロール箱と、その近くのテーブルに置かれた送り状はその根拠となる有力な証拠だ。発泡スチロール箱の周囲には丸めた新聞紙が散乱しているが、室内全体は非常に清潔だ。これは、家主が掃除好きということであり、こうしたゴミが散らかっていることは許せないはずだ。このことからも、彼女は箱を開けてからすぐに被害に遭い、ゴミを片付ける時間すらなかったと推測できる。

羅飛はまた室内に目を向け、この箱に入っていそうなものを探し、最終的にバスルームにあったあの自家製化学装置に照準を合わせた。

鉄製の骨組み、ランプカバー、ペットボトルを全部この箱に入れれば、サイズはぴったりだ。カバーに注がれた濃硫酸が配達中に揺れてこぼれることがあってはならない。だから、箱の中の安定と安全を守るため、たくさんの丸めた新聞紙で隙間を埋める必要があったのだ。

テーブルの送り状を手に取り、発泡スチロール箱のはがされた跡と比べてみると完全に一致した。

送り状に記載された送り主の情報に視線を落とし、考え事をしているとき、突如誰かが自分のそばに近づくのを感じた。羅飛が顔を上げると、助手の劉がいた。

先ほど死体の交友関係を調べるよう命じた劉に羅飛は尋ねた。「どうだった？」

「趙麗麗、今年で二十一歳、本籍は龍州です。両親は康楽《カンラー》住宅区に住んでいます。彼女は定職に就いておらず、周囲にはモデルをしていると言っていて、雑誌やポスターなどの広告の仕事をよく引き受けていたそうです。ファンがとても多いので、交友関係がちょっと複雑ですね。姚舒瀚《ヤオシューハン》という彼氏と先週別れたばかりです」

「姚舒瀚？」その名前を耳にした羅飛はにわかに反応し、指示を出した。「いまからそいつのところに行くぞ」

「連絡先を調べてきます」

羅飛は出ていこうとする劉の腕をつかみ、指でつまんだ送り状を振った。「その必要はない。携帯電話の番号も住所もここに書いてある」

03

劉《リイウ》の運転で目的地に向かう間、羅飛《ルオフエイ》は派出所に連絡して姚舒瀚《ヤオシユーハン》の個人情報を入手した。

姚舒瀚、今年で二十四歳、本籍は同市。父親の姚国華《ヤオグオファ》は龍州《ロンジョウ》市住宅管理局の副局長を務め、退職後に不動産開発会社を設立している。官僚時代の人脈を活用した姚国華の商売は波に乗り、龍州で一番勢いのあるデベロッパーになった。姚舒瀚は大学卒業後に父親の会社に籍を置き、高給を受け取るだけで何もせず、毎日暇を持て余して遊び歩いている。

龍州の高級バーやナイトクラブが彼の安住の地だ。あの送り状に書かれていた住所は、彼の実際の住まいだ。

羅飛と劉は住所に従い、攬月《ランユエ》ロイヤルマンション四号棟一五〇一号室の前まで来た。チャイムを何度も鳴らしてようやくドアが開き、背の高い痩せた男が現れた。寝巻き姿で、視線が定まっていない。昼寝から起きたばかりのようだ。

劉が丁寧に尋ねる。「姚舒瀚さんでしょうか？」

若者は「ああ」と言って、ドアの外に立つ招かれざる二人の客にだるそうに目を向ける。劉は訪問の理由を説明した。「刑事隊の者です。いくつかお聞きしたいことがあります」

姚舒瀚はまぶたを動かし、唇を震わせた。声は小さかったが、はっきりと「クソが」と聞き取れた。

劉がやや怒りを露わにして真顔になったところに羅飛が割って入り、劉の腕を少し引っ張ると姚舒瀚に単刀直入に言った。「趙麗麗《ジャオリーリー》さんが亡くなりました」

「は？　死んだ？」姚舒瀚は口を開けて驚いた表情で固まり、それから肩をすくめてもっと気に障る仕草をし、問い返した。「それが俺と何の関係が？」

「関係がないのであれば」羅飛は姚舒瀚の目を見つめながら言う。「きちんと話をしたほうがいいのではありませんか？」

姚舒瀚は羅飛を見つめ返しながら、事の重大さを推し量った。最終的に譲歩し、顔を背け言った。「わかったよ。入ってくれ」

羅飛らは姚舒瀚の家に通された。姚舒はリビング中央のソファに座り、テーブルのタバコを取って羅飛に尋ねた。「一本どう？」

羅飛は手を振り、「結構」と答えた。彼と劉は何人も座れるソファの両側にそれぞれ腰掛けた。

姚舒瀚はタバコに火を点《つ》け一口吸い、煙の輪を吐き出しながら言った。「聞きたいことがあるならさっさと言ってくれ。俺も暇じゃないんだ。十分間だけやるよ」

二十歳そこその若造なのに、言動は一般人とは比べ物にならないほど傲慢だ。劉は腹が立ったが、冷静になるよう羅飛に視線で制された。

羅飛が最初の質問をする。「趙麗麗さんと最後に連絡をしたのはいつですか？」

姚舒瀚はそれほど考えることなく答えた。「だいたい一週間前」

「一週間前とは、彼女と別れた頃ですね」

「ああ、別れてから連絡は取っていない」

「どうして別れたんですか？」

姚舒瀚の答えはとてもシンプルだった。「飽きたんだ」

羅飛がさらに尋ねる。「どちらが飽きたんですか？」

姚舒瀚は鼻で笑い、自慢たらしく言った。「俺に決まってるだろ」

その態度を見て羅飛が推測する。「つまり、姚さんが趙麗麗さんを捨てた、と?」

「捨てた?」姚舒瀚はその表現に納得できないようだった。「そりゃオーバーだ。捨てる捨てない以前に、俺たちは付き合ってたわけじゃない」

「恋人同士じゃなかったんですか? どうして付き合っていなかったと?」

「刑事さん、とぼけてんの、それともマジでわからないの?」姚舒瀚はタバコの灰を優雅に灰皿に落とした。「俺はあいつの体が目当て、あいつは俺の金が目当て、お互い欲しいものを取ってたのさ。シンプルだろ? これのどこが恋愛だ? 一年間一緒に遊んで、かかった費用は全部俺が出した。あいつの部屋だって俺が買ってやったんだ」

羅飛はそれ以上掘り下げるつもりはなく、ただ肝心な点だけを知りたかった。「どうあれ、趙麗麗さんは別れたくなかったということじゃないですか?」

「そりゃあな」姚舒瀚は口元を歪めた。「男は女の体にすぐに飽きるけど、女が男の金に飽きることとは永遠にないんだからな」

羅飛は姚舒瀚を見つめて言う。「だから別れた。彼女に飽きたからという単純な理由で?」

姚舒瀚は目を細めて反論した。「じゃなかったらなんだと? 美人だったあいつにそんなに簡単に飽きるのはおかしいと思ってるのか?」

羅飛はうなずいた。

姚舒瀚は否定しなかった。「そりゃきれいだったし、いい体だったよ」そして吸っていたタバコを灰皿に押しつけて言った。「でも世の中には他にもイイ女がたくさんいる。そもそも趙麗麗がきれいだって？　そりゃあんたがもっとイイ女を知らないだけさ。それにな、あいつは顔も体も本物じゃなかったんだ」

最後の言葉に羅飛は興味を引かれ、すぐに話を促した。「というと？」

「整形してたんだよ。鼻を高くして、目頭を切開して、胸だってシリコンで盛ってた」姚舒瀚ははばかることなく言い放った。「整形前の写真を見て、あいつにすっかり冷めたんだ」

なるほど趙麗麗は「人工」美女だったのか。羅飛はかすかに眉をひそめた。「趙麗麗さんの整形前の容姿を知って、彼女に嫌悪感を抱いたということですか？」

姚舒瀚はすぐには答えず、テーブルのタバコを手にしてまた一本抜き取り、ゆっくりと火を点けて吸い込み、煙の輪を吐いてからようやく口を開いた。「刑事さん、回りくどい話はなしだ、はっきりさせようぜ。あんたは、俺が騙《だま》されたと感じて、恥をかかされたとキレて趙麗麗を殺したと思ってるんだろう？」

姚舒瀚のほうから手の内をさらしてきた以上、羅飛もひるむことなく正面から受け止め、落ち着いた様子で答えた。「そういった可能性も推測できるということだけです。我々警察が捜査を進める際、最も重視するのは証拠です」

「あんたの言い分はわかるよ」姚舒瀚は天井を見上げながら一人で語り出した。「全パーツが一流メーカーの輸入品だと言われて買った高級車が、国内で製造されたコピー車だったとしよう。あんただってキレるだろ？　車を叩き壊すだけじゃ飽き足らず、車を売ったディーラーまでボコボコにしなけりゃ気が済まないはずだ。趙麗麗に対して俺がそこまで腹を立てていると思ってるんだな？」

羅飛は姚舒瀚を見つめたまま言葉を発しなかった。

「だがその言い分には問題がある」姚舒瀚はタバコをつまんだ手を羅飛に向けた。「もう一つ例を挙げよう。道端でスイカを半玉買った。皮が薄く果肉が真っ赤で、熟しているように見えた。でも家に帰って食べてみたら、ちっとも甘くない。どうする？　腹を立ててスイカを叩き潰し、売り主に落とし前をつけさせるか？　そこまでのことか？」

今度は羅飛は口を開いた。「そこまではやりません」

姚舒瀚は手のひらを上に向けた。「そうだろ。それであんたは、俺にとって趙麗麗は高級車のようなものだったと考えているのか？　言わせてくれ、あいつはただのスイカだ。別れたあとは振り返ることすらもったいない。俺があいつを殺す？　冗談だろ」

羅飛は目を光らせながら悟った。姚舒瀚の馬鹿げた価値観が憤慨させられるものとはいえ、そのくだらない主張の裏にある見解を打ち負かすのは至難の業だ。このボンボンに対処するには角度を変える必要があると思い、姚舒瀚の目をしばらく見つめ、唐突に尋ねた。

「どうして趙麗麗さんが殺されたとわかったんですか？」

姚舒瀚は不思議そうな顔をした。「そっちが言ったんだろ？　趙麗麗が死んだって」

「趙麗麗さんが亡くなったと言っただけで、どのように亡くなったかまでは言っていません。こういう知らせを受けて、普通の人間なら、事故に遭ったのかもと真っ先に思い浮かべるのではないでしょうか？　しかし姚さんは詳しい話を聞く前に、自分は殺していないと弁解した。これはちょっと過剰な反応では？」

羅飛の攻勢に姚舒瀚は少しも慌てることなく質問し返した。「交通事故とかなら刑事隊の出番じゃないだろ？　あんたらがうちに来たってことは、あいつの死におかしなところがあったってことだ」

「自殺の可能性も否定できないのでは？」羅飛が徐々に詰め寄る。「自殺なら、趙麗麗さんと別れたばかりの姚さんに我々が事情を聞きに来ることもあります。どうして真っ先に殺人だと思い至ったんですか？」

姚舒瀚は笑った。「あんたらは趙麗麗のことを何もわかっちゃいない。あの女が自殺なんかするかよ」

「え？　どうしてしないと？」羅飛が尋ねる。

「趙麗麗がこの世で一番愛しているのは自分だけだからだ。そんな人間が自殺するか？　それにあいつだって、喜んで他の男を探していたかもしれないじゃないか。あいつなら新しい彼氏をすぐに見つけられるし、もっとかわいがってもらえるかもしれない。なのに、俺のことを思うあまり自殺を選ぶかってことだ。あいつにとって、俺なんてそこまで大切な存在じゃなかった。言いたくないが、あいつが飼ってた犬以下だった」

姚舒瀚の最後の言葉が羅飛には意外に聞こえた。これほど傲慢な男の口から「犬以下」という言葉が出るとは。羅飛はどうしても聞きたくなった。「犬というのはあのゴールデンレトリバーのことですか？」

姚舒瀚はうなずいた。「あいつは犬が好きだった。犬は忠誠を尽くすからな。正直な話、あいつにとって、犬は自分の命の一部だった。犬を愛することは、自分を愛することだったのさ」

犬を愛することは自分を愛すること？　そんな言い分、羅飛には初耳だったが、よく考えてみると大しておかしくもない。

姚舒瀚との言葉による静かなせめぎ合いを経ても一向に収穫はなかった。そこで羅飛はあの話題について神妙な面持ちで尋ねた。「この二日のうちに、趙麗麗さんに箱を送りましたか？」

「箱って？」姚舒瀚は思い当たる節がないという表情だ。

「発泡スチロールの箱です。中に奇妙なものが入っていました。警察が現場を調べたところ、まさにそれが趙麗麗さんの命を奪ったものだったのです」羅飛の眼差しも口調も同様に力がこもっていた。

しかし姚舒瀚はどこ吹く風だ。「よくわかんねえな」

羅飛は厳しい表情で、所持しているファイルから証拠品の入った袋を取り出した。中には一枚の紙切れが入っている。

「これは現場で見つかった宅配便の送り状の控えです。差出人欄に姚さんの名前、さらに電話番号と住所まで書いてあります」羅飛は証拠袋をテーブルに置き、姚舒瀚のほうへゆっくりと滑らせた。

姚舒瀚はいぶかしげな表情を浮かべ、その証拠袋を手に取り、顔を近づけてしげしげと観察した。

羅飛の言うとおり、袋には宅配便の送り状の控えが入っており、差出人の箇所に「姚舒瀚」の三文字が書かれている。電話番号も住所も間違っていない。しかし姚舒瀚はひと目見るなり、何度も首を振った。「こんなもん誰かがハメようとしたに決まってる。こんな荷物出したこともないし、字だって俺が書いたものじゃない」

羅飛は助け舟を出す。「筆跡は鑑定可能です」

「鑑定か、いいだろう」姚舒瀚は腕を伸ばし、「紙とペンをくれ」と言った。

羅飛から視線を送られた劉は、紙とペンを姚舒瀚に渡した。

姚舒瀚は紙に勢いよく自分の名前を書き、終わるとペンを放り投げて言った。「持って帰って鑑定してくれ」

紙をつまんで姚舒瀚の署名に視線を落とした羅飛はがっかりした。

大仕事をやり遂げたように姚舒瀚が手を叩く。「よし、そろそろ十分だ。これからデートなんで、どうぞお引き取りを」

サインされた紙をファイルにしまいながら、羅飛は落ち着いた声で話しかけた。「もう新しい彼女がいるようですね」

「当たり前だろ。俺は一日だって女と離れられないんだ」姚舒瀚は真っ先に立ち上がると、二人を見下ろしながら得意げに語った。「知ってるか？　性欲が旺盛なのはオスが持つ一番基本的な競争優位性で、優秀な遺伝子が群れに広まるのを後押しするんだ。だけど現代文明ってのはそういった自然淘汰《とうた》のメカニズムを抑制しようとする。言うなれば、俺も種族の利益のために戦う戦士ってわけだ」

とうとう耐えきれず、劉が立ち上がって反論した。「信じる価値もない、恥知らずな言い草だ」

姚舒瀚は気を悪くすることなく、そっけなく肩をすくめた。「俺たちは住んでる世界が違うんだ、理解し合う必要なんかない。さてと、新しい彼女と一晩過ごすために身支度を整えなくっちゃな。あんたらは引き続き趙麗麗の死因を調査してくれ——そうだ、犯人がわかったらひと声かけてくれるか」

羅飛は鼻で笑い、腰を上げた。「その必要ありますか？　趙麗麗さんが亡くなったことに少しも関心がないようですが」

「確かに全然ないよ」姚舒瀚は笑った。「俺が知りたいのは、俺をハメた馬鹿がどこのどいつかってことだ。じゃあ、そういうことで」そう言うと、彼は二人を見送ることなく、一度も振り返らずに寝室に直行した。

姚舒瀚の傲岸不遜な態度に我慢の限界を迎えた劉は、追いかけていって反論したくなったが、羅飛に腕を引っ張られ、「行くぞ」とたしなめられた。劉は言葉を飲み込み、羅飛について姚舒瀚の家を出るしかなかった。

04

「この筆跡は本当に同一人物のものではなさそうですね」エレベーターの中で劉《リイウ》が「姚《ヤオ》舒瀚《シューハン》」と書かれた二つのサインを見比べ、額をかきながらつぶやく。

「確かに別人のものだ」羅飛《ルオフエイ》は劉の意見に同意した。

「筆跡が違うからといって、奴《やつ》の潔白の証明にはなりませんよ。荷物を送るときに別の人間に送り状を書いてもらうことも難しくないはずですし」劉が憤然として言う。

羅飛は対照的にとても落ち着いていた。「姚舒瀚にごまかすつもりがあれば、わざわざ他人に書いてもらう必要があるか？　偽名でも書けば済む話だろ？」

「それもそうですが……」劉は眉間にしわを寄せた。「ということは、本当に何者かがあの姚って奴をハメようとしたってことですか？」

「配達員に会って事情を聞こう」羅飛は劉が持っていた送り状の控えを借り、そこに書かれているカスタマーサービスに電話をかけた。エレベーターが一階に到着すると、劉に「車をこっちに回してくれ」と指示した。

劉がマンション入り口前に車を移動させると、羅飛は電話を切ったばかりで、ドアを開けて助手席に乗り込んだ。

羅飛の顔色が優れないのを見て劉が声をかける。「どうしたんですか？」送り主のことをとっくに覚えていないというケースはともかく、送り状の問い合わせ番号から配達員を探し出すのは難しくないはずだと劉は思った。

しかし羅飛は予想外のことを口にした。「運送会社のデータに、この番号はなかった」

「え？」劉は言葉を失った。「どういうことですか？」

「つまり、この送り状は偽物で」羅飛は一拍置き、付け加えた。「荷物を届けた配達員も偽者ってことだ」

劉はその意味を理解した。「何者かが姚舒瀚の名を騙《かた》って、趙麗麗《ジャオリーリー》に偽の荷物を届けたということですか？」

羅飛が手で指示を出す。「馨月湾《シンユエワン》に戻って、防犯カメラの映像を確認するぞ」

馨月湾は新しく建築された住宅区で、マンションの入り口にはリアルタイム防犯カメラシステムが設置されている。その映像から「配達員」を見つけることが警察の次の最優先事項となった。羅飛に促される前に劉がアクセルを踏む。車は軋みをあげ、最速で馨月湾へ向かった。

二十分後、車が馨月湾に到着すると、羅飛は直ちにセキュリティセンターの防犯カメラ映像を選別した。

防犯カメラシステムは三十分ごとに一つの動画ファイルを自動生成し、全てハードディスクに保存する。管理会社マネージャーの張盛《ジャンション》が通報した時刻は午後四時四十六分。羅飛はその時刻を基点にし、さかのぼって映像を確認した。スピードアップを図るために警備員を数人呼び、ファイルを分担させて同時進行で見ていく。このやり方はとても効率的で、少しもしないうちに警備員の一人が動画から羅飛の欲しかった画面を見つけた。

午後三時二十一分、登山用バックパックを背負った男が電動バイクに乗ってマンション入り口の防犯カメラエリア内に入ってきた。男は電動バイクを停《と》めると、荷台から発泡スチロール箱を持ち上げた。その箱こそ、事件現場に残されていたものである。

男はその場に留《とど》まることなく、箱を持ってマンション内に入った。内部には防犯カメラが設置されていないため、その後の男の行動は不明だ。午後三時四十五分、マンションから出てきた男は手ぶらで、発泡スチロール箱はどこにもない。男は電動バイクに乗ってすぐに立ち去った。

映像には男のおおよその身体的特徴が映っていた。背は高めで、若干太っており、赤いTシャツとジーンズを着用し、野球帽をかぶり、両肩にかなり大きな黒い登山用バックパックを背負っている。

この出で立《いた》ちは確かに配達員にしか見えず、この人物が住宅区を出入りしても警備員が特に注意を払わなかったのもうなずける。つばが長い野球帽を深めにかぶっているので、防犯カメラの映像も、すれ違った目撃者も、彼の顔立ちを描写するのは不可能だ。

故意に顔を隠した男が他人名義で箱を送り届け、その箱に入っていた奇怪な装置が趙麗を死に至らしめた。この男こそ最大の容疑者だ。他の情報が不足しているいま、この人物の行方を追おうとした場合、最もシンプルかつ面倒な方法が、防犯カメラの映像から追跡することだ。羅飛はすぐに、男が電動バイクに乗って馨月湾住宅区から立ち去る映像を見つけた。この人物は住宅区の東門を出て右折し、南北に連なる秋雨路《チイウユイー》に向かった。

秋雨路前方の交差点に設置された防犯カメラの映像を調べれば、男の次の進路が特定できる。こうして特定を重ねていき、男が最後に止まった場所を見つけるまで一歩ずつ追跡していくのだ。

最もシンプルな方法と言ったのは、この追跡には特別な技術を必要としないからだ。そのうえ今回、男の外見的特徴は明らかで、防犯カメラの映像からその姿を見つけること自体簡単だからだ。面倒な方法と言ったのは、こういった細かい確認作業は大量の時間がかかり、しかもある程度の不確実性が存在するからだ。予想される次の防犯カメラ地点にターゲットが現れなかった場合、以下のような状況が考えられる。

一つ、ターゲットがすでにその移動の終点に到着したケース。これが一番理想的な状況で、ターゲットの今いる地点がその前後二つの防犯カメラの間にあることを意味している。ここで派出所の警察官を周囲へ聞き込みに行かせ、その地点を特定できれば、この人物を見つけることも容易だ。

二つ、ターゲットが途中で停まっただけ——例えば道沿いのレストランに入って食事をとったというケース。この状況もまだ店への聞き込みなどで情報を得ることができる。このとき、停留時間に基づいてこの人物が次の防犯カメラ地点に到達するまでの時刻を再び計算すれば、引き続き防犯カメラでの追跡が可能だ。

三つ、ターゲットが途中で防犯カメラのない小道に曲がった——この人物が運転する電動バイクは小回りがきくので、小道を通るパターンもよくある。これは警察の追跡にとって非常に不都合だ。二つの防犯カメラ地点の間にある小道が一つだけとは限らず、小道の先にある通路も一つとは限らない。追跡調査を続けるのであれば、可能性のあるあらゆる方向の防犯カメラを調べ上げなければならず、そうなれば仕事量は幾何級数的に増大する。

四つ、ターゲットが捜査に対抗できる力を持っていて、二つの防犯カメラ地点のどこかで服を着替え、映像からの特定を不可能にさせたケース。これが最もまずい。警察が大量の人員と時間を投入して聞き込みを行ったにもかかわらず、ターゲットがすでに逃走に成功していれば、どんな苦労も水の泡だ。

少なくない欠点があるものの、ターゲットが明らかになっている状況では、追跡はやってみる価値がある。このような一定の手順に従って行う業務では刑事隊の精鋭の力を使う必要はなく、その作業効率は投入した人員と正比例する。

羅飛は付近のいくつかの派出所に連絡を取り、道路事情に詳しい警察官と補助警察官をその業務に当たらせた。そして自身は劉を連れて、もう一つの手がかりを追跡しに行った。午後四時七分、趙麗麗は携帯電話で通話していた。通話時間は約一分間と長くない。その時刻がまさに容疑者が「荷物」を届けに来たのと、趙麗麗の死亡推定時刻の中間だったため、羅飛は特に重要視したのだ。

羅飛がその番号に電話をかけると、出たのは若い女性だった。張藍月《ジヤンランユエ》と名乗り、趙麗麗の親友だと言う。彼女の家は馨月湾から遠くなかったので、羅飛は足を運ぶことにした。

05

張藍月《ジャンランユエ》は独身用マンションに暮らしていた。事前に訪問を知っていたため、わざわざ化粧をして出迎えた。玄関で羅飛《ルオフェイ》と劉の身元を確かめると、横にずれて「刑事さん方、どうぞ中に」と中に招いた。

容姿でいうと張藍月は紛《まぎ》れもない美人だ。しかし顔立ちやスタイルは趙麗麗《ジャオリーリー》ほど完璧ではない。しかし趙麗麗が「人工」美女だと知ったことで、羅飛は張藍月のほうにいっそうリアリティを覚えた。

三人はリビングにそれぞれ腰を下ろした。一匹のプードルが張藍月の足元でしっぽを振っている。彼女は小型犬を抱きかかえ、軽くなでた。

「趙麗麗さんが亡くなりました」電話ですでに伝えているが、羅飛はやはりこの件から切り込んだ。

張藍月は「ああ」と一言つぶやき、眉間のしわに憂いを込めた。抱いているプードルにあごにピタッとつけ、まるで寄り添って生きようとしているようだ。しばらくして顔を上げた彼女が尋ねた。「どうして亡くなったんですか?」

「具体的な原因は調査中です」羅飛は間を置き、本題に入った。「趙麗麗さんは午後に張さんに電話をかけています。それが彼女の生前最後の通話でした。何を話したのか教えていただけませんか」

張藍月は答えた。「夜八時にバーに行こうと誘われました」

「それだけですか？　他には？」

「何も」

「なんて返事したんです？」

「行けないと答えました。その時間は……別の約束があったので」

「別の約束？」羅飛はこう推測した。「男性とですか？」

張藍月はうなずいた。男性とのデートなら、親友であっても一緒にとは誘いづらい。

羅飛は続けて尋ねた。「それで、趙麗麗さんはなんと？」

「何も言わず切っちゃいました」

「それだけですか？」

「はい。他の友達を誘ったか、一人で行くのかと思っていました」張藍月は口を尖《とが》らせ、また尋ねた。「どうして死んじゃったんでしょう」

羅飛も同じことを考えていた。

趙麗麗が張藍月に電話をかけたのが午後四時七分。容疑者は午後三時二十一分にマンションに入り、午後三時四十五分に立ち去っている。午後四時四十六分に管理会社マネージャーの張盛《ジャンション》が趙麗麗の死体を発見した。つまり趙麗麗と張藍月の通話は、趙麗麗が亡くなる前に一人でいた時間帯にしたものだった。犯人がどのような手段で趙麗麗を死に至らしめようが、この時点で犯行はもう終わっていたはずだ。しかし趙麗麗の電話から何の不審な点も見られないのはどうしてか。親友とバーに行こうとしていた女性が、約三十分後に自宅の浴槽で不審死を遂げたのはなぜか。

防犯カメラの映像によると、容疑者が午後三時四十五分にマンションを出てから、怪しい人物は入っていない。仲間が内部に潜んでいて、それから三十分後に行動に出たということか。しかし事件後、警察がマンションの住人全員に聞き込みを行ったが、怪しい点は見つからなかった。

もう一つの可能性は筋が通っていないものの、羅飛はやはり尋ねなければならなかった。

「趙麗麗さんが自殺した可能性はあると思いますか？」

「自殺？」張藍月は途端に顔を上げた。目を丸くして、意外という表情をしている。「そんなまさか」

「どうしてあり得ないと？　趙麗麗さんは失恋したばかりだったでしょう？　バーに行ってあなたに愚痴を聞いてもらいたかったのでは？　それが断られてしまい……」

「失恋ぐらい彼女にはどうってことありませんよ。それで自殺するわけないです」この意見は姚舒瀚《ヤオシユーハン》の見解と一致する。そして張藍月は言った。「それに、電話をもらったとき、とても楽しそうでしたよ」

「声でわかったんですか？」

「そのぐらいは。口調がもう興奮気味でしたから。新しい服を買ったか、きれいなネックレスでも買ったので、見せびらかしたくてしょうがないんじゃと思いました」

張藍月のトーンからかすかな嫉妬の臭いを嗅ぎつけた羅飛はわざと尋ねた。「趙麗麗さんはよく自慢していたんですか？」

「はい」張藍月はためらうことなく答えた。「彼女はとてもナルシストでプライドの高い女性でした。自分をより良く見せるためなら、どんな代償も惜しみません。新しいバッグ、服、ネックレスを取り替え続け、整形さえ繰り返しました」

「では張さんはご自身と趙麗麗さんを比べてどうですか？」羅飛は話題を誘導した。「私が言っているのは容姿の面です。お二方とも美人ですから」

「彼女のほうがきれいでしたけど、私のほうが本物です」張藍月はいったん言葉を切り、言った。「それに私には、彼女がどうやってもかなわなかった長所があります」

「え？　なんですか？」

「肌が彼女よりきれいなことです」

羅飛はうなずいた。確かに張藍月の肌は色白できめが細かく、押すと水がにじみ出てきそうなみずみずしさで、文句のつけようがない。

羅飛がうなずいたのを見た張藍月はどこか得意そうになり、口数も増えた。「趙麗麗の色黒な肌は、いくらケアしてもどうしようもないです。化粧品で顔を白く塗ることはできるけど、全身はカバーできません」そう言うと、笑いをこらえきれないというように張藍月の口角が上がった。

羅飛は思考を巡らせ、話の矛先を変えた。「夜に約束があるんじゃないんですか？　もうすぐ八時なのに大丈夫ですか？」

張藍月は一瞬言葉に詰まり、弁解した。「ああ、迎えに来てもらうんです」

「ならすっぽかされるかもしれませんよ。電話で催促したらどうです？」羅飛がテーブルにあごをしゃくる。

「あとでかけます」張藍月は苦笑いを浮かべた。「刑事さんたちが帰ってから」

「私たちに構わず、いまかけたほうがいいと思いますよ」羅飛はアドバイスをするように言った。「男はちょっと急《せ》かすぐらいがいいんです。でないと大事にされなくなりますよ」

羅飛を見つめる張藍月は何かを悟ったように言った。「刑事さんは私が嘘《うそ》をついていると思ってるんですか？」

「そんなことありません。ただ――」羅飛はそれでも言った。「すぐにでも電話をかけるべきだと思います」

気が進まなかったが、警察から疑われるのを避けるため、張藍月は目の前の携帯電話を手に取った。羅飛を一瞥《いちべつ》すると、すぐに電話番号を入力し、耳に近づけた。そのまま三十秒経ち、彼女は肩をすくめて電話を切った。「出ません。運転中じゃないでしょうか」

羅飛の目的はすでに済んだ。彼は立ち上がってあいさつした。「ではひとまずこれで。何か思い出したら、いつでも警察にご連絡ください」

羅飛は「行こう」と声をかけた。張藍月も二人の刑事を見送るために席を立った。プードルはずっと彼女に抱かれていて、利発そうに両目をぐるぐると動かしている。

マンションを出てから、劉《リイウ》が羅飛に尋ねた。「あの女性の携帯の通話履歴を調べなくていいんですか?」

羅飛が答える。「必要ない」

「彼女は嘘を言っていると思いますよ。あの入力した番号がでたらめだったとしたら?」

羅飛は手を振った。「彼女は嘘をついていない。それに、誰にかけたかはとっくにわかっている」

「え?」劉がたまらず質問する。「誰だったんですか?」

「姚舒瀚だ」

「姚舒瀚?」劉は驚いた表情を見せた。「どうしてわかったんですか? 携帯の画面を見たってわけじゃないでしょう?」

「張藍月は俺にじっと見られていたから、携帯のアドレス帳から連絡先を選ばず、直接電話番号を入力した。だが俺には彼女の指先がダイヤルキーのどこを押すかで、入力した番号を確認できた」羅飛ははっきりと言い放つ。「彼女が入力したのは姚舒瀚の電話番号だった」

「そうだったんですか……」劉ははっとして羅飛を称賛した。「お見事な観察眼です。張藍月に電話をかけさせたのは、彼女が姚舒瀚とつながっているととっくに疑っていたからですか？」

「そうだ。気づかなかったか？　趙麗麗に対する張藍月の態度は、嫉妬があったかと思えば見下していたりと、かなりねじれていた。男の奪い合いで勝利を手にしたばかりの女心そのものだった。特に最後に肌について言及し、趙麗麗の肌はケアしようがないと言ったときの得意げな様子は、とっくに誰かが彼女らの肌に裁定を下したみたいじゃなかったか。よく考えてみろ、それは誰だ？」

劉は自分の額を叩いて答えを言った。「二人にとって同じ男ですね」

羅飛はほほ笑んだ。「それで、張藍月とデートの約束をした男は姚舒瀚かもしれないと考えた。だからその考えを裏付けるために、彼女に電話をかけるよう促したんだ」

劉は少し考え、予想を立てた。「張藍月が本当に姚舒瀚と付き合っている以上、彼女が何者かに趙麗麗殺害を依頼したのでは？」

羅飛は首を横に振った。「その必要があるか？　彼女はすでに勝者だ」

「勝者？　そうとも限らないでしょう。姚舒瀚から今晩デートに誘われていたと言っていたのに、電話をかけてもつながらなかったじゃないですか。三人の関係性はかなり微妙だったのでは？　張藍月と姚舒瀚が付き合っていたことを知った趙麗麗が何か企《たくら》んで、姚舒瀚に張藍月の悪口を吹き込んだから、張藍月は趙麗麗に恨みを抱いていたとか」

「彼女たちは恋愛に対してそこまで真剣じゃない。男を巡って張り合うことはあっても、命をかけるまでには絶対に発展しない」

「張藍月も趙麗麗と同じだったと？」

羅飛は口を歪めて解説した。「類は友を呼び、人は群れで分けられる。姚舒瀚が言っていたように、彼女たちが愛しているのは自分だけだ。あれに気づかなかったか？」

「あれって？」劉は羅飛に顔を向けながら答えを待った。

「あのプードルだ。張藍月はずっとあの犬を抱いていた。彼女は気持ちがざわつくたびに、犬を可愛《かわい》がる仕草をしていた。趙麗麗も姚舒瀚も、彼女の心の中ではあの犬以下の存在なんだ」

さっきのシーンを細かく思い返した劉は、確かに羅飛の言うとおりだと思った。

犬は最も忠実なパートナーで、決して裏切らない。犬を愛することは、自分を愛することに等しい。

彼女たちの世界で、人は犬にも劣るのだ。

2　強い「精神力」

01

張藍月《ジャンランユエ》の家を出たあと、羅飛《ルオフェイ》と劉《リイウ》は刑事隊に戻った。そして簡単に夕食を済ませると、会議室で鑑識の報告を聞いた。

最も重要なパートはもちろん、検死官の張雨《ジャンユイー》による検死結果だ。

「先ほど推測したとおり、死因は急性二酸化硫黄中毒による窒息死だ。また、死体にはいかなる外傷も見られず、膣《ちつ》にも性的暴行を受けた痕跡は見られず、胃からも有毒成分は検出されなかった」張雨は話しながら、詳しい検死報告書を羅飛に寄越した。

羅飛はその報告書に軽く目を通し、現場調査責任者の技術科課長寧航《ニンハン》に「現場の痕跡から何かわかったか?」と尋ねた。

寧航が答える。「リビングの床から成人男性一名の足跡を採取しました。分析によれば、この男は身長約百七十三センチ、体重約八十キロです。それとリビングのテーブルと発泡スチロール箱から成人男性一名の指紋を採取しました。警察の指紋データベースに一致する記録がないことから、この人物には前科がありません」

羅飛はうなずいた。現場にいた男の身長と体重は防犯カメラに映っていた容疑者の姿と一致する。前科がないという点は、警察がこの人物の身元を特定するルートがまた一つ減ったことを意味する。

寧航が続ける。「バスルームに置かれていた化学装置からも同じ男性の指紋が検出されました。しかし装置に付着していた大半の指紋は亡くなった趙麗麗《ジャオリーリー》のものでした。そしてこれらの指紋の分布には特徴があり、この化学反応装置を組み立てて起動したのが趙麗麗自身であるということがわかります」

羅飛は「ああ」と口にし、近くにいた張雨に目をやった。いまになって、「自殺の可能性が極めて高い」と言い張る理由がわかった。

しかし、これほど突飛で苦しい自殺が世の中にあり得るだろうか？　遺族が受け入れられないどころか、羅飛でさえ信じられない。

考えてみると、全ての謎はやはりこの奇妙な男に集中している。だから警察が力を入れる業務は以前と変わらない、この男を直ちに見つけ出すことだ。外勤の警察官による防犯カメラシステムを使った追跡確認作業はいまだ継続中で、馨月湾《シンユエワン》から五キロ離れた国慶路《グオチン》の交差点に対象者の姿があったというのが最新の情報だ。しかしそれ以降、ターゲットの動向はつかめない。現在、警察は関連エリアで聞き込みに当たっているが、有力な証言は得られていない。

　こういった純粋に体力勝負の仕事は焦っても意味がない。羅飛は劉に現場で指揮を執るよう指示し、自分は鑑識たちと遺体発見現場の状況について話し合いと分析を続けた。大勢から意見が寄せられ、さまざまな推測がなされたが、突破口となる有力な考えを形にすることはできなかった。夜十一時になり、これ以上議論を続ける意義も薄く、みなの体力をいたずらに消耗するだけだと考えた羅飛は、会議の終了を宣言した。

　張雨らはそれぞれ帰途について休息を取った。独身の羅飛は、局内の隊長室に小型ベッドを置いている。捜査に行きづまれば、この小さなベッドに身を委ねて夜を過ごすのだ。

　羅飛が横になって事件の内容を思い返しながらようやくまどろんできた頃、携帯電話が鳴った。画面を見ると劉からだ。羅飛はすぐさま気力を奮い立たせ、通話ボタンを押すと開口一番に「どうだった？」と尋ねた。

「見つけました」電話の向こうで劉が切羽詰まった口調で答える。「この人物は夕方六時半頃に攬月《ランユエ》ロイヤルマンションに姿を現し、姚舒瀚《ヤオシユーハン》の部屋がある四号棟に入っています」

「よくやった」羅飛は喜びのあまり叫んだ。この容疑者はやはり姚舒瀚と手を組んでいたのだ。どうやら事件の解明もそう遠くない。

　だが劉はこのとき、羅飛より冷静だった。「事態は羅隊長が考えられているほど簡単ではなさそうです」彼の声色からは興奮の気配が全くなく、それどころか深刻な憂慮が感じられた。「自分はもう攬月ロイヤルマンション付近に到着しています。できれば隊長もいますぐにでも来てください」

助手の反応に違和感を覚えて羅飛は即座に聞いた。「何があったんだ？」

劉の答えは驚くべきものだった。「その男が姚舒瀚の自宅にも箱を届けている姿が防犯カメラに映っているんです」

容疑者は趙麗麗に届けた箱で彼女の命を奪い、そしていま、また箱を姚舒瀚のもとに届けた。どう考えても非常にまずい状況だ。まさか姚舒瀚は事件の共犯者どころか、次の犠牲者とでも言うのか？

即座に身を起こした羅飛は、張雨に電話で知らせてから、攬月ロイヤルマンションまで車を走らせた。

道中、羅飛は姚舒瀚の携帯電話に何度も電話をかけたが、一向につながらない。おそらく姚舒瀚は張藍月とのデートの約束を破ったのではなく、異常事態に遭遇していたのだ。その異常事態に潜む最悪の可能性を考えた羅飛の心は深く沈んだ。

ようやく姚舒瀚の家まで駆けつけたとき、劉はすでにドアの前で待ち構えていた。羅飛の姿を認めるや、「チャイムを押しても反応がないし、電話にも出ません。どうしましょう？」と尋ねた。

羅飛は躊躇《ちゅうちょ》なく言った。「管理会社を呼んでドアを開けさせるんだ」

管理会社の作業員はすぐにやってきた。この手のどこにでもある防犯用ドアの鍵など、彼らにかかれば朝飯前で、少しいじっただけで開いた。

室内に足を踏み入れるなり、羅飛はまずいと悟った。かすかではあるが血の臭いが漂っている。羅飛はすぐに臭気の出元を特定した——玄関の正面にある寝室だ。

寝室に入った羅飛の目に真っ先に飛び込んできたのは、キングサイズベッドの上で絡み合う二つの体だった。二人とも全裸で、まぐわうポーズでひしと抱き合い、微動だにしない。しかし二人の下半身の結合部分からおびただしい量の血が流れ出し、雪のように白いシーツを濡らしていた。

羅飛はいっそう驚いた。まさか犠牲者が二人も？

うつ伏せになっている男が姚舒瀚であるのは間違いない。彼に押し潰されているもう一人は、きれいなロングヘアに白い肌をした、たおやかな美女だとひと目でわかった。その美女は両目を大きく見開き、口元になまめかしい薄笑いを浮かべていて、現場の静まり返った雰囲気と実に場違いだった。

羅飛がよく見ようと近づくと、何のことはない、姚舒瀚の下にいる女は本物ではなく、特殊素材で造られたラブドールだった。被害者は姚舒瀚一人だ。

目の前のシーツ半分がすでに血に染まり、致命傷の出血量だ。羅飛は念のため姚舒瀚の鼻の下に手を当ててみたが、思ったとおり、すでに息をしていない。

後ろにいた劉もベッドにいる「美女」の秘密に気がつき、呆気《あっけ》に取られ、まばたきをしながら尋ねた。「これは……どういうことでしょうか？」

「俺の予想が間違っていないなら」羅飛は声を潜めた。「これこそあの『配達員』が姚舒瀚に届けたプレゼントだ」

劉の口から「おお」と驚嘆の声があがった。事態はまさに彼らが心配していたとおりの展開になった。容疑者が届けた荷物は、命を奪う処刑器具だったのだ。

しかし、このはっとするほど美しいラブドールがどのようにして姚舒瀚の命を奪ったというのか？

そんな疑問を抱きつつ、劉は身をかがめて死体の出血部位を探そうとしたが、姚舒瀚の体がラブドールとぴったりくっついているため、血が下半身から流れているということしかわからず、詳しい怪我《けが》の状況確認が難しい。

劉は死体を指差しながら羅飛に「引き剝《は》がしてみますか？」と判断を仰いだ。

羅飛は手を振って制した。「鑑識が来るまで待つんだ」そしてこう提案した。「リビングのほうを見てみよう」

羅飛が劉を伴ってリビングに戻ると、目の前に大きな箱がそびえ立っていた。最初部屋に踏み込んだときにこの箱の存在を認識しており、容疑者が持ち込んだものだと判断した。

それでも、羅飛は劉に「防犯カメラの映像で見たのはこの箱か？」と改めて確認した。

劉がうなずきながら説明する。「防犯カメラの映像によると、夕方六時半に容疑者は電動バイクにこの箱を積んでマンションの下までやってきて、箱を抱きかかえながらマンション内に入っていきました。約二十分後に出てきたとき、箱は持っていなかったです」

そうすると、容疑者が荷物を運んだ手段とマンション内に滞在していた時間は前回の死亡事件と大差ない。羅飛は一つ、肝心な点に思い至り、続けて尋ねた。「容疑者が馨月湾から立ち去ったときこんな箱は持っていなかった。ならこの箱はいつ用意したんだ？」

その疑問に対して劉はとっくに回答を用意していた。「この箱が最初に現れたのは渡江《ドウジャン》路の交差点にある防犯カメラの映像です。その手前の国慶路の交差点から渡江路まで二キロと離れていないのに、容疑者は到着まで一時間近くかかっています。そこで、その付近にアジトがあるのではと考えました。具体的な状況は現在捜査中です」

「でかした」羅飛はねぎらった。「これは重要な手がかりだ。絶対に逃すんじゃないぞ」

しゃべっている途中、彼はうつむき、床に落ちていた発泡スチロール箱の蓋を拾い上げた。

蓋には宅配便の送り状が貼られ、受取先の欄には姚舒瀚の名前と住所が記載されている。しかし羅飛がさらに注目したのは、差出人の欄だ。

差出人の欄には李小剛《リーシャオガン》というサインがあり、龍州《ロンジョウ》市東河《ドンハー》路四十六号幸福新村《シンフーシンツン》五号棟二〇一号室という住所の他に電話番号も書かれていた。

羅飛は即座に携帯電話でその番号にかけたが、聞こえるのは「申し訳ございません。おかけになった電話は電源が入っておりません」というメッセージだった。

劉もその送り状に目を凝らすと、すかさず口を開いた。「この筆跡は前回の伝票のものとそっくりですよ。おそらく容疑者が自分で書いたんでしょう」

劉より踏み込んで考えた羅飛はこう尋ねた。「防犯カメラ映像の追跡作業はまだ継続中だな？」

劉がうなずく。「先ほどこの現場まで追跡が終わりました。新たに進展があったはずですが、確認しましょうか？」

「その必要はない。追跡担当者全員を直ちにこの住所に行かせ、付近の防犯カメラ映像を調べ上げるんだ」羅飛は指先で送り状に記載されている――龍州市東河路四十六号幸福新村五号棟二〇一号室の文字を叩いた。

羅飛が立てた筋道を一瞬で悟った劉が、体をこわばらせながら手をこすり合わせる。

二枚の送り状はどちらも偽造で、一枚目に書かれた差出人が二件目の事件の被害者となっている。となれば、二枚目に書かれた差出人が三件目の事件の被害者になるということでは？

「では追跡チームに指示を伝えます」劉は携帯電話で関係者に連絡しようとした。「まず幸福新村の現場を調査してから、追跡作業するということですね」

「いや、現場まで行かなくていい」羅飛は手を振って語気を強めた。「俺たち二人で行くんだ」

「自分らが？」劉は少し尻込みした。「じゃあここはどうするんですか？」

「管理会社に連絡して見張ってもらえ。張雨たちもじき着くはずだ」羅飛はしゃべりながらすでに足を踏み出していた。劉が言われたとおりに手配を進めながら、羅飛についてマンションを出る。二人は車に乗り、次の現場に急行した。

02

羅飛《ルオフェイ》と劉《リイウ》が幸福新村《シンフーシンツン》五号棟二〇一号室のドアの前に到着したとき、時刻はすでに深夜二時四十二分だった。

幸福新村は龍州《ロンジョウ》市の最初期に開発された住宅区で、少なくとも二十年の歴史を持ち、建物内の設備は旧式で老朽化しており、照明が点かないばかりか、チャイムを押しても鳴らない。劉は握り拳でドアをドンドンと勢いよく叩くほかなかった。

幸い、数回拳を振り下ろしただけで室内から反応があった。

「誰だよ？」若い男の声だ。

劉は「警察だ」とよく通る声で答えた。

「何の用？」男の声はドアの向こうから聞こえるが、すぐに開ける様子もなく、ドア越しに問い返した。

劉が尋ねる。「李小剛《リーシャオガン》か？」

中の男が答える。「李小剛はまだ帰ってないよ」

李小剛が部屋にいない？　羅飛の頭に再び疑念がもたげ、こう呼びかけた。「我々は非常に重大な事態の対応中です。まずはドアを開けてください。私は龍州市刑事隊長の羅飛と申します」

刑事隊長の肩書きが功を奏したようで、ドアが開かれた。二十歳くらいの若者が立っていた。貧相な体つきで、短パンにタンクトップという出で立ちに黒縁眼鏡をかけており、怯《おび》えた表情から学生っぽさが伝わってくる。

羅飛は即座に話を切り出した。「李小剛さんはどこへ行きました？」

「僕にもわかりませんよ」若者は身を縮めながら、深夜にやってきた二人の警察官を見つめる。

「あなたの名前は？　李小剛さんとはどういう関係です？」羅飛は質問しながら中に入った。室内をざっと見渡す。古い2ＬＤＫの部屋で、リビングはさほど広くなく、両端にそれぞれ寝室がある。寝室のドアはどちらも開かれ、左側の部屋には明かりが灯《とも》っているが、右側のほうはぼんやりと薄明るいだけだ。

若者は聞かれたとおり、羅飛の質問に答えた。「何慕《ハームー》といいます。李小剛の同期です」

「大学の？」羅飛は何慕が地元のイントネーションではないのを聞き取り、そう判断した。

「はい」と若者はうなずいた。

「ルームシェアしているんですか？　ここが李小剛さんの寝室？」羅飛は尋ねるとともに右側の消灯された寝室に向かった。

「はい」と若者はまた答え、そのまま羅飛ら二人の後ろをついていく。

寝室内は確かに無人で、パソコンのディスプレイが暗闇で光を発しているだけだった。羅飛がドアのそばにあった照明のスイッチを押すと、蛍光灯が明滅しながら点灯した。室内の家具は簡素なもので、ベッドとクローゼットと勉強机が一つずつ。ベッドにはタオルケットが無造作に置かれ、椅子の背には汚れた服が二着かけられている。独身ルームシェア男性の部屋らしい散らかり具合だ。

室内の様子からして、何かトラブルが起きたわけではなさそうだ。羅飛は何慕に続けて尋ねた。

「李小剛さんはいつ頃出かけたんです？」

「夜七時半ぐらいです」

羅飛と劉は視線を交わした。配達員に扮《ふん》した男は昨晩六時五十分頃に姚舒瀚《ヤオシューハン》宅を出て、その四十分後に李小剛が外出している。この時間差は、両地点を電動バイクで走行した時間とちょうど一致する。

「何をしに出かけたかご存じですか?」

「ものを取りに行くって言ってたんですが、どういうわけか一向に帰ってこないんです」

「ものって?」

「さあ? 宅配便でしょう」

やはり宅配便だった! しかし羅飛には疑問があった。「宅配便なら部屋まで届けてくれるのでは?」

「うちの住宅区は、配達員が上まで届けに来ないんですよ」何慕は説明する。「住宅区に防犯カメラが設置されていないっていう理由で、配達員はバイクの荷物が盗まれないように普段は上ってこないんです。いつも電話で、下まで受け取りに来るよう連絡が来ます」

聞く限り理にかなっている。本物の配達員なら普通はカーゴバイクを使い、たくさんの荷物を積んでいる。他の荷物を建物の外に置きっぱなしにするのが不安というのなら、建物に上ってこない理由になる。だが偽配達員が乗っているのは普通の電動バイクで、他に何の荷物も積んでいない。だから彼が上らない理由は一つしかない。彼は部屋まで来たくなかったのだ。

その理由について考えてみると、容疑者は李小剛が誰かと同居していることを知っていたのだろうか? それなら犯行に安全で人目につかない場所を選んで当然だ。

羅飛は劉に指示を出した。「李小剛の携帯電話の通話履歴を調べさせて、七時半ぐらいに誰かから電話が来なかったか確認するんだ」

劉にはその言葉の意味がわかった。その「配達員」が建物に入らないのなら、何らかの方法で李小剛を呼び出すしかない。一番の可能性は携帯電話を使った連絡だ。

劉が技術スタッフに照会させると、すぐに返答があった。確かに七時二十五分、李小剛の携帯電話に着信があり、十五秒通話している。かけてきた電話番号は二日前に取得されたもので、その発信以外、どこにも通話をかけた履歴はない。

怪しすぎる。容疑者が犯行のために用意した携帯電話の番号だと羅飛はほぼ確信した。ただこの番号は実名登録がされておらず、すでに電源が切られているため、短時間のうちに技術的な方法を使って位置を割り出すことは不可能だ。

羅飛は技術スタッフにその番号を注視し、電源が入ったらすぐに報告するよう告げた。そして思考をこの部屋に戻した。

何慕が本件と何ら関係ないことは自明の理だが、いくつか質問をしてこの若者に探りを入れてみることにした。

「宅配便を受け取りに行っただけでどうしてまだ帰ってきていないんです？」

「本当にわからないんです」何慕は困惑した顔で問い返した。「あいつ……何かあったんじゃないいんですか？」

「え？」羅飛は何慕を観察しながら、「どうしてそう思うんですか？」と聞いた。

「あんたら刑事隊でしょう？　深夜にあいつに会いに来たってことは、多分何かあったからなんでしょう」何慕は心配そうな表情を浮かべた。一息つき、また自分からしゃべり出した。「李小剛は出ていったときすごく急いでいるって感じで、電気もパソコンも点けっぱなし、ドアも開けっぱなしで、しばらく出かけてくるって様子じゃなかったです。あいつの携帯電話に電話しても出ないし……」

「じゃあ彼の部屋の灯《あか》りは君が消したのか？」

何慕はうなずく。「節電ですよ。でもパソコンの電源は、保存されていないデータが消えたりするとまずいので切っていません」

何慕の発言に羅飛ははっとし、机の前に来てマウスを動かしてスクリーンセーバーを消した。李小剛が出かける前、パソコンで何をしていたか確認するためだ。

モニターに表示されているのは、色合いが派手なウェブページだ。普段ネットなどめったにしない羅飛は劉に声をかけた。「おい、このサイトはなんだ？」

パソコンに近づき、確認した劉が言う。「ドッグフードを売っているタオバオのネットショップですね」

「ドッグフード？」羅飛は周囲を見渡し、何慕に尋ねる。「犬を飼っているんですか？」

何慕は首を横に振った。「飼っていません。李小剛がドッグフードの通販サイトを運営しているんです」

「そうですね」隣で劉が補足する。「表示されているページから、李小剛は購入者ではなく、タオバオのショップオーナーだとわかります」

「そうか」羅飛はその情報を記憶し、また劉に声をかける。「外を回ってみよう」李小剛の行方が現時点で不明なら、最悪のケースを考えなければならない。彼もまた趙麗麗《ジャオリーリー》や姚舒瀚のように不測の事態に遭遇している可能性が高く、犯行現場はこの近くかもしれない。

劉を伴い、幸福新村住宅区内を一周してみたが、不審な点は何もない。羅飛は表情を曇らせた。

羅飛は足を止め、劉に告げた。「よし。直ちに重大事件緊急対応態勢を始動する」

劉は絶句した。重大事件緊急対応態勢の始動は、市全体から優秀な警察官を選抜し、昼夜問わず捜査任務を展開することを意味する。警察官を酷使させ経費を湯水のように使うばかりか、一部の仕事が停滞を余儀なくされることもある。通常、社会に重大な悪影響を及ぼす悪質な事件が発生しない限り、この態勢は容易に発動できない。

劉が羅飛に確認を取るのも無理はなかった。「本当ですか?」

「本当だとも」羅飛は力強くうなずき、神妙な顔つきで自分の助手に告げた。「二件の殺人事件を追っているだけだと思っているのか?　違うぞ。俺たちは極めて危険な連続殺人犯と追走劇をしているんだ」

その言葉の意味がわかり、劉の表情も険しくなった。

趙麗麗と姚舒瀚の二人はすでに殺害され、李小剛もいまのところ予断を許す状況ではない。さらに恐ろしいのは、犯人のターゲットがこの三人に留《とど》まらないだろうことだ。宅配便の送り状が書かれるたびに、〝受取人〟が被害に遭うばかりか、〝差出人〟が次の標的となる。命を請求するこの送り状はいったいあと何枚あるのか？　警察にはまだ判断不可能だ。

犯人の犯行スピードは驚異的だ。昨日午後三時二十一分に、犯人は最初の〝宅配便〟を届け、それからほとんど休むことなく第二、第三の〝宅配便〟をわずか四時間以内に届けている。犯人の行動がいまだ継続中なら、被害者の数も増え続けるということだ。

そのため警察は事態の悪化を最速で防がなければならない。一瞬でも時間を無駄にすれば、一人また一人と殺されることにもなりかねない。

このような状況下で、態勢を始動させないことなどあるだろうか？

03

重大事件緊急対応態勢に動員され、市内の公安組織に属する全局・全所の関係責任者が深い眠りから起こされた。午前四時、彼らは市公安局刑事隊の会議室に集まり、羅飛《ルオフェイ》をリーダーとする特別捜査チームが正式に発足した。

羅飛は始めに事件内容について大まかに説明したあと、会議参加者たちに具体的な任務を割り振った。

「東嶺《ドンリン》派出所は趙麗麗《ジャオリーリー》の個人情報と交友関係の調査を担当。彼女の生まれ、経歴、家族構成、クラスメート、友人、趣味や特技などを詳細にまとめた資料が欲しい。とにかく詳しいほどいい」

「四季園《スージーユエン》派出所は姚舒瀚《ヤオシユーハン》の個人情報と交友関係の調査を。同じく、調査しすぎて悪いということはない」

「鉄橋《ティエチヤオ》派出所は同様に李小剛《リーシヤオガン》の調査を。李小剛は本市出身者ではないので、地元警察に問い合わせが必要な場合は、市公安局弁公室を通して連携するんだ」

とはいえ、羅飛はこの三人のおおよその情報をとっくに把握済みだ。しかし事件の進展を考慮し、三人の間に隠された何らかの関連性を見つけられないかと期待して、より詳細なデータを必要としていた。

数々の形跡が証明しているように、配達員に扮した容疑者は趙麗麗ら三人のことをよく知っており、事前に綿密な計画を立てている。つまりこの人物は標的をあらかじめ決めており、動機も非常に明確だということだ。

当初、趙麗麗の死の手がかりが姚舒瀚を指していたとき、おそらく痴情のもつれが原因だと羅飛は考えた。だがすぐに姚舒瀚も殺され、次なる手がかりが指し示したのは市外出身者の李小剛だった。いまのところ、この李小剛に趙麗麗と姚舒瀚との接点はない。ではいったいどのような理由で、三人は同時期に犯人の標的になったのか？

その理由を見つけ出せれば、容疑者の特定につながるばかりか、今後の被害者の絞り込みにも役立ち、現在警察が後手に回っている局面をひっくり返せる。

事件へのこのようなアプローチは原因から結果を推定するものであり、結果から原因をさかのぼるアプローチのほうが現時点でより成果がのぞめる。どちらも警察の大事な業務だ。

「興城《シンチヨン》派出所は管轄区内の興城路沿いと、国慶《グオチン》路の交差点から渡江《ドウジヤン》路の交差点までの世帯への聞き込み調査を行うこと。全世帯に訪問し、どうしても連絡がつかない住民がいたら、近隣住民や地元の住民委員会から状況を聞くこと。どのような見落としも絶対にあってはならない。なぜならいま把握している情報では、容疑者はこのエリアをアジトにしているはずだからだ。

「劉《リイウ》、防犯カメラ映像の追跡は引き続きお前に任せる。さっき直接幸福新村《シンフーシンツン》に行って調査するよう指示したが、今回は省いたエリアも加えるんだ。容疑者が犯行時に残した軌跡を余さずしっかり把握しておきたい。

その他の局や所の同志諸君は市内全域で容疑者と李小剛の行方を捜索すること。見つけることは容易ではないと思うが、最短の時間内で結果を出すように！」

仕事が適切に割り振られ、各人員が直ちに動き出し、自身の任務に取り掛かった。みんなと一緒に会議室から出ようとした劉は、羅飛から突然声をかけられた。「劉は残ってくれ」

劉は立ち止まって羅飛を見つめた。だが、羅飛は黙ったままだ。会議室内が誰もいなくなると、ようやく重い口を開いた。「龍州《ロンジョウ》の催眠師たちのことを覚えているか？」

催眠師？　劉の表情が引き締まった。忘れることなどあろうか？　昨年の秋の暮れ、凌《リン》明鼎《ミンディン》が龍州で催眠師大会を開き、全国各地から一流の催眠師が集結、その後、壮絶な正義と邪悪の戦いが巻き起こったのだ。だが白亜星《バイヤーシン》の死によってその騒ぎは煙のように立ち消えた。この過去の事件を羅飛が突然持ち出し、起きたばかりの二つの奇怪な死亡事件と結びつけたその意図を劉はいくらか感じ取った。「事件に催眠術が関係していると疑っているんですか？」

羅飛は重々しくうなずくとともに、劉に注意した。「いまは他言無用だ。広まればパニックになる」

羅飛の懸念は理解できた。昨年起こった顔面食いちぎりゾンビ事件とハト人間落下死事件は一時期世間を揺るがし、龍州市民の催眠師に対する極度の恐怖と反発を招いた。これでまた催眠術を使った凶悪な殺人事件が起きたとなれば、社会にあのとき以上の悪影響が出るのは必然。そんな光景、誰も見たくない。

劉は羅飛に尋ねた。「ではいまは何をすべきですか？」

「防犯カメラの映像の追跡業務は振り分けるだけで、お前自身がする必要はない。昨年の催眠師大会の参加者のうち、まだ誰が龍州にいるかを誰にも悟られないように調べるんだ」

劉はうなずいた。「わかりました」

羅飛は立ち上がり、「出るぞ」と手を振った。劉と一緒に局を出て、それぞれ別の車で出かけた。劉は羅飛の指示に従って動き、羅飛は車を飛ばして攬月《ランユエ》ロイヤルマンションの現場に引き返した。

道中、車道の両端の街灯が一斉に消えた。見ると東の空がすでに白んでいた。羅飛は早朝の新鮮な空気を胸いっぱい吸い込むことを自分への励ましとし、この暗雲立ち込める事件にも一筋の光明が差すことを願った。

姚舒瀚のマンションに着いたとき、現場検証はまだ続いていた。羅飛は真《ま》っ直《す》ぐ寝室まで行くと、長年の相棒張雨《ジャンユィー》の姿を認めた。張雨も夜通しの作業で、目は充血し表情には疲れが見える。

いつもどおりあいさつすることもなく、羅飛は開口一番聞いた。「どうだった？」

張雨がベッドにあごをしゃくる。「自分で見るんだな」

姚舒瀚の体はその下のラブドールとと っくに離され、仰向けの姿勢でベッドに置かれ、さっきは見えなかった傷もすっかり露《あら》わになっている。

このボンボンに何の好感も持っていなかったとはいえ、この瞬間の姚舒瀚の姿に思いがけず憐憫《れんびん》の情が湧いた。素っ裸で死に絶えた彼に、男のプライドなど欠片《かけら》も残っていない。陰茎は力なくうつむいているが、亀頭の部分が血と肉が判別できないほど血まみれで、花を咲かせている。まるで滅多矢鱈《めったやたら》に切り込みを入れたウインナーだ。真っ赤な鮮血の染みはまさにこの〝ウインナー〟がつくったものであり、シーツを半分ほど染めている。

刑事歴十数年の羅飛は多くの死体を見てきたし、これ以上に悲惨な死に様を見たことも少なくない。だがこんな特殊な部位にこのような傷を負った死体を見るのは、初めてだった。

羅飛は顔をしかめた。「どうやったらこうなるんだ?」

張雨はそれには答えず、死体のそばに置かれたあのラブドールを指差し、質問を返した。

「あれが何かわかるか?」

「男用の自慰グッズだろ」羅飛は視線をラブドールに移し、じっくり見定めた。精巧に作り込まれた人形で、顔の美しさや艶《あで》やかさもさることながら、全身の細部まで本当の人間と瓜二つだ。下半身にはリアルな女性器が装着され、陰毛まで生え揃《そろ》っている。その〝生殖器〟がいま大量の血で濡れて、背筋も凍る様相を呈している。

「高級品だ。全身シリコン製の、等身大サイズ」張雨は一拍置いて羅飛にさりげなく聞いた。「彼女の顔、見覚えがないか?」

そう言われて羅飛も気づいた。「ああ、いま大ヒット中の映画に出演している女優にそっくりだ。なんて名前だったか?」彼は頭を叩いてみたが、女優の名前は一瞬では出てこなかった。

張雨が話題をもとに戻す。「そう、この人形は芸能人に性的な妄想を抱く一部の人間を満足するために制作された、芸能人の顔を模したオーダーメイド品だ。ただのマネキンだと思うなよ。市場価格数万元は下らないぞ」

羅飛は眉をひそめた。「まだるっこしいな。被害者が死ぬ原因になった傷がどうやってできたのか、早く言ってくれよ」

「中が改造されていて、三片の刃がはめこまれている。刃はどれも膣内に向けてつけられている」張雨は鉗子《かんし》でラブドールの膣をこじ開け、「見てみろ」と羅飛に呼びかけた。

近寄って目を凝らすと、確かに膣の奥に三片の鋭利な刃物があった。それとともに羅飛は、内部に血の他に不透明な乳白色の液体も混ざっていることに気づいた。

羅飛はひと目でその乳白色の液体の正体を見抜き、張雨に尋ねた。「被害者は射精したのか?」

張雨がうなずく。「そうだ。現場検証によって、被害者の死因がだいたい特定できた。彼は当時、このラブドールと疑似性交に及んでいた。ラブドールの膣内に刃がはめこまれていたため、被害者の亀頭は行為の最中に重傷を負った。すでに確認済みだが、亀頭には大小合わせて四十七の切り傷があった。亀頭には血管が集結していて、性的興奮を覚えると充血するから、おびただしい血の量が切り傷から吹き出したというわけだ。だが被害者はそれでも行為をやめなかった。最終的に彼はエクスタシーに達して射精するとともに、大量の失血によってラブドールの上で息絶えたわけだ」

姚舒瀚の亀頭が鋭い刃によって切り裂かれていく惨《むご》たらしいシーンを想像した羅飛は頭のてっぺんに震えが走った。彼はもうなんと言えばいいのかわからず、苦笑いを浮かべて首を振るだけだった。

「どうしてこんな理解しがたい行為に及んだかについては、お前に任せるしかない」張雨は羅飛に顔を向け、慎重に言った。「まともに考えるなら、彼は暴力で脅されたか麻薬のような薬物を使われたかだ。だがこの前の被害者の状況から見て、それはほぼない。本当の理由はおそらくもっと現実離れしている」

羅飛はしばらくの沈黙のあと、張雨に目配せしてこう提案した。「ベランダに新鮮な空気でも吸いに行かないか」

羅飛の意図に気づいた張雨は「ああ」と答えた。

ベランダに来て、張雨がタバコを取り出して差し出すも、羅飛は手を振って断った。張雨も無理強いせず、自分の分を一本振り出し火を点けながら「当たりはついているのか?」と聞いた。

羅飛は自分の考えを単刀直入に言った。「催眠術だと思う」

張雨は「ああ」とだけ言い、手にしたタバコを深く吸い込むと、意識がはるか彼方《かなた》へ飛んでいったようだった。口と鼻から煙を吐き出すとともに、また重々しい口調で「ああ」と言った。

昨年、龍州で起きた正義と邪悪が入り乱れる催眠師大戦で、張雨も重要な関係者だった。催眠犯罪の手段と特徴について理解がある。だから羅飛が「催眠術」と口にすると、張雨は感慨に耽《ふけ》るばかりか、この問題の核心にもたちどころに思い至った。

「彼らの心穴は?」張雨はタバコを指で挟み、目を細めて羅飛を見つつ神経を集中させている。

〝心穴〟とは龍州の有名催眠師凌明鼎が打ち出した概念で、人々の心にもともと存在し、その奥底に眠る病のことだ。凌明鼎の理論によれば、催眠師は催眠対象を意のままに操ることはできない。対象者が催眠下にあるとしても、その意に反した命令は下せないのだ。だが対象者の心穴を把握していれば、思考に沿って誘導し、心穴を広げることで、通常ではあり得ない言動を対象者に取らせることが可能だ。例えば「顔面食いちぎりゾンビ事件」では、催眠師はゾンビマニアという被害者の心穴を利用し、若者を人の顔を噛《か》みちぎる〝ゾンビ〟に変えた。そして「ハト人間落下死事件」では、被害者に自分が〝ハト〟だと徹底的に思い込ませた。この高難度の催眠が成功した理由は、自由に飛べるハトに被害者がもともと憧れていたためだ。

昨年起きた二つの催眠事件との共通点は、趙麗麗も姚舒瀚も常人の理解を超えた異常行動を取っているということだ。羅飛の推測どおり、二人が本当に何者かに催眠術をかけられていた場合は、それに対応する心穴を持ち合わせていなければならず、そうではなければ催眠師でもつけこめない。

羅飛は遠い空の向こうに見える朝日を見つめながら、ゆっくりと二つの言葉を吐き出した。「欲望」

「欲望？」張雨は何か察したようだが、はっきりとはわからないのか、続けて質問した。

「じゃあ姚舒瀚の欲望は？」

羅飛は遠くに向けていた視線を寝室に戻した。「あいつは有り余る金を持ち、日常生活では特に何も求めることなく、ただ女だけを欲していた。趙麗麗はあいつのおもちゃの一人だった。スペックから言って、美女に事欠くことはなかったと想像できる。だから胃袋もどんどん大きくなっていった。徐々に普通の美女では満足できなくなり、世間とは一線を画す美しさを持つ芸能人をモノにしようと考え始めた」

張雨が羅飛の考えをなぞって言う。「芸能人と寝たい、というのが奴の欲望だった?」

羅飛は「そうだ」と言い、続けた。「だけど簡単に付き合える芸能人なんかどこにいる? 姚舒瀚が格好のいい金持ちと言っても、それは一般人にとってというだけの話で、芸能人からすれば何ら大したことない。だが、手に入らないとますます欲しくなるというのが人間の欲望だ。この芸能人コンプレックスが奴の心穴になった。姚舒瀚は催眠をかけられたあと、この心穴を犯人に利用されて、欲望を増幅させられ、本物と偽物を区別する力を失ってしまった。そして彼はあのラブドールを、喉から手が出るほど求めた女優だと思い込み、性行為に及んだんだ」

張雨はタバコを一服し、さらに尋ねる。「じゃあ趙麗麗は? どんな欲望があったというんだ?」

羅飛は逆に聞き返した。「趙麗麗が実は〝人工〟美女だったのは知っているな?」

「ああ、検死のときに気づいた」張雨はタバコの灰を落とし、当時のことを振り返ると、次のことを思い至った。「趙麗麗の欲望は、美への過剰な追求だったと言いたいのか? あの奇妙な装置は……もしや肌を美白するためのもの?」

羅飛がうなずく。「それ以上の合理的な解釈が思いつかない。整形手術を繰り返していた趙麗麗は、顔も体もとっくにパーフェクトだった。だが生まれつきの肌だけは補えなかった。先日彼女から姚舒瀚を奪った女性の肌が白くつややかだったことが、趙麗麗の傷をさらにえぐった。そこでまんまと隙に乗じた犯人はその心穴をとらえて彼女に催眠をかけたんだ。二酸化硫黄には漂白作用がある。催眠をかけられた趙麗麗は二酸化硫黄で美肌になりたいという思いが湧き上がった。補足すると、趙麗麗は入浴する前にその美肌の女性に電話をかけて、その晩に会おうと言っている。おそらく自分がどれだけ色白になったか相手に見せつけるつもりだったんだろう」

羅飛の推論を聞き終えた張雨はうつむいてしばし考え耽り、再び顔を上げて口を開いた。

「いま言った話は論理的には筋が通っているが……」

「が？」

「この二つの事件は、一見すると昨年の催眠殺人事件と酷似している。しかしよくよく考えると無視できない明らかな違いがある」

羅飛は張雨を注視する。「何の違いだ？　言ってくれ」

「去年のあの二件の催眠殺人事件では、被害者は催眠をかけられていたが、激しい痛みは受けていなかった。一人目は自分がゾンビになったと思い込み、路上で人を襲って巡回中の警察官に射殺された。二人目はハトになったと思い込み、屋上から飛び降りて死んだ。この二人が死ぬまではあまりに一瞬で、ほとんど苦しんでいない。だが趙麗麗と姚舒瀚は違う。二人は死ぬ前に激しい苦痛を味わった。一人は酸によって全身の皮膚が腐食し、もう一人は下半身に致命傷を負った。こんな痛みに耐えられる人間なんかいないだろう？」

羅飛はうなずいて同意する。

「ここに問題がある」張雨はタバコをつまみ、手のひらの上で回転させてから話を続けた。「催眠師は催眠対象者の意に反することは強制できないし、そうしたところで本能的に抵抗されるはずだ。しかし趙麗麗と姚舒瀚が受けた苦しみは、常人が耐えられる限界を優に超えている。催眠師はどうやって二人におとなしく言うことを聞かせて、死ぬまで痛めつけても目を覚まさないようにさせたんだ?」

張雨を見つめる羅飛の目が「いい質問だ」と言っていた。彼は突然、「中でずっとしゃべっている晨《チエン》の声が聞き取れるか?」と聞いた。

晨とは張雨の助手だ。張雨はベランダにいる間、現場検証を一時的に晨に任せている。事件現場とベランダは窓一枚隔てただけで、ベランダの戸も閉まっておらず、中の話し声は当然聞こえる。だから迷わずうなずいた。

「さっきなんて言っていた?」羅飛はまた聞いた。

「『血液サンプル用の試験管をもう一本』だ」張雨は聞いたとおりに答えた。

羅飛はほほ笑み、「一語たりとも間違っていない」と褒めた。

羅飛の意図がわからず、張雨は目をパチパチさせた。

しかし羅飛はさらに尋ねる。「じゃあ五分前は、なんて言っていた?」

張雨は呆気に取られて言った。「覚えていない……」

「覚えていない？」羅飛が意地悪そうに言う。「別に一言一句そのまま言わなくても、だいたいの内容を教えてくれたらいいんだ。聞いていたのなら、こんなにすぐに忘れることはないだろう？」

「わかったよ」張雨は降参と言いたげに両手を広げた。「実は聞こえなかった」

羅飛は追及の手を緩めない。「聞こえなかったなんてあるか？　こんなに近くにいて、さっきの発言は一語も間違えずに復唱できたのに」

張雨は言い訳する。「五分前はお前としゃべっていたから、中で何を話しているのか気に留めていなかったんだ」

「そう、気に留めなかった……」羅飛は張雨をしばらく見つめると、また突然言った。

「目を閉じてくれ」

「は？」

羅飛は繰り返す。「目を閉じるんだ」

「わかったよ……」張雨は訳がわからず口を尖らせながら目を閉じた。その直後に羅飛の声が聞こえた。「もう一度、中の声に耳をすましてくれ。さっきと何が違う？」

「はっきり聞こえるな」張雨は感想を言いながら愚痴をこぼす。「目を閉じれば聴覚が鋭くなるっていうのは一般常識だろう……」

「ああ、体験してもらいたかっただけだ」羅飛はそう言いながら右手の人差し指を伸ばし、すごい速さで張雨の頬を爪でかいた。

張雨は一瞬飛び上がり、反射的に首を引いた。そして目を開け、「何をした?」と聞いた。

「軽く引っかいただけだ」羅飛は指を振ってみせた。「こんなふうに」また爪で張雨の頬をなぞり、「そんなにこわばることもないだろう?」と笑いながら聞いた。

張雨は恨みがましく言う。「さっきはだいぶ強く引っかいていたぞ」

「俺が強く引っかいたんじゃなくて、お前が強く引っかかれたって感じただけだ」羅飛は張雨の言葉を真面目に訂正する。「目を閉じると、人は聴覚ばかりか触覚も敏感になるから」

「そんなことはわかってる」張雨は肩をすくめた。「それで結局何を言いたいんだ?」

羅飛はもう出し惜しみせず、本番の解説に入った。「高等動物には視覚、聴覚、触覚、嗅覚、味覚という五つの基本的な感覚器官が備わっていると通常考えられている。五感は一本の意識の通り道を共有している。人間の脳のメモリには限界があるから、意識の通り道の通行量にも限りがあり、言うなれば五感同士で通行を競り合っているということだ。視覚が強くなれば、他四つの感覚器官の機能が弱まる。逆に感覚器官の一つをシャットアウトすれば、残り四つの機能が強くなる。さっきやってもらった目を閉じたときの反応だな」

張雨がうなずく。「そうだ。だから視覚障害者の聴覚と触覚は常人より鋭い」

羅飛が補足する。「視覚障害者だからというわけじゃなく、実際は誰もが主導的器官を持っている。統計によると、大部分の人間は視覚主導型で、全人口の約七十パーセントを占める。ほか二十五パーセントが触覚主導型で、聴覚主導型は五パーセント前後しかいない。味覚・嗅覚主導型の人間は極めてまれで、だいたいソムリエや調香師といった特殊な仕事に従事している」

張雨はその話にじっと耳を傾けていた。「つまり、人間は何か一つの感覚器官に神経を集中しすぎると、その他の感覚器官は刺激に鈍感になると言いたいのか？」

「そういうことだ。読書に夢中になるあまり、周りの物音がしばらく耳に入らなかったりな。さらに踏み込んで考えると、五感同士で押しのけ合っているばかりか、一つの感覚器官でも異なる刺激を与えられることで片方がおろそかになる。だから俺との会話に集中していたときに、中で助手が何をしゃべっていたのか聞こえなかったんだ」

そこまで話すと、結論はもう出たも同然だ。

「要するに、人間の感覚というものは特定の条件下で消すことが可能だと」張雨がまとめる。「趙麗麗と姚舒瀚のように、重傷を負っていても、別の感覚があまりにも強烈なために傷の痛みなんか全く意に介さなくなるわけだ」

羅飛がうなずく。「そういうことだ」

張雨はしばらく考え込み、また首を横に振った。「やっぱりしっくりこない」

羅飛が質問する。「どこがだ？」

「人間の五感で、一番刺激を受けやすいのは触覚のはずだ。お前がさっき言ったとおり、読書に夢中になっているときは周りの物音が一切聞こえないだろうが、誰かに肩を叩かれたら一瞬で我に返るはずだ。だから、体の激痛をシャットダウンできるほどの強烈な感覚というのが何かちょっと理解できないんだ」

羅飛は笑いながら張雨の肩を叩き、おだてるように言う。「とても緻密で隙がない考えだ。確かに五感の中で触覚が受ける刺激が間違いなく一番強い。激痛を遮断しようとするなら、視・聴・味・嗅の感覚器官じゃ太刀打ちできない。触覚が受ける刺激よりさらに強烈なものがあるならば、第六感しかない」

「第六感？」その言葉は張雨にとって聞き覚えがあったが、いまだによくわからないので、ちょうどいいから聞いてみることにした。「なんだそれは？」

「いわゆるシックスセンスは『心覚』という名前で呼ぶのが一番正確かもしれない。催眠理論に従えば、俺たちがよく言っている五感とは人間の外的な感覚器官であって、第六感とは内的な感覚器官で、潜在意識の世界に根差している。誰もが第六感を使って世界に触れられ、自身を感じることが可能だ。第六感も他の五感と同じ意識の通り道を使っているから、あちらを立てればこちらが立たずということになる。第六感が強すぎれば、外的感覚器官である五感が鈍くなる」羅飛は一拍置いて続けた。「もちろん、たいていの人間は五感しか使えず、第六感まで使えるのはまれだ」

だいぶ胡散臭《うさん》く聞こえた張雨は怪しみながら質問した。「実際に第六感が使われた例はあるのか？」

「あるぞ。『精神力《スピリチュアル・パワー》』という言葉があるだろう、それこそ俗に言う第六感なんだ。例を挙げるとすると、遠いものなら関羽が解毒するために腕を切り開いたこと。近いものならベトナムの高僧ティック・クアン・ドックが蓮華座《れんげざ》のまま果たした焼身自殺だな。二人とも強い心覚を持っていたから、常人では耐えられない激痛を抑えつけられたんだ」

「趙麗麗と姚舒瀚は？　あの二人も強い心覚を持っていたとでもいうのか？」

「もともとは持ってなかった。でも忘れていないか、催眠師の一番の得意技は対象者の精神世界を探索し、掘り起こすことだ。催眠をかけられた人間は心覚の力がこれ以上ないほど強くなり、外部からの強烈な感覚すら抑制できる」ここまで話すと羅飛は思い出したように尋ねた。「そうだ。気功師の治療風景を見たことがあるか？」

「気功師？　あんなのみんなインチキのペテン師だろう？」張雨は解せないという視線を羅飛に送る。

羅飛が笑って言う。「それがな、インチキとも、そうでないとも言えるんだ」

「あ？」張雨はますますわからなくなった。

「気功師の治療は、ときには本当に効果があるんだ。病気の苦しみがピタリと緩和された者も大勢いる。下腿骨の骨折でギプスをしていたのに、気功師が何度か手をかざすとまたたく間に足の痛みがなくなり、歩けるようになったという人間もいる」

張雨はその意味をつかんだ。「そういった治療は単に精神力が作用しているだけということか？」

羅飛がうなずく。「彼らのことは気功師と呼ぶより、催眠師と呼んだほうがいい。彼らは病人に強烈な心理的暗示をかけ、病人に治療の効果を疑わせないようにする。こうした精神力に支えられた病人は一時的に痛みを感じなくなる。だが実際のところ、彼らの病気や怪我が消えたわけじゃないから、催眠術の効果が切れれば、痛みがまたぶり返す」

「なるほど」張雨はついに羅飛の見解を受け入れた。「お前の判断は正しいんだろう。趙麗麗と姚舒瀚はそれぞれ心穴を利用され、催眠をかけられたあと、強い第六感、または心覚によって外的な感覚器官が抑制されてしまったから、死ぬまで自分を痛めつけたというのに痛みを感じなかったんだ」

羅飛はため息をつき、漏らした。「お前から同意を得るのは本当にしんどいな」

「職業病だ。どんな問題にもとことんまでメスを入れないと気が済まない」張雨は羅飛を見つめながら感嘆したように言う。「お前こそどうしてこんなに詳しいんだ？　催眠術のセミプロを名乗れるだろ」

羅飛は苦笑し、ため息混じりにつぶやいた。「患者と医者は紙一重っていうだろ」

04

攬月《ランユエ》ロイヤルマンションの現場から戻り、羅飛《ルオフエイ》の頭に新たな捜査の方向性が浮かんだ――ラブドールの出どころの追跡だ。張雨《ジャンユイー》の見解では、この手のラブドールは高価で、デザインもだいたい特注だから、同製品の販売数は多くないはずだ。販売店を当たれば購入者の身元を特定できるかもしれない。

羅飛は現場で撮影したラブドールの写真を持って刑事隊の本部に戻り、二人の捜査官にこの件を調べるよう指示した。

それとともに防犯カメラ追跡チームから悪い知らせがもたらされた。対象者を見失ったのだ。

対象者は最初、馨月湾《シンユエワン》の高層マンションに現れ、その後攬月ロイヤルマンションへ行き、幸福新村《シンフーシンツン》住宅区に向かった。その行動はいずれも防犯カメラのエリア内だったが、幸福新村住宅区付近に着いてからの行方を追うことはできなかった。

近年の龍州《ロンジョウ》市の開発計画は西に向かっており、東側のエリアは相対的に立ち遅れている。幸福新村はまさに市郊外の東に位置し、周囲はどこも老朽化した住宅区ばかりで、小道が錯綜《さくそう》しており、防犯カメラも設置されていない。このエリアに入られてしまえば、対象者の動向を特定するのは困難だ。

追跡チームは方針を変え、馨月湾をゴール地点として時間をさかのぼって目標の動きを追い、スタート地点を探そうと試みた。その結果、目標が最初に姿を現した場所が興城《シンチヨン》路沿いと国慶《グオチン》路の交差点から渡江《ドウジヤン》路の交差点までの間だとわかった。劉《リイウ》も前に、そのエリアに目標のアジトがあると予想していた。

こうした状況を踏まえ、羅飛は追跡チームと興城派出所のチームを一つにまとめ、重点エリアの一斉捜査の強化を決定した。

早朝九時頃、趙麗麗《ジヤオリーリー》、姚舒瀚《ヤオシユーハン》、李小剛《リーシヤオガン》の基本的な捜査報告書が上がってくると、羅飛は直ちに食い入るように読み始めた。羅飛がとりわけ関心があるのは李小剛の関連資料だ。なぜならこの三人の中で、一番知らないのが彼のことだからだ。

資料によると、李小剛は湖南《フーナン》省出身の二十四歳。二年前に龍州大学を卒業後、ずっと同市で暮らしている。在学中は学業に身を入れず、さまざまなバイトに明け暮れていた。卒業後も定職に就かず、ナイトクラブの警備員、保険のセールス、デパート販売員などを経たのちにネットショップを開き、ペット用品店を始めた。

李小剛のルームメイトで学生時代からの友人である何慕《ハームー》によれば、李小剛は頭の回転が速く、商売向きの脳みそをしているがこらえ性がないのが玉に瑕《きず》で、場当たり的な生き方をしているからこれまでうまくいった試しがないとのことだ。だが当の本人はそう考えておらず、いつかのし上がれると固く信じており、いまの苦境を有力な後ろ盾がなくて資金が不足しているせいにしている。

資料を読む限り、李小剛はこの都市をあてどなくさすらうどこにでもいる若者の一人にすぎない。生活は困窮しているが、その志は壮大だ。このような人間が趙麗麗や姚舒瀚とどのようなつながりがあるのだろうか？

趙麗麗が李小剛のような貧乏人に惚《ほ》れることはあり得ないので、恋愛トラブルの線はほぼ消える。趙麗麗が飼い犬を大切にしていたことを思い出した羅飛は、ペット用品の購入時に李小剛と接触したのではないかと考えた。だがさらなる情報によって、その線は消えた。趙麗麗は高級ペットサロンの会員で、グッズも全てサロンから購入し、ネットショップといったオンライン販売サイトから注文したことはなかった。

同様に、姚舒瀚の人生も李小剛と少しの接点もないようだった。彼らの生きる環境は鳥と魚ほどに隔たりがある。

羅飛はこの方面の調査をいったん棚上げした。何か一本のひもがこの三人に絡みついているのは間違いないと思っているものの、現在把握している情報だけでは、そのひもを可視化するにはまだ足りない。

羅飛は李小剛の写真に視線を移した。初対面の人物と付き合う際、容姿というものが最も直観的な第一印象を与えてくれる。

痩せこけた若者だ。日に焼けた肌、角刈り、大きくギラついた両目。写真では楽しそうに口を横に広げて笑っていて、情熱的で明るい性格のようだ。羅飛は李小剛が外向的で、自分をひけらかすのが好きで、面の皮が厚く、失敗を恐れない性格だと見た。

だが、彼の欲望はどこにある？

異郷で懸命にあがく全ての若者にとって、この都市に根を下ろすことこそ最大の目標ではないのか？　そこそこの職に就き、家を買い、結婚して子どもをつくるといった欲望のいずれかが李小剛の心穴で、それを犯人に利用されてしまったのだろうか？

このことについて考えていたとき、羅飛の心にどうしようもない焦りが生まれた。李小剛が行方不明になってからすでに十二時間が過ぎている。犯人の作業効率を思えば、李小剛はおそらく不幸な結果を迎えている。

だが羅飛はなお僥倖《ぎょうこう》を期待した。犯人は趙麗麗と姚舒瀚の家に向かったときには大きな箱を持っていっており、箱に入っていた「アイテム」が二人の命を奪ったのだ。だが犯人が攬月ロイヤルマンションから去ったとき、電動バイクに他の箱はなく、途中でどこにも立ち寄っていない。「アイテム」がない状態で、李小剛を滞りなく殺害できるだろうか？

少なくとも現時点で、警察は李小剛の死体を発見していない。この最後に残った希望が警察を鼓舞し、また追いつめてもいる。目標を発見するまでの過程が、死神との追走劇だからだ。

手元の資料から価値のある情報を見つけ出せなかった羅飛は疲労感を覚え、少し目を閉じて一眠りし、休息を取ることにした。

隊長室の小さなベッドに横になり、目を閉じているにもかかわらず、思考は止まらない。長い間監禁されていた何かが出口を求めて脳内を駆け回っているような感覚だ。

どういうわけか、羅飛はふと、ベッドに寝ているのではなく走行中の自動車に乗っているような気がした。

自動車は広大な高速道路を疾走し、前方に闇が広がっている。

何者かの声が羅飛の耳元でささやく。「前に街灯がないから道を見ていてくれ」

羅飛はヘッドライトが照らす先を見た。漆黒の道路には一本の白い区間線が見えるだけだ。延々と続く単調な風景の中、羅飛の思考はゆっくり停滞していった。

ルームミラーにかけられた平安結びが車の運転にシンクロして小刻みに揺れる。そのリズムが羅飛の呼吸のペースと偶然一致している。車がカーブを曲がると、平安結びも斜めに大きく揺れ、長い房飾りが羅飛の目と鼻の先をかすめた。

本能的に目を閉じた羅飛の耳にまた声が聞こえた。「眠いなら少し寝ればいい」

猛烈な眠気に襲われながらも、心の底でもう一つの声が叫んでいる。〝眠るんじゃない！

催眠をかけられるぞ！〟

羅飛ははっとして右手を強く握りしめると、手に硬いものをつかんでいるようだった。

その声が提案する。「夏《シア》さんの録音データは？　まだ持っている必要があるのか？」

羅飛が心の中で叫ぶ。〝渡すな、渡すんじゃない！〟だが彼の手は言うことを聞かず伸びていき、その硬いものを耳元でささやく人物に渡した。

その人物は車を停め、満足そうな笑みを浮かべ、車から降りようとした。

羅飛が慌てて尋ねる。「どこに行くんだ？」

「この町を出て、誰にも見つからないところに行くさ」言い終えると、その人物は振り返ることもなく、長い髪がたなびく女性を隣に連れて去っていく。

羅飛は引き止めようとしたが、体がピクリとも動かない。長いロープが体に絡まり、座席に縛りつけられていることに気づいた。そのロープは体に何重にも固く巻きついてから、車窓の外へ空高く伸びている。羅飛が視線でロープをたぐりながらその先端を見上げると、大きなたこが結ばれてあった。

羅飛は驚愕し、体をねじって必死にもがくが、ロープは全く緩まらない。そのとき突風が吹き、風を受けたたこが車を引きずっていく。そう遠くないところに見える澄み切った水面は、龍州を流れる運河だ。

羅飛は大声で「止まれ！　止まれ！」と叫びたかったが、口からは何も出てこなかった。

車はたこに引っ張られながら勢いよく滑り続け、川沿いのフェンスにぶつかり、運河に頭から突っ込んだ。

ドボンという音とともに川面《かわも》が大きく波打ち、羅飛の脳内に雷鳴がこだました。

水に入った瞬間、ロープが一気にほどけた。羅飛は力を振り絞ってドアを開けると川の水が流れ込んできて、車はさらなるスピードで底に沈んでいく。車内から抜け出して両足でそれを踏みつけ、水面に出ようとした。しかし何者かが腕をつかみ、水底に引きずり込もうとしているようだ。

羅飛はとっさの判断で水中で関節技を繰り出し、相手の腕を後ろに回してひねると、相手が「うわっ」と一声あげ、「羅隊長、自分です！」と叫んだ。

聞き慣れた声に羅飛の脳内の幻が粉々に崩れ、急いで目を開けると、車も川もたこも全部消えており、隊長室の小さなベッドの前に立っていた。そして腕を押さえつけられ、苦痛に顔を歪めていたのは、助手の劉だった。

ショックを受けた羅飛は劉を解放し、腰を下ろすと、不意に口からこんな言葉を漏らした。「凌明鼎《リンミンディン》と夏夢瑶《シアモンヤオ》はどこに消えた？」

「いなくなってもう半年になりますよ」劉は腕を振りながら、いぶかしげな表情を浮かべた。

「そうだった、もう半年か」羅飛はそうつぶやき、こめかみをひとしきり揉《も》むと、ようやく意識を夢の世界から断ち切った。そして何が起きたか見当もつかないという様子で劉を見つめた。「それで……どうしてここに？」

「用事があってドアを開けたら寝ていたので、全然起きないから腕を引っ張ったんですよ。そしたらガバッと跳ね起きたかと思ったら、叩き出されそうになったんです」口を歪める劉は、表情もいくぶん不満そうだ。

「すまん、悪い夢を見ていたんだ」羅飛は言葉少なに言い訳をし、何度か深呼吸して気持ちを落ち着かせてから尋ねた。「何か報告する状況が起きたのか？」

劉もすぐに仕事モードに切り替え、答えた。「あいつの足取りがつかめました」

「本当か？」羅飛は一瞬で気持ちを奮い立たせ、急いで靴を履いて手を振った。「早く現場へ連れていくんだ」

「わかりました」劉は勢いよく返事したが、それから声を低くして言った。「それと、悪いニュースが……」

羅飛は眉をひそめた。「なんだ？」

劉は鼻を揉み、言った。「現場から李小剛の死体が見つかりました」

3　血まみれの百元札

01

防犯カメラ追跡チームと興城《シンチヨン》派出所が協力してから、興城路沿いの聞き込み捜査はさらにはかどり、昼近くに大きく進展した。

正宜《ジヨンイー》路地の平屋建て密集地の住人が、防犯カメラの記録写真を見て、登山用バックパックを背負った男に見覚えがあると言ったのだ。その住人は、男が隣家の中庭に出入りするところを何度も目撃しており、このことは近所の他の住人の証言からも裏付けが取れた。男はこの路地にもともと住んでいたのではなく、最近引っ越してきたはずだと考えられた。

ここ数年、龍州《ロンジヨウ》市の不動産開発は猛烈な勢いで進んでいるが、現地の素朴な歴史風情を象徴しているということで敢《あ》えて残したままになっている古い建造物も少なくなく、正宜路地もその対象だった。ここに残った住民の大半は、古い建物に住み慣れた中高年で、家族ごとよそに引っ越したあと自宅を外地から来た学生や労働者に貸している人々もいる。

聞き込み班は直ちに中庭周辺に監視役を配備してから、内部を探るために偵察役に壁を乗り越えさせた。偵察役は敷地内から容疑者の行方につながるものを見つけられなかったが、自分の目を疑う発見をした。

聞き込み班から連絡を受けた羅飛は急いで現場に駆けつけた。

現場の住所は正宜路地四十一号、面積は合計約二百平方メートルで、四つの平屋に囲まれている中庭の中央に奇妙な「デカブツ」が屹立《きつりつ》していた。

それは高さ約二メートル、直径約一メートルの巨大なアクリル製の円筒だった。円筒の頂上部から直径十数センチのアクリルパイプが二本伸びていて、外部へつながる開口部になっている。

一本のパイプは円筒上部の接線に沿って内側とつながり、もう片方の先端は外の地面に沿って延び、近くにある大型送風機に接続されている。

もう一本のパイプは円筒の上部の中央に挿入され、内側の約三十センチにまで入り、もう片方の先端は外側に十センチほど見えている。まるで円筒に設置された小さな「煙突」だ。

その二つの開口部のほか、円筒の下部には「小さなドア」がある。幅約五十センチ、高さ一メートルほどで、大人でもくぐって円筒内に入ることが可能だ。ドアはいま固く閉ざされ、その周囲には接着テープが貼られて掛け金まで取りつけられている。掛け金は内側から閉ざされ、円筒内部は密閉された空間となっている。

何より目を引くのはこの装置そのものではなく、中の様子だというのは言うまでもない。二十代ぐらいの若者がアクリル製の円筒内の床に倒れ込み、すでに事切れている。空間が狭いため、体は曲がり、内壁に斜めにもたれかかり、頭部は力なく垂れ下がっている。彼こそ警察が行方を追っていた李小剛《リーシャオガン》だと、顔面からかろうじて判別できた。「かろうじて」というのは、彼の顔面がほとんど崩壊していたからだ。顔には細い傷が縦横にびっしりとついている。額も頬も口、鼻、耳も、無事なところが見当たらない。

そもそも顔どころか、体中傷だらけだ。初夏ということで、李小剛はTシャツに短パン姿で、薄手の服が切り刻まれてボロボロになっていて、むき出しの四肢がさらに無残な様相を呈している。両腕両大腿部ともにおびただしい傷跡があるものの、膝から下は完全に無傷だ。

傷口の長さはどれも三センチ程度で、細く真っ直ぐな切り口から極薄の鋭利な刃物で切り裂かれたようだ。傷の箇所に規則性はなく、縦のも横のもあれば、交差しているものもある。手首と首の傷が動脈に達しているのは明らかで、大量の血がそこから流れ、死体を真っ赤に染めていた。

羅飛《ルオフェイ》の隣にいる劉《リイウ》は死者の無残な姿に震え、思わず感想を漏らした。「こいつは……針の山から転げ落ちたんでしょうか」

その言葉どおり、全身についた傷跡はあたかも先端が鋭い刀剣が密集した針の山を転げ回ったようだった。

だが現場のアクリルガラスの円筒内に刃物など見当たらない。

しかし刃物ではなく、たいていの人間が愛してやまないものがあった——紙幣だ。

紙幣はどれも百元札で、円筒内の床に散らばっている。ひと目見た限りでは、死体の下に「紙幣のベッド」が敷かれているようだ。血は「ベッド」に広がり、赤く派手に染まった百元札は、貪欲かつ残酷な怪しい色をにじませている。

羅飛は考えを巡らせ、目の前の血まみれの光景から、突如、李小剛の「欲望」の正体を悟った。

故郷から離れた土地で奮闘する根無し草にとって、金銭を望むこと以上に強く現実的な欲望があるだろうか？

しかし、その欲望がどうして体に余すところなく傷跡をつけることになったのか？

羅飛には考えても思い浮かばず、相棒である検死官の張雨《ジャンユイー》に専門的な判断を下してもらうしかなかった。

一日も経たずに三件の死亡事件に駆り出されている張雨は、ここまでの手強《てごわ》さをこれまでの仕事で感じたことがなかった。アクリル製の円筒が内側からロックされ、警察もいまのところ現場を破壊しようとは考えていないので、張雨は透明なアクリルガラス越しに観察するしかなかった。彼は次のように分析した。「現時点では、死亡原因は外傷による失血性ショックだと判断できる。死体の特徴から考えて、死亡時刻はだいたい十二時間前だな」

「約十二時間前か……」羅飛はうなった。「李小剛が行方不明になった時間帯と一致するぞ。そうなると、犯人は李小剛を外に呼び出してから催眠をかけ、彼をその場から連れ去ったとも推測できる。李小剛の心穴は金銭への欲望だったから、この紙幣に誘われるがままこの円筒に入ったんだ」

張雨は同意を示してうなずく。

羅飛はしばらく考え込むと、また尋ねた。「体の傷はどうやってついたんだ?」

「刃物のような凶器が原因のはずだ」

刃物? 羅飛は円筒内部を見渡したが、それらしきものは見当たらない。ただ、底部に紙幣が積み重なっているので、凶器が隠れている可能性もある。羅飛はさらに気になる点を口にした。「自殺だと思うか?」

二件の奇怪な自死事件を見たばかりだが、今回張雨は明確に首を振った。

「違うだろう。ここを見てくれ」張雨はかがみ込み、アクリルガラス越しに内部を説明する。「死体のシャツが背中まで破けている。常人が自分でこの部位を傷つけるのは難しい。そしてここ」彼は指差した。「この部位にも切り傷が数十箇所あるだろう。自分でやるのは至難の業だぞ」

張雨が指差したのは死体のうなじから手のひら一つ分ほど下の場所だ。そこは自分で触れるのは困難で、刃物を持って無数の傷をつけようとすると難度がさらに上がる。

「自殺じゃないのなら、犯人はどうやってこの中に出入りしたんだ?」羅飛は険しい顔をしながらつぶやいた。円筒の小さなドアは内側からロックされ、さながら「密室」をつくっている。犯人は犯行後、どうやってこの「密室」から脱出したのか?

「犯人が出たとき、被害者は重傷を負っていたがまだ生きていたとも考えられる」張雨が一つの可能性を提示する。「犯人がここから出たあと、被害者自身がドアをロックした。そしてしばらくして失血過多が原因で意識を失い、死亡したんだ」

だが羅飛は首を振ってその予想を否定した。「そうだったら、ドアには血がついていないといけない。でも何もついていていない」

確かに、血まみれで傷だらけの被害者の両手でドアの鍵に触れれば、確実に血痕がつく。だが鍵はきれいなどころか、円筒内部全体を見渡してもあまり血で汚れていない。血痕の大半が死体のそばに付着している点から、被害者は傷を負ってから余計な動作をせず、そのまま倒れたのだとわかる。

張雨は、手の内は全てさらしたと言いたげに手を上げ、羅飛がより確かな推理を出してくれることを期待した。

羅飛が振り向いた先にあの送風機があった。パイプを通じて円筒頂上部の開口部と連結しているので、厳密に言うとこれも装置の一部だ。

羅飛は何かを考えているように視線を集中させる。そして張雨に尋ねた。「送風機が作動していたら、どんなことが起きると思う？」

張雨は日常生活を参考にして推測する。「おそらく円筒内部に気流が発生するだろう。開口部から風が入ってきて、てっぺんの小さな煙突から出ていく」装置全体における送風機の役割について、彼もさっき独自に考えていたところだったが、わずかな時間では手がかりすらつかめなかった。

「作動させてみないか？」羅飛が提案する。

「送風機を？」張雨は躊躇した。「現場が損なわれる。特に紙幣は気流に巻き込まれて飛んでいくと思うぞ」

羅飛にも同様の懸念があったが、この送風機は事件できっと重要な役割を果たしており、ともすれば犯行の手口を暴ける急所だとも考えていた。現場が損なわれるリスクはあるが、試してみる価値はある。

「点けよう」羅飛は今回、決断する口調で言った。

羅飛の意思を理解した張雨は、異論を唱えずうなずいた。

羅飛から視線を向けられた劉が数歩進み、しゃがみこんで送風機のスイッチを押した。

うなりとともに送風機が作動し、強烈な気流がパイプから円筒内へ流れ込む。張雨の不安は的中し、底に散乱していた紙幣は気流の衝撃を受けて一瞬で舞い上がり、円筒の上部へ飛んでいく。

だがそこから、羅飛らが予期していなかった光景が広がった。舞い上がった紙幣は気流とともに円筒頭頂部に設置された煙突から飛び出すことなく、内部を旋回している。竜巻で舞い上がる土ぼこりのように、紙幣は直径五十センチほどの円柱形の螺旋《らせん》をつくり、気流だけを頼りに固定された円心の周囲を急回転している。外から見ただけでは、円筒内に真っ赤なカーテンが引かれたようだ。

「どうしてこうなるんだ?」羅飛はあごをさすりながら、驚くとともに興味を持った。

張雨もどういう原理かわからないまま呆然《ぼうぜん》としている。そのとき、中庭の内外にいた他の警察官も送風機の作動音を聞きつけてやってきて、円筒内部の奇妙な光景をのぞき込みながら話し合っている。

「その理由なら説明できます」誰かが発言した。

羅飛がさっと声のしたほうを向くと、四十歳ぐらいの警察官がいた。制服に記されている識別番号から、興城派出所の人間だとわかる。

「そうなのか?」羅飛は興奮したように言った。「早くみんなに聞かせてくれ」

「任承《レンチヨン》と申します。以前は工場で働いていました」その警察官は自己紹介を済ませると、自信ありげにこう言い放った。「これはガス遠心分離機です」

羅飛にとって初めて耳にする専門用語だった。彼は続けて話すよう促した。

「送風機から生じた高速の気流がここから円筒に入ります」任承は円筒の接線の開口部を指差し、身振り手振りで説明する。「その気流は中に入ってから内壁にぴったりくっつきながら回転し、下に向かって進むと外側を渦巻く気流を発生させます。気流が円筒底部に達しますと、行くところがないので、中心部に向かって流れていきながら上へ回転し、内側を渦巻く気流となるのです。そして、頂上部の中心にあるこの小さな煙突から外へ出ていきます。これらの紙幣は、外側と内側の渦巻きが交差する場所に固定されます。内側と外側の渦巻きの力は、その交差する場所で均衡を保っているため、紙幣は外へ飛んでいくことも、内側に巻き込まれることもなく、固定された交差エリアを回転し続けます」

そうだったのか。任承の説明は砕けていた分、わかりやすかった。羅飛は流体力学に関する知識など持ち合わせていないが、それでも聞いたとおりだろうと思った。ただ、いくつかの点についてよりはっきりさせておきたくなった。

「旋回している紙幣が円筒の上半分に集中し、下半分にない理由は？」

羅飛の言葉どおり、送風機を作動させると、底部から上約五十センチまでの空間には紙幣が一枚も飛んでいない。飛び回る紙幣はどれもそれより上の空間に集中している。

任承が説明する。「下の部分は外側の気流が内側の気流に合流するための通り道なので、そこに紙幣が留まることはありません。上方の外側と内側の渦巻きの均衡が保たれているエリアでのみ、紙幣は旋回し続けます」

「なるほど……これで全てわかった」羅飛は円筒内の紙幣をにらみながら悟ったようにつぶやき、最後に苦笑した。「まったくよくできた仕掛けだ」その言葉には怒気も称賛も込められていた。

張雨が尋ねる。「わかったのか？」

「これは絶対に自殺ではない、他殺だ。でも犯人は円筒の中に入る必要はなかったし、凶器も刃物なんかじゃなかった——」羅飛は円筒の中を指差した。「凶器は紙幣だ」

張雨がうなずく。「俺もそう思う。この紙幣はどれも新札だから、端がよく切れる。被害者を円筒内に立たせ、送風機を作動すれば、無数の紙幣が彼の周囲を飛び回り、針の山を転がったような体にさせられる。だから全身のほとんどに切創を負っているのに、膝から下が無傷なんだ」

「どうして伏せなかったんだろう」遠巻きに様子をうかがう警察官の誰かがそうつぶやいた途端、大勢が口々に同調した。

そのとおり。下半分が安全エリアなら、被害者は四つん這いになれば、旋回する紙幣に切り刻まれることもなく、生還できたはずだ。

その場にいた大半の人間が同じことを考えた。ただ、羅飛と張雨だけが視線を交わし、仕方なく笑った。

李小剛が伏せなかった理由が彼ら二人にはわかっていた。李小剛はそれをむしろ楽しんでいたのだ。

これまでの二人の死者と同じく凄惨な死に方だが、李小剛の顔をよく見てみると、口元に笑みが残っていることに気づく。

欲望を満たしたときのほほ笑みだ。

羅飛には、死ぬ間際の李小剛が目にし、感じたことが想像できた。数え切れない百元札が周囲を飛び回り、隙間のないカーテンを形作っていたとき、李小剛は幻想的な居心地の良い世界——金に囲まれ、金に埋もれた世界——に浸っていたのだ。

欲望の心穴をすっかり開けられた彼が、そのような世界から抜け出そうと思うだろうか？

02

犯罪現場をシミュレーションすることで、李小剛《リーシヤオガン》が死に至るまでの過程が明らかになった。張雨《ジヤンユイー》は死体の検分を開始し、羅飛《ルオフエイ》は大家などの関係者に事情を聞きに行った。

大家の名前は楊瑞民《ヤンルイミン》、地元出身の五十代の男性だ。楊夫婦は五年前に結婚した一人息子のために、ニュータウンにあるマンションの購入資金を援助した。孫が生まれると、二人は息子夫婦と一緒に暮らし始め、正宜路《ジョンイー》地のあの古い部屋を貸し出した。

捜査関係者は早朝に行った第一回一斉捜査で楊瑞民を探し出し、借り主について聞いた。そのとき楊瑞民に容疑者が写った防犯カメラの画像を見せたところ、こんな人物など見たことがないと告げられたため、その一斉捜査は無駄に終わることになった。防犯カメラ映像の確認に増援が来てから、警察は範囲を拡大して第二回一斉捜査を開始し、近所の住人から重要な手がかりを入手した。そして塀を乗り越えて現場に侵入する一方で、再度楊瑞民から事情を聞いたが、彼はまたもや否定した。ここにきて警察は本件で楊瑞民に共犯の疑いもあると判断し、彼を現場に連れてきて捜査に協力させたのだ。

自分の家の中庭で起きた殺人事件を目の当たりにした楊瑞民は極度に緊張し、真っ青な顔で落ち着かず不安げにしている。

羅飛は顔を近づけると単刀直入に尋ねた。「誰に部屋を貸していたんですか？」

「いっ……言えません」楊瑞民は何かを隠しているかのように、羅飛と目を合わそうとしない。

「言えない？　じゃあこっちから話そうか」羅飛が突然声を荒らげた。楊瑞民は身をすくませ、おそるおそる羅飛に目を向けると、二本の刃物のように鋭い両目と目が合い、たまらず震え上がった。

事態が切迫しているいま、羅飛は一秒たりとも無駄にせず先に進まねばならなかった。楊瑞民が臆病な性格だと見抜いて、声を低くし、揺さぶりをかけた。「あの男は殺人犯で、すでに三人を殺害し、さらに犯行を重ねる可能性が高い。隠し立てをすれば、よくて犯人隠避罪、最悪、殺人の共犯者にもなり得るということがわかっているのか」

それを聞いた楊瑞民は慌てて弁明した。「彼が殺したのは全員悪人なんだ。あんたらは何もわかっていない」

「じゃあ何を知っているんだ？」羅飛は厳しい態度を崩さない。

「そっ……それは言えません」楊瑞民は出かかった言葉をぐっとこらえて、ぶつぶつとつぶやいた。「秘密なんです……」

「警察相手に言えないことでもあるのか？」

「この件はあまりに重大なんです。警察にだって口出しする権利はない」どういうわけか、こう言い放った楊瑞民の表情からは高揚感が見て取れた。

何度かの言い合いを経て、羅飛は相手の気性を把握した。それ以上、楊瑞民に付き合うことなく、劉《リイウ》に手を振って命じた。「もういい。この男を連れていけ。殺人事件の被疑者として逮捕状を請求する」

その意図を見抜いた劉は楊瑞民に手錠をかけ、彼を連れていこうとした。

途端に楊瑞民が真剣に焦り、抵抗しながら叫んだ。「冤罪《えんざい》、冤罪だ」そして連れていかれまいと劉に懸命に抗う。楊瑞民を無理やり引きずっていくことは劉の体力で十分可能だったが、彼は敢えて力を緩め、しばらくの間その場に居座らせた。

羅飛が立ち去ろうと数歩歩いたところで、予想どおり後ろから楊瑞民が叫んだ。「しゃべります」

羅飛は足を止め、冷淡な態度でわずかに顔を向けた。「ならさっさと話せ」

楊瑞民は羅飛を見つめながら尋ねた。「あなたが責任者ですか?」

羅飛は彼のほうを向いて答えた。「私が彼らの隊長だ。この場にいる全員、私の部下だ」

楊瑞民は一大決心を下したように大きくつばを飲み込み、羅飛に言った。「このことはあなただけにお話ししますが他言無用でお願いします」

羅飛の視線を理解した劉が言われるまでもなくその場を離れた。すると楊瑞民が羅飛に近づき、小声で話し始めた。「あの男は国家安全部の諜報員なんです。彼は現在、非常に重要な秘密任務に就いているんです」

羅飛は眉をひそめた。「どんな任務だ?」

「総価値一千億ドルを超える、中華民族の遺産を探しているんですよ」途方もない数字を口にした楊瑞民の表情がますます神妙になった。

「はあ」羅飛は全てわかったかのように、楊瑞民の言葉に続いて話した。「当時、国民党政府が撤退したとき、一国の城にも匹敵する価値の大量の金銀財宝を龍州《ロンジョウ》一帯に隠したという話か。それでいま、国が諜報員を派遣して、その財産を探し出そうとしていると？」

楊瑞民は目を見開いて羅飛に尋ねた。「どうして知っているんですか？」

羅飛は呆れて物も言えなかった。「中華民族の遺産探し」とは、数年前に龍州一帯で流行《は や》った詐欺の手口だ。詐欺師は高額の報奨金をエサにして、ターゲットを国の秘密プロジェクトに参加するよう仕向ける。その目的はターゲットから活動資金を騙し取ることだ。そのときの事件を担当したのも羅飛だ。騙された者たちの正常には見えない様子は、まさに目の前の楊瑞民そのものだった。しかも被害者たちは詐欺師の話を強く信じて疑っていなかったので、彼らに事情を説明するのは骨が折れることだった。

羅飛に楊瑞民と付き合っている暇はなく、すぐにでも必要とする情報を得ようと知恵を絞った。そこで彼も声を落とし、深刻な口調で語りかけた。「私も諜報員で、自分の仲間を探している。その男の名前と連絡先は知っているか？」

楊瑞民は首を振った。「知るわけないでしょう。諜報員の正体が厳格に守られていることぐらい、私だって知っている。彼はただ、相場以上の賃料で私の部屋を借りただけで、それ以外のことは何も聞いていません」

羅飛は次の質問に移るしかなかった。「ではどのぐらい住んでいたんだ？」

「五月十日にやってきたから、一カ月弱というところです」楊瑞民が肩を落としてため息を漏らした。「きっと戻ってこない」

「どうして?」

「国民党のスパイに見つかったからです。居場所を移さなきゃいけません」

「国民党のスパイ?」羅飛は呆気に取られたが、すぐに理解して円筒内の李小剛を振り返った。

そばにいる楊瑞民はまたビクビクしながらつぶやいた。「スパイに見つかっていないのであれば、私に会いに来ますかね? どうか私を守ってください。私も民族の事業に貢献した人間なんです」

羅飛はもうこれ以上楊瑞民に余計な時間を使っていられなかった。離れたところにいる劉に手招きし、彼が駆けつけると、「手錠を外して、誰かに家まで送り届けさせろ」と命じた。

楊瑞民を行かせた劉は戻ってくると羅飛に尋ねた。「どうでした?」

羅飛は虚《むな》しく両手を掲げた。「完全に催眠術にかかっている。何を聞いてもろくな情報は出てこない」楊瑞民は容疑者の正体について何も知らず、正宜路地に住んでいるわけでもないので、このまま彼をつつくよりも近隣住民に当たったほうが有力な手がかりが得られる。

だが住民たちからもたらされる情報もかなり限定的で、わかっているのは、その男が確かに五月十日前後に入居し、その後あまり姿を見せなかったということだけだ。約二週間前に、男が自転車の運転手に指示を出しながら、そこそこの量の荷物を中庭に運んでいるのを見たという目撃情報があった。何台もの自転車が送風機やパイプなどの資材を運び込み、改装工事をするようだったという。それから数日間、男はずっと中庭にこもってめったに姿を見せず、隣人たちは中庭から改装工事に似た機械音をいつも耳にしていた。

そして昨日の午後、この男が登山用バックパックを背負い、大きな箱を積んだ電動バイクに乗って正宜路地から出ていくところを近所の女性が目撃していた。この情報により、警察は正体不明の人物のアジトを特定できた。

さらに昨晩九時頃、送風機が発するうなりを隣人が聞いており、それは十分間ほど続いたと言っている。その十分ちょっとが李小剛を死に至らしめた時間であるはずだ。

鑑識が中庭と四軒の平屋をくまなく捜索したが、いかなる生活の痕跡も見つからず、出てきたのは機械や工具類だけだった。容疑者がここを借りたのは犯行に必要な装置を制作し保管するためだけで、男の本当の住所はここではないと羅飛は判断した。

容疑者はもうここに戻ってこないとも羅飛は考えた。男が日常的に出入りする際に変装を何もしていなかったのは、いつでも撤収する用意ができていたからだ。殺人事件の現場となったこの中庭に、戻ってくる理由がどこにある？

空振りに終わったが、羅飛はむしろ悪くない結果だと感じていた。男が出ていったままなのは、連続殺人事件がこれで終了ということなのではないか。しかしその幻想はすぐに打ち砕かれた。

羅飛のもとにやってきた張雨が証拠品袋を突き出し、厳しい顔で告げた。「被害者の短パンから見つかった。早く確認するんだ」

証拠品袋には紙切れが入っている。ビニール袋越しでも、荷渡指図書だとわかる。宛名には李小剛の情報が記入され、受取場所はまさにここ——正宜路地四十一号——だ。

羅飛は途端に気を引き締めた。この荷渡指図書の意味は明白だった。

これまでの二つの事件で、容疑者はいずれも配達員に扮して犯行に使う道具を被害者宅に送り届けていたが、今回の事件では装置が大きすぎたため、犯人も荷渡指図書しか届けることができなかったのだ。被害者はここに書かれた住所に自ら向かい、「死」を受け取った。比較してみると、細かい差こそあれど、犯行の流れはだいたい一緒だ。これまで同様、この荷渡指図書に書かれた差出人が次の被害者を「予告」していると判断できる。

差出人の名前は林瑞麟《リンルイリン》、携帯電話番号の他に、発送先の住所も書いてある。百匯路《バイホイ》二四三号。

羅飛は急いで携帯電話を取り出すと、その電話番号に電話をかけた。しかし一向につながらない。失望の色が濃くなっていき、諦めようかとした瞬間、突然電話がつながった。

「はい？」粗野な男の声がした。

羅飛は飛びつくように尋ねた。「林瑞麟さんですか？」

「そうだ」電話の向こうの男はぞんざいに聞き返した。「あんたは?」

「私は龍州市刑事隊の者です」つかの間の喜びのあと、羅飛は気持ちを引き締めて急くように聞いた。「いまどこにいますか?」

「どこの刑事隊だって?」男がまた聞き返す。「詐欺じゃないだろうな?」急を要するときにこんな質問をされた羅飛は苦笑いするほかなかった。

「詐欺ではありません、電話を切らないでください」羅飛が食い下がる。「そういう詐欺師はどれも地方の人間でしょう。私の発音は地元民そのものじゃないですか」

「それで俺に何の用が?　犯罪なんかしてないぞ」相手はまだ警戒する口調でしゃべった。

「あなたはいま危険な状況にあります。これから保護に向かいます」

「危険?」

「はい。いまは詳しいことを話している時間はありません。どこにいるのかすぐに教えてください」

羅飛の丁重な物言いが相手の態度を軟化させ、男は協力的になった。「レストランさ」

「食事中ですか?　どこのレストランですか?」

「錦繍《ジンシィウ》レストランだ」そして男は言い直した。「飯を食ってるんじゃなくて、自分の店にいるんだ」

「ああ、レストランを経営されているんですね」羅飛はあの荷渡指図書に目をやった。

「住所は百匯路二四三号で間違いありませんか?」

「ああ」

「わかりました。いますぐうかがいます」羅飛はふと考え込み、「いま店内に他に誰かいますか?」と尋ねた。

「料理人と店員がいる。営業前だからな」

「わかりました。くれぐれも外出は控え、従業員とともに店内でお待ちください。我々が行くまで客の対応もせず、見知らぬ人間を入れないでください。特に配達員や物流業者には近づかないように。電話の電源は入れたままで、私の携帯電話以外からの電話には出ないでください。全ては会ってからお話します」羅飛は一気にまくし立ててから、語気を強めて警告した。「絶対に言われたとおりにしてください。いいですか、あなたの命に関わります」

羅飛の速射砲のような息つく暇のない言葉は男をすっかり震えさせた。片時の沈黙のあと、羅飛はようやく小さな返事を聞いた。「わかった」

羅飛は腕時計を確認した。「十分以内に向かうぞ」

03

百匯路《バイホイ》二四三号にある錦繍《ジンシイウ》レストラン。名前は立派だが、実際は通りに面した小さな店だ。

羅飛《ルオフェイ》と劉《リイウ》が店に訪れると、ドアの前には警戒心を露わにした体格の良い若者が二人立っていた。羅飛らが近寄ってくるのを見たそのうちの一人が、半歩前に出て入店禁止のポーズを取った。「いまは営業していません」

「食事に来たわけじゃない」羅飛は警察手帳を取り出した。「警察だ」

若者は身を翻して店内に向かって叫んだ。「店長、警察です」

店内から返事があった。「早く上がってもらうんだ」その声はまさに先ほど羅飛と通話していた男のものだった。

羅飛と劉が若者に店に通されると、さほど大きくない店内には男女が七、八人程度いるだけだった。彼らが囲んで座っている円卓には、鈍い光を放つ包丁が数本並んでいる。

羅飛は怪訝《けげん》に思いながら尋ねた。「これは何を?」

太った男が立ち上がって拳を振る。「誰かが襲撃に来るんだろ。ふんっ、そう簡単にはいかねえってわからせてやろうと思ってな」

羅飛はその男を見つめ、「林瑞麟《リンルイリン》さんですか?」と確認した。

男がうなずいたので、羅飛はもう一度警察手帳を取り出し、自己紹介した。「龍州《ロンジョウ》市公安局刑事隊長の羅飛と申します。彼は助手の劉です」

林瑞麟は顔一面に喜びを浮かべ、羅飛の手をつかみ握手した。「羅隊長、どうぞおかけください」

羅飛は会釈すると、料理人や店員たちを見渡し、言った。「皆さんは仕事に戻ってください」

林瑞麟も追い立てるように大きく手を振る。「さあ行った行った。羅隊長がいらっしゃれば、何も心配ないんだからな」

男女ともにそれぞれ席を立とうとしたとき、林瑞麟が続けて指示を出した。「包丁も持っていけ。全員ぼさっとしないで、お二人にとっておきの料理を振る舞うんだ」

間もなく昼。羅飛も確かに空腹感を覚えていたので、その提案を断らなかった。彼は劉を林瑞麟の隣に座らせ、店内外の様子を観察し始めた。

五十平方メートル余りの小さな店内には、従業員以外誰もいない。外には二車線道路が見える。店が住宅区のそばにあるため、往来は人でにぎわっている。

全て異常なし。羅飛は視線を戻し、そばに座る林瑞麟に目を向けた。

四十歳過ぎで、身長はおそらく百八十センチ以上、肥満体型でビール腹を突き出しており、いかにもレストランの店長という出で立ちだ。表情や挙動から精神状態は問題なさそうで、すでに催眠術をかけられているようには見えない。

羅飛は胸をなでおろし、三件立て続けに起こった死亡事件で張りつめた緊張が若干緩んだ。彼は一枚の写真を取り出し、林瑞麟に見せて尋ねた。「この人物に見覚えは？」

その写真は先ほどの現場の防犯カメラ映像をキャプチャーしたものだ。写っている男こそ、殺人事件の容疑者である。

林瑞麟は写真を手にしばらく穴が空くほど見つめていたが、力なく首を振った。「知らない」

写真にはその人物の服装や体型といった特徴が比較的はっきり写っている。彼がつい最近、林瑞麟に接触したことがあれば、印象に残らないことはあり得ない。どうやら今回は本当に相手に先んじたのだと羅飛は密《ひそ》かに考えた。

事件発生から今日まで、警察は相手にリードされ、対応に疲弊していた。しかし三件目の事件発生からいままで、つまり林瑞麟の名前があの荷渡指図書に「予告」されてから、十時間以上経っている。犯人のこれまでの犯行ペースを鑑みると、林瑞麟は命を落としているのが筋だ。しかし彼は傷一つなくピンピンしている。

機運に乗じて、羅飛には頭を絞って考えなければならない問題があった。何が容疑者の行動を阻害したのだろうか。

警察の強いプレッシャーを感じ、一時的に手を引いた？　もしくは警察にアジトを特定されたことで、後の計画に支障が出た？　だが少し考えを巡らせてみれば、その二つとも成り立たないことがわかる。

容疑者が毎回次の犠牲者の名前を書き残すのは、警察へのあからさまな挑戦だ。このような放埒《ほうらつ》で自己顕示欲の強烈な人間が、警察の圧力を理由に尻込みするだろうか？　警察が正宜路《ジョンイー》地の現場に駆けつけたのは、李小剛《リーシャオガン》が死んだ昨晩九時から十時間以上も後だ。容疑者が林瑞麟に手を下すのには、十分すぎる時間だ。しかもあのアジトから、警察は他の「アイテム」を見つけ出していない。つまりあのアジトが警察の手に落ちたぐらいでは、犯人の計画に何の支障もないのだ。

だから警察が犯人の計画を阻止したのとは別の理由がおそらくある。林瑞麟自身の何らかの行動で犯人が手出しできなかったのではと羅飛は考え、こう尋ねた。「昨晩九時からさっき私の電話があったまでの間、どこで何をしていましたか？」

「昨日の夜九時か……」林瑞麟は記憶をたどった。「ああ、九時なら一人目の客の会計をしていた頃だから、レジで金を受け取っていたはずだ。それからはずっと店にいて、深夜一時頃に最後の客が帰ってから、その日の売上金を持って家に帰ったんだ。家は近所の宝《バオ》帯新村《ダイシンツン》でな、徒歩十分程度の距離だ。それからシャワーを浴びて寝たんだ。今朝は九時に起きて、家で朝飯を食って、九時半頃にここに来てからずっと店内で準備してたな」

「深夜一時まで営業?」羅飛にとってその時間帯は予想外だったので、ふと尋ねた。「どうしてそんなに遅くまで?」

「もう夏だろ。夜はつまみを用意して、道端にテーブルを並べると、けっこう稼げるんだよ」

確かに、店の外には幅四、五メートルの歩道があり、椅子とテーブルを置けば露天になる。

羅飛は続けて質問した。「先ほどおっしゃった時間帯に、その……知らない人物から電話がかかってきませんでしたか?」

林瑞麟は首を横に振った。「わからん」

「わからない?」その返事は羅飛の意図していないものだった。

「ケータイの電源が切れてたんだ」林瑞麟が説明する。「昨日の夕方、女房から家のことで電話がかかってきてな。あいつはとにかくしつこくて、どうでもいい話を三十分ぐらい話すんだ。そのせいでケータイの充電がなくなっちまったんだが、それ以上あいつの話を聞く気にもなれなかったんで、充電せずにそのままにしておいた。だから誰かが電話をかけてきたとしてもわからないんだ」

「え?　じゃあ充電したのは帰宅してからですか?」

「ああ。でも電源は切ったままだ。電源を入れたのは今朝起きてからだ」

そういうことか。羅飛は納得した。昨晩、林瑞麟の携帯電話の電源が偶然オフになっていたため、犯人は彼に電話をかけられなかった。そして店内は人が出入りする場所だから、犯人は他人の目に触れるのを嫌がり、殺害計画を後回しにした。翌日に林瑞麟が携帯電話の電源を入れたときには、警察がすでに正宜路地の現場を捜査していたため、犯人は林瑞麟と接触する危険を冒そうとしなかった。

合点がいき、羅飛の張りつめた気持ちがようやく本当に緩んできた。この終始油断のならない追いかけっこにおいて、警察はついに犯人と同じスタートラインに立てる機会を得たのだ。しかしこれは完全に運が味方しただけだ。

一連の質問に素直に答えていた林瑞麟がとうとう疑問を口にした。「羅さん、俺を狙っているのはいったい誰なんだ？」

羅飛は直接答えず、聞き返した。「林さんは誰だと思いますか？」一連の事件の犯人がターゲットを明確に定め、周到に準備している以上、動機もはっきりしているはずだ。林瑞麟が直感で怪しい人物を数人挙げることを期待した。

林瑞麟はそのことをとっくに頭に浮かべていたようで、すぐにしゃべり出した。「一番怪しい奴は、隣のレストランの韓松《ハンソン》だな。俺の真似《まね》して外にテーブルを出して、毎晩陣地争いをしている。俺はもう十分譲歩してやってたんだが、図に乗った奴は二日前にうちの店先にまでテーブルを並べやがった。文句を言ったら、人を呼んでお前の店をぶっ壊させるぞって脅し文句を吐かれたんだよ」

羅飛は「ふむ」と言い、「他には？」と尋ねた。

「他？」林瑞麟はしばらく首をひねった。「じゃあ彭強《ポンチアン》の野郎か？　俺から七万元も借りてて、何年も返さないままなんだよ。何日か前にさっさと返すよう急かしたら不機嫌にさせちまってな。だが長年の付き合いのあいつがそんなことで恨むか？」

羅飛は尋ね続けた。「他には？　よく思い出してください」

「他は……」林瑞麟はまばたきし、何か思い至った様子だったが、言うのをためらった。それを見た羅飛が忠告する。「命に関わることですから、警察に隠し事はないようお願いします」

すると林瑞麟は照れながら鼻をかいた。「曹《ツアオ》かもしれん」

「どういう人物です？　フルネームは？」

「曹雨峰《ツアオユイーフオン》といって、友人なんだが……あいつの女房が俺に気があって、それが曹にバレちまったのかもしれない」

〝誰かの妻に惚れられている〟というのは、体裁をつくろった言い方に過ぎず、実際はもう不倫関係にあることを意味している。羅飛はその言葉の裏を聞き分けた。林瑞麟がそのレベルの人間関係まで口に出したということは、彼が考える疑わしい人物は出し尽くしたのだろう。

羅飛は劉に命じた。「いまの三人を記録して、調査させるんだ」

「調査?」林瑞麟はやや驚きながら口を半開きにした。「あんたらも誰が狙ってるのかわからないのか?」

「わかりません」羅飛は隠さず言った。「しかし私が判断するに、犯人はいま挙げた三人の中にはいないと思います」

「じゃあ誰が?」林瑞麟は羅飛を見つめ、また尋ねた。「警察も何も知らないんなら、どうして誰かが狙っているなんてわかるんだ?」彼は大きく目を見開き、不思議そうな顔をした。

羅飛は現在の状況をつまびらかにしたほうがいいと思った。

「昨日の午後から、市内で同一犯による殺人事件が三件立て続けに発生しました。犯人は配達員に扮して被害者と接触し、ある特殊な方法を使って殺害に及んでいます。現在まで、警察はこの人物の身元を特定できていません。犯人は毎回、現場に宅配便の送り状か荷渡指図書を残していて、その差出人欄に書かれた名前が次の被害者となります」羅飛はいったん話をやめ、証拠品袋を林瑞麟に見せた。「これは三件目の事件現場に残されていたものです」

袋の中には李小剛が受け取った荷渡指図書が封入されている。それには林瑞麟の名前と連絡先がはっきりと記されている。

林瑞麟は色を失った。いままで羅飛から聞かされていた危険とは、これから襲いに行くとうそぶいている奴がいる程度だと思っていたのだ。だが実際は彼の予想を大幅に超えていた。羅飛の説明ですでにはっきりしたものの、彼はたまらず再度確認を求めた。「いままでの三人は……みんな死んだのか？」

「そうです。しかも惨《むご》たらしく」

贅肉《ぜいにく》のついた林瑞麟の頬が引きつった。「さっき、全員特殊な方法で殺されたって……」

羅飛は重々しくうなずいた。

林瑞麟は両手を組んで指を互いにこすり合わせた。「特殊な方法」とは何か聞きたくてたまらない様子だったが、羅飛のとりわけ沈んだ表情を見て言葉を発しようとしなかった。しばらくして彼はふと顔を上げ、「料理はまだなのか？」と離れたところに立っている店員を呼びつけた。

店員が答える。「できています」

林瑞麟は手招きして急かした。「持ってこい、並べるんだ」

店員が厨房から料理を運ぶ。肉・魚料理に野菜料理、冷菜に温菜、炒《いた》めものからスープまで、円卓の回転テーブル台に料理が輪を描いた。厨房の制服を来た若者が店員の後ろから姿を現し、店員全員を下がらせてテーブルのそばについた。

林瑞麟は食器を手にして羅飛と劉に勧めた。「お二人とも、遠慮せずに召し上がって」

そう言う彼自身、本当に遠慮がない。左手でテーブルを回転させながら、右手ではしを構え、卓上にある料理全部を瞬く間に味わったかと思えば、最後に評価を下すのを忘れなかった。「このタウナギは油を使いすぎだな。干し豆腐は火を通しすぎてて、食感がちょっとボソボソだ。魚の頭のスープは一番良くできてる。どんぶりで飲みたいぐらいだ」

言うや否や、林瑞麟は自分のお椀《わん》にスープをなみなみと注ぎ、半分に切られた魚の頭をつまんだ。食べたり飲んだりしながら、うんうんとうなずいている。

劉はそばに立つ料理人の若者をからかった。「今日の料理はうまくいったんじゃないのか。君の腕前のおかげで店長の機嫌が一瞬で良くなった」

その若者は喜ぶどころか、苦笑いを浮かべた。「うちの店長のことを知らないからですよ。店長は機嫌が悪いときほどうまそうに食べるんです」

林瑞麟はうつむいて魚の頭にしゃぶりついている最中だ。その若者に余計なことをしゃべられないようにするためか、顔を上げて左手を振った。若者はそれに気づいてその場を去った。

スープを一椀分飲み終え、魚の頭もしゃぶり終えた林瑞麟はようやく静かにため息をついた。満足しているようにも、憂鬱そうにも見える。それから頭を上げると、羅飛に、いままでの三人はどう死んだんだと聞いた。

羅飛はその質問には答えず、ただ褒《ほ》め称《たた》えた。「林さんは健啖家《けんたんか》ですね」

「生きている以上、機会を大切にしなきゃな」林瑞麟はしみじみと語る。「口の中に放り込んだうまいもんだけが真実で、あとは全部ないようなもんだ。だからどんな大事件が起きようが、俺の食欲は全く減らない」

林瑞麟を注視していた羅飛は彼が心の奥から心地よくなっているのを感じ取り、しばらくしてこう切り出した。「つまり――美食こそ最大の欲望だと?」

「そうだな」林瑞麟は理解者を見つけたように羅飛を愉快そうに見つめた。よほどうれしいのか、大いに自説を振りまいた。「食欲と色欲は人の性《さが》なり――昔の人間はうまいこと言ったもんだ。俺に言わせると、女に入れ込むのは楽しさよりも面倒くささが勝るから悩ましいことだらけだ。やっぱり美食だよ。毎日いろんなもんを食べられて、いつでもどこでも満たしてくれる。俺が太っても老け込んでも嫌わないし、優しくないとか気が利かないとか文句も言わない。その料理が気に入らなかったら、思いっきりゴミ箱に叩き込んで新しいのを頼めばいい。だから俺にとって、美食こそ人生で一番華やかなものなんだ」

だが羅飛はそんな彼に冷や水を浴びせた。「その欲望が自身の命を奪うことになりかねませんよ」

「俺の命を奪う?」林瑞麟は口元を歪めた。「食べ過ぎで死ぬことへの心配かい?」そう言いながらはしで料理をつまみ、口に入れて大きく咀嚼《そしゃく》した。

「冗談ではありません」羅飛は非常に厳しい態度で諭す。「いままでの三人は自分の欲望のために亡くなったのです」

「え？」林瑞麟の顔から笑みが消えた。彼ははしを下ろし、目を細めながら羅飛が話してくれるのを待った。

羅飛が趙麗麗《ジャオリーリー》ら三人の死因を説明している間、林瑞麟は黙って耳を傾け、表情にますます困惑の色を浮かべた。聞き終えると彼は疑わしげに尋ねた。「つまり、美を追求しすぎたせいで亡くなったのが一人、女とヤりたいあまり死んじまったスケコマシが一人、金に意地汚かったから死んだのが一人いるってことか？」

「そうです。この法則に基づいて分析すると、犯人は林さんの食欲を利用して犯行に及ぶ可能性が極めて高いです」

「でもどうやって俺を殺す気なんだ？」林瑞麟は自虐的に笑った。「本当に死ぬまで食わせるつもりか？」

「もっとあり得るのは……」羅飛は予想を口にした。「致死性の食べ物を送って、食べるよう仕向けることです」

「致死性の食べ物？　フグか？　それとも毒きのこか？」林瑞麟は想像しながら、無意識に舌なめずりした。「そういった劇毒を持つ食材は、絶品でもあるんだ……目の前に並べられたら、その誘惑にはほぼ抗《あらが》えんだろうなあ」

欲望がこうも人を夢中にさせるのなら、犯人の計画が立て続けに成功したのも無理はない。羅飛は重たいため息をついた。

羅飛のため息に我に返った林瑞麟はしばし美食への妄想を振り切り、自身が直面する危機について再び考えた。そしてすぐに新たな疑問を口にした。「羅刑事、どうしてもわからないことがあるんだが、その犯人はどうして俺たちを殺そうとしているんだ?」

それも羅飛が最も懸念する心配の種だ。被害者数人の関係性を見つけ出さないことには、犯人の動機が特定できない。そこで彼は劉に目配せし、命じた。「趙麗麗たちの写真を林店長にお見せしろ」

劉は三人の被害者の生前の写真を林瑞麟の前に並べた。「よく見てください。見覚えはありますか?」

「いい女だな」林瑞麟は趙麗麗の写真を褒めたが、首を横に振った。「だけど絶対に会ったことはない」

羅飛は林瑞麟に次の写真を見るようあごをしゃくった。

次は姚舒瀚《ヤオシューハン》の写真だ。林瑞麟は考え込んだがやはり首を振った。「こいつも……会ったことはないはずだ」

羅飛も趙麗麗と姚舒瀚の日常生活で林瑞麟と接点があるとは思えない。食事をするにしても、あの二人が通りに面した小さなレストランに足を運ぶことはない。どうやらこの調査からも何の手がかりも得られなさそうだ。

羅飛が少し肩を落としていたとき、不意に喜びが訪れた。

「このガキは知っているぞ」李小剛の写真に目を落とした瞬間、林瑞麟は円卓を叩いて叫んだ。

羅飛は意気込んで尋ねた。「彼とはどういう関係が？」

「半年前、このガキに手を焼かされたんだ」林瑞麟は写真をにらみつけ、自信を込めて言った。「間違いない、こいつだ」

「半年前に手を焼かされた？」羅飛は林瑞麟の言葉の意図を推し量った。「つまり親しくはないということですか？」

「全然知らん、一度会ったきりで、こいつの名前すら知らない。でもあの件ははっきり記憶に残っているから、見間違えることは絶対にない」林瑞麟はやや感情的になっているようで、肉付きのいい手を振り回した。

一度会ったきり。つまり両者を繋ぐものは単純であり、羅飛は捜査が進展するのをより期待した。その事件に関する手がかりを掘り下げればいいのだ。

「何があったのか、教えてください」羅飛は急かした。

しかし林瑞麟は落ち着いた様子で羅飛を見つめ、本件と全く関係なさそうなことを質問した。「羅刑事は犬肉を食べたことがあるかい？」

羅飛は正直に答えた。「あります」

林瑞麟は身を乗り出して羅飛に続けて尋ねた。「味はどうだった?」

「悪くなかったです」食べた感想など特にないが、そう聞かれた以上、羅飛は話を合わせた。

「悪くないなんてもんじゃない。『犬肉を煮込めば、仙人すら我慢できない香りが立ち込める』と言うだろう。特に冬の犬鍋はうまいし、体の芯まで温まる」林瑞麟はさんざん褒めそやし、目を閉じてまるで本当に香りを味わっているように大きく息を吸い込むと、今度は表情を曇らせた。「残念ながら龍州には犬肉を食べる文化がない。本物の犬肉を堪能したいなら、徐州《シユージヨウ》市の沛《ペイ》県まで行く必要がある」

徐州市の沛県は確かに犬肉で名を馳《は》せ、「犬肉の郷」として有名だ。羅飛もそのことは知っていたが、それより問題は、林瑞麟と李小剛に起きたトラブルと犬肉にどのような関係があるのかだ。

それから林瑞麟はようやく本題に入った。

「毎年冬になると、沛県で犬肉の需要が大幅に増えるんだが、龍州じゃ犬肉を食う人間はいくらもいない。そこで俺は犬を売る仲介業をしているんだ。半年前に龍州で生きた犬を大量に仕入れて、車で沛県まで運ぶつもりだった。だけど高速の料金所前である団体に妨害されたんだ。そいつら全員、頭がどうかしてるみたいに、車から犬を解放しろと騒ぎ立ててた。わけがわからん。犬どもは俺が金を出して引き取っただけで、盗んだり奪ったりはしていないし、正規の運搬証もある。解放しろと言われて解放する奴がいるか？　それでそいつらとひと悶着《もんちやく》起きたんだ」林瑞麟は李小剛の写真を指でつつき、「このガキが一番食ってかかってきて、殴ってくるんじゃないかとさえ思ったよ」と言った。

そういうことだったのか。龍州には愛犬家が多く、彼らは犬食に対して強い反感を持っている。李小剛は犬こそ飼っていないが、ネットでペット用品を販売していて、愛犬家たちとともに行動していてもおかしくない。犬を自分のことのように可愛がっていたという趙麗麗のことを思い出すと、羅飛は納得の行く仮説を立てた。そして趙麗麗と姚舒瀚の写真を手に取り、林瑞麟に尋ねた。「その団体にこの二人はいませんでしたか？　もう一度思い出してください」

林瑞麟の答えは早かった。「いなかった」

羅飛は諦めず粘った。「本当ですか？　当時は何人ぐらいいました？」

「多かったな。次々にやってきて七、八十人に膨らんだ。路肩が車でいっぱいになったんだ」

「そんなに大勢いたのでは、はっきり覚えていないのでは？」羅飛は二枚の写真を指で叩いた。「目立たなかっただけで、この二人もいたかもしれませんよ」

「この男はともかく、この女がいたとして俺が覚えていないはずがないだろ？」林瑞麟は趙麗麗の写真を羅飛の眼前に突き出した。「こんな女、街でひと目見かけただけでも忘れられるわけない」

羅飛は林瑞麟の理屈に反論できず、彼女がその場にいなかったという意見を受け入れるしかなかった。

趙麗麗がいなければ、姚舒瀚がいる理由もない。この件と関わりがあるのは李小剛一人か？

さらに詳しい事情を知りたい羅飛は質問を続けた。「そのあとどうやって解決したんですか？」

林瑞麟が話す。「通報して駆けつけた警察官もこっち側について、これ以上車両妨害をしないよう言ったんだ。でもあの頭のおかしな連中は往生際が悪くて、警察が来ても意味がなかったから、お互い妥協するほかなかった。それで話し合って折衷案を出して、こっちが犬を全部仕入れ値で売るから、そっちで好きに処理してくれってことになったんだ」

「悪くない妥協でしたね」羅飛は評価した。「少なくとも損はしなかったわけだ」

「そうは言ってもやはり赤字だ」林瑞麟は文句を言った。「トラックで沛県まで運んでいたら、転売しただけで二、三万元は儲《もう》かったんだ」

「いくらで売ったんですか？」

「五万元」

「そのお金は誰が？」

「奴らが出し合ったんだ。誰がいくら出したのかまではわからない」

「なるほど」羅飛は少し考え込み、また尋ねた。「彼らはその犬たちを最終的にどうしたんでしょうかね？」

「そんなこと知らん。俺は金を受け取ったらさっさと帰ったよ。あんなイカれた連中となんか一分だって一緒にいられん」

林瑞麟からこれ以上の情報は望めないと見た羅飛は次なる捜査計画を組み立て始めた。方法を検討すると、助手に指示を出した。「何人か人手を集めて、店付近の防犯カメラの映像をくまなく調べさせるんだ。それと一一〇指揮センターに連絡して、林店長の話にあったその事件に対応した警察官を見つけろ」

劉は一言返事した。「わかりました」

昨晩、林瑞麟の携帯電話の電源が偶然オフになっていたことで犯行が妨害されたとはいえ、犯人はおそらくすでに百滙路辺りに来ている。だから付近の防犯カメラの映像記録を徹底的に調べれば、犯人の足跡を見つけられるかもしれない。また半年前に出動した警察官を特定するのは、そのときの犬を巡るトラブルを細部まで明らかにするためだ。羅飛が打った二つの手は最新の状況に基づいた手配であり、彼ははっきりした考えと目標を持っていた。

だが羅飛が何かを忘れていると思った林瑞麟はたまらず声をかけた。「俺は？　どうやって俺を守ってくれるんだ？」

羅飛はきっぱりと言った。「一緒に来てください。今日から犯人を捕まえるまで、刑事隊の中で生活してもらいます」

「え？」林瑞麟は困惑の表情を浮かべた。「刑事隊の食事はどうなんだ？」

羅飛は真剣な面持ちで答えた。「うまいとは言えませんが、少なくとも死ぬことはありません」

4　姿の見えない犯人

01

羅飛《ルオフェイ》の前に三十歳前後の男が座っている。背が高くなく、容姿も平凡で、警察官の制服を脱げばどこにでもいる一般人と何ら変わりない。

彼の名は朱思俊《ジュースージュン》、龍州《ロンジョウ》市公安局交通警察連隊高速道路大隊第四中隊の交通警察官だ。半年前のあの犬を巡るトラブルに対応した男だ。

朱思俊は手元の数枚の写真をめくり、見終わると写真を左手で三枚、右手で一枚持った。

「龍州に連続殺人犯が現れ、この三人がすでに殺され――」朱思俊は左手の三枚の写真を下ろすと、今度は右手の写真を掲げた。「この人物が次のターゲットだとおっしゃるんですね」

羅飛はうなずきながら朱思俊の反応を観察した。

朱思俊は眉間にしわを寄せたまま、熟考している様子でしばらく黙り込んだ。

羅飛はたまらず彼に尋ねた。「何を考えているんだ?」

「いえ、何も」朱思俊は作り笑いを絞り出し、口元を歪めた。「ただちょっと荒唐無稽というか、現実味がないというか……」

羅飛は仕方ないというジェスチャーを取った。「しかし実際に起きたことだ」

「わかりました」朱思俊は雑念を捨て、羅飛の質問に答える態勢に入り、手元の四枚の写真をまとめてひらひらと振った。「この四人とも、半年前のあの現場で見かけました」

「なに?」予想を大幅に超える答えに、羅飛は身を乗り出して質問を重ねた。「確かか?」

「間違いありません」

隣にいる劉《リイウ》と目を合わせた羅飛の瞳には、驚きとうれしさの中に戸惑いも浮かんでいた。

四人があのトラブルの当事者で間違いないのなら、警察は四人の被害者の関連性をついに見つけたということだ。だが林瑞麟《リンルイリン》は、趙麗麗《ジャオリーリー》と姚舒瀚《ヤオシユーハン》の二人を見たことがないと頑《かたく》なに主張していた。両者の食い違いは何が原因なのだろうか?　林瑞麟は何かを隠している?　それとも朱思俊の記憶に誤りがある?

羅飛は朱思俊から写真を受け取り、趙麗麗と姚舒瀚の写真を抜き出して彼に見せた。

「林瑞麟の話では、この二人は現場で見かけなかったと言っていたが」

「確かに見ていないでしょうね」朱思俊は説明した。「この二人が来たのは最後のほうで、そのときには林瑞麟はもういなくなっていましたから」

そういうことか。羅飛は疑問を打ち消し、事件に関連する出来事に理解を深めていった。

「この二人も犬を助けに来たのか？」羅飛は趙麗麗と姚舒瀚の写真を振りながら質問した。二人の地位と性格上、そのようなボランティア活動に関わる可能性は低い。

そして朱思俊の答えは他の理由があったことを裏付けていた。「犬を捜しに来たんですよ」

「捜しに？」

「この女性は飼っていた犬が逃げたんです。犬を積んだトラックが止められているという情報をネットで見て、彼氏を連れて自分の犬がいないか捜しに来たんです」

それなら納得がいくと羅飛はうなずいた。自分の犬をとても大事にしていた趙麗麗は、犬を捜すために混乱した現場を訪れたのだ。

羅飛は尋ねた。「犬は見つかったのか？」

朱思俊は少し考え、首を振った。「見つからなかったと思います」

羅飛はうなずき、質問を続けた。「彼女はインターネットで情報を知ったんだな？」

「はい」

「こういう事件はそんなに早くネットに上がるものか？」

「トラックを止めに来た人たちはもともとネットで集まったんですよ。全員愛犬家で、若者が中心になって普段からネットで交流しているんです。ＱＱ（中国のインスタントメッセンジャーツール）のグループチャットまで作っていますよ。あの日はまずＱＱで連絡を取った二、三十人がトラックを止めるために集まりました。そして現場で写真を撮り始めて、いくつものペット関連のネット掲示板のスレッドに投稿して、喧伝《けんでん》して盛り上げたんです。そこから人がまた次々とやってきました。このカップルが来たのは最後です」

羅飛はいまの話から糸口を察知し、直ちに劉に指示を出した。「鑑識に李小剛《リーシャオガン》のパソコンを調べさせて、そのＱＱのチャットグループと関係する掲示板を見つけるんだ。その日のトラック妨害に関与した人間をリストにまとめろ。できるだけ完全に」

劉はすぐに電話で手配を行った。羅飛は朱思俊への質問を続けた。

「その騒ぎのリーダーは？」

朱思俊は羅飛に示された写真を指差した。「この李小剛のはずです。林瑞麟と一番激しく口論していましたから。それから私がお金を出し合って犬を買うよう全員に提案したとき、一番初めに応じたのも彼でした。所持金を全部出し尽くして、確か七百元ぐらいだったと思いますが、手元には小銭しか残っていませんでした」

「犬たちはその後どうなったんだ？」

「彼らの話では、野良犬保護センターに送るとのことでしたが、本当にそうしたかまでは知りません」朱思俊は肩をすくめた。「高速道路のインターで起きた車両妨害トラブルを解決するのが業務だったので、実を言えば犬たちのことはさほど気に留めていませんでした」

羅飛はふむと言って、朱思俊の態度に理解を示した。それから写真を劉に渡し、机に置いていた資料をめくり始めた。

これは朱思俊が書いた出動記録だ。半年前のそのトラブルの原因と対応の過程が記録されている。羅飛は事前にすでに目を通していたが、改めて読み直してみた。

出動日時：十二月六日。

出動者：朱思俊（警官番号××××××）。

通報者：林瑞麟、男、四十二歳、現住所××××、身分証番号×××××××××××××××××、電話番号××××××××××。

出動場所：南郊外環状線楊荘《ヤンジユアン》料金所。

出動内容：午前九時頃、林瑞麟が手配した大型トラック（ナンバープレート××××××）は二百三十六匹の生きた犬を積み、本市の百匯路《バイホイ》を出発し、徐州《シユージヨウ》市の沛《ペイ》県へ販売しに行くところだった。市内を走行中、李小剛（男、二十四歳、現住所××××、身分証番号×××××××××××、電話番号××××××××××）がトラックを発見し、すぐさま一連の情報をQQのグループ内に発信、ネットユーザーたちを集めてトラックを止めて犬を助ける計画を考えた。この提案は一部のネットユーザーから賛同を得た。

　午前十時頃、犬を積んだトラックが本市の南郊外環状線楊荘料金所に到着。李小剛の運転する小型車（ナンバープレート××××××）がトラックの進路を阻んだ。その後、ネットユーザーの彭《ポン》某、陳《チエン》某ら数十人が相次いで駆けつけた。李小剛は林瑞麟に対し、トラックに積んでいる生きた犬を全て解放するよう要求し、林瑞麟が断ったことで、その後すぐに両者の間で言い争いが起こった。それにより、周囲の交通がある程度妨げられることになった。

　午前十時三十二分、林瑞麟は警察に通報した。

対応の内容：午前十時三十七分、龍州市公安局交通警察連隊高速道路大隊警官の朱思俊は現場となった楊荘料金所に到着し、両者のトラブルの仲裁に当たった。調査の結果、ナンバープレート××××××のトラックの運送許可証に問題はなく、犬の運搬に必要な動物検疫証、ワクチン証明書などの関連手続きも済ましていた。そのため李小剛たちによるトラックを押収するという訴えは認められない。李小剛たちが車の妨害をした理由が動物愛護という善意からの動機であることを鑑みて、林瑞麟にはきりのいいところで譲歩し、一連のトラブルを両者の話し合いで解決するよう提案した。

　午後二時頃、両者はトラブルの対応について合意に達した。林瑞麟は積んでいる犬を李小剛側に渡す一方、李小剛側は共同で資金を出して林瑞麟に五万元を渡し、相手側の個人的損失を補塡《ほてん》するというものだ。

午後三時頃、李小剛側は五万元を集めて林瑞麟に渡した。林瑞麟はその後、現場から離れた。李小剛たちがトラックにいた犬の数を確認したところ、生きていたのは二百二十八匹で、八匹すでに死んでいた。午後三時五十分、李小剛たちは二百二十八匹の生きた犬を運んでいった。事件の対応は終了し、楊荘料金所の交通は正常に戻った。


この出動記録は割とどこにでもある内容で、このようなトラブルなど枚挙にいとまがない。記録を読み終わった羅飛はその中の細かいポイントについて深く掘り下げる必要があった。

「ここに書かれている『周囲の交通がある程度妨げられることになった』とはどの程度だった?」

朱思俊は答えた。「大したことはありません。集まった車はけっこう多かったですが、全員きちんと路肩に停めていました。料金所も広かったので、一番端のインターはふさがれていましたけど、他はどこも正常に通行できていました」

「なるほど。じゃあ交通事情のせいで他の揉め事が起きたということはないな」

「ありません」朱思俊は自信を持って答えた。

だとしたら、全ての原因はやはりこのトラブルにある。羅飛はまた記録に目を落とし、このたった数百文字の中から連続殺人犯のかすかな糸口を探ろうとしたが、何遍読み返しても手がかり一つ見つけられなかった。そして残念そうにその記録を脇に押しやり、改めて朱思俊を見つめ、彼の記憶から何かを掘り出せることを願った。

だが羅飛には他に何を尋ねたらいいのかもわからず、結局は大まかな仮説を出すしかなかった。「仮にその連続殺人犯が当時現場にいたとして、直感で判断したら最初に誰が頭に浮かぶ？」

朱思俊は返答に窮し、精一杯考えていたようだが、結局期待外れの答えを出した。

「思い当たりません」彼は真剣に話した。「これはよくあるトラブルにすぎないと考えましたし、対応も適切だったと思います。こんなことで人を殺すなど考えられませんよ。その上連続殺人犯だなんて、全く理解を超えています」

常識的に言って確かに理解不能だ。だが連続殺人犯はそもそもまともな人間ではなく、極端かつ独自の感情を秘めているのを羅飛は知っている。そうした感情が生まれるのは彼らの人生経験と密接なつながりがあり、第三者から見たら些細《ささい》な波紋が彼らの心に逆巻く荒波を引き起こしたとも考えられる。

朱思俊はいち交通警察官だ。羅飛ですら見当もついていない難問に判断を下させるのはやや酷な話だろう。

もはや一縷《いちる》の望みしか残されていない。藁《わら》にもすがる思いだが、試してみる価値はある。

羅飛は劉に指示した。「犯人が写っている防犯カメラのキャプチャー画像を彼に見せてくれ」

彼の助手はプリントアウトした写真を取り出し、朱思俊に見せながら尋ねた。「この人物に見覚えは?」

朱思俊はしばらく考え込んだが、落ち込んだ様子で首を振った。

「わかった」羅飛はこの会話をいったん打ち切るしかなく、立ち上がった。「今日はここまでにしておこう。また何か思い出したら、いつでも連絡してくれ」

02

羅飛《ルオフエイ》が朱思俊《ジユースージユン》と別れてほどなくして、李小剛《リーシヤオガン》のパソコンを調べていた技術チームから連絡があった。指定されたQQのグループといくつかのペット掲示板を捜索したところ、半年前のチャット履歴と掲示板の投稿コメントを発見、それによって当時トラックを妨害し犬の救出に関わった二十四人を特定した。今後はその二十四人に聞き込み調査を行えば、完全なリストを作成できるはずだ。

「よくやった」羅飛は次の指示を出した。「警察官を総動員して、直ちに捜査を展開するんだ。完全なリストだけじゃ足りない。各人の経歴やここ最近の行動履歴をまとめた詳細な資料が必要だ」

外堀を埋める捜査が活発に進められる中、羅飛もどうにかして内側から突破口を見つけようとしていた。

「狙われた四人の個人情報は把握済みで、彼らのつながりも明らかになった。いまやるべきことは、どこかに潜んでいる犯人を見つけ出すことだ」羅飛は集中して分析を続ける。「その人物はきっと半年前のトラブルの関係者で、なおかつ被害者たちと共通の対立項があるはずだ」

羅飛の分析に劉《リイウ》は納得したが、その筋道に沿って考えたとき、矛盾に突き当たった。

「あのトラブルの対立項は犬を食う側と救う側の二つしかありません。そして両者の代表者が林瑞麟《リンルイリン》と李小剛で、彼ら自身が対立していたんですから、他にどんな共通の対立項があるんですか?」劉は困惑気味に頭をかいた。四人どころか、その二人にすら思い当たる節がない。

そんな助手を見て羅飛は突然質問を投げかけた。「李小剛はちょっと変だと思わないか?」

「と言うと?」劉はまばたきしながら考え込んだ。

「李小剛みたいな人間が犬を飼うことにそこまで興味を示すだろうか?」

「ないでしょうね」劉は予想した。「自分の生活もカツカツだったのに、犬を飼う余裕なんかないでしょう」

「そうだな。自分が生きることすら大変だったのに、犬なんか飼えないだろう?」そう言い、羅飛は話の方向を変えた。「だが彼は愛犬家のQQグループに参加し、トラックを止めて犬を救うという活動を率先して組織していた」

劉はちょっと考えた。「それなら理解できますよ。彼はペット関係の仕事をしていたから、そうやって客のご機嫌取りをしたんです。一種の営業活動ですよ」

「ただのご機嫌取りにしては、払った代償が大きすぎるようだが」

「七百元出して犬の購入に当てたことですか?」劉も奇妙に思った。「彼の経済状況を考えたら、確かに少なくない額ですね」

羅飛はうむとうなずき、「七百元どころか、車まで用意していた」と言った。

劉はあることを思い出した。「確かに、記録には小型車を運転していたとありますが、彼が車を持っていたはずありません。レンタルしたのでしょうか?」

「レンタカー、他人の車、どちらも可能性があるが、どっちにしても出費があったはずだ。それに李小剛が犬を積んだトラックを発見したのは決して偶然ではない。彼は事前に手を打ち、相応の準備をしていた」

「ああ、その可能性は高いです」劉は同意した。「そうなると、彼は資金も体力もけっこう費やしていますね」

「だから客に良い顔を見せるためだけにしたことなら、少し大げさだ……他に目的があったんじゃないか？」

「目的？」劉はまた考え込んだ。「何があるでしょうか？」

「座って考え込んでも何も出てこない」羅飛は立ち上がって劉の肩を叩いた。「野良犬保護センターまで行って、彼らが犬を買ってからのことを確かめるぞ」

龍州《ロンジョウ》市に野良犬保護センターは一つしかなく、龍州市畜犬協会の野良犬保護委員会が設立し、管理している。保護センターは市郊外の南明《ナンミン》山のふもとにある。かつて南明山で派出所の所長として長年働いていた羅飛にとって、この辺りは庭のようなものだ。センターに着くと、センター長の孫玉川《ソンユイーチユアン》が羅飛と劉を出迎えた。

孫センター長により、確かに半年前、救出された大量の犬がここに収容されたことが確認できた。孫センター長に内部を案内された羅飛たちは、ドアに入るや絶え間ない犬の鳴き声を耳にした。奥まで見てみると、並んだケージに数百匹の犬が一匹ずつ入っている。犬種はさまざまで、檻《おり》の近くで大声をあげている犬もいれば、黙って隅を見つめている犬もいて、怨嗟《えんさ》や哀れみが伝わってくる。

「そのときは二百三匹の犬が来ました。病気で死んだり、それから引き取られたりした犬もいて、いまいるのは百三十四匹ちょっとです」孫センター長は並んだケージを指差しながら言った。「全部ここにいます」

その言葉に羅飛は疑問に思った。「彼らが救出したのは二百二十八匹のはずでは。二十五匹少ないのはどういうことです?」

「二十五匹少ない?」孫センター長はハハハと笑った。「そりゃあきっと犬種の良い犬だったから、すでに飼い手がついていたんでしょう。ここに送られてくるのは、誰からも必要とされない雑種犬や病気持ちばかりです」

「え?」羅飛はその言葉にまた疑問を覚えた。「誰からも必要とされていない犬を引き取る人間もいるんですか?」

「ペットとしてではなく、工場の番犬として引き取るんですよ。だから犬種なんか関係なく、大きくて凶暴ならいいんです」孫センター長は簡単に説明すると、不満を込めて言い捨てた。「全部引き取られるのならそれに越したことがないんですがね。うちに運ばれたせいで、負担が一気に増えましたよ」

羅飛は間髪容れず尋ねた。「この犬たちを飼うのにどれくらいお金がかかるんですか?」

「一匹の一日のエサ代が五、六元かかります。これだけ多くの犬だとどのぐらいになるか想像してみてください。それに治療費は別ですよ。たかが犬、されど犬で、獣医に見せると人間より高くつく場合もあります」

「大した出費になりますね」羅飛はまた尋ねた。「保護センターの経費はどこから来ているんですか?」

「うちは慈善団体ですので、主に寄付で成り立っています。以前は赤字にならないよう、収容する犬の数を厳しく制限していたんです。そこに彼らが二百匹以上送ってきたものだから、どうやってやっていけばいいんだか」

「でも引き取ったんですね」

孫センター長は仕方なさそうに笑った。「あんなに熱意を見せられたらね。数万元出して犬を買い取り、さらに写真をネットにアップしているんじゃ、うちらも引き取らないわけにはいきませんでした。それに最初、この犬たちのエサは向こうが引き受けるって約束したんです」

「じゃあその約束を反故《ほご》にされたんですか」

「初めの頃は良かったですよ。十分な量のドッグフードを毎週持ってきてくれていました。でもそれも長くは続かず、来る回数もドッグフードの量も減っていきました。ここ二カ月は全く姿を見せず、電話もつながりません」

そこまで話を聞いてだいたいの事情はつかめたので、羅飛はここで話を本題に切り替え、尋ねた。「その電話がつながらない人物は、李小剛という名前ですか？」

しかし孫センター長は首を横に振った。「いいえ、石泉男《シーチユアンナン》といいます」

「石泉男？」初めて聞く名前だった。「どういう人物ですか？」

「うちの協会員です。この犬たちも彼の紹介で運ばれてきました。彼が会員だから話を信じたのに、こんな取り返しのつかない状況に追い込まれるとは思ってもいなかった」

話がまた脇にそれた。羅飛は孫センター長に頼んだ。「その人物と連絡を取りたいので、電話番号を教えてください」

孫センター長は両手を掲げた。「番号はとっくに解約されています。新しく換えたんでしょう」

羅飛はそれに対してほほ笑むと、リストの確認作業を担当する警察官に電話をかけた。

「第一陣としてリストアップした二十四人の中に、石泉男という人物はいるか？」

「います。すでに連絡が取れています。いまは彼の個人情報を確認しているところです」

「彼を刑事隊に連れてきてくれ」羅飛は電話越しに指示を出した。「直接会ってみたい」

03

支局の刑事隊に戻った頃にはもう空も薄暗くなり始めていた。応接室の入り口でリスト担当の警察官康浩《カンハオ》に会い、羅飛《ルオフェイ》は石泉男《シーチュアンナン》の資料を受け取った。羅飛は資料をめくりながら尋ねた。「リストの確認作業はどうなっている？」

「六十三人と確認が取れましたが、トラックを妨害して犬を救出したのが彼らで全員なのかはまだ断定できません」康浩は説明する。「ネットの書き込みを見て駆けつけた人間がいた場合、チャットグループに参加していないから誰とも知り合いではないということになります。そういったケースまでは調べ上げられません」

「どうしても調べ上げられないのなら仕方ない。まずは確認できる人間を全て見つけ出し、やるべきことをやろう」そう言い終え、羅飛は劉《リイウ》と応接室に入った。事務机の前にある来客用の椅子に若い男が座っている。彼が石泉男だろう。

康浩の資料によると、石泉男は今年で二十七歳。有名大学の修士課程を修了し、現在は貿易会社に勤めており、龍州《ロンジョウ》市では中の上の年収をもらうホワイトカラーだ。その階層にいる大勢の若者同様、石泉男も自由、エコ、流行といった生活観にこだわり、犬を愛《め》でることは彼にとって息抜き以上に、博愛の心とセンスを見せつける手段だった。

席について石泉男と対峙《たいじ》した羅飛はまず彼を観察した。眼鏡をかけていて、上品で礼儀正しく見える。刑事隊に初めて連れてこられたせいか、困惑と緊張が読み取れる。

羅飛は自己紹介した。「龍州市刑事隊長の羅飛です」

石泉男は一瞬唇を舐《な》め、質問した。「羅隊長どうも、私に何の用でしょうか？」

羅飛はいきなり本題に入った。「半年前、南郊外環状線楊荘《ヤンジュアン》料金所で犬を積んだトラックが運搬妨害にあった件に関わりましたね？」

石泉男はやや意表を突かれたようだったが、次の瞬間に激昂《げきこう》した。「関わりましたよ、それがどうしました？　犬は人間の良きパートナーです。犬たちがいるべきなのは主人のそばであって、食事客の円卓ではありません。あのとき私たちは二百匹余りもの犬を救いましたが、これは自然への責任であり、生命への責任でもあり、何よりも人間自身への責任なのです。部外者にどう言われようとも、私たちがしたことに何も問題はなかったと私は主張します」

「責任責任とおっしゃいますがね」羅飛は若者の目を正面から見据えた。「ではお聞きしますが、保護センターに送った犬たちにエサをしっかり提供すると約束しておきながら、いまは放《ほ》ったらかしで、電話番号まで換えたのはなぜですか?」

石泉男は途端にしょげて、やましさでうつむき、羅飛の目を見ようとしなかった。しばらく恥じ入っていた彼は、またしても立腹して自己弁護を展開した。「それは私のせいではないです。私だって騙されたから、どうしようもないんですよ」

「誰に騙されたんですか?」

「李小剛《リーシャオガン》という男にですよ。全部彼が仕組んだんです。自分は稼ぐだけ稼いでおきながら、私を矢面に立たせたんだ」

その言葉に羅飛は興味が湧き、続けて尋ねた。「その李小剛とはどういう関係なんです?」

「関係ってほどでもありません。ネット上の知り合いですよ。私は『愛犬の家』というQQチャットグループを設立して、管理人でもあるのですが、そこに李小剛も入っていたんです。彼はペット用品を販売していて、事あるごとに私にチャットしてきましたが、営業目的だったんでしょう」石泉男は事の発端を説明したあと、事件の経緯を詳しく話し出した。「あの日は李小剛が犬を運ぶトラックの写真をグループにアップして、みんなでトラックを止めようと呼びかけたんです。私も行きましたよ。そして全員でお金を出し合って犬を買い、私のつてで保護センターに連絡しました。保護センターの人間からは最初、そんなに多くの犬の支出はまかなえないと受け入れを拒否されました。そしたら李小剛が、ドッグフードは自分がなんとかすると言ったので、また保護センターに連絡して、ドッグフードに関しては自分たちが責任を持つと約束しました。センターはそれでようやく、犬たちを引き取ることに同意したんです。それからは毎週ドッグフードを頼む電話が私のところにかかってきました」

「それで李小剛は？　彼があなたにドッグフードを渡していたんですか？」

「渡していたと言えばそうですが、彼の行動は善意によるものではなく、完全に金目当てでした」

羅飛はその意味がつかみかねた。「どういうことです？」

石泉男は忌々しそうに話す。「彼はネットで『チャリティーセール』と銘打ってネットユーザーたちに自分の店のドッグフードを買わせて、代金を受け取ってから、そのドッグフードを私に寄越していました。それだけじゃなく、ネットに書き込みをして盛り上げてほしいとも頼んできました。当時は深く考えていませんでしたが、私は利用されていたんです」

羅飛は突然悟った。李小剛が労力を惜しまなかったのは、この件を踏み台にして自分のドッグフードを売るためだったからだ。保護犬およそ二百匹分のドッグフードは間違いなく大きな商売になる。だから彼は事件の前後にあれほど動いていたのだ。羅飛は李小剛の商売センスに感心するとともに、疑問が浮かんだ。「どのぐらい売り上げたんでしょうね」

「かなりのものでしたよ。トラックを妨害して犬を救った出来事はネットでとても話題になって、龍州どころか全国の愛犬家に注目されました。それに私も愛犬家の間ではそこそこ有名でして、私が表に出て呼びかけたことで、毎週かなりの量のドッグフードが売れました」

「そうだったのなら」羅飛は話題をもとに戻した。「どうして保護センターへのドッグフードの提供が滞ることになったんです？」

石泉男は正直に話した。「彼に利用されたくなかったからですよ。彼がネットで売っていたドッグフードは高いし、会計も不透明で、多くのネットユーザーがおかしく思うようになり、私までお金を着服していると疑われました。だから私はネットに声明を出して、ドッグフードの件と自分は無関係だと発表したんです。それであの『チャリティーセール』に疑いを持つ人がますます増えていって、ドッグフードが売れる量もどんどん少なく

なっていきました。それに腹を立てた李小剛と大喧嘩《おおげんか》してから、もう連絡も取っていませ
ん」
話がそこまで進むと事件の前後関係も明らかになり、李小剛の役どころも余すところな
く暴かれた。羅飛は石泉男を見据えると、口調を変えて尋ねた。「李小剛という人物を林《リン》
瑞麟《ルイリン》と同じぐらい憎んでいますか？」
「林瑞麟って？」石泉男は目をしばたたかせた。どうやら名前を覚えていないらしい。
羅飛は助け舟を出した。「あの犬を売ろうとしていた張本人ですよ」
「ああ」石泉男は少し考え込んで言った。「李小剛のほうが憎たらしいですよ。犬を売る
のは個人の商売ですが、李小剛は私たちの真心を利用して金を稼いでいた。彼みたいな人
間ばかりだったら、こういった慈善活動は誰にも信じてもらえなくなります」
羅飛は密かに納得した。こうして見ると、愛犬家にとって李小剛と林瑞麟は同じく対立
する天敵のようだ。石泉男にさらに聞いてみた。「あの日トラックを止めたネットユーザ
ーたちに知り合いは多かったですか？」
石泉男は答えた。「そこそこです」
羅飛は容疑者が写った防犯カメラの写真を取り出した。「この人物に覚えはありけます
か？」
石泉男は朱思俊《ジユースージユン》と同じく、写真をしばらくのぞき込み、見当もつかないというふう首

を振った。

羅飛は今度は姚舒瀚《ヤオシユーハン》と趙麗麗《ジヤオリーリー》の写真を見せた。「この二人に会ったことは？」

写真から放たれる趙麗麗の美しさに記憶を呼び起こされた石泉男は目を見開くとともに興奮気味に何度もうなずいた。

羅飛は確認を取った。「この二人も当時現場にいましたが、だいぶ遅れてやってきたと聞きました」

石泉男の言葉はこの説を裏付けた。「この二人が来た頃はもう犬を車に載せて撤収する準備をしていました」

「この二人の印象は？」

「あまり良くありません」

羅飛は掘り下げて質問した。「どうしてです？」

「私たちと違う人種だからです。この男は高級車を運転していて得意げでしたよ。二人は犬がいなくなったから捜させろと言って、私たちの時間を十分も無駄にしたのに謝罪の一つもありませんでした。生まれながらに自己中で、世界は自分を中心に回るべきだと言いたげでした」

羅飛はさらに尋ねた。「じゃあこの二人といざこざがあったんですか？」

石泉男は首を振って否定した。「それはありません。嫌がらせをした友人がいたぐらいで」

「具体的にはどんなことを？」

「犬を見つけようと焦っていたでしょう。でも捜し回っても見つからなかった。それで友人がショックを与えてやろうと、トラックの中には死んだ犬も何匹かいるからそこを捜してみたらどうだと言ったんです」

「彼らの反応は？」

「嫌味とは思わなかったようで、本当に捜しに行きましたよ」当時の光景を思い起こした石泉男は口元に薄笑いを浮かべた。

羅飛はその件をさらに掘り下げた。「結局犬は見つかったんですか？」

「それはわかりません」石泉男はお手上げというジェスチャーをした。「彼らがトラックへ犬を捜しに行ったとき、私たちはもう車を出したあとでしたから」

羅飛は熟考し、これ以上聞くことがなさそうなので近くに座る劉に手招きした。その意味を理解した劉が立ち上がり、石泉男に声をかける。「わかりました。他には何もないので、私が送りします」

石泉男はすぐに立ち上がり、「失礼します」と礼儀正しく羅飛に言うと、後ろ髪を引かれることなく劉について出ていった。

劉が石泉男を見送り、戻ってくると、羅飛は椅子にもたれ、交差させた両手を腹部に置いたまま目をつぶって何かを考えていた。

「羅隊長」劉は声をかけた。「何をお考えですか?」

羅飛は目を開けて話した。「何かが起きたのは、趙麗麗と姚舒瀚がトラックに犬を捜しに行ってからだろうな」

「でも犬が見つかったかどうかすらわかりませんよ」劉は頭をかきながらつぶやいた。

「朱思俊に電話して聞いてみろ」羅飛は指示を出した。

朱思俊に電話で聞き終えた劉が羅飛に報告する。「朱思俊も知りません。李小剛たちが撤収したあと、彼も一緒に立ち去ったそうです。そのトラックの運転手を探しますか? 出動記録にナンバーが書かれているから、難しくないはずです」

羅飛はいやいいと手を振った。「ナンバーを照会しなくても、林瑞麟なら知っているだろうから聞けばわかる」

そうだ、林瑞麟はいま刑事隊で待機中だ。そう思った劉は部屋を出ていこうとした。

「じゃあ聞きに行きます」

「いや待て」羅飛は劉を呼び止め、腕時計を見た。「もうこんな時間だ。林瑞麟を呼んで、一緒に食堂で夕飯を食べながら話そう」

「全然口に合わん」

しばらく食器トレーを凝視していた林瑞麟《リンルイリン》はそう判断を下した。

傍《かたわ》らにいた劉《リイウ》が不満を露わに反論する。「手もつけていないのに口に合わないってどういうことですか？」

「食べる意味なんかあるか？」林瑞麟はトレーのおかずの評価を始めた。「ほら、この太いニラ、いくら嚙んでも嚙み切れんぞ。この煮込みに使われている鶏肉は急成長させたブロイラーで、香りも何もない。この魚は明らかに冷凍で、目玉がひからびてる……」

劉は林瑞麟を横目に食事を口に運んだ。

羅飛《ルオフェイ》も林瑞麟の恨み言など聞こえていないかのように食事を開始した。

我慢できなくなった林瑞麟は提案した。「うちの店から食事を持ってこさせる」

「駄目です」羅飛は一刀両断した。

林瑞麟は子どものようにはしをテーブルに放り投げ、ふてくされて文句を言った。「なぜだ？」

「安全のためです」たったそれだけで羅飛は彼の意思を徹底的に断ち切った。

林瑞麟はやるせなさが詰まった大きなため息をついた。それから再び手にしたはしでニラをつまみ口に運ぶと、まずくて仕方ないという具合に咀嚼した。

無駄話が済むと羅飛は本題に入り、林瑞麟に目を向けた。「半年前に犬を運んだトラックの運転手とは親しいんですか？」

「うさぎのことか？」林瑞麟はすぐに反応した。「そうだな、沛《ペイ》県へ犬を運ぶときはいつもあいつに頼んでたよ」

「うさぎ？」変な呼び名だと羅飛と劉は顔を見合わせた。

「あだ名だよ。本名は涂連生《トゥーリエンション》なんだが、あいつの知り合いはみんなそう呼ぶんだ」そう言うと林瑞麟は無意識に口元を歪めた。

彼の笑みに他の意味を感じ取った羅飛は突っ込んで聞いた。「どうしてそんなあだ名がついたんです？」

林瑞麟はニヤリとして言った。「あいつはうさぎみたい臆病でいつもびくびくしてるんだよ」

面白くも何とも思わなかった羅飛は林瑞麟を一瞥した。「それでそう呼んでいると？」

林瑞麟はバツが悪そうに鼻をかき、笑うのをやめた。「すごいおとなしいというか、腰抜けと言うべきかうさぎ以上だな。うさぎだって追いつめられれば噛みつくが、涂連生はどんだけ痛めつけられようが文句の一つも言わないような奴だった」

その説明で羅飛はその人物のだいたいのイメージが固まった。貧しい労働階級に生まれ、臆病な性格を持つ人物。過酷な環境のなか、反抗することよりも自分の世界に縮こまって生きることを選ぶ。

「電話してください」羅飛は林瑞麟に頼んだ。「ちょっと聞きたいことがあるので」

だが林瑞麟はバツが悪そうに口元を歪めた。「俺が電話しても出ないだろうな」

「えっ？　親しいんじゃないんですか？」

「昔はそうだったけど、あのトラック妨害の件以降、俺と連絡を取りたがらないんだ」

羅飛はその理由を推測した。「何かあったんですか？　そのときお金を払わなかったとか？」

「その支払いの件は仕方なかったんだ」林瑞麟は自分のせいではないと言いたげだった。「まず俺自身に利益が出ていない。それに沛県まで犬を運ぶという取り決めだったが、龍《ロン》州《ジョウ》から出る前にトラックを停められて、あいつも仕事をこなしていない。払いようがないだろう？」

「仕事をこなせられなかったのはトラブルに巻き込まれたからであって、彼の責任ではないでしょう。それに李小剛《リーシヤオガン》たちからお金を受け取ったのだから、手間賃とガソリン代ぐらい支払うべきだったんじゃないんですか」羅飛は公平な立場から批評した。

隣で聞いていた劉も当てこする。「おとなしくて舐めてかかれる相手だったから、ごねられるところはゴリ押ししたんじゃないんですか。これが厄介な運転手だったら、払い渋りましたかね？」

林瑞麟は苦々しげに自己弁護した。「お二人さん、俺がやったことが不誠実だと言うのならそれで構わんよ。でもこっちだって商売だ。自分本位にならざるを得ない場面も多い。誰彼構わず優しい顔を見せていたら、今頃借金苦で死んでるさ」

劉は皮肉げに笑った。「商売人に善人はいないってやつですか」

羅飛はこれ以上この話題に付き合う気がなく、林瑞麟に言った。「じゃあ私がかけるので、彼の電話番号を教えてください」

林瑞麟から涂連生の番号を聞いた羅飛は電話をかけてみたが、スピーカーから聞こえるのは音声メッセージだった。「おかけになった電話番号は現在使われておりません。番号をお確かめになって、もう一度おかけ直しください」

羅飛は怪訝な表情を浮かべた。「使われていない？」

「そんな馬鹿な」林瑞麟は信じられなさそうに自分でも電話をかけてみたが、やはり同じだった。「ケータイ番号を換えるほどのことか？」

劉は自ら志願した。「私が調べに行きましょうか？」

羅飛は少し考え、言った。「この時間はもうみんな家に帰っているだろうから、明日調べてくれ。お前も昨日は一睡もしていないんだから、しっかり休むんだ」

劉が一睡もしていないのなら、羅飛もこの日働きづめだ。林瑞麟を警察の厳戒な保護下に置き、犯人による連続殺人の連鎖を断ち切ったに等しいいま、羅飛らも合間を縫って休息を取ることで、次の闘いをより万全の態勢で迎えられるのだ。

劉は羅飛のアドバイスに快く応じた。「わかりました。今晩はゆっくり休んで、明日朝一で仕事に取り掛かります」

有言実行した劉は翌早朝には行動を開始し、情報を得るとすぐに羅飛のもとに報告に行った。

その頃、羅飛は林瑞麟と食堂で朝食をとっていた。

劉は羅飛の充血した目と憔悴《しょうすい》した表情を見て驚いた。「どうされました?」劉は心配して尋ねた。「昨晩、あまり休まれなかったんですか?」

羅飛は大丈夫だというように手を振った。彼にとって大事なのは、自分の体より捜査の進展だ。「涂連生と連絡がついたのか?」

劉は驚愕の言葉を口にした。「涂連生は死んでいました」

「死んでいた?」羅飛は耳を疑った。

「いつ?」そばにいた林瑞麟も目を丸くしている。

「二カ月前に交通事故で」

その言葉で羅飛は少し冷静になった。てっきり今回の事件の犯人の仕業だと思ったのだ。

二カ月前の交通事故なら、この二日間の事件との関連性はないはずだ。

「どういう事故なんだ?」林瑞麟が尋ねる。過去に何かがあったとは言え、涂連生は自分の古馴染《ふるなじ》みだから事情を詳しく知りたいと思ったのだろう。

「四月五日の夜、南郊外環状高速道路を走行中に事故を起こしています。制御を失ったトラックがガードレールを破り、数十メートル崖下に転落、その場で亡くなっています」劉は少し間を置き、こう付け加えた。「交通警察の判断だと、飲酒運転です」

それを聞くや林瑞麟は反論した。「飲酒運転? そんな馬鹿な。あいつは普段一滴も飲まなかった」

羅飛が林瑞麟に確認する。「確かですか?」

「間違いない。あいつを雇って沛県まで運転させるたびに犬肉をおごってやったんだが、あいつは酒を飲もうとしなかった。一度、コップ半分ほどの白酒《バイジイウ》を無理やり飲ませたことがあったが、顔を猿の尻みたく真っ赤にさせて、それからは頑として飲もうとしなかった。そんな奴が飲酒運転なんかするか?」

羅飛はうなった。「ちょっと怪しいな……」

だが劉はかぶせるように言った。「さらに気になることがあります」

「うん?」真剣でやや興奮気味の劉の顔を見た羅飛は、事態の重要性を予感した。「まだ何かあるのか?」

「涂連生が亡くなっていたため彼の家族に連絡を取ろうとしたのですが、彼はずっと独り身で、親戚さえいませんでした。しかし事故の前に遺書を書き、遺産の相続人を指定していたんです」ここまで話した劉はわざと間を空けて羅飛に尋ねた。「相続人が誰だと思いますか？」

羅飛は首を振った。唐突すぎて予想しようがない。

劉は書類用かばんから資料を取り出し、羅飛に渡した。「この男ですよ」

資料の左上にやや高齢の男の写真が貼られている。痩せた顔立ちで、頭頂部が若干薄くなっているが、まだ精気が感じられる。写真のそばには彼の略歴が書かれていた。蕭席《シャオシー》楓《フォン》、男、五十二歳、龍州市安遠《アンユエン》心理カウンセリングセンター主任。

羅飛はこの人物と面識はなかったが、略歴を見てある予測を立てた。「まさかこの男は……」

「あの催眠師大会に参加した人間を調査しろと命じられましたよね？」劉は急かすように話す。「蕭席楓もその一人です」

心中の霧が晴れ、興奮を隠しきれない羅飛は「ああ」とつぶやいた。事件関係者と密接な関わりがある人物が催眠師だったとは。ここから連想できることはあまりに多い。羅飛は再びその資料に目を通し、写真の男を凝視した。彼はいますぐにでもこの相手の目の前に立ちたいと考えた。

5 半年前の真相

01

蕭席楓《シャオシーフォン》は龍州《ロンジョウ》大学病院の心理カウンセラーだった。ここ数年、心の悩みに対する人々の関心がますます高まり、心理カウンセリングのニーズが増していったのを受けて、彼は安遠《アンユエン》心理カウンセリングセンターを創設した。

蕭席楓が七年前に参加した催眠術講習会の講師が凌明鼎《リンミンディン》だった。彼は凌明鼎が打ち出した「心の橋」理論に強く共感し、そこから催眠治療の技術を臨床心理学と矯正心理学に応用し始めたのだ。

昨年、夏夢瑶《シアモンヤオ》が龍州で立て続けに催眠ショーを開き、催眠ブームが巻き起こると、安遠心理カウンセリングセンターの仕事もそれとともに増えた。業界における蕭席楓の知名度はうなぎ上りになり、彼は自他共に認める龍州市屈指の心理カウンセラーとなった。

羅飛《ルオフェイ》と劉《リイウ》は安遠心理カウンセリングセンターがある富達《フーダー》路の二階建ての建物の前に来

ていた。ドアプレートには、診療時間は午前九時からと書かれている。まだ八時半を過ぎたばかりで、センターは開いていない。

羅飛は半開きのガラスドアから中をのぞき、すでに人がいることを確認すると、ドアを押してそのまま中に入った。

三十歳過ぎの女性が掃除をしていた。劉が「蕭席楓主任はいますか？」と尋ねる。

「蕭主任はまだ来ていません」女性は静かに笑った。「助手の沈慧《シエンホイ》といいます」

劉がまた尋ねる。「ではいつ頃来ますか？」

「もうすぐのはずです」沈慧は壁の掛け時計を見てから、劉に尋ねた。「お二人とも、ご予約はされていますか？」

劉は首を振り、「いいえ」と答えた。

「ではまず予約してください。蕭主任の本日の予約は埋まっているので、また明日お越しください」沈慧は肩をすくめ、申し訳ないという表情を浮かべた。

「我々は診察を受けに来たんじゃありません」劉は正体を明かした。「警察です」

「警察？」沈慧は一瞬たじろぎ、反応に困った。そのとき折よく誰かが入ってきた。沈慧はその人物を見て安堵《あんど》し、声をあげた。「ちょうどいいところに、蕭主任、こちらの警察の方々がご用があると」

羅飛らが振り向くと、蕭席楓がやってくるところだった。写真と最も違う点は頭を剃《そ》っていることだが、それがかえって若々しく見せていた。

蕭席楓も羅飛らをしばらく見つめると、冷静な口調で助手に告げた。「今日の予約は全てキャンセルして、明日来るよう伝えてください」

「え?」沈慧は耳を疑った。「全員キャンセルですか?」

「全員です。明日来るなら料金を二割引きにすると説明してください」蕭席楓は言い終わると、羅飛らに手招きした。「お二人とも、二階のオフィスにどうぞ」

二階のオフィスは十分光量が取れていた。南向きの張り出し窓のそばに事務机と椅子が置かれ、その近くには専門書やカルテでいっぱいの本棚がある。事務机の前がカウンセリングコーナーになっていて、二つの椅子が向かい合わせに並べられている。大きめの椅子は飛行機のファーストクラスチェアに似ていて、スイッチで椅子の背を倒すことが可能だ。これはカウンセリングを受ける患者のために用意されたものであり、その向かいのオフィスチェアがカウンセラー用で間違いない。

蕭席楓は二人を座らせると、書類用かばんを机に置き、電気ケトルを持って流し台で水をくんだ。

劉はあの座り心地の良さそうな寝椅子を羅飛に勧めたが、羅飛は拒否し、その向かいのオフィスチェアを奪い取るように座った。

湯を沸かし始めた蕭席楓が振り返り言う。「羅飛隊長、とてもお疲れのようですから、そちらの椅子でくつろがれてはどうですか」

羅飛はそれを断った。「ゆっくりしすぎるわけにはいきません。常に意識をはっきりさせておかなくては」

蕭席楓はほほ笑むとそれ以上何も言わず、事務机の後ろの椅子に腰掛けた。

「蕭主任、以前どこかでお会いしましたか？」羅飛がこう切り出したのは、自己紹介を済ませていないのに蕭席楓に名前を呼ばれたからだ。

蕭席楓は笑みを崩さず答えた。「現実ではお会いしたことはありません」

現実では会っていない？　羅飛はその言葉の意味を探り、予想を立てた。「どこかで私に関する資料を目にしたのですか？」

「いいえ」蕭席楓は言う。「他の方の精神世界でお会いしたのです」

精神世界？　その「他の方」が誰なのか考えても浮かばず、羅飛は眉をひそめた。

蕭席楓はヒントを出した。「昨晩、警察の方が我が家に訪れて、龍州市公安局刑事隊の羅飛隊長と助手の劉東平《ドンピン》が間もなく来るだろうと告げたんです。お二人のうち、どちらが隊長でどちらが助手かはひと目でわかりました」

そういうことだったか。道理で警察の訪問に少しも動揺せず、羅飛の肩書きも正確に言い当てたわけだ。だが一足先に訪れた警察官とは誰なのか。羅飛は劉に疑いの目を向けた。まさか彼が血気にはやって勝手に捜査官を派遣したのだろうか？

劉も見当がつかないと首を振り、無関係だと暗に主張した。

では誰だ？　考え込んだ羅飛の脳裏に唐突にある人物が浮かんだ。「朱思俊《ジュースージュン》ですか？」

昨夜の夕食前に劉が朱思俊に電話で、趙麗麗《ジャオリーリー》がトラックで犬を見つけられたか聞いたのだ。朱思俊はそれについて知らないと言っていた。まさかそれから自分で調査したのか？　調べるとなれば、唯一の手がかりはトラックの運転手から入手するしかない。そうして手がかりをたぐっていき、蕭席楓のところにたどり着けたのだろう。

「そのとおりです」蕭席楓は羅飛の推測が正しいことを証明し、続けてこう言った。「彼は交通警察隊でしょう？　昨日訪れたときは、刑事隊と名乗っていましたが」

羅飛も困惑した。交通警察の朱思俊はそもそも捜査の権限がないのに、どうして刑事隊を騙ったのか。だが重要なことは蕭席楓から聞いたほうが早い。羅飛は二つのことを尋ねた。「彼は何のために会いに来たんですか？　それに、どうして交通警察だとわかったのですか？」

蕭席楓は語った。「彼は警察手帳を見せてくれましたが、中身を開かず、掲げたのは表紙だけでした。そして名前を名乗りましたが、刑事隊の王軍《ワンジュン》と名乗っていました。右手で警察手帳を持ち、視線は左に向いていました。これは警察手帳を見せながらも、無意識に私の注意を別の場所に向けさせたがっていたからです。このような体が発する言行不一致のシグナルは、彼が嘘をついていることを十分に表しています」

「ほお?」羅飛は目を細めて蕭席楓を見た。「微表情にお詳しいんですね?」

蕭席楓は淡々と語る。「心理カウンセラーとして、これは最も基礎的な職業スキルですよ」

「ではその場で嘘だと指摘したんですか?」

蕭席楓は首を振り、逆に尋ねた。「指摘して何になります? そうしても彼が真実を語ってくれるとは限りませんし、より専門的な手段を使ったほうがいいです」

「より専門的な手段とは……催眠ですか?」

「いかにも。彼に催眠を施しました」蕭席楓は一拍置いて当時の出来事を詳しく語り始めた。「まず部屋に上げた彼を椅子に座らせ、面と向かって話を始めました。彼はこの二日間で、龍州で起きた大きな事件に私の友人が関わっているから事情を聞きに来たと言っていました。私は協力的な態度を取ることで、彼が当初抱いていた警戒心をなくし、徐々に自分のほうから話を進めていき、話題の方向を意識的に誘導し始めました。何度か探るうちに、彼が心の中で何らかの心配事を隠していることがわかったので、これを利用してスムーズに催眠をかけ、催眠状態の彼から真相を聞き出したのです」

「ほお、真相とは何だったのです? どうして彼はあなたのところに? 心配事とは?」

羅飛は疑問を次々に口にした。

蕭席楓は羅飛を黙って見つめ、ほほ笑んだ。「不安の原因はあなたからのプレッシャーによるものです」

プレッシャー？　羅飛と劉は顔を見合わせ、解せないという表情を浮かべた。二人が朱思俊にしたのは形式どおりの質問にすぎない。知っていることがあれば話し、知らなければそれでいい。それのどこにプレッシャーを感じるのだ？

だが次に蕭席楓の口から出た言葉によって羅飛は見当がついた。「彼はあなたがたに大事なことを隠していました」

「あなたの友人と関係があることですか？」羅飛は推測した。「彼は私たちがここに来るとわかっていたから、先回りして様子をうかがいに来たのでしょう。私たちがあなたからどのような話を聞くのか事前に知ることで、心の準備をしたかったんだ」

「全くそのとおりです」蕭席楓は称えるように言った。「本来なら彼は隠し事をするべきではなかった。そういった小手先の対応であなたの目を欺くことは不可能だと、最初から自覚するべきでした」

蕭席楓に褒められても羅飛は何も思わなかった。彼が興味があるのは事件の手がかりだけだ。「朱思俊に催眠をかけたのなら、彼が隠していた大事なことはもうご存じなんでしょう？」

「もちろんです。催眠などする必要さえありません」蕭席楓は少し間を開けて、重々しく宣言した。「ほぼ全て把握しています」

羅飛の心拍が途端に跳ね上がり、彼は蕭席楓の目をのぞき込んだ。その底の見えない双《そう》眸《ぼう》は無限の秘密を隠していそうだった。

二人はそうやってしばらく見つめ合い、互いの心から何かを掘り起こそうとしているようだった。羅飛は精神を集中しすぎたとにわかに思い、慌てて視線をそらした。驚きのあまり、全身に冷や汗がにじんでいた。平静を取り戻してから改めて口を開いた。「そうであるなら単刀直入に言いましょう。何を知っているのか話してください」

カチャという軽い音が二人の会話のリズムを乱した。お湯が沸き、電気ケトルのスイッチが切れたのだ。蕭席楓はそこまで近づくと、ポットを掲げながら尋ねた。「何を飲まれますか？」

劉は「なんでもいいです」と答えた。羅飛は「お茶を、濃い目に」と言った。

蕭席楓はコップを三つ取り出し、それぞれに異なる量の茶葉を入れてお湯を注いだ。劉は手前の二杯を手に取り、一番濃いコップを羅飛に渡した。

蕭席楓は残ったコップを手にしたまま、自分の椅子には戻らず、羅飛の前に立ち尋ねた。「先に教えてもらいたいのですが、この事件の中で私はいまどのような役どころでしょうか？」

羅飛は一言で答えた。「関係者です」

「関係者ですか……」蕭席楓は口の端を歪め、また尋ねた。「容疑者ではなく？」

「考えすぎですよ。どうして容疑者になるんですか？」羅飛は落ち着いた素振りで話す。「私たちは事情を聞きに来ただけで、出頭を要請するわけでも、尋問するわけでもありません。不適切だと感じたのなら、回答を拒否する権利があります」

蕭席楓は少し目を細めた。「それは建前でしょう。実際はどうですか？　私にいくらか疑念を抱いているのでしょう？」

羅飛は蕭席楓の態度がつかみきれず、一歩引いて攻守を兼ねた質問をした。「どうしてそう思うのです？」

蕭席楓はコップを口元まで持っていき、表面に浮かぶ茶葉に息を吹きかけると、ゆっくりとした調子で語った。「この二日間、龍州市で三件の死亡事件が立て続けに起きたほか、レストランのオーナーが死の脅迫を受けました。三人の被害者とそのレストランのオーナーには共通点があり、いずれも半年前にトラックを妨害して犬を救出した事件の関係者です。犯人は犯行の中で催眠術を使ったと聞いています。私は催眠術を学び、友人は半年前の事件の関係者です。この二つを結びつければ、私に大きな嫌疑がかかっていると言っても過言ではないでしょう？」

一般的な考え方をすればそのとおりだが、羅飛は首を振った。「現場付近の防犯カメラから犯人が映っている映像を見つけ出しましたが、その人物はやや肥満型で、あなたと明らかに異なります。あなたのここ数日間の行動も調査しましたが、数日前に北京《ペイジン》に出張に行っていて、龍州に戻ってきたのは昨日午後ですね。だから犯行可能な時間はありません」

「そうですか?」蕭席楓はお茶をすすり、口中でよく堪能してから、香りと苦味の混じった味わいをようやく飲み込んだ。そしてふっと一息つき、苦笑いした。「彼の共犯者かもしれませんよ」

共犯者? 羅飛は相手の様子から冗談ではないと察し、神経を尖らせた。「犯人を知っているんですか?」

蕭席楓は両手を広げ、「知りません」と答えた。からかわれているという感覚に襲われた羅飛は怪訝な顔で蕭席楓を見つめた。何を企んでいるのだろうか。

羅飛の感情の変化を察した蕭席楓は口をすぼめると、申し訳ないという表情を浮かべた。「わかりました。その話はあとにして、まずは事件と関係がある友人の涂連生《トゥーリエンション》についてお話ししましょう。二カ月前、彼は交通事故で亡くなり、その死には不審な点が多かった。お二人は彼の死が理由で私のところにいらしたのでしょう?」

「そのとおりです。聞けば彼は普段酒を飲まなかったのに、その日は飲酒運転をして事故を起こしています。しかも事故を起こす前に遺書も書いていました」羅飛は話しながら観察するように蕭席楓を見つめた。相手のペースに乗せられてばかりではならず、自分が主導権を握らなければならないと思った。

蕭席楓はふっと笑うと、羅飛の言葉をつむいだ。「五十を過ぎたばかりの人間がどうして遺書なんか書こうと思い至ったのか？　これを不審な事故だと考えると、その相続人は非常に疑わしい」

「その相続人があなたです」相手が準備をしている以上、羅飛も思い切って切り札を出した。「おっしゃるとおり、我々がここに来たのはその件についてお話をうかがうためです」

蕭席楓は満足げに「素晴らしい」と言った。羅飛を褒めているのか、自画自賛なのかは不明だ。そして彼はゆっくりと自分の椅子に戻り、コップを机に置いてから羅飛を向いた。

「羅さんのこれまでの評価を下していいでしょうか？」

羅飛は「ええ」と言い、彼の評価を静かに待った。

「頭の回転が速く、頭脳は明晰《めいせき》、目標も明確です。しかしこの件についてはやや性急になりすぎていて、細部にまで考えが行き届いていません」蕭席楓は話しながら後ろを向いた。「私と涂連生の関係はきっと調べていないのでしょう。調べていれば、私が彼に危害を加えるはずがないとわかったはずです」

羅飛は蕭席楓という糸口を見つけたあと、おっとり刀で駆けつけたため、確かに蕭席楓と涂連生の関係性について詳しく調べていない。だがそれは羅飛がこの件に対し全くの無知であることを意味しない。「お二人はクラスメートだとうかがっています」

「クラスメート？　それだけですか？」蕭席楓は机の引き出しから財布を取り出し、羅飛の前まで来るとその財布を渡した。「これを見てください」

羅飛が受け取った財布には一枚の写真が挟まっていた。

白黒写真で、黄色く変色しているのが果てしない時間の経過を物語っている。写真には二人の若者が一緒に写っている。

二人の男は露骨なほど対照的だった。身長の高い男はワイシャツに長ズボン姿で、全身から精気が満ち溢れ、顔にはまぶしい笑みを浮かべ、生き生きとした眼光を放っている。これが青春の真っ盛りだった若き蕭席楓だと羅飛には見て取れた。

一方の男は背が低くずんぐりした体格で冬瓜みたいな台形の顔をしており、薄く開いた小さな両目はかなり離れていて、鼻は手ひどく殴られたばかりのように弱々しく張りついている。

しわだらけの不格好なコートを着ていて、もともと背が低いのに背中がさらに曲がって、みすぼらしく見える。写真に収められた瞬間に不自然なほど固まった顔の筋肉から、レンズを向けられた不安と恐怖がうかがえる。

この男こそ涂連生だと容易に想像がついた。

羅飛は顔を上げると財布を蕭席楓に返し、慎重に尋ねた。「これはお二人の若い頃の写真ですか？」

「そうです」蕭席楓は答えると、今度は羅飛に尋ねた。「この写真を見てどう思われました?」

羅飛は肩をすくめると、まず細かい点を指摘した。「財布に跡がついていることから、その写真は私たちに見せるためにわざわざ入れたわけではなく、長い間肌身離さず持っていたことがわかります」

「良い観察眼だ」蕭席楓は淡々と褒めて、また言った。「跡については特に意味はないです。この写真は三十年以上手元に置いていますが、この財布はまだ買って二年足らずです」

「お二人はとても仲の良い友人だったんですね」羅飛は真摯《しんし》な態度で言った。

「ええ……私は彼の一番大切な友人でした」蕭席楓は悠然と話しながら、机の前まで来て、窓から空を眺めながらまた羅飛のほうを向いて尋ねた。「一番大切な友人とはなんだと思いますか?」

羅飛は首を振った。

蕭席楓は噛み締めるように答えを言った。「唯一の友人ですよ」

「唯一の友人」羅飛はその言葉の重みを考えた。世界中の人間から嫌われ、見捨てられているときに、たった一人でも自分のそばにいてくれる友人こそ最も大切な友人だ。

だが羅飛はこう聞かざるを得なかった。「お二人はどうやって友人になったんですか?」

背が高く格好の良い心理カウンセラーと不遇のトラック運転手。この二人にどのように心の交流が生まれたのだろうか？　確かに二人はクラスメートだったが、誰もが大人になれば自分の人生を歩むことになる。二人の友情が数十年一日の如《ごと》しだとすれば、きっと特別な理由があるに違いない。

蕭席楓は視線を羅飛と劉に向け、丁寧な口調で語った。「私が午前中の予約を全てキャンセルしたのは、お二人に私と涂連生の話を聞いてもらうためです」そして彼はコップを持ちながら、また机の後ろに戻った。

蕭席楓の記憶は軽やかに流れ、はるか昔の少年時代に戻った。

02

コップ半分ほどのお茶を飲んでから、蕭席楓《シャオシーフォン》は話し始めた。

「初めて涂連生《トゥーリエンション》に会ったのは小学校の始業式です。そのとき、彼の頬の火傷の跡に飛び上がるほど驚いたのを覚えています。そしてみんなが教室に入ったとき、彼もクラスメートだとわかったんです。なぜか私は教師に涂連生の隣の席にされました。気に入らなかったのですが、両親や教師に訴えても無駄で、その事実を受け入れるしかありませんでした。だから私はマイナス感情を全部その隣の醜いクラスメートに向け、彼に対する嫌悪感と憎しみを募らせました。

両親が知識人で、幼い頃から良い家庭教育を受けていた私は教師に学級委員に任命されました。私自身、賢い少年だったので、またたく間にクラスのトップになり、大勢の男子生徒を付き従えていました。

当時は勉強が楽で、学校が終わるのが早かったので、私ら子どもはいつも一緒に遊びに行っていました。涂連生も一緒に遊びたがっていましたが、彼を誘おうなんて思わず、わざと仲間はずれにしていました。他の子も涂連生のことが好きではなかった。でも彼はそんなこと関係ないというように、毎日私たちにまとわりつき、離そうとしても追いかけてきます。そうなるとみんなの敵対感情にますます火が点きます。当時の子どもたちはスパイを捕まえる話が好きだったので、ある日私はみんなに、『涂連生が毎日俺たちにくっついてくるのは国民党のスパイだからだ』と言ったんです。みんな賛同して、『スパイ』というあだ名で呼ぶようになりました。もちろん涂連生だって『スパイじゃない』などと言って反論しましたが、彼一人が何を言ったって私たち全員を説き伏せられるはずがありません。最後には怒って、背を向けて私たちの言葉が聞こえないふりをしながら、小石を蹴飛ばしていました。でも私たちが家に帰るというときになったらまたついてくるんです。どうしても一緒に遊びたいんだというふうに、ちっともめげていませんでした」

「友達と一緒に遊びたいのは子どもの性ですね」羅飛《ルオフエイ》は感想を言った。「そう考えると、涂連生は頭が悪くなかったようですね」

「ええ。彼は頭が悪いどころか、聡明《そうめい》なところもありました。エピソードを挙げられますよ。ある日の放課後間際、彼が突然かばんから饅頭《マントウ》を出して、父親が昼に作ったばかりで、私に食べてもらおうと思ったと言って渡してきました。その頃の饅頭は貴重ですよ。彼がそんなご機嫌を取ってきたのは、きっと私たちと一緒に遊びたかったからでしょう。私がみんなのリーダーだと見抜き、私に受け入れられれば他の子たちからも仲間はずれにされないだろうと考えたのです」そこまで話すと、蕭席楓は急に他のことを思い出したのか、また話を続けた。「そうだ。彼の父親のことも話しておくべきですね。涂連生には母親がおらず、父親もまた他の子の親と違う点がありました。私たちの両親は当時まだ若く、年がいっていても三、四十歳といったところでしたが、涂連生の父親は年寄りでした。それでみんなの間で、涂連生は火事に遭って捨てられた子だという噂《うわさ》が流れました。このせいでみんな、彼のことをますます避けるようになりました」

　蕭席楓はお茶を口に含み、先ほどの話に戻った。「あの饅頭のことですが、とても食べたかったけど結局我慢しました。そして饅頭を地面に叩き落とし、クラスメートたちに大声で『見ろ、スパイが賄賂を渡してきた』と言ったのです。クラスメートたちがあっという間に寄ってきたので、私はみんなの見ている前でその饅頭をぐちゃぐちゃになるまで何度も踏み潰しました」

羅飛は尋ねた。「涂連生はそのときどういう反応だったんです?」

「呆然としながら、地面の饅頭をとてももったいないという表情で見つめていました」蕭席楓は皮肉気味に乾いた笑いを発した。「こんなこと大したことありません。そのあともっとひどいことをやりましたから」

羅飛は焦らずに相手の話を聞き続けた。

「その日の放課後、男の子たちで学校の裏にある坂道で遊ぶ約束をしていました。涂連生がまたこっそりついてきているのだろうと思い、仲間たちと待ち伏せ攻撃を計画しました。たくさんの小石をポケットに詰めると、猛ダッシュで斜面を駆け上がり、隠れて下を観察しました。しばらくすると私たちを探してキョロキョロしている涂連生の姿が見えました。私が戦争映画に出てくる英雄を真似て、声高らかに『撃て!』と叫び、率先して小石を一個投げると、石ころは涂連生の足元に跳ねました。驚いた涂連生は顔を上げて私の姿を認め、遊んでいると思ったのか頭をかきながらのんきに笑いました。たちまちたくさんの石が彼の頭上に降り注ぎ、涂連生は痛みでわあわあ悲鳴をあげました。私たちは彼のうろたえる姿が腹を抱えるほど面白くて、石ころを投げる手にもますます力が入りました。すると突然涂連生が大声をあげて、両手でおでこを押さえたんです。その声にびっくりして私たちは手を止めました。そしたら涂連生の指の隙間から血がにじみ出てきて、あっという間に顔中が血だらけになったんです。全員固まっていると、誰かの『逃げるぞ』という声に合わせて一目散に逃げました。あとから知ったことですが、涂連生の眉尻に石が当たって、数針も縫うほどの深い傷ができていたのです。幸い大事には至らなかったですが、石がもうちょっと下に当たっていたら、私たちは彼の片目を失明させていたかもしれません」

「確かにやりすぎですね」羅飛は呆れたように首を振った。「クラスメートをそんなにいじめて、教師や親から注意されなかったんですか？」

「されましたよ。次の日に涂連生の父親が学校に来ました。私たちは先生にこっぴどく叱《しか》られ、親まで呼ばれました。父親に家まで連れ戻されて、思い切り殴られましたが、その恨みは涂連生に向けられ、彼のことがますます嫌いになりました。でも私たちの希望どおりになったことが一つあって、それ以降、涂連生に付きまとわれなくなりました。彼が私たちを怖がったのか、あの年老いた父親からもう遊ぶなと言われたのかはわかりません。

涂連生を振り切ったことで最初はみんな大喜びしました。でもすぐにつまらなくなりました。仮想敵がいなくなったみたいに、遊んでいるときも全然楽しくないのです。私にまたちょっと悪い考えが頭をもたげ、何か理由をつけてもう一度あいつをいじめてやろうといつも考えていました。翌年の春に、先生に動物園までピクニックへ連れていってもらったとき、顔に傷のある醜いうさぎを見てあるアイディアがひらめきました」

羅飛はそれが何か推測した。「彼に新しいあだ名をつけた？」

蕭席楓はうなずいた。「涂連生をうさぎと呼んだのです。やつのおどおどした態度がそっくりだって他のクラスメートも面白がって、私の真似をしてそう呼びました。でも涂連生は私たちに見向きもせず、私たちがなんと呼んでも一向に無視しました。放課後も私たちの後をつけることなく、一人で帰りました。こうなると私たちのほうが馬鹿にされている気がして、ムカムカするものです。それでやる気を取り戻すために、今度は『うさぎ取り』というゲームを思いつきました。男子たちと一緒に涂連生が放課後通る道に待ち伏せて、彼が来たらみんなで取り囲んでうさぎみたいにそこらへんの草を食べさせるのです。もちろん本当に食べさせるわけじゃなく、ふりです。最初は涂連生も嫌がったので、私たちが強引に地面に押しつけました。そういうことを何度も繰り返すと、抵抗しても無駄だと悟り、言うことを聞いて、私たちに捕まったら自分から草に口を近づて食べるふりをするようになりました。それを見た私たちは満足して解散しました。

ある日、私たちはまた涂連生を原っぱに押しつけていました。そして彼が草を食べる真似をしようとしたとき、突然『子猫がいる』と言ったんです。耳を澄ますと確かに猫の鳴き声がかすかに聞こえました。みんな涂連生を放って声の出どころを探すと、そう遠くないところにわらが高く敷かれていて、そこに子猫たちが身を寄せ合っていたんです。まだ生まれて間もないのに母猫はどこに行ったのか、子猫たちは空腹でずっと鳴き叫んでいました。子ども心を動かされた私たちは、その可愛い子猫を一匹ずつ連れて帰って家で飼お

う と考えたんです。確かそのわらの上には六匹の子猫がいて、あっという間に五匹がもらわれていきましたが、最後の一匹だけは誰も手に取ろうとしませんでした。なぜならその子猫は後ろの両足に障害があって、歩けず座り込んだままミャーミャーと悲鳴をあげることしかできないのが見るに堪えなかったからです」

羅飛の脳裏に、保護センターに届けられた犬たちが突如浮かんだ。良質な純血種は早々に救助者で山分けされ、雑種犬や病犬は保護センターに送られ腹を空《す》かせている。人間が動物に抱く愛とは、自分の欲望を満足させるためにすぎないようだ。そしてそれは子どもの頃からそうなのだ。

蕭席楓は話を続けた。「そのとき涂連生も子猫を欲しがりましたが、彼の番が回ってくると思いますか？　子猫を手に入れた私以外の四人もみな成績が良く人気者でした。自分たちで猫を選んで、それぞれ家に連れて帰りました。

それからしばらく、涂連生はおかしな行動を取っていました。放課後になると、私たちに待ち伏せされるのを恐れてか、一人で全速力で帰るのです。私たちは二、三週間彼をからかえず、ちょっとイライラしていました。ある日私は涂連生を家まで追いかけてからかってやろうと提案しました。彼は学校から遠く離れた川辺に住んでいて、そこまで行きたがるクラスメートはほとんどいませんでしたが、数人の物好きな連中をそそのかして、一緒に涂連生のところへ行きました。あの頃は家と言ったらどれも平屋です。川辺の空き地にうずくまっている涂連生を見つけましたが、一人で何をしているのかはわかりませんでした。

みんなでこっそり周りを囲んでも、涂連生は何かに集中しているので、私たちに全く気づきません。さらに一歩近づき、私が『見つけたぞ』と叫ぶと、彼はようやくはっとして、目の前にあった段ボール箱を慌てて抱き上げました。私たちはすぐに彼を地面に押し倒し、その段ボール箱を奪って中を見ると、あのときの子猫がいたんです。あれから十数日経ってけっこう大きくなっていましたが、いまだに後ろ足を引きずっていて立てないままでした。

涂連生が最近急いで帰宅していたのは、その子猫の世話をしていたからだったんです。私は子猫の後ろ足をつかんで空中に高々と掲げながら、『見ろ。化け物が化け物を飼ってるぞ』と言うと、みんな他人の不幸こそ面白いというようにどっと笑いました。

涂連生は取り乱し、『それは俺の猫だ、返せ』と必死に叫びました。大声をあげる彼の顔が鼻につき、手にしていた猫も醜く見えてきました。私はためらうことなくその猫を近くの川に放り投げました。すると涂連生は大声をあげたかと思うと、突然とんでもない力を発揮し、押さえつけていた数人の子どもたちを振りほどきましたが、子猫はとっくに川に流され、消えていました。

涂連生は両手で顔を覆い、『うわああん』と声をあげました。彼は泣いていたのです。

私たちはしばらく言葉を失いました。なぜならみんな、涂連生が泣いたところを見たことがなかったからです。これまでどんなにいじめられ、辱《はずかし》められ、あまつさえ石をぶつけられて血を流そうとも、泣いたことはありませんでした。しかしその日、その子猫のために彼は泣いたのです。

私がうろたえていたところ、涂連生がいきなり飛びかかってきました。涂連生は全く警戒していなかった私をあっという間に押し倒し、馬乗りになって私の腕を押さえつけながらかすれ声で『あの子猫は友達だったんだ……俺にはあの友達だけなんだ』と涙ながらに訴えました。涂連生が抵抗したのがもう予想外でしたし、何より彼の力がすさまじくて、押さえつけられた私は身動き一つ取れませんでした。私と一緒に来ていた子たちも、涂連生の暴走に気勢を削《そ》がれて全員縮こまってしまいました。てっきり殴られるかと思ったのですが、彼は暴力を振るうことなく、私を押さえつけるだけでした。私を見つめるその顔にはこれ以上ない悲痛の色が浮かんでいました。しばらくして少しだけ冷静さを取り戻した私は許しを乞う口ぶりで『ごめん、わざとじゃなかった』と言いました。私がわざと子猫を投げ捨てたなんて、馬鹿でもわかりますよ。でも彼は私を放してくれて、立ち上がると泣きながら一人で家に帰っていきました」

ここまで聞いた羅飛はその先を予想した。「それで涂連生に対する態度が変わったんですか？」

「友達になったということですか?」蕭席楓は首を振った。「いいえ、まだです。でもそれからは確かに彼をいじめなくなりました。理由は単純で、したくなかったんじゃなくしようと思わなかったのです。彼が突然発揮するすごい力は本当に驚くべきものだったから、これ以上彼を相手にしたくなかった。私と彼の関係に本当の変化が起きたのはそれから何年もあとのこと。間もなく小学校を卒業する頃です。『文革』が始まりました」

蕭席楓が「文革」という時代背景をことさら強調したことを羅飛は見逃さなかった。

「家が『文革』のときに打撃を蒙《こうむ》ったのですか?」

「そのとおりです」蕭席楓は苦笑いを浮かべた。「あの頃、知識人という『九番目の鼻つまみ者』は打倒されるべき存在で、我が家の社会的地位は急落しました。その後、運動が巻き起こると両親はしょっちゅう批判集会に駆り出されました。最長で五日間も批判され、家にも帰れず夜になったら牛小屋に閉じ込められました。その間、私は誰からも必要とされない子どもになりました。家の食料が底を突き、空腹に耐えられなくなったとき、牛小屋まで行って紅衛兵に両親を出してもらうよう泣きつきましたが、返ってきたのは罵倒だけ。どうすることもできず、一人で家に帰るしかありませんでした。お腹《なか》が大きく鳴り、泣きながら歩き続けて川辺に差し掛かったとき、不意にそう遠くないところに涂連生の姿が見えたのです。いつの間にか彼の家のそばを通り過ぎていました。その頃の私はもうそこそこ大きかったし、負けず嫌いだったので、あいつに笑われたくないと思って泣くのをやめました。

しかし涂連生はそう簡単に私を見逃してくれないようで、私の前に立ちふさがりました。逃げられなかった私は『なんだよ』と虚勢を張ることぐらいしかできませんでした。

彼が私の目の前まで近づいてきて右手をひっくり返すと、そこに白くて大きな饅頭がありました。

驚きましたし、意味がわからなかったです。彼の口から『食べろよ』という言葉を聞いてようやく、その饅頭をくれるのだとわかりました。前回は私の機嫌を取るためだったけど、今回は何のために？　いくら考えても理由が思い浮かばず、ビクビクしながら『なんで？』と尋ねました。

すると涂連生は私の顔を見つめながら、『友達がいないんだろ。俺は友達になりたいんだ』と言いました。あまりに率直な言葉で、まるでいままで何もなかったかのような物言いでした。その瞬間、自分の心に何とも言えない感情が湧き上がってきました。そうです、私には友達がいませんでした。いままで遊んでいた子たちから絶交され、唯一歩み寄ってくれたのが他ならぬ涂連生だったのです。過去にどれほど馬鹿にし、さまざまないじめをし、もらった饅頭を踏みにじったこともあれば、彼が可愛がっていた子猫を川に投げ捨てたことさえあったのに、彼は少しも根に持っていないばかりか、私と友達になりたいと言ってくれたのです。その瞳は純真そのもので、まるで何年も前に入学したばかりの子どもの頃のままでした。

饅頭を受け取った私は食べながら涙を流しました。涂連生が私のそばに立ちながら無邪気に笑いかけてきました。その顔を見てももう彼のことを醜いとは感じず、饅頭を食べ終えた私はようやく我慢しきれず笑い声を漏らしました。私たちの数十年に及ぶ友情は、その笑い声から始まったのです」

ここまでの話を聞いて羅飛も笑みがこぼれた。彼は蕭席楓に語りかけた。「そういう友達を持てて幸せだったでしょう。利害関係のない、本物の友情です」

「より大切なことは」蕭席楓は付け加えた。「そのとき私たちはお互い唯一の友達だったことです」

羅飛はうなずいた。

蕭席楓はお茶を口に含んで喉を潤してからさらに話した。「友達になってから、涂連生父子と接する機会も増え、徐々に彼の身の上がわかりました。もともと彼には年の離れた兄がいたのですが、二十歳そこらで志願軍に参加して朝鮮戦争で亡くなったのです。兄が亡くなった年に、涂連生の母親は四十五歳の高齢で再び身ごもり、夫婦はこれが天の意志で、亡くなった息子が生まれ変わったのだと考えました。医者から出産には危険があると忠告されても、二人はその子を産もうと決め、母親は結局難産で亡くなってしまいました。だから涂連生の出生には、多くの悲劇が込められていたのです。そのうえ幼児のときに家が火事に遭い顔に大きな火傷の跡が残りました。そのため彼の父親はその息子をたいそう愛し、偉くならなくていいからつつがなく生きてほしいと願っていました」

羅飛は悟ったかのように言った。「なるほど、渋連生が人と喧嘩せず、あなたにいじめられても抵抗しなかったわけです。きっと父親に影響を受けていたのでしょう」

「そうかもしれません……」蕭席楓は淡々と言った。「でもより重要なのはやはり彼自身の性格だと思います。そんな境遇にもかかわらず、中身はたいへん優しかった。この世界からどのような仕打ちを受けても、彼は終始変わらぬ態度でこの世界と対峙していました」

その言葉に羅飛の心も動かされた。彼の仕事は一癖も二癖もある犯罪者たちとやり合うことであり、目にするものはだいたい、人間の負の面だ。多くの犯罪者は妄想性パーソナリティ障害があり、世界からどのように愛されようとも、いつも恨みがましい眼差しで世界をにらむのだ。このタイプの人間と蕭席楓が語る渋連生はまさに明確な対比を成していた。

「ちょっと話が脱線しましたね」蕭席楓は手を出してストップのポーズを取り、財布を開けてしばらく見つめるとまた話し出した。「この写真についてお話ししましょう。この写真を撮ったのは私たちが二十歳のときです。その年に大きな出来事が二つ起こりました。一つは渋連生の父親が亡くなったこと、もう一つは私が北京《ペイジン》の大学に受かったことです。

合格通知書を受け取った私は、涂連生とこの喜びを分かち合おうと真っ先に伝えに行きました。しかし彼は泣いてしまいました」

羅飛が言う。「あなたに行ってほしくなかったのですか？　優しいだけじゃなく、感情豊かな人物だったようですね」

「そのとおりです」蕭席楓はうなずき、またしゃべった。「しかし彼が泣き虫な人間と思わないでください。私も彼と出会ってから、彼が泣いたところは三回しか見たことありません。子猫が投げ捨てられたときが一回目で、このときが二回目です。彼が涙した理由はあなたの予想どおり。そのときは父親が亡くなったばかりで、私まで遠くの北京へ行くと聞いたので、自分には家族も友達もいない、世界で一番孤独な人間だと感じてしまったからです。

だから彼を慰め、私たちはずっと友達だと告げました。そして写真館まで行って、この写真を撮ったのです。写真を受け取った涂連生はかなり明るくなり、彼もこの写真を肌身離さず持ち歩き、死ぬまでずっと大切にしていました。それから何枚も写真を撮るには撮りましたが、一番大事なのはこの写真です。これは一枚の写真というだけでなく、友情の誓約書でもあるのです。

それから私は北京へ行き、それぞれ新しい人生を踏み出しました。三十年という月日が流れても、私たちの友情が変わることはありませんでした。その間に起きた多くの出来事については置いておいて、私たちそれぞれの経歴を語るだけにしましょう。

　私は北京の大学に四年間通い、卒業後に龍州《ロンジョウ》に配属されて、病院で働いてから龍州大学に異動させられました。数年前に大学を辞めて、この心理カウンセリングセンターをつくったのです。大して成功はしなかったですが、それでも順風満帆といえます。いい相手と結婚でき、息子も大きくなっていまはアメリカに留学しています。私の人生の大半は神からそれほど嫌がらせをされずに送れたと言えます。

　しかし涂連生は不遇でした。彼は中学校を卒業するとすぐに仕事を探し始めました。外見のためかほとんどの職場から門前払いを食らい、父親が彼の兄の革命烈士証明書を持ってあちこちに求人に行って、ようやく清掃作業員になれました。清掃隊で彼は、公衆トイレの掃除など最もきつく汚い仕事を割り振られました。そうやって十年余り働いたのです。それから都市改造が行われ、公衆トイレが少なくなっていき、清掃隊も彼に新しい職場を与えるしかなく彼をゴミ収集車の運転手に就かせました。そのために彼にわざわざ自動車教習所に通わせたのです」

「その時代で運転できる人は多くなかったでしょう?」羅飛は尋ねた。「悪くない仕事ですね」

「確かにそうです。その頃、涂連生が運転するゴミ収集車は各地のゴミステーションに行ってゴミを回収していました。きつい仕事なのは確かですが、糞尿《ふんにょう》運搬車を引いているときと比べたらだいぶ楽でした。彼も人と関わらなくてもいいという点と、やりがいがあるということで、その仕事を気に入っていました。毎回ゴミを片付けて、汚かった場所が清潔に美しくなるたびに、自分の存在価値を見出《みいだ》していました。清掃隊でゴミ収集車を運転していた数年間は、涂連生の人生にとって最も美しかったときとも言えます」

羅飛は尋ねた。「では続けなくなったのはなぜです？」

蕭席楓は何とも言えない表情を浮かべた。「彼の容姿のせいで、清掃隊にもいられなくなったのです」

「まさか。ゴミ収集車の運転と容姿に何の関係があるんですか？」

「龍州に国家衛生都市をつくるという話が持ち上がった年があったでしょう？　そのとき、省から来た業務組織が検査のために市の北部にあるゴミ中継施設を見学した際、偶然涂連生を見かけて、省のあるお偉方がこんなことを言ったんです。『あの作業員はちょっとぎょっとする姿だな』と。何げなく出た言葉でしたが、言った本人に他意はなくとも聞いた人間は意識するものです。市の同行者はその言葉を至上命令だと捉えました。その翌日、涂連生のところに清掃隊の責任者がやってきて、長年働いてたくさん苦労をしたのだから、早期退職をして休んだらどうかと言ったんです。涂連生のようなおとなしい人間が食い下がれると思いますか？　上層部の意思に従って手続きを取るほかなく、数万元の早期退職金を受け取りました。要するに定年までの勤続年数を買い取られたんです。その後、彼に何があっても職場は無関係だというふうに」

「それもひどすぎませんか？　彼のような弱者が職場から放り出されたんじゃ、いったいどうやって生きていけばいいんです？」

「でも他に何ができます？　この社会とはそういうものです」蕭席楓はため息混じりに言った。「しかし捨てる神あれば拾う神ありで、早期退職からほどなくして、彼の父親が遺した古い住宅が再開発の対象となって立ち退くことになり、独身用アパートの一部屋を当てがってもらったばかりか、十数万元の補償金も手にできました。涂連生は補償金と早期退職金で中古のトラックを購入し、個人運送業を始めました。誠実で働き者だったので商売は順調でした。ただ、文句を言わない彼の足元を見た依頼者たちにコストを削りに削られたせいで、いくらも稼げなかったですが。しかしどうあれ、生計は立てられていました」

羅飛は別の点に関心があった。「彼は結婚は？」

蕭席楓は聞き返した。「どう思いますか？」

確かに……彼のような境遇の男と添い遂げたいと思う女性がいるだろうか。だとすると孤独は彼にとって良いことだったかもしれない。少なくとも、その苦しみのぬかるみに他人を引きずり込むことはないのだから。

羅飛は蕭席楓を見つめながら静かに感心した。「だからこの世界であなたが彼の唯一の友達だったんですね」

「ええ。私だけが彼の理解者で、彼が優しい善人だと知っていました。そして彼も私を最も頼りにしてくれ、『心結』を解きほぐせるのは私以外いないと思っていました」

「ほお？」羅飛は尋ねた。「心結とは？」

「涂連生は優しくてお人好《ひとよ》しでしたが、馬鹿ではありません。彼が人生の苦しみを感じていなかったとお考えですか？　実際、彼は人一倍繊細でした。なぜなら生まれてこのかた、世間の冷たい視線に囲まれ、いかなる称賛も関心も得られず、どこに行っても嫌悪と蔑視が付きまとっていたからです。以前彼は私にこんなことを言いました。この世に生まれてきたことを後悔していると」

「厭世観《えんせいかん》を抱いたことがあるということですか？」

蕭席楓はうなずいた。「とても深刻な時期もありました。生きていると自分が苦しむばかりか、他人にも嫌われてしまうから、自分がこの世に生きる意味がわからないと考えていました」

「そこであなたはどう諭したんですか？」

蕭席楓は言った。「彼が仕事から得られる満足感を利用しました」

「仕事の満足感？　ゴミ収集車の運転手の仕事のことを言っているんですか？」

「はい。彼はゴミを片付けるとともに美しい環境を創り出せるその仕事が好きで、その中において自身の価値を感じていました。そこでその心理体験を使って彼を導いたのです。『お前を侮辱する人たちは、実はあまりに多くの負の感情を溜め込んでいるせいで、お前にぶつけて発散させたがるんだ。お前はゴミ収集車みたいに、人々の心のゴミを持ち去ってやっているんだ。だから存在していることで自分を犠牲にしているものの、この世界を美しくしているんだ』と」

「そういう手段で彼に生きる意味を見つけ出させたんですね……」羅飛はつぶやくと、ふと何かに思い至ったように言った。「つまり凌明鼎《リンミンディン》の『心の橋治療術』を使ったんですね？」

「そのとおりです。凌明鼎は中国屈指の催眠師で、彼の心の橋理論にはいたく感服しました」蕭席楓は親指を立てて心から褒め称えた。「彼の主催する講習会にも参加して、多くのことを学びましたよ」

一連の会話で羅飛は心の橋治療術がもたらした恐ろしい結末を思い出した。心に沸き立つのは痛みと苦しみだけだった。彼は大きく二回息を吸い、自身を苦しみの記憶から抜け出すことができた。それから気持ちを奮い立たせて言った。「わかりました。いまおっしゃった多くのことで、あなたと涂連生の間にあった並々ならぬ友情が説明できていると思いますし、私もいまの話が真実だと思いたいです。涂連生が遺産相続人を指定するなら、あなたを最初に選ぶだろうと私にもわかります。なぜなら彼にはあなた以外、家族も友達もいなかったのだから。しかし遺書を書いたのはあまりに唐突ではありませんか？　しかも不審な交通事故を起こす前に」

「まだわかりませんか？」蕭席楓は羅飛を見つめた。「涂連生の死はそもそも事故ではありません。彼は自殺したのです」

自殺？　羅飛はかすかに眉をひそめた。自殺なら事前に遺書を残したのも筋が通っている。だが聞かなかればいけないことがまだあった。「どうして自殺したんですか？　心結が解けたと言っていませんでしたか？」

「それまでの心結は確かに解けましたが、半年前に起きた出来事には……私も無力でした」蕭席楓はうなだれて小さなため息を漏らした。

03

「半年前に起きた出来事」とは、トラックを妨害して犬を救出した際のいざこざだ。その衝突における涂《トゥー》連《リエン》生《ション》の役割が羅飛《ルオフェイ》にはわからなかった。なぜなら、林瑞麟《リンルイリン》にせよ、朱《ジュー》思俊《スージュン》や石《シー》泉《チュアン》男《ナン》にせよ、これまで話を聞いた者たちは涂連生について言及しなかったからだ。熟考してある仮説に思い至った羅飛は、蕭席楓《シャオシーフォン》に尋ねてみた。「そのとき、涂連生のトラックに死んだ犬がいたから、彼はその犬の主人から屈辱を与えられたんですか？」

蕭席楓はうなずき褒めた。「頭の回転が早いですね」

これまでの捜査で、林瑞麟、朱思俊、石泉男の供述が互いに裏付けられているから、正確性はほぼ保証されている。しかし蕭席楓は先ほど、朱思俊が羅飛に「大事なこと」を隠していると言った。これによって羅飛はその「大事なこと」とは林瑞麟と石泉男がいなくなったあとに起きたはずだと確信した。そうでなければ隠し通せない。

林瑞麟と石泉男がいなくなったあとのことを調べるに当たって、最も注目しなければいけないのはもちろん、趙麗麗《ジャオリーリー》と姚舒瀚《ヤオシューハン》の存在だ。あの日、二人は涂連生のトラックへいなくなった愛犬を探しに行った。もしその犬が本当にトラック内で死んでいれば、あの二人の性格からいって穏便に済ませることは決してない。そのとき林瑞麟はもういなかったから、二人が怒りをぶつけようとしたらその矛先はトラックを運転していた涂連生に向かうだけだ。

だから涂連生が半年前の出来事が原因で自殺したのなら、彼の心に深い傷を負わせた人物は、趙麗麗と姚舒瀚の可能性が極めて高い。

この考えに従ってさらに踏み込んで分析すると、朱思俊は二人が涂連生を侮辱するさまを見ていたはずだ。彼は警察官としての公平性を守らず、あまつさえそのときの出来事を羅飛にわざと言わず、職務怠慢の責任から逃れようとした。

昨晩、劉《リイウ》から電話を受け、趙麗麗と姚舒瀚が涂連生のトラックで犬を探した結果について尋ねられた際、朱思俊は知らないと言い逃れをした一方、心配でもあった。涂連生の人物像と交友関係を直ちに調べられるとわかっていた彼は、一足先に蕭席楓のところを訪れて事実を確かめようとした。

これらは羅飛が瞬時に導き出した分析だ。しかしどれほど理詰めで推理しようが、趙麗麗と姚舒瀚の二人と涂連生との間に起きたトラブルの具体的な内容を再現することは不可能だ。羅飛は蕭席楓に質問を続けるしかなかった。「教えてください、あの日いったい何があったんですか?」

蕭席楓は険しい顔をしながら黙り込んでいたが、ようやく怒りに満ちた声をあげた。「彼らは涂連生に、死んだ犬に土下座するよう迫ったのです」

「彼ら」が誰のことを言っているのかは羅飛にはわかっていたが、それでも確認したかった。「趙麗麗と姚舒瀚ですか?」

「ええ。殺されたばかりのあのクズカップルですよ」蕭席楓は歯を食いしばりながら、自身の職業倫理を無視して汚い言葉を吐いた。

羅飛には蕭席楓の怒りが理解できた。

どんな人間であろうと、人は人としての尊厳を持っている。

生きた人間を死んだ犬に土下座させるという行為は、羅飛が知る限り最も理不尽で不遜な要求だった。

羅飛の顔も険しくなった。怒りが収まってから複雑な感情が湧き起こり、不安げに尋ねた。「涂連生は……本当に土下座したわけではないでしょう？」

蕭席楓は長いため息を吐いた。答えこそしなかったが、その態度で十分伝わった。

「あの出来事で涂連生に残っていたわずかな尊厳すらズタズタになり、彼の精神世界は根本から崩壊し、私にはもう彼を立ち直らせる術《すべ》はなかった……」蕭席楓はつぶやくように語った。「あの日、涂連生の家に行くと、彼は泣いていました。さっき、いままで彼の泣いている姿を三回しか見たことがないと言ったでしょう。このときがその最後の一回です。彼は自分の身に起きた出来事を語り、私にこう問いかけました。『俺は世界のためにこんなにたくさんのことに耐えているのに、ああいう人間の目には死んだ犬以下としか映らないのか？』私は何も言えず、気にしすぎるなとなだめることしかできませんでした。しかしそんな慰めは焼け石に水でした。私をじっと見つめる涂連生の絶望しきった表情はいまでも頭から離れません。あのとき、彼の心の奥底にできた傷は二度と癒えることはないと思いました」

「彼の心穴は崩壊したんですね」羅飛は凌明鼎《リンミンディン》が生み出した催眠術用語を使った。「以前架けた心の橋ごと飲み込んで」

蕭席楓は再び長いため息をついた。

だが別の疑問について考えていた羅飛は蕭席楓に尋ねた。「涂連生が土下座させられたのは半年前ですが、彼が亡くなったのは二カ月前です。その出来事が原因で自殺したのなら、間隔が空きすぎじゃないですか?」

蕭席楓は羅飛を見つめて首を振った。「それは羅刑事がこの分野にそれほど詳しくないからです。そのようなショックを受けて自殺した人間の大半が、出来事の直後に自殺するというわけではありません。当事者は何度も思い出す中で苦痛を徐々に溜め込んでいき、気持ちが徐々に落ち込んできます。そのような負の感情が心の臨界点を突破したとき、最終的に自殺という行動に出るのです」

「え? なら涂連生は四カ月間、苦痛を幾度も感じていたのですか?」

「それだけではありません。その間」蕭席楓は説明した。「私も心の橋を架け直そうとしました」

「しかしうまくいかなかった」

「ええ。難しすぎました。心の橋を架けるには、かつて涂連生にとって最も馴染み深いゴミ収集車を使って彼のそれまでの心結を解きほぐしたように、対象者の潜在意識の中から材料を見つけなければいけません。しかしそのときには適した材料を見つけられませんでした。言うならば、生きた人間が死んだ犬のために土下座しなければいけない理由を説明できなかったのです。私ばかりか、世界最高峰の催眠師であっても手の打ちようがなかったでしょう」蕭席楓は苦しげに額を押さえ、何度か揉むとまた恨みがましくつぶやいた。

「しかもその間に起きた新たな出来事が、涂連生の心の傷をえぐったのです」

「どんな出来事ですか？」

「トラックを妨害された翌日に気づいたことですが、涂連生のトラックのタイヤが二本、何者かにパンクさせられていたのです。きっとトラックを止めた連中の仕業でしょう。釘《くぎ》か錐《きり》のような工具で小さな穴が開けられていたため、翌日になってようやくしぼんでいることがわかったのです。しかし穴があったのがタイヤの側面だったため修理することができず、二本とも使用できなくなりました。そのトラックのタイヤは一本千元以上し、二本分の損失は彼が一カ月間汗水たらして働いて得るお金とほぼ同額です。涂連生は林瑞麟にこの損失を負担するよう頼みました。なぜなら車の手配を依頼したのは林瑞麟で、犬を助けに来た連中ももともとは彼目当てだったからです。しかしその林という男は全く相手にせず、『文句があるならパンクさせた奴に言え』と責任逃れをしました。途方に暮れた涂連生はあの日現場に来ていた警察官の朱思俊に連絡すると、率先してトラックを止めた人物の電話番号を教えてもらったのです」

羅飛は確認のため尋ねた。「その人物とは李小剛《リーシヤオガン》ですか？　金のことしか頭にない彼が相手にするわけない」

「そのとおりです。だから涂連生がいくら連絡しても、パンク代を補塡しようとする人間は一人もいませんでした。彼は車を出して一元も得られなかったどころか、タイヤ二本分を自分で補償し、さらに人格を激しく侮辱されました。これらのことが一気に押し寄せ、彼の気分はますますふさぎ込んでいきました。私も全力で導こうとしましたが、それでも彼が破滅の道に進むのを止められなかった」蕭席楓はしばらく黙り込んでから、回想して話した。「二カ月前のある日、涂連生から電話がかかってきて、酔っ払うってどういう感じだと聞かれました。人によって千差万別で、気分が高揚する人間もいれば、無口になる人間もいるし、いろいろなことを思い出すこともあれば、逆に忘れることもあると言いました。すると涂連生は、さっき白酒《バイジィウ》を一瓶買ったから酔っ払ってみようと思うと言ったのです。飲みに誘っているのかと思ったので、いまどこにいるのか尋ねると、電話が切られました。かけ直してみると、彼の携帯電話はもう電源が切られていました。何かおかしいと感じ、その夜は一晩中彼を探し回りましたが、見つかりませんでした。そして翌日、高速道路交通警察隊から、涂連生が運転中に事故死し、彼が最後に連絡したのが私だったことを告げられたのです。そのときにようやく、涂連生が私に電話をした三十分後に車で高速道路のガードレールを突き破り即死したのだと知りました」

「三十分間で酒を飲んでから車ごと崖に落ちたんですか？　どうしてそんなに早く？」羅飛は少し違和感を覚えた。

「酒を飲む前から高速道路を走っていたのです」蕭席楓は説明した。「電話をしたときは車を路肩に停めていて、電話を切って電源を切ると酒を飲み、一人で一本飲み干したのです。それからアクセルを踏んで真っ直ぐ走っていきました」

「つまり酒を飲む前から死ぬつもりだったということですか？」

「ええ。酒を飲んだのは、死ぬ直前に自分を麻痺《まひ》させたかっただけでしょう。生前、心の底から楽しんだことがなかった彼が、最後の瞬間はアルコールでいくらか解放されていたのならいいですが」

羅飛は相槌《あいづち》を打つとまた尋ねた。「遺書はどこに保管されていたんですか？」

「彼は自殺した当日の午後に、私に手紙を送っていたのです。届いたのは、彼が亡くなった翌日です」蕭席楓は提案した。「その手紙をご覧になりますか？」

羅飛が「はい」と答えると、蕭席楓は机の引き出しから封筒を出した。それを受け取った劉が羅飛に渡した。

便箋はたった一枚しかなく、内容もいたって単純だった。

遺　言　状

私の死後、双　橋　新村《シユアンチヤオシンツン》にある私の家は蕭席楓に帰属する。

涂連生

蕭席楓がそばで説明する。「この遺言状は裁判所が鑑定し、涂連生の筆跡だと確認され、実際の効力が認められています。すでに正式な手続きを終わらせ、私はこの家の所有権を得ています」

羅飛は遺言状を封筒にしまいながら尋ねた。「送られてきたのはこの手紙だけですか？」

「他にも何かあるとお考えですか？」蕭席楓が聞き返した。

「部屋の鍵は送られてこなかったんですか？」羅飛は立ち上がって封筒を蕭席楓に返しながら尋ねた。「鍵がなかったら、部屋を引き継いでもいろいろ問題があるでしょう。その辺り念頭に置いていたはずですよね？」

「鍵なら前から持っていましたよ」蕭席楓は何も問題ないというふうに肩をすくめ、その封筒を引き出しに大事に戻した。「涂連生は長距離運転することもあったので、鍵を私に預けていたのです。しばらく彼がいないときは、私が部屋を見にいっていました」

「家に植物があったりペットを飼っていたりしていたんですか？」

蕭席楓は表情を一瞬こわばらせ、それから首を振った。「いいえ、水漏れや漏電をしていないか確認する程度です」

羅飛は何かを思案しながら椅子に戻り、座るとまた質問した。「交通警察隊が来たときに事実を話していませんね？　彼らの結論は飲酒運転による事故で、自殺のことは触れられていなかった」

蕭席楓はあっさり認めた。「ええ、話さなかったことがたくさんあります」

「なぜです？」

「話したところでどうなります？」蕭席楓は苦笑した。「私以外に彼を気にかける人間がいますか？」

羅飛は考え込み、その言葉の意味を理解した。涂連生は生きているとき誰からも関心を持たれなかった。事故か自殺かを追究したところで何の意味がある？　しゃべればしゃべるほど余計な面倒ごとが増えるだけかもしれない。友人を失い悲しみに打ちひしがれていた蕭席楓が、〝無用なトラブルを避けよう〟という気持ちになったのも無理はない。

「さあ、涂連生の死についてもうすっかり話しましたよ」蕭席楓は椅子に背を預けながら羅飛を凝視した。「信じるかどうかはご自由に」

「信じますよ」羅飛は自分の見解を示した。「まず写真と遺言状が証拠になりますし、こんな嘘を私に話す必要もないでしょう。話すほど自分の首を絞めるだけです」

蕭席楓はうなずき、口元に笑みを浮かべた。「ではいま、私の肩書きは『容疑者』だと認めますか？」

蕭席楓が自身の疑いから逃げない以上、羅飛も率直に告げた。「趙麗麗、姚舒瀚、李小剛、林瑞麟の四人は多かれ少なかれ涂連生を傷つけました。涂連生の自殺後、あなたは彼らを激しく憎んだはずです」

蕭席楓はあっさり認めた。「ええ、憎んでいます」

「だからあなたには非常にはっきりとした動機があります。また催眠術にも長《た》けているので、今回の殺人はあなたにも可能です。確かに身体的特徴は容疑者の現場の映像と合っていませんし、これまでの調査でアリバイがあることが証明されています。しかしさっき、自分は本件の直接の犯人ではないが共犯者かもしれないとおっしゃっていましたね。いま考えると、それは冗談ではなさそうだ」羅飛は真剣な面持ちで蕭席楓を見つめている。

蕭席楓は目の前のコップを手に取り、お茶がほんの少ししか残っていないのを見るともう飲む気をなくしたようにテーブルに置いた。それから独り言のようにぼそぼそとつぶやいた。「共犯者……そうですね、そうとも言えます。あの三人の死には、私にも責任があります……」

「いったい何をやったんだ？」羅飛は突然、声を荒らげて問いただした。「その犯人はいまどこにいる？」

蕭席楓は羅飛の態度にひるむことなく、彼を見上げると淡々と言った。「言ったでしょう。その犯人のことは知らないと」

羅飛は視線を動かさずに詰め寄った。「じゃあ犯人とはどういう関係なんです？」

「私と彼の関係ですか」蕭席楓は羅飛を指差した。「私とあなたの関係とだいたい同じですよ」

その言葉の意味がわからず怪訝な顔をする羅飛に蕭席楓はさらに説明した。「彼も私から涂連生の話を聞いたのです。それ以外、私と彼には何の関係もありません」

羅飛はますます話がつかめなかった。「知らないのにどうやって話を聞かせられたんですか？」

蕭席楓が答える。「インターネットに投稿しました」

「インターネットに？」

「はい。涂連生が自殺してからというもの、私は気分が落ち着かず、かといって打ち明けようもありませんでした。誰もが忙《せわ》しなく生きているこの現代社会で、腰を下ろして一緒に酒を飲みながらしゃべるにしたって何か目的がいります。見知らぬ人間の生い立ちなど誰が興味を持ちますか？　羅刑事だって、事件捜査のためじゃなければ、私が話し終えるまで辛抱強く聞いていましたか？」

羅飛は驚き、首を振って正直に答えた。「しないでしょう」

蕭席楓はお手上げのポーズを取った。「だから話を書いて、ネット掲示板に投稿するほかありませんでした。私も誰かに見てもらいたいと思っていたわけじゃなく、それらを書き出すことで憂さを晴らそうとしていただけです。涂連生の一生を、彼の優しさと彼の苦難を、そして私たちの友情を書きました。最後に、絶望の中この世を去った涂連生は別の世界でしかるべき尊重と思いやりを得られているだろうかと結んで」

羅飛は涂連生にいたく同情を覚えていたが、事態が切迫しているいま、彼の注意力は事件のみに注がれていたので、単的に尋ねた。「犯人はネットでその話を読んだんですか？」

「ええ。彼は私が掲示板に貼ったアドレスにメールをくれ、それから何度かやり取りしました。そのメールの内容にきっと興味があると思って、もう印刷しています」蕭席楓はそう言うと、そばの書類用かばんから紙束を取り出した。羅飛はそれを受け取り、机に並べて目を通した。

最初のページには『我が友涂連生に捧《ささ》ぐ』という文章が書かれたウェブページが印刷されている。蕭席楓が言っていたネットに投稿した話だろう。そのあとには一連のメールでのやり取りが印刷されており、蕭席楓と謎の犯人との交流が記されている。

04

一通目のメールの送信日は四月二十八日、つまり涂連生《トゥーリエンション》の自殺から半月後だ。送信者のハンドルネームは「怒りのサイ」で、コンタクトを取ったメールの内容から見て、この人物が蕭席楓《シャオシーフォン》の言う犯人で間違いない。

一通目のメールの全文はこうだ。

投稿された『我が友涂連生に捧ぐ』を拝見し、心打たれました。涂連生の裏表のなさと優しさに、誰もがいたたまれなくなることでしょう。

しかし彼のような善人がいわれのない辱めを受け、最後には恨みを抱きながら自殺したのは、全くもって心が痛むことであり、またそれ以上に腹立たしく感じます。涂連生を傷つけた奴らの本名と連絡先を知っていますか？　この件はこれで終わりにしてはならず、奴らに問いたださなければいけません。


次が蕭席楓の返信だ。送信日時は四月二十八日夜十一時二十三分、つまり受信後四時間余りのことだ。ハンドルネームは「ドクター蕭」。

返信内容は次のとおり。


興味を持ってくれてありがとうございます。何より、私の友人に共感と賛辞を示してくれたことに感謝します。彼がまだ生きていれば、あなたに会わせたかったと心の底から思います。

申し訳ありませんが、質問にあった人物たちの情報についてはこちらも把握していません。

お体に気をつけてください。

ドクター蕭　四月二十八日

その翌日、つまり四月二十九日に「怒りのサイ」から返信があった。

大丈夫です。自分でなんとかして調べてみます。

それに対する蕭席楓の返信はさらに簡潔だ。

わかりました。どうか無理なさらずに。

ドクター蕭　四月二十九日

五月八日、前回の連絡から約十日後に「怒りのサイ」から新しいメールが届いた。

良いニュースがあります！　奴らの身元をほぼ特定したので、早く教えたくてたまりませんでした！

涂連生に死んだ犬に土下座するよう迫った男女は、男が姚舒瀚《ヤオシユーハン》というドラ息子で、女が趙麗麗《ジャオリーリー》という素人モデルです。この二人は涂連生を直接死に追いやった張本人であり、その罪は極めて重いです。

現場でトラブルの対応に当たった交通警察は朱思俊《ジュースージュン》、警官番号は×××××。こいつは現場対応の公平性に欠けていたため、涂連生の自殺の責任から免れません。

涂連生を運転手として雇った依頼人は林瑞麟《リンルイリン》といい、百滙路《バイホイ》で小さなレストランを経営しています。涂連生の雇い主でありながら、運送代を出し渋り、涂連生のタイヤの損害を補償するつもりもない、良心の欠片もない男です。

トラックの妨害を主導していた奴は李小剛《リーシャオガン》といって、ネットでドッグフードを売っています。こいつは自分が儲けるためだけに騒ぎを起こし、涂連生を傷つけることになった元凶と言えます。

タイヤをパンクさせた人物についていまのところ手がかりがありません。当日の現場が混乱しすぎていたせいで、誰がやったのか見当もつきません。ですが今後も調査を続行するので安心してください！

必ず奴らにしかるべき代償を払わせます！

蕭席楓はすぐに返信を送っていた。

こんにちは。

どうやって彼らを特定したのですか？　正直、少々驚いています。

また、李小剛に対する所見は少し不適当かと思います。彼がトラックを妨害した目的は犬を助けるためであり、その方法に議論の余地があるとはいえ、初心は素晴らしいです。それに彼は涂連生と実際に対立していないので、涂連生の自殺において彼に何の責任もないと思います。

私の考えは間違っているかもしれません。もし意見があれば、お聞かせください。

ドクター蕭　五月八日

「怒りのサイ」は五月九日に返信している。

私はハッカーだから、こんな情報を調べるぐらい簡単です。詳しく話すと、トラックを妨害した連中はネットで連絡を取り合っていて、事件の前後にネットに大量の書き込みをしてその件を話題にしていたんです。そこで私は彼らのアカウントをハッキングして、チャットの履歴や書き込みに全部目を通しました。そこから趙麗麗、姚舒瀚、李小剛、林瑞麟のデータを入手したんです。あの警官なんかもっと簡単で、いまの警察業務はどれも公開されているから、公安の相談ホットラインへの電話一本で、一一〇番通報で駆けつけた警官と対応状況ぐらいすぐにわかります。

せっかく李小剛の名前が出たんですから、奴についてもっと詳しくお話ししましょう。この男は何よりも金が大事な小悪党で、トラックを妨害したのは犬を助けるためではないのです。信じられなければ、私が入手したこのチャットをご覧ください。「ペットパラダイス」が李小剛のハンドルネームで、「成り行き任せ」がコンサルティングをしているウエブマーケターです。このチャットを読めば、李小剛がどうして人を集めてトラックを妨害したのかがわかりますよ。

……

成り行き任せ：最近どうだい？

ペットパラダイス：あまり良くないです。言われた販売促進プランをひと通り試しましたが、最初は良くても数日で駄目になります。

成り行き任せ：もっと頑張って。世の中、簡単にいかないことばかりなんだから。

ペットパラダイス：頑張れって言われても、ぶっちゃけもうあまり信用していないというか。

成り行き任せ：おいおい、じゃあなんて言ったら満足してくれるんだよ。本当に視野が狭いな。情報爆発時代のいま、一番価値のあるものが何か知ってるかい？　それは知恵だよ！　アイディアだよ！　アイディアを見くびる人間はこの時代から置いていかれるよ。

ペットパラダイス：じゃあ本当に良いアイディアをくださいよ。あんたのろくでもない提案より、俺に降ってきた幸運のほうがよっぽどましだ。
成り行き任せ：ん？　どんな幸運が降ってきたんだい？
ペットパラダイス：二日前にレストランの店長から、一度に百キロのドッグフードの購入があったんですよ。
成り行き任せ：大口顧客だね。しっかり摑まえて、なんとかして常連にしないと。
ペットパラダイス：当たり前でしょう？　その店長ととっくに話しましたよ。でもそいつは犬肉の販売業者で、明日犬をトラックで徐州《シュージョウ》に運ぶって言っていたから、一回限りですよ。
成り行き任せ：いい考えがある。一回限りの取り引きを長期契約に変えられるような……
ペットパラダイス：え？　それってどんな？
成り行き任せ：ペット愛好家チャットでうまくやれてるって言ってたよね？
ペットパラダイス：ええ。
成り行き任せ：明日、人を集めて、そのトラックを止めるよう呼びかけるんだ。
ペットパラダイス：何のために？
成り行き任せ：犬助けだよ。こういったことは愛犬家が大好きだからね。ケータイで写真を撮ったら、すぐにネットにアップするんだ。きっとすぐに話題になるぞ。注目がある程度集まったところで、みんなでお金を出し合って犬を買い取るよう呼びかけたらいい。

ペットパラダイス：犬を買って俺に何のメリットがあるんですか？　それに、みんなで金を出し合うって言われても、俺はいくらも出せませんよ？

成り行き任せ：本当に鈍いね。君たちがその犬たちを買い取ったら、次はどういう流れを踏む？

ペットパラダイス：良い犬は飼われるでしょうけど、ほとんどの犬は誰も欲しがりませんよ。保護センターに送るしかないです。保護センターが受け入れるかも怪しいですよ。

犬があんなに多いんじゃ、負担も大きいですし。

成り行き任せ：負担が大きければ大きいほど、ビジネスチャンスが来るんじゃないかい？

ペットパラダイス：えっ？　……もうちょっと具体的にお願いします。

成り行き任せ：まず保護センターに、この犬たちの食料は自分が負担すると言えば、彼らだって断る理由がなくなる。それからネットで慈善活動を行って、愛犬家たちに君のお店からドッグフードを買わせて保護センターに寄付するんだ。長期的なビッグビジネスになると思わないかい？

ペットパラダイス：でも俺の影響力じゃ、そんなに多くの愛犬家を集められないと思います。

成り行き任せ：著名人を使って口説いてもらえ。犬のためという名目なら、その人物だって見て見ぬふりできないだろう。もちろん、時間が経てば君がその件を利用して金儲《かねもう》けしていることはきっとバレるけど、関係ないよ。ちょっと鼻薬を嗅がせれば大丈夫さ。

ペットパラダイス：わかりました。ぶっちゃけ、すごいアイディアです！

成り行き任せ：私のアイディアに間違いはないからね！

……

どうでしょうか。李小剛の正体がわかりましたか？　奴は最初から私腹を肥やすためにトラック妨害という手段に出たのです。このような品性下劣な小悪党が、涂連生の死に何の責任も取る必要がないと？

奴らを罰する計画はすでに浮かんでいます。きっとご期待に沿うでしょう！

これらのメールに目を通した羅飛《ルオフェイ》は半年前の騒ぎの発端をますますはっきり理解した。社会に出たばかりの李小剛という若造があれほど巧妙なビジネスプランをどのように打ち出せたのか、これまで不思議に思っていた。しかしいま、プロのウェブマーケターが背後で指示を出していたことが明らかになった。そして李小剛は金を稼ぐとその警告を忘れ、石泉《シーチユアンナン》男に利益の一部を与えなかった結果、彼の裏切りに遭い、自宅で金勘定する日々も突如終わりを告げたのだ。

以上の考えは脳裏に一瞬よぎった余談にすぎない。羅飛は引き続きプリントアウトされたメールの内容を読み込んだ。

その後の蕭席楓の返信はこうだ。


李小剛とウェブマーケターのチャットを読みました。本当に下心があったなんて、腸《はらわた》が煮えくり返る思いです。

罰する計画が浮かんだとおっしゃっていましたが、教えていただくわけにはいきませんか？

お気遣いいただき感謝しております。万事無事に進みますように。

ドクター蕭　五月九日

五月九日、「怒りのサイ」から最後のメールが届いた。

奴らを欲望に沈めて破滅させます！　多くは語りません。知りすぎても、あなたにとって良いことはありませんから。結果をお待ちください。

今後は連絡しないほうが良いでしょう。このアカウントはすぐに削除しますので、もう返信してもらう必要はありません。

文字はここで終わっている。羅飛は蕭席楓を見つめながら尋ねた。「これで終わりですか?」

蕭席楓はうなずく。「返信してみようと思いましたが、アカウントは本当に削除されていました。当時はでたらめを言って妄想に耽っている程度にしか考えなかったため、それ以上追及しませんでした」

アカウントを削除したのはでたらめではないからだ。警察の今後の捜査の手がかりを絶つためだ。羅飛はまた尋ねた。「ということは、事件が起こるまでこの人物が本当に人を殺すことなど知らなかったし、手口など見当もつかないということでしょうか?」

「知りませんでした……」蕭席楓はどうしようもなさそうに両手を広げた。「メールの中で『破滅』という言葉が使われていますが、殺人という極端な手段に出るなんて予想できますか? 昨日、朱思俊がここに来るまで、計画を実行に移したことは知らなかったのです」

羅飛は紙束を置き、厳しい顔をしながら聞き続けた。「では自分が共犯者だと言っていた理由は?」

「私が投稿した文章で彼が憤り、さらに話し合ったことで李小剛たちに罪名を与えたのですから、殺人教唆こそしていないにせよ、私の影響がなかったとは言えません……」蕭席楓は神妙な面持ちのまま机を指で軽く叩いた。「私は自分が共犯者だと思います」

蕭席楓の言う「共犯者」が心理的な自己批判にすぎず、自身が期待する共犯関係ではないことが羅飛にはわかった。そう考えると、蕭席楓の線からたどれる手がかりもここまでだろう。

収穫は少なくなかったとはいえ、納得いかなかった羅飛は恨む気持ちと責める気持ちで蕭席楓に尋ねた。「昨晩朱思俊が来たとき、すぐ通報しなかったのはなぜです？」

蕭席楓は押し黙った。「自分がどちら側に立つべきかわからなかったからです」

羅飛の目が光った。「その犯人のやり方に賛同していると？　殺戮《さつりく》が続くのを見たがっていると？」

「気持ちの上ではそうです」蕭席楓は落ち着いた様子で羅飛と対峙した。「涂連生を傷つけた連中が何も代償を払わなくていいわけがないでしょう？」

羅飛は机に両手をつけたまま前かがみになり、威圧する体態を取った。「そう考えているのなら、今日我々に真実を告白した理由は？」

「まだ理性が残っていたからです」蕭席楓は整然とした対応だ。「血も涙もない犯罪者に堕《お》ちるのを理性が許しませんでした。理性と感情の間でせめぎ合っていたから、消極的に沈黙を保つしかなかったのです」

「つまりどっちつかずの傍観者でいたかったと?」

蕭席楓はうなずき、泰然と笑みをたたえた。「その理解は正しいです」

「わかりました。そういうことなら……」羅飛は深いため息をつくと、姿勢を正し、威厳を込めて言った。「蕭席楓、いまから刑事訴訟法に基づき召喚する。龍州《ロンジョウ》市公安局刑事隊で取り調べを受けてもらいます」

「取り調べ」は「問いただす」のとは違う。この言葉が出たということは、羅飛が蕭席楓を正式に容疑者だとみなしたことを意味する。

蕭席楓は肩をすくめた。「異論はありません。でも召喚は二十四時間以内に終わらせなければいけないと法律で決まっていますね」

「それでは一刻も早く行きましょう」羅飛は体を斜めにし、「お先にどうぞ」の姿勢を取った。

「急いでばかりですね」蕭席楓はそう言いながら足を進め、羅飛のそばを過ぎたとき突然振り向いた。

「羅刑事、ひどくお疲れのようだ。しっかり休んだほうがいい」蕭席楓はほほ笑んで言った。

羅飛はその瞬間、強い疲労感を覚えたが、彼は何度も首を振るとともに深呼吸し、体に活を入れた。

6　記憶に置かれた障害物

01

市局の刑事隊に戻った羅飛《ルオフェイ》は早速特別捜査チームのメンバーを召集して緊急会議を開き、次の業務を綿密に手配した。

事件の状況の変化に照らし合わせ、警察はインターネット上の手がかりを追うためにさらなる人員を投入し、「怒りのサイ」の正体に焦点を絞った。この作戦は「サイ狩り」と呼ばれた。

他に、涂連生《トゥーリエンション》のタイヤをパンクさせた人物の特定にも人員を投入した。「怒りのサイ」が制裁リストに挙げたのは全部で六人、そのうち趙麗麗《ジャオリーリー》、姚舒瀚《ヤオシューハン》、李小剛《リーシャオガン》は殺害され、残りの三人のうち、林瑞麟《リンルイリン》と朱思俊《ジュースージュン》はすでに警察の監視下に置かれているが、タイヤをパンクさせた人物の身元だけが依然不明だからだ。警察は「怒りのサイ」に先を越される前に、その人物を必ず見つけ出し、恐ろしい殺戮《さつりく》を防がなければいけなかった。

会議が終わっても残っていた劉《リイウ》は羅飛に先日の事件捜査の進展について報告した。「あのラブドールの販売店はすでに突き止めました。一カ月前にネット通販で購入され、届け先は現場となった正宜路地《ジヨンイー》でした」

「受取人の情報は？」

「サインには『張偉《ジヤンウエイ》』とありましたが、全国の戸籍情報照会システムには同姓同名の人間が数十万人も登録されています。龍州《ロンジヨウ》市だけで千人以上いて、一人ずつ調べるとなるとかなりの時間がかかります」

羅飛は手を振った。「しなくていい、どうせ偽名だ。実名に関する情報は他にないのか？」

劉は首を横に振った。「送り状には携帯電話番号がありましたが、実名登録がされておらず、現在はもう利用停止状態です。商品の支払いも代引きでしたので、何の手がかりも見つかりません」

「そうか」という羅飛の声から失望はそれほど感じられなかった。相手の実力が明らかになったいま、こんな簡単に正体にたどり着けでもしたら、それこそ僥倖だ。

報告が終わると、劉は羅飛に指示を仰いだ。「蕭席楓《シヤオシーフオン》の取り調べはいつしますか？」

それに対する羅飛の回答は予想外のものだった。「しなくていい。したところで何も出てこないからな」

「え？」劉は何度もまばたきした。「どういうことです？　釈放するんですか？」

「もちろんまだ釈放はしない」羅飛は机を指で強く叩いた。「状況の見通しが立たないいまは何事も謹んで行動するべきだ。彼を勾留し、二十四時間経ったら腕利きの捜査員に見張らせる」

劉は羅飛の言葉の意味を理解した。態度が曖昧な蕭席楓は敵か味方かはっきりしない。「怒りのサイ」と現実に接点がないと言っていたが、その真偽を誰がわかると言うのだ？「怒りのサイ」の催眠術を使った殺人方法は蕭席楓から教わったものではないのか？　複雑な情勢にあるいま、蕭席楓の身柄を拘束するのが安心安全な対応策といえる。

今度は羅飛が尋ねた。「朱思俊はどこにいる？」午前中に蕭席楓のクリニックを出た後羅飛は劉に直ちに朱思俊を刑事隊に連れてくるよう命じていた。彼も「怒りのサイ」の制裁リストに載っている一人で、かなり危険な状況にある。

劉が答える。「応接室です」

「俺の部屋まで連れてきてくれ。話がしたい」

そう言うと羅飛は隊長室に戻った。数分たたないうちに劉が朱思俊を連れてきた。

羅飛は事務机の前にある椅子を指差し、朱思俊を座らせた。彼が着席すると、羅飛は単刀直入に切り出した。「私に隠していることがあったな」

朱思俊は羅飛と目を合わせようとせず、縮こまってうつむいている。

「顔を上げて、私を見るんだ」声こそ大きくないが、命令口調だった。朱思俊はおとなしく顔を上げると、羅飛の鋭い視線にいっそう身をすくませた。

朱思俊に十分なプレッシャーをかけてから羅飛は本題に入った。「あの日、趙麗麗と姚舒瀚が涂連生のトラックで犬を探していたとき、君もまだ現場から離れていなかった。そうだな？」

朱思俊は素早く一度うなずくことで返事した。

羅飛は続けて尋ねた。「それから何が起きたんだ？」

朱思俊は正直に答えた。「彼らはトラックで犬を発見しましたが、その犬はもう死んでいました。そのため彼らと涂連生の間で口論になりました」

「口論の一部始終を詳しく話してくれ」

「死んだ犬を発見した趙麗麗が泣きだすと、隣にいた姚舒瀚が彼女に代わって涂連生に怒鳴り続けて危うく手を出しそうでした。涂連生は抵抗せず、自分は運転していただけだから無関係だと説明しました。私は姚舒瀚を止めて、林瑞麟に電話するよう涂連生に言いましたが、あの男は狡猾《こうかつ》で、その話を聞くだけ聞いて現場に戻ろうとはしなかったんです。それで、趙麗麗と姚舒瀚は涂連生に賠償金を払わせると主張しました。この犬は輸入した純血種のゴールデンレトリバーで、コストや飼育代、そして精神的苦痛を合わせて十万元を提示しました。涂連生がうろたえてとても払えないと言うと、あの女は鼻で笑い、あんたみたいな馬鹿は、払えないでしょうね、払えないなら私の犬に土下座して謝罪しろよと言ったんです。もちろん涂連生は断りました。すると姚舒瀚が手荒な真似に出て、涂連生にビンタを二発食らわせたんです。私は止めようとしましたが間に合いませんでした」

「止めるのが間に合わなかった？」羅飛は冷たく言い放った。「もとから止めるつもりなどなかったんだろう？」

朱思俊はひどく居心地が悪そうに椅子の上で体を揺らした。しばらくして自己弁護のような言い訳を口から絞り出した。「犬がすでに死んでしまって、涂連生も賠償できないのだったら恨みを買うのも仕方ないでしょう？」

「何の恨みだ？　それが涂連生と何の関係がある？　趙麗麗と姚舒瀚が権力を笠《かさ》に着て涂連生をなぶっていたのは明らかだろう。お前はどうだ？　涂連生がおとなしくて侮《あなど》りやすいと見て、空気を読んで二人の側についたんだろう？」羅飛は感情を高ぶらせ、朱思俊の胸元にある警官ナンバーを指差して質問した。「そんな態度で、その制服に申し訳が立たないと思わないのか？」

朱思俊は無言だった。そして仕方なさそうに笑うと、羅飛に聞き返した。「羅隊長は私がこの制服を着ているわけをご存じですか？」

その言葉に今度は羅飛が呆気に取られた。

朱思俊は述懐し始めた。「私は金もコネもなくて、高校を卒業しても大学に受からなかったので軍隊に入りました。退役する頃には家にこれといった縁故もなかったので、交通警察隊に配属されて補助警官になるしかありませんでした。それから正規の警官になる公務員試験に挑戦しましたが、三年連続で落ちました。成績が悪かったんじゃなくて、コネ入試の奴に毎年蹴落とされるんですよ。四年目にようやく一人分の定員が空き、運が良いことに合格しました。正式に採用されてからは、もっと注意深く行動するようになり、これまでちょっとしたミスさえ起こそうとも思いませんでした」

自分の経歴を語り終えた朱思俊は自嘲気味に言った。「別に恨み言を言うつもりはありません。何が言いたいかというと、私みたいな人間は、格好こそ警察官で、外での勤務態度も堂々としています。でも実際は何だって話ですよ。私の頭を踏みつける人間なんて腐るほどいます。袖を通すまで何年も耐えたこの制服だって、ものの数分ではぎ取られてしまうんです。あの若さでポルシェを運転していた姚舒瀚のバックがどれだけ大きいかなんて、馬鹿でもわかりますよ。彼が涂連生に暴力を振るっていい理由はありません。でも私みたいないち交通警官が止められますか？　事態が収拾するのなら、行けと言われたら望んで私がビンタされましたよ」

朱思俊の話を聞き終えた羅飛は腹立たしくも哀れにも思い、すぐに言葉が出てこなかった。だが隣にいた劉が若さに任せて気炎を吐き、責め立てた。「なんであれ、生きた人間を死んだ犬に土下座なんてさせるべきではなかったんだ。その土下座で屈辱を感じた涂連生が自殺し、最終的にこの二日間で起きた連続殺人事件に発展したことがわかっているのか」

朱思俊は残念そうに両手を広げた。「私が涂連生に土下座させたわけじゃありません。あのとき、姚舒瀚に何発か殴らせれば十分だと考えました。涂連生は体格が良かったし、姚舒瀚みたいな生白い男に殴られたところで怪我はしません。でもそれから慌てて自分から土下座したので、私もどうしようもなかったんです」

「慌てた？」羅飛は追及した。「どうして慌てたんだ？」

朱思俊が話す。「姚舒瀚が脅迫したんですよ。『金も払えない、土下座もしないんじゃ、人に頼んでお前の家を没収して、叩《たた》き壊したっていいんだぞ』と言われた涂連生はいきなり震え出して、『する、土下座する』と言ったんです。そのときはなんてひどい仕打ちだと思いましたが、これで収拾がつくならそれでもいいとも思いました。そのとき周囲には誰もいなかったので、大きな影響も出ないだろうと。そしてためらっているうちに、涂連生はすでにひざまずき土下座していました。それから趙麗麗と姚舒瀚が彼の頭を押さえつけて、死んだ犬に向かって無理やり三回地面に頭をつけさせました」

羅飛は冷ややかな目で朱思俊を見つめた。彼が知ってか知らずか自分を正当化していると感じたからだ。だが羅飛にはもう朱思俊の責任を追及するつもりはなく、全精力を事件そのものに投入しなければいけなかった。

「今回は本当に何の漏れもなく全部話しました」朱思俊は羅飛の質問が止んだのを見て探るように尋ねた。「隊に戻っていいですか?」彼の言う「隊」が刑事隊ではなく交通警察隊を指しているのは明らかだ。

羅飛は即答した。「駄目だ。刑事隊に残ってもらう。出ていってはいけない」

朱思俊はすがるように言った。「午後にもまだ仕事があるんですが」

「まだ仕事するつもりか?」羅飛は厳《おごそ》かに告げた。「包み隠さず言えば、お前も犯人の殺害リストに載っている。ここに置くのはお前を守るためだ」

朱思俊は衝撃のあまりしばらく言葉を失い、それから何かを理解したように羅飛に尋ねた。「ということは、刑事隊にいるのは強制措置ではないんですね?」

羅飛は「そうだ」と答えた。強制措置は手続きが必要で、保護対象者には適用外だし、不必要だ。すでに三人が殺害され、命の危険が目の前に迫っているいま、警察の保護を断れるだろうか。

だが朱思俊は断った。「そうでしたら私は戻ります」

意表を突かれた羅飛は尋ねた。「どうしてだ?」

「うちの隊で今、副中隊長の選抜雇用が行われていて、私も応募しているからです。来月に結果が出るので」朱思俊は説明した。「この肝心な時期に仕事に支障をきたしたくないんです」

理解に苦しむ理由に羅飛は目をみはった。命の安全より昇進のチャンスを取るというのか？

啞然《あぜん》とする羅飛の表情に朱思俊は気後れしながら苦笑した。「羅隊長にはわからないでしょうね。私みたいな人間はどうやっても理解できないでしょう。龍州警察のレジェンドで名刑事のあなたにとって、副中隊長など大したことないでしょう。でも私にはそうじゃないんです。私みたいな平凡で無能な底辺警察官は、昇進したくても何年も待たなきゃいけないし、何の前触れもなく現れるコネ採用者も避けなきゃいけません。今年は私にとって絶好のチャンスなんです。このチャンスを逃がしたら、今度はいつになるのかわからないんです」

羅飛はまだ彼を諭そうとした。「生きてさえいれば、チャンスはまた来ると思うが？」

「今年副中隊長になれれば、来年に公安局が所有する部屋に住めるかもしれないんです。恋人ともう三年付き合っていて、あとは部屋を持って結婚するだけなんです。だからこれ以上待っていられないんです」朱思俊はいったん言葉を区切り、今度は羅飛の説得にかかった。「そこまで用心する必要はないでしょう？　刑事隊から出たら命がないと言っているみたいですが、あの人物の写真ならもう確認しましたし、手口も知っています。私だって警察官なんですから、それでも奴のやり口に引っかかると思いますか？」

朱思俊の態度から説得不可能と悟った羅飛は胸にむかつきを覚え、血圧が上がり、頭が張り裂けるような痛みを感じた。打つ手がない羅飛は手を振り、しわがれ声で言い捨てた。

「好きにしろ」

朱思俊はすぐに席を立ち別れを言った。彼が部屋を出ていくと、羅飛は劉に言いつけた。

「奴に二人つけて、密かに身辺警護させるんだ」

「わかりました」羅飛の血走った目を見て劉はたまらず声をかけた。「少し休まれたらどうですか？」

羅飛は両手のひらの付け根でこめかみを何度も強くもんだ。「俺のことはいい」

劉は「はい」と言って出ていった。

羅飛は携帯電話で張雨《ジャンユィー》にかけた。「昼一緒に食べないか？　おごるぞ」

「昼？」張雨はためらった。「うちのがもう食事を作って家で待ってるんだよ」張雨は公安局の家族用マンションに住んでいる。局から近いので、いつも家で昼食を済ませるのだ。

羅飛は人に無理を強いるのは好きではないが、今日は折れなかった。「話したいことがあるんだ。奥さんは俺がなんとかする」

02

市局から東へ少し行ったところに、新しくできた複合型ショッピングモールがある。その一階にはローカルブランドのファストフードチェーン店があり、羅飛《ルオフェイ》はそこで張雨《ジャンユィー》と待ち合わせた。

　席につくなり張雨は自分の携帯電話を羅飛の前に無造作に置いた。「あいつはもう食事を用意してるんだ。なんとかしてくれるんだろうな」

　羅飛は心配いらないというふうな仕草を張雨に送った。そして自分の携帯電話を取り出して、「お前の家の電話番号は？」と尋ねた。

　張雨が番号を言うと、羅飛はそのとおりに数字を入力して通話ボタンを押した。「もしもし？」張雨の妻の王茜《ワンシー》が電話に出た。

　羅飛は向こうに名乗った。「奥さんですか？　羅飛です」

「ああ」王茜は返事した。「張に用ですか？　まだ家に帰っていないんですよ」

「わかっています。あいつの携帯電話の番号が知りたくて」羅飛は言い訳を言った。「二日前に携帯電話を換えたばかりで、電話番号が見つからなくて」

「ああ、いまから言いますね」王茜から張雨の電話番号を教えてもらった羅飛はメモするふりをしてから礼を述べて電話を切った。

　張雨は怪訝な表情で羅飛を見つめている。

　羅飛は張雨に携帯電話を戻して、「電話してみろ」と言った。

　張雨はたじろいだ。「なんて言えばいいんだ？」

「こう言えばいい。『どうして俺の番号を羅飛に教えたんだ？　昼食に誘われて、断れなくなった』って。ちょっと非難するような口調を込めてな」

張雨はためらった。「そんなのでいいのか？」

「大丈夫だ」羅飛は「さっさとかけろ」と急かした。

張雨は電話をかけて通話状態になると、さっき羅飛から言われたように妻に尋ねた。

「さっき俺の番号を羅飛に教えたか？」

「ええ」

張雨は不満そうに言った。「マジか、教えるなよ。あいつから昼飯に誘われて、断れなかったんだ」

「え？　食事の約束だったの？　てっきり仕事の連絡かと」王茜はしばらくうなり、聞き返した。「家で食べるって言わなかったの？」

「もう遅いよ。なんで電話がかかってきたとき言わなかったんだ？」

「そこまでわかるわけないでしょう」王茜はもうどうすることもできないので、折衷案を出した。「わかった。つくった料理は残しておくから、夜に食べて」

「そうするしかないなあ」張雨は不承不承という態度をあからさまに出し、電話を切る直前にそれっぽいため息までついた。

彼の演技に羅飛は親指を立てて褒めた。

「このやり方いけるな」張雨も感心したように言う。「でもあいつの頭が回らなかったからともかく、これと電話番号を言う言わないとが関係あるか？　あいつに聞かなくても自分で調べられるだろ」

「突発的な状況に直面して、論理的かどうかまで追究できる人間は少ない。これも瞬間催眠の一つだ」

「ほお？」張雨は身を乗り出した。「いまのも催眠術だったのか？」

「簡単に言うと、因果関係をブン投げると同時に強い感情を表すことで相手に考える暇を与えず、その感情を伝染させて言動をリードするんだ。巷《ちまた》にはびこる詐欺はみんなこの手口を使っている。例えば街なかで大変な目に遭ったと訴えて、通行人に物乞いをする連中がいるな。連中のでっち上げた話は穴だらけなのに、それでも信じる人間が大勢いる。その理由は、騙される人間は理性で物事を考えるより前に、演技をする人間の感情に当てられているからだ」

「要するに、そういった詐欺的な催眠術の手口には論理なんか二の次で、感情が何より求められるということか？」張雨は話をまとめた。「だから俺が電話口で責めるような口ぶりをするだけで、あいつは論理の穴に気づかなかったと？」

「そういうことだ」羅飛がうなずいたとき、レストランの店員が二人分の食事を運んできた。張雨がはしを手にし、食べ始めようとした瞬間、羅飛に言った。「催眠師になりたそうな口ぶりだな」

「催眠師？」羅飛は首を振った。「俺なんかまだまだだ」

「そこまで催眠の理論を深く研究しているんだったら、あとは催眠師に技術を学べばすぐにでもプロになれるんじゃないか？」張雨はそう言うとおかずを口に運び、「いけるな」と褒めた。

羅飛もはしを手に取り、食事をしながら言った。「実を言うと、俺の性格は催眠術を学ぶのに向いていない」

「どうして？」

「良い催眠師は相手の潜在意識をリードする能力を持っていなきゃいけない。言い換えると、気持ちを対象者と完璧に融合させなきゃいけないんだ。でも俺にはそれができない。傍観者のほうが向いている」

羅飛の真意がわかった張雨はうなずいた。「傍観者のほうがよく見えるから、首を突っ込みたくないんだな。確かに性格と関係しているな。お前は冷静すぎる」

「自分の感情を他人に伝染させたくないし、他人から影響を受けるのなんてまっぴらだからな。こうして考えると、俺は良い催眠師にもなれないし、良い催眠対象とも言えない人間だ」

「そのくせによ」張雨は肩をすくめながら尋ねた。「時間を割いて催眠を研究する理由は何だ？」

一瞬の沈黙の後、羅飛は答えた。「二度と催眠をかけられたくないからだ」

「ああ」張雨は理解し、一言でまとめた。「護身術か」

羅飛は「ああ」とぶっきらぼうに返事した。以前の不愉快な経験を思い出し、かすかな頭痛を覚えた。

そのとき張雨が尋ねた。「ところで、話ってなんだ？」

羅飛は答えた。「睡眠薬を手に入れてくれないか、即効性があって副作用が少ないのを」

張雨は驚いて目をみはった。「何のために？」

「もう二日も眠れていないんだ」羅飛はこめかみを揉みながら、苦しそうに疲弊した表情を浮かべた。

「どうした？　最近、ストレスが多いのか？」張雨には原因が思い至らなかった。現在の事件が尋常ではないのは間違いないが、十数年のキャリアを持つ刑事の羅飛が経験していない局面などあろうか？　連日不眠になるほどのストレスを感じることだろうか。

羅飛は言った。「眠るのが嫌なんだ」

「眠るのが嫌？」張雨はますますわけがわからず、眉をひそめた。

羅飛は張雨を見つめて言った。「知っているか？　俺みたいに催眠にかけづらい人間を唯一罠《わな》にはめる機会は、眠りに落ちる瞬間を狙うことなんだ」

「つまり、寝たら催眠師に操られると言いたいのか？」

「寝たらじゃなく、寝る直前のあの状態になったらだ」羅飛は催眠の原理を張雨に説明しておく必要があると感じた。「催眠術の本質は潜在意識の世界の探索だ。浅い睡眠状態にあるとき、潜在意識のコントロール権はまだ催眠対象が握っているから、催眠師ができることといったら協力して指導的役割を果たすことぐらいで、このときの催眠対象は心の世界がより敏感になっているだけで意識ははっきりしている。でも深い睡眠状態にあるとき、潜在意識のコントロール権は催眠師が握っている。このとき、催眠対象は自分で考える力がなくなり、言動は全て催眠師に指示される。そして俺みたいな自制心が強い人間は、意識のコントロール権を絶対に他人に渡さない。だから催眠師は俺を深い催眠にかけることが難しいんだ」

羅飛の話を理解した張雨はうなずき、そして尋ねた。「それが眠ることとどんな関係が？」

「眠るということは潜在意識の世界に入るということだ。ただそのときの思考は完全に支離滅裂で、本人の主観的な指示に従わないどころか、他人からのコントロールなんか相手にしない。だから俺が完全に寝入ったら、催眠師だって催眠をかけられない。だが眠る直前の半覚醒状態のときなら、主観的思考がまだ残っているにしても、セルフコントロール力が大幅に下がっている。そこを催眠師に突かれれば、俺みたいな人間でも深い睡眠にかかる」羅飛は話をいったん区切り、また例を挙げた。「俺が去年、二回も深い睡眠にかけられたのはどっちもそんな状態のときだった。一回目は省都で、白亜星《バイヤーシン》によって催眠用眼鏡とたこ、そして軽やかなBGMによって疲れと眠気を覚えた俺は、知《し》らず識《し》らず奴に催眠にかけられた。二回目に凌明鼎《リンミンディン》にやられたときも似たような手口を使われた。深夜の高速道路を走っているとき、彼に道を見るよう言われ、単調な風景にすぐに眠気を覚えて、車内に飾ってあった平安結びが揺れて目の前をかすめ、反射的に目を閉じたとき、凌明鼎に眠るよう指示されて、またしてもやられたんだ」

羅飛の体験談を聞き終えた張雨はおおよその意味をつかんだ。「その二度の経験がトラウマになって、眠りに入る前にまた催眠をかけられないか心配なんだな?」

羅飛は厳しい表情でうなずいた。「そうだ。催眠殺人事件がまた起きて、自分の弱点がとっくに相手に知られているんじゃないかって不安なんだ。そのせいでろくに眠れない」

張雨はやるせなさそうに言った。「そんなに心配することないだろう。自分の家で寝ていて、他人に催眠をかけられることなんてあるか?」

羅飛は苦笑した。「俺も杞憂《きゆう》だと思っているよ。でもいったん半覚醒状態になると、恐怖でどうしようもなくなるんだ。だから毎回驚いて目を覚まして、それからは目が冴《さ》えて眠れないんだ」

「このままだとまずいな」張雨ははしを置き、真面目な口調で忠告した。「眠らないとますます疲れて、本当に催眠師に遭遇したとき、あっという間に先手を取られるぞ」

「そうなんだ」羅飛は重たいため息を吐いた。「今日午前中に蕭席楓《シャオシーフォン》のところへ話を聞きに行ったときにも集中力が切れかけた。このままだとまずいとわかっているから、薬をもらおうと思ったんだ」

張雨は考え込んだ。「それも長続きしないな。薬物依存の状態になったらもっとまずい……」

「わかっている。一時的に薬で持ちこたえるだけだ。この状況をどうにかするのが先決だ」

張雨はまた考え込んだが、良いプランが思い浮かばず、仕方なく告げた。「わかった。食べ終わったら薬を探してみるから、午後の仕事中に渡す」

張雨の約束を取りつけ、羅飛もようやく安心して食事を始めた。間もなく食べ終わる頃、携帯電話が鳴った。劉《リィウ》の名前が表示されていたので、羅飛はすぐに電話を取った。「なんだ?」

「羅隊長、急いで隊に戻ってきてください」電話の向こうから不安そうな声が聞こえる。「林瑞麟《リンルイリン》にトラブル発生です」

03

刑事隊に駆けつけた羅飛《ルオフェイ》は、劉《リイウ》と防犯カメラ追跡チームの虞楠《ユイーナン》と会議室で合流した。事前の取り決めによって、林瑞麟《リンルイリン》のレストランと自宅付近の防犯カメラの映像、そして容疑者の足取りを調査するのは虞楠の仕事だ。

劉はすでに起動していたノートパソコンとプロジェクターで、羅飛に防犯カメラの映像を見せた。

「これは百匯路《バイホイ》の工商銀行正面の映像です。錦繡《ジンシイウ》レストランから八百メートル東にあります」劉は映像の入手場所を簡潔に説明したあと、再生ボタンを押した。

画面の右上に表示されている時刻から、この映像は昨日（六月六日）深夜一時二十三分十八秒からスタートしたものだ。

カメラが小さな通りに向いているので、撮影地点はT字路の始まりといえる。深夜に歩行者は多くないので、羅飛は画面に写る林瑞麟の姿をすぐに捉えた。

林瑞麟は一人で東から西へ歩いている。彼の以前の供述と照らし合わせると、一日の仕事を終えたばかりで、帰宅している最中だとわかる。脇にバッグを挟み、速い足取りで進みながら周囲をしきりに注意し、顔には警戒の色があふれている。

羅飛は状況を分析した。この時点でまだ自身が窮地に陥っていることを知らない林瑞麟がこれほど警戒しているのは、脇の下のバッグが原因だろう。あの中にはレストランの当日の売上金が入っているかもしれない。

劉が画面を見ながら説明を始めた。「ここは林瑞麟がレストランから家へ帰る際に必ず通る道です。ここで左に曲がり小道を五百メートルぐらい進むと宝帯新村《バオダイシンツン》です」

その言葉どおり、林瑞麟は道を左に曲がり小道を進んでいくと、画面から姿を消した。

「止めろ」羅飛は指示を出し、人差し指を後ろに向けるジェスチャーをした。「少し戻してくれ」

羅飛の見たいものがわかる劉は最も肝心なシーンで一時停止した。

それは林瑞麟が道を曲がって小道に入った瞬間だった。画面が停止しているので、彼の体の動きがよりはっきりと見える。体を左に傾けているのに、林瑞麟の頭は右を向いている。何か注意を引きつけるものがそこにあるかのように、視線が小道の東側の壁に向けられているのだ。

防犯カメラの角度に限界があるので、羅飛には壁に何があるか見ることができない。だがいくつかの情報は画面からでも十分伝わる。

おそらく何者かが林瑞麟の視線の先にいるのだ。姿そのものは画面に写っていないが、街灯によってその人物の影が地面に映っている。

不明瞭な人影だが、それでも羅飛の注意を引くには十分だった。なぜならその影の背中が巨大なバックパックを背負っているように大きく盛り上がっていたからだ。

背中の大型バックパックは、犯行時の容疑者の最も重視すべき外見的特徴だ。羅飛はその影を見つめているうちに、確信を強めていった。彼は指先で机を叩き、「再生しろ」と促した。

劉は再生ボタンを押した。映像内の林瑞麟が小道に入ると、その影も付き添うように移動する。その後どちらも画面から消えた。この不審な人影が曲がり角で林瑞麟を待っていたのはその行動からも明らかだ。

「このあとは何も映っていません」劉は映像を止め、その影が現れた瞬間まで戻し、隣にいた虞楠を指差して言った。「彼はこのエリアの防犯カメラの映像を何度も見返し、三回目にこの不審な点に気づいたんです」

「よくやった」羅飛は部下を労《ねぎら》った。「しぶとく念入りな仕事ぶりだ」

「ここから彼の自宅がある宝帯新村住宅区までは歩いて三分から五分程度です。しかし林瑞麟が住宅区に姿を現したのが一時五十分。二十七分かかったのは普通ではないと考え、映像を繰り返し調べることにしました」虞楠は報告と説明をし終えると、自嘲気味に笑った。「羅隊長の眼力なら、こんなに時間をかける必要もないでしょうね？」

これは見え透いたお世辞ではない。映像を初めて見たときに不審な点を瞬時に捉えた羅飛の力量は、確かに敬服に値する。

「二十七分……」羅飛は机を指で叩きながら、その空白の時間が示す情報を検討した。そして彼は判断を下した。「容疑者はすでに林瑞麟と接触したと見て間違いない」

「おっしゃるとおりです。この時間の開きは容疑者の犯行の法則と一致しています」劉の険しい顔からは深い憂慮が感じられた。「非常にまずいと思ったため、羅隊長に来てもらったんです」

これまで趙麗麗《ジャオリーリー》と姚舒瀚《ヤオシューハン》が催眠をかけられて殺された際、犯人が現場に滞在した時間は二十数分だ。ここから推し量ると、林瑞麟はすでに催眠をかけられてしまったのではないか？　この考えに及んだ羅飛は不安に駆られ、すぐさま助手に尋ねた。「林瑞麟はいまどうしてる？」

「見たところ異常はありません。現在、応接室で二人に見張らせています。映像の件は聞く暇がありませんでした」

林瑞麟が犯人と接触した以上、二人の警官をそばにおいて警護するのは必要な措置だ。だが林瑞麟が犯人と出会ったことを一言も口にしないのはなぜか？　見当もつかなかった劉は軽率な行動を避け、全て羅飛の決定を待った。

「応接室に行くぞ」羅飛は腰を上げて指揮を執った。「ノートパソコンも持っていくんだ」羅飛はそう言うと劉とともに部屋を出て、虞楠は防犯カメラ追跡チームに戻って調査を続行した。

応接室では林瑞麟がソファの中央に座り、劉が手配した人員に挟まれている。三人とも座ったまま全くしゃべらないから、気まずい雰囲気が漂っている。

羅飛は二人に外を見張るよう指示し、椅子を運んで林瑞麟と向かい合せに座った。ノートパソコンを抱えた劉が林瑞麟のそばに座る。

「何があったんだ？」林瑞麟は羅飛に不満を露わにした。「昼食をろくに食ってないのに、ここに連れて来られたんだ」

羅飛は話を切り出した。「昨日未明、レストランを閉めてから歩いて帰宅する途中、誰かに会った、または何か起きませんでしたか？」尋ねた瞬間、羅飛は林瑞麟の目を見据え、彼の感情の変化を探ろうとした。

「何も」林瑞麟はすぐに返事した。視線をそらすことも、瞳孔が収縮することもなかった。

羅飛は再度尋ねた。「家まで歩いて帰ったら、普通は何分ぐらいかかりますか？」

「十数分だな」

「道中の防犯カメラの映像を調べたところ、工商銀行の曲がり角から宝帯新村住宅区に行くまでに二十七分かかっています。本当に何もなかったのですか？」

林瑞麟は啞然とし、何度もまばたきをして当時のことを思い返そうとしたが、首を横に振った。「そんなに歩いたとは知らなかった。でも特に誰にも会っていないし、何も起きなかったのは間違いない」

羅飛は劉に視線を送り、「映像を見せるんだ」と命じた。

劉がさきほどの映像を再生してみせると、林瑞麟は投げやりに言った。「これがどうしたんだ？　何もないじゃないか？」

劉は映像をあの不審な人影が出現したシーンで止め、パソコンの画面を指差しながら林瑞麟に注意を促した。「角を曲がったときの右側に注目してください。ここに誰かいますよね。地面に影ができていますが、見えますか？」

林瑞麟も確認できた。「ああ、誰かいるみたいだな」

劉が続けて質問する。「この人物に見覚えは？」

林瑞麟は首を振る。「いやない、ただの通行人だろう」

羅飛がうなずいたのを見て、林瑞麟に真相を明かしてもいいサインだと捉えた劉は真顔で説明した。「通行人ではありません。この人物こそ、趙麗麗たちを殺した犯人だと我々は確信を持っています」

「え？」焦った林瑞麟は反射的に身を引き、それから画面に顔を近づいていたが、つぶやくように言った。「ただの人影じゃないのか？　全然はっきり見えないのに、どうして犯人だとわかるんだ？」

劉は容疑者のキャプチャー画像を見せ、パソコンの画面に映る人影と比較しながら言った。「この二人の背格好が、似ていませんか？　二人とも大きなバックパックを背負っていますし、単なる通行人という偶然はないんじゃないでしょうか？　何より、この人物と一緒に通りに入ってから宝帯新村に着いたのが二十七分後なんですよ。その間、どこに行っていたんですか？」

林瑞麟の顔色がますます悪くなる。思考が劉に引きずられているのは明らかで、しばらくふさぎ込んだあと怯えながら聞き返した。「いったい何を言いたいんだ？」

羅飛がそれに答えた。「あなたと容疑者がすでにこの小道で接触したと考えています」

「そんなわけない。こんな奴に会ったこともないんだ」林瑞麟は興奮しながら劉が持つ写真をつついた。「俺が嘘をついているとでも言うのか？」

林瑞麟の感情の変化をじっくり観察していた羅飛は、彼の激昂が心の奥底から押し上がる恐怖によるものだと悟った。その犯人を恐れているだけではなく、確実に起きた事実を全く理解できていないことにも不安がっている。羅飛は小さなため息をつくと、林瑞麟に告げた。「嘘をついているのではなく、覚えていないだけです」

林瑞麟は生気を失ったカエルのように喘《あえ》ぎながらソファにもたれている。「覚えていないだと……どうして覚えていないんだ……」彼は独り言を言った。「ついさっきのことだろう……」自分の身に明確に起きたことなのに、どうしてきれいサッパリ忘れてしまっているのか。この体験に林瑞麟は強い戸惑いと不安を覚えたようだ。

羅飛が劉に視線を送り、連れ立って部屋から出ようとすると、林瑞麟が立ち上がって慌てて問いかけた。「羅刑事、俺はどうすればいいんだ?」

「ここで待っていてください。勝手に出歩かないように、食事なんてもってのほかです」

羅飛は厳しく告げた。「警護の者をつかせますし、一刻も早く窮地から抜け出す方法も考えます」

「わかった、わかった」林瑞麟は繰り返し理解を示した。

部屋を出た羅飛と劉は、ドアの外で見張りをしていた二人の警察官に室内に戻って林瑞麟を引き続き警護するよう命じた。

「記憶に障害物を仕掛けられたんでしょうか?」劉は背後を見て、声を抑えて尋ねた。催眠師は対象者が思い出すことを妨害できる。半年前の凌明鼎《リンミンディン》とのやり取りで、劉はその尋常ならざる方法を身をもって知った。当時、凌明鼎にちょっとしたテクニックを使われただけで、彼は一瞬で眠らされてしまった。

羅飛は劉の判断に賛同しうなずいた。

「しかし犯人は何のためにそんなことを?」眉をひそめて考え込んだ劉は仮説を立てた。

「本当は荷物を届けて殺そうとしたところ、何らかのトラブルがあって計画どおりに実行できなかったから、林瑞麟に感づかれないように催眠をかけて、そのときの記憶に蓋をしたんでしょうか?」

羅飛は「うーん」とうなり、「そうかもしれないが、それは最も楽観的な憶測だな」

「では……悲観的なのは？」

羅飛は悲観的な仮説を立てた。「犯人はすでに林瑞麟に催眠をかけて荷物を届け終わっている可能性が高い。しかしその場で殺したくなかったから、記憶に障害物を置いたんだ」

劉が羅飛の思考に沿ってさらに質問した。「林瑞麟をその場で殺したくなかった理由は？」

「いろいろ考えられる。今後の殺人計画がまだ不十分だったから、林瑞麟で時間稼ぎをしたかった。今回の計画そのものが時間稼ぎを狙ったとも考えられる。公共の場所で犯行に及んで林瑞麟がその場で死ねば、犯人にとってもリスクだからだ……」羅飛はいくつか分析をし終えると、話題を変えた。「この問題はあとだ。いまやらなければいけないことは、犯人が設置したトリガーを探すことだ」

劉に寒気が走った。「トリガー」が何か彼にはわかっていた。催眠師は対象者に施した催眠術の効果をすぐに発揮させず、特定の事物に触発させることもあり、その事物のことを「トリガー」というのだ。例えば半年前の「顔面食いちぎりゾンビ事件」のトリガーは予約されたある時刻だった。そして「ハト人間落下死事件」のトリガーはハトの訓練に使用するホイッスルだった。

林瑞麟の催眠効果が遅れて出るように犯人が狙ったのなら、トリガーを設置しているはずだ。そのトリガーは対象者の精神世界に埋め込まれた爆弾であり、いつでも爆発させられる。林瑞麟を救うには、警察は先んじてその危険物を除去しなければいけない。

だが催眠師がトリガーを仕掛ける方法は多種多様だ。常人に見破れるだろうか。劉は良い案が浮かばず、羅飛に聞くしかなかった。「どうやって探すんですか？」

「全ての手がかりは林瑞麟の頭の中にある。彼の記憶を急いで回復させるんだ」

「回復させるって……」劉はうなった。「じゃあもう一度催眠にかけるんですか？」

羅飛はうなずいた。

催眠師が設置した記憶障害は、対象者の記憶を本当に消したわけではなく、ある種のストレス反応をつくり出すことで対象者の思考を妨げ、対象者が顕在意識の世界で特定の記憶に触るのを防いでいるだけだ。よりわかりやすく言えば、催眠師は強い感情を利用して対象者の意識と特定の記憶を結ぶ連絡路を断っているのである。

人は極度の緊張下で記憶力が大幅に低下し、普段ならよく知る多くの物事を途端に思い出せなくなることがある。「試験中に頭が真っ白になる」がその典型的な例だ。催眠師が施す記憶障害も同じ原理に基づいている。

半年前に凌明鼎からこの分野の知識を細かく聞いていた劉には、林瑞麟の記憶を戻す唯一の方法が、彼の潜在意識の世界に入り、犯人が仕掛けた記憶の障害物を取り除くこと

――つまり再び催眠をかけなければいけないとわかっていた。

「催眠師を探しに行きましょうか？」劉は志願した。龍州《ロンジョウ》市にいる催眠師を調べ終わったばかりで、手元にあるリストにちょうど使い道ができたのだから。

だが羅飛はすぐに返事せず、うつむいて考え事をし、決断すると劉に言った。「いい。いま一人、隊内にいるからな」

「蕭席楓《シャオシーフォン》ですか？」

「そうだ。彼ならすぐに会えるし、この事件にも詳しい。彼に頼めば余計な手間もかからないだろう」

「ですが……」劉は困り顔で頭をかいた。「信用できるんでしょうか？」

助手の懸念が羅飛には理解できた。事件関係者である蕭席楓の現在の立場は曖昧で判断不能だ。だから羅飛は彼を二十四時間、強制的に召喚したのだ。蕭席楓に林瑞麟へ催眠をかけさせ、万が一彼が犯人とグルだった場合、それこそ自殺行為にならないか？

だが別の考えを練った羅飛は劉に説明した。「信用できないからこそ彼を試すんだ。もし犯人と無関係なら、林瑞麟に催眠をかけるときも何もためらわない。逆ならきっと逡《しゅん》巡《じゅん》するはず。催眠をかけるときは俺もそばで目を光らせているから、おかしな行動をすれば絶対に見逃さない」

劉は納得した。「なるほど、林瑞麟を使って蕭席楓を試せば一石二鳥になりますね。しかし……」彼はまだためらっている。「リスクがありませんかね？」

その点についてすでに答えを出していた羅飛は自信を持って答えた。「それはない。蕭席楓が本当にグルなら、こんな場面で林瑞麟に手を出すことはないからだ。考えてもみろ。犯人がすでに林瑞麟に遅効性の催眠をかけていたら、いま事を急ぐ必要がどこにある？それに、警官がぴったり張りついているときに動けば、墓穴を掘るようなものだろう？」

「確かに」羅飛の説明を聞いて安心した劉はもどかしそうに言った。「催眠をかけるときに我々がそばにいたら、奴に実行する隙なんかありませんね」

「つまり、現在の林瑞麟の危険は催眠時ではなく、待っている間にあるということだ。いかなるトリガーがいつ暴発するのか誰にもわからないのだからな。手をこまねいていると、林瑞麟がますます危険だ。そう考えると、まず蕭席楓にやらせるのが逆に一番の安全策だ」言い終わると羅飛は意を決したかのように勢いよく手を振った。

7　四人目の被害者

01

「要するに、林瑞麟《リンルイリン》に催眠をかけて、その一部始終を見張りたいということですか？」蕭席楓《シャオシーフォン》が羅飛《ルオフェイ》に尋ねた。

羅飛がうなずいて肯定の意を示すと、蕭席楓はほほ笑んだ。「それは林瑞麟を助けたいということですか？　それとも私への罠ですか？」

「どう考えていただいても構いません」羅飛は蕭席楓を静かに見つめ返した。「断るのであれば、我々も強制できません」

蕭席楓は手を揉んだ。「断るわけありません」

「なら結構」劉《リイウ》が淡々と告げる。「いらぬ誤解を生まなくて済む」

その言葉に蕭席楓は急に劉に視線を向けた。

「おい若いの」彼は年長者の口ぶりで劉に忠告した。「君たちが誤解しようがしまいが私には関係ない。私がそうするのは旧友の意志を尊重したまでのことだ」

「旧友？」羅飛は確認した。「涂連生《トゥーリエンション》のことですか？」

蕭席楓は厳かにうなずいた。

劉は冷笑し問いつめた。「あんたは涂連生のために憤っていたんじゃないのか？　林瑞麟が罰を受ければいいと思っていただろう？」

「確かにそう考えたこともあるが、いまは違う」蕭席楓は顔を上げ、視線を天井に泳がせながら何かを考えているようだった。そして滔々《とうとう》と語り始めた。「取調室で誰からも相手にされないまま何時間も待たされて……一人で静かにしているときは声がよく聞こえるものだ。そういった声は普段は日常の喧騒《けんそう》に埋没していて、静寂の時間にしか姿を現さない。自分の心の中から聞こえるものもあれば、友人からもたらされるものもあった。そう、私たちはそうやって話し合っていたのだ……」

羅飛は優しく笑った。「自己催眠をしていたようですね」

蕭席楓は怪訝な表情で羅飛を見た。「よく知っている」

羅飛はそれに構わず質問した。「何を話し合ったんですか？」

しばらく黙っていた蕭席楓は口を開いた。「涂連生のあの素朴で優しい胸の内を改めて感じたのです。生前の彼は人と競わず、どれほどひどい目に遭おうがわずかな恨みすら抱いたことがなかった。彼は自分をこの世界のゴミ箱とみなして、他人が吐き出す汚く醜い感情をおおらかな気持ちで受け入れてきました。最後にとうとう耐えきれなくなったとき も、誰にも何の迷惑をかけずにひっそりとこの世を去っていったのです。彼の人生は完璧 でした。外見がどうであろうと、その心の中は傷一つない清らかなままだったのです」

話し終えると、一呼吸ついた蕭席楓は嘆いた。「翻って自分はどうです？　彼と比較する資格さえない。彼が未練なくこの世を去ったとき、私はあろうことかこの世界を憎んだのです。復讐《ふくしゅう》の気持ちを胸に秘め、恐ろしい事実を見て見ぬ振りさえしていた……そのようなこと、涂連生も望んでいないでしょう。被害者たちの鮮血で目の前が真っ赤に染まる。それは涂連生を汚す行為であり、私への容赦のない嘲笑です」

羅飛は言った。「だから態度を改めると？」

「ええ。自らの過ちに気づいた以上、いま改めてもまだ遅くはありません」蕭席楓は目を細めながらしみじみと語った。「自分の魂をまた救済してくれた涂連生に感謝しなければいけません」

羅飛は反論した。「魂を救済できるのは自分の他に誰もいませんよ」

蕭席楓は何かの感情から抜け出したかのように羅飛を向いた。

「どのような催眠効果も対象者自身の潜在意識に端を発しています。だからあなたが聞いたという声は、実は自分の心の中から出てきたんです」羅飛は少し黙って蕭席楓を見つめると、また話し始めた。「本心では、あなたは復讐と殺戮に反対している。でも涂連生の死に冷静になれるはずがなく、友のために何かをしなければという思いにも駆られている。この相反する感情に挟まれ、判断できなくなったあなたは自己催眠をかけ、涂連生の視点で自分を説得するしかなくなったんです。そして殺戮を防ぐことこそが、涂連生の気持ちに沿うことだと気づき、再び決断を下すときには、もう何の懸念もなくなったんです」

羅飛を見つめる蕭席楓の顔には驚愕の表情が浮かび、最後自嘲するように笑った。「羅刑事も専門家だったとは知らなかった。そこまでできるのなら、私のところに来る必要はないでしょう？　ご自身で林瑞麟に催眠をかけるといい」

「私のは単なる耳学問ですよ」羅飛は肩をすくめた。「本当に催眠をかけられるのなら、どうしてここに閉じ込めておく必要がありますか？　すぐに催眠をかけて正しい判断するよう迫ればいいだけです」

「なるほど、ただの理論家だと」蕭席楓は笑うと、手を叩いた。「わかりました。同じ立場である以上、林瑞麟の問題は一緒に解決しましょう」

三人は揃《そろ》って林瑞麟がいる応接室に向かった。途中で羅飛は張雨《ジャンユィー》に電話をかけた。検死官がいれば、林瑞麟の身の安全をさらに保証できる。

全員が応接室に集結した。合流したとき張雨が薬ケースを羅飛の手の中に押し込んだ。羅飛はすぐにそれをしまったが、蕭席楓が薬の名前を目ざとく読み取った。

「ロラゼパム？」彼は何かを言いたげに羅飛を見た。「どうりで元気がないわけだ。不眠症だったのですか？」

彼の言葉に劉たちが心配そうな顔で羅飛を見た。羅飛は手を振ってあしらった。「何でもない。この二日間、頭を使いすぎたせいで血圧が高くなって眠れないだけだ」

「薬の力を借りて眠ることはあまり感心しませんね」蕭席楓の目が光る。「あなたの状態なら、催眠リラクゼーション療法を受けるのがベストですよ」

羅飛が蕭席楓の視線を警戒して避ける。そのそばで張雨も内心、頭《かぶり》を振った。催眠への恐れによる心結を持つ羅飛が、催眠治療など受け入れるはずもない。張雨は助け舟を出した。「その話は後回しだ。まずは仕事に取り掛かろう」

劉から今日、催眠をかけられると聞いていた林瑞麟がすでに一人掛けソファに座っている。だが蕭席楓はすぐに着手することなく、周囲を見渡して尋ねた。「こんなに大勢ここに？」

室内には蕭席楓と林瑞麟という二人の重要人物のほか、羅飛、劉、張雨、そして林瑞麟の警護を担当する二人の警察官がいる。確かに少し多い。

「劉は二人と一緒にドアの外で見張っていてくれ」羅飛は指示を出した。「ここは俺と張雨だけでいい」

命令を受けた劉が二人の警察官を連れて部屋から出ていった。蕭席楓はまだ納得できない様子で羅飛に向けて首を振った。

「これでいきましょう」羅飛は語気を強めて言った。

これ以上粘れないとわかった蕭席楓はやむを得ないという仕草を取った。「お二人は林さんの視界に入らないように、ソファの後ろに立っていてください。勝手に物音を立ててもいけません」

羅飛はうなずくと、張雨とともに林瑞麟の後ろに下がった。

蕭席楓はドアを閉め、カーテンを引き、ソファの前に置かれていたテーブルを脇にどかすと、別の一人用ソファに腰掛けた。彼と蕭席楓は約二メートル離れた状態で向かい合って座り、二人の間には何もない。全ての準備が整うと、彼は林瑞麟にほほ笑んでみせた。

「では始めましょう」

林瑞麟は不安げな面持ちで、ソファの上で体を震わせた。

彼の緊張を見て取った蕭席楓はこう持ちかけた。「まずはちょっとしたゲームでもしましょう。私の指示に従って動いてください。いいですね？」

林瑞麟は「わかった」と答えた。

蕭席楓は指示を出し始めた。「背筋を伸ばして。そう、背もたれから離れて。両腕を前にまっすぐ出して、両手を伸ばして、手の指を揃えて、手のひらに触れないように合わせてください。そうです。それから目を閉じてください」

林瑞麟は蕭席楓に言われるがまま真剣に動いた。蕭席楓は落ち着き払った表情で余裕を持ってソファにもたれている。林瑞麟が一連の動作を終わらせると、蕭席楓は数秒間を置き、引き続き言葉で誘導した。「体をリラックスさせましょう。筋肉をこわばらせないで……そう、両腕はそのままです。はい、想像してください。いまあなたの腕は外から押されています。見えない力で、あまりに強大で、抵抗しようがありません。その力があなたの両腕を内へ内へと押しやり、両手がゆっくり近づいていきます。完全に自分の意志ではどうすることもできません」

その言葉どおり、林瑞麟の両腕が中央へ接近し始めた。緩慢としたスピードだが、傍《はた》から見ている者には十分感知できる。彼が催眠師の暗示にかかり始めていると羅飛にはわかった。

「その力は途切れることなく加わり続け、あなたの両手は次第に近づいていき、ますます迫っていき、ついに一つに合わさります」

そのときまだ二、三センチ離れていた林瑞麟の両手が、「一つに合わさる」という言葉を聞いた瞬間、真ん中に向かって加速し、本当に合体した。

「その外からの力はまだあなたの両腕を押し続けていて、両手の甲に受ける力はとりわけ強大です。両手を引き離そうとしても、全く不可能です。どんなに力を入れて引き離そうが、両手はぴったりと張りつき、一ミリも動きません」

蕭席楓のしゃべるスピードは一貫して穏やかで、声も大きくないが、人を引きつける力を持っている。その力に導かれるまま、林瑞麟の両腕の筋肉がこわばり始め、見えない圧力に懸命に抗っているかのように手のひらがかすかに震えている。

頃合いだと悟った蕭席楓はこう告げた。「目を開いてもいいですよ」

目を開けた林瑞麟は自分の両手がくっついているのを見て、目を白黒させた。

蕭席楓が林瑞麟に確認する。「両手を離せますか？」

林瑞麟は離そうと歯を食いしばって全身の力を使うが、強力な接着剤が塗られているみたいに両手はしっかりとくっついて引き剝《は》がせない。彼は諦めたように首を振った。「全然離れない」

「結構です」蕭席楓は右手を掲げた。「これから数字を数えます。三と言ったら、あなたの腕にかかっている力は消えます」

林瑞麟は待ちきれないという様子でうなずく。

蕭席楓は軽やかに振る手の動きに合わせて三つ数えた。「一……二……三」彼が三と言った瞬間、林瑞麟の手の筋肉の硬直が目に見えて緩んだ。

「はい」蕭席楓は手のひらをひっくり返した。「もう一度試してみましょう。離せますか？」

林瑞麟は苦もなく両手を離すと、いままでおかしかった原因を探そうとするように自身の手をしげしげと見つめた。

「どうですか」蕭席楓はほほ笑んだ。「私の指示どおりに動くだけで、難しいことはありません。そして催眠はあなたが考えるような恐ろしいものでもないのです」

林瑞麟もへへへと笑い、「本当に不思議だ」とつぶやいた。

「これから記憶を蘇《よみがえ》らせるために、あなたを深い催眠状態にします。その中でいままで体験したことのない状態に陥るかもしれませんが、怖がることはありません。どんな状況になっても、私が一、二、三と数えさえすれば、あなたはすぐに催眠状態から目を覚まします。わかりましたか？」

林瑞麟は一言、「わかった」と言った。さっきのことがあり、かなりリラックスしている。

だがそばで見ていた羅飛は一気に神経を尖らせた。

さっきのゲームはとてもシンプルな浅い催眠であり、林瑞麟の暗示のかかりやすさをテストするとともに催眠を通じて信頼関係を構築するのが目的だ。この点から言うと、ゲームの効き目はほぼ完璧だ。

ここからが本番だ。蕭席楓が入ろうとしている林瑞麟の潜在意識の世界には、正体不明な危険人物が潜んでいる。硝煙のない戦争が間もなく始まる。戦争の勝敗は林瑞麟の身の安全に関わるばかりか、事件全体の解決の方向性をも左右する。この戦争を画策した者として、羅飛は言うまでもなく強いプレッシャーを感じている。

だが自ら赴けない彼にできることは、息を殺して黙って見ていることとだけだ。

02

蕭席楓《シヤオシーフオン》は林瑞麟《リンルイリン》にこう切り出した。「まずは体の隅々まで力を抜いてください。頭と背中をソファに預けて、一番リラックスできる姿勢になってください。用意ができたら教えてください」

林瑞麟は座り方を変え、両腕をおもむろに肘掛けに置き、頭と背中を背もたれに埋めると、仙骨座りの姿勢を取った。そして「ＯＫ」と簡潔に言った。

「身も心も、筋肉や脳細胞、そして意識に至るまで一つ残らず楽にしてください。何も考えず、自分の感覚にだけ神経を集中するのです。呼吸が徐々にゆったりなだらかになっていき、まぶたはますます重くなっていきます。嫌でなければ、目をゆっくり閉じると同時に鼻だけで呼吸してください」

落ち着き払った蕭席楓の声は心地よく単調な響きを帯び、しゃべるたびに語尾のイントネーションを下げ、いつの間にか気怠《けだる》く眠たくなるムードをつくり出していた。それとともにペースを意識的にコントロールし、暗示や指示を出す際は林瑞麟が息を吐くタイミングに合わせている。林瑞麟はみるみるうちに目を閉じ、呼吸も深く一定のリズムになった。

しばらく無言だった蕭席楓はまたよどみなく語りかけた。「想像してみてください。いまは空が明るくなったばかりの春の朝で、うららかな日差しが降り注ぎ、そよ風が青々とした草の香りを運んでいます。木の小舟に寝そべり、穏やかな波の音が聞こえます。頭上には一面の青空が広がり、柔らかくゆったりした綿布団のような白い雲が漂っています。水面にたゆたう小舟に乗っていると、自分の体もゆりかごに戻ったように揺れています。

私の言葉を聞くたびに、気持ちがさらに楽になります。心は静けさに満ち、周りの全ては美しさにあふれています。安らぎが……足の爪先からいまはすねにまで伝わり、そこからさらに上ってきて腰にまで満ちてきました……全身が安らぎに包まれ、もう何にも邪魔されることはありません。私の声にだけ耳を傾けてください。意識も徐々に吹き飛び、もう制御しようという気さえありません。ますますリラックスして、体が若干重たく思え、膝の力が抜けて、太ももから股間の辺りまですっかり楽になりました。自身がゆっくりと沈んでいく感覚を覚えながら、暖かな春風に体をなでられるととても心地よく安堵します。周囲がこんなにも静かだから、あなたもこんなにリラックスしているのです」

蕭席楓の絶え間ない言葉が川の流れのように林瑞麟の鼓膜に当たる。林瑞麟の目と口はすっかり緩みきって、顔も平常時と比べると平べったくなっており、ひと目で催眠状態に入ったとわかる。彼は続いて林瑞麟の意識の誘導を試みた。

「ちょっと思い出してみましょう。深夜の帰宅途中、何がありましたか？　レストランを出たときのことから始めましょう。その日はだいぶ遅くに店を閉めましたね?」

林瑞麟は極めて小さな動作でうなずいた。

「それから一人で家に帰りましたか?」

林瑞麟はまたうなずいた。

「通行人は多いですか?」

林瑞麟は催眠状態下で初めて口を開いた。「あまり」

「印象に残る人はいますか?」

「いる」

「どういう人ですか?」

「女」

「女性?」蕭席楓は再度質問した。「どんな女性ですか?」

「きれいな女だ。若くて、髪が長くて、ミニスカートをはいている」

「どこで見かけましたか?」

「店を出てしばらくしたら」

「どんなミニスカートをはいています?」

「青いデニム」

「上の服装は?」

「体のラインが浮き出た黄色いTシャツ」

「靴は？」

林瑞麟は一瞬返答に窮し、「見えない」と言った。

蕭席楓に視線を送られた羅飛《ルオフェイ》は親指を立てて称賛を示すと、続けてくれと手振りで示した。

林瑞麟が口にしたその女性は事件とは無関係だが、彼の説明がそれほどわかりやすいのは良い傾向だ。特に靴について聞かれたとき、「覚えていない」ではなく「見えない」と言ったことは現場に戻っているに等しい。蕭席楓の催眠効果が抜群であることがうかがえる。

蕭席楓は言葉を駆使して林瑞麟の記憶を導く。「いまは歩き続けています。道中、何があるか覚えていますか？」

林瑞麟がうなずく。

「見たものを全て、具体的に説明してください」

「酒・タバコ販売店のそばを通り過ぎたとき、タクシーが俺の前で停まった。乗るかと運転手から聞かれたけど、手を振って断ったら去っていった。そしてビジネスホテルの前を通りかかったら、フロントスタッフが突っ伏して眠っていた。それから郵便局前に車が横付けされていたから、道路に下りて回り込まなきゃならなかった……」林瑞麟の理路整然とした説明によって、それぞれのシーンが映画のように浮かんだ。そして彼は羅飛たちが重視するパートを語り出した。「工商銀行の前を過ぎて、左へ曲がろうとした」

林瑞麟の言葉が止まった。眉間にわずかにしわを寄せ、顔に不安な表情を浮かべている。羅飛は腕組みをし、右手であごをさすりながら、間もなく訪れる展開に神経を集中させた。

蕭席楓が尋ねる。「何か見たのですか？」

「そうだ」ソファに座る林瑞麟は反り返って何かから避けようとするかのように一瞬体を硬直させた。

「危険はないから、怖がることはありません」蕭席楓が穏やかな口調で語る。「あなたはそこにいるわけではなく、単なる傍観者です。見たものが何であっても、あなたに危害を加えることはありません。さあ教えてください、何を見たのですか？」

「犬だ」林瑞麟は思いも寄らない答えを口にした。「あの狂犬がいる」

羅飛は精神を集中させた。防犯カメラの映像から、曲がり角にいたのは人影であって、狂犬などではないことはわかっている。林瑞麟がこのような答えを述べたのは、彼の潜在意識の世界がすでに細工されていることを意味している。それとともに羅飛は林瑞麟の言い回しに注目した。彼は「狂犬がいる」ではなく、「あの狂犬がいる」と言った。その犬は林瑞麟にとって何か具体的な意味を持つようだ。

蕭席楓も言葉の微妙な違いに気づき、踏み込んで質問した。「その犬を以前見たことがありますか？」

「咬まれたんだ」忌まわしい記憶を思い出したかのように、林瑞麟の呼吸が急に早くなる。

蕭席楓は理解したかのように小さくうなずいた。そして考え込んだあと、こう尋ねた。

「その犬を避けて歩き続けられませんか？」

林瑞麟は力強く首を横に振る。「その犬は道をふさいでいるから、逃げられない。別の道を行かないと」

「しかし深夜に通ったのはその道です。進んでください。あなたは安全です、信じてください。その犬があなたを傷つけることはありません」蕭席楓はさっきより命令口調で、力強く穏やかに言った。

林瑞麟は息を吸ってそれ以上言葉を発さなかった。表情をますます険しくさせ、両手を固く握りしめている。彼がいま、蕭席楓の言葉に従って、道に立ちふさがるその獰猛《どうもう》な犬に打ち勝とうとしているのだと羅飛は見て取った。

催眠戦争についに進軍ラッパが鳴り響いた。羅飛たちは息を殺し、意識を研ぎ澄まし、緊張しながら闘いの結果を待った。

林瑞麟が突然、「あっ」と悲鳴をあげたと同時に、こらえきれない痛みを味わったように体を激しく震わせた。

羅飛が慌てて何かしようと前に出ると、蕭席楓も席を立ち、羅飛に手のひらを向けて制止した。

羅飛は林瑞麟が座っているソファのそばで足を止め、若干気持ちを落ち着けた。林瑞麟は苦痛に顔を歪めているが、目は閉じたままなので実際には危機的状況に遭っていないように見える。

蕭席楓は林瑞麟に近づき、彼の肩をつかんで問いかけた。「どうしましたか?」

「痛い、痛いんだ。俺の手が」林瑞麟はしきりに叫んだ。彼の右手はソファの肘掛けをしっかりつかみ、腕に青い血管が浮き出ている。

蕭席楓が林瑞麟の右手をひっくり返すと、手の付け根から十センチほど下にコイン半分程度の傷跡があった。彼は悩んだ末に林瑞麟を起こすことにした。

「私が三つ数えたら、あなたは目を覚まします」蕭席楓は自信たっぷりに言うと、数を数え始めた。「一、二、三」

目を開けた林瑞麟は動揺しながら息を荒らげている。

「犬に咬まれたことがあるのですか?」蕭席楓は林瑞麟の手の付け根の下の傷跡を指差しながら尋ねた。

林瑞麟は口元を歪め、「ああ」と言った。そしてまだ痛みを感じるのか、左手でその傷跡をさすった。

蕭席楓はさらに尋ねた。「だからその犬のことをとても怖がっている？」

林瑞麟は無言でうなずいた。

予想外の答えに、そばで聞いていた羅飛は話に割り込んだ。「犬を売っているのに、犬が怖いってどういうことです？」

「ありゃ狂犬なんだ、怖くないわけあるか？」林瑞麟は無理やりつばを飲み込み、説明し出した。「三年前だよ。あの日、俺は大量の犬を引き取ったからとりあえずそいつらをうちの庭に数日間置いて、十分な数になったら徐州《シュージョウ》へ売りに行くつもりだったんだ。夜にエサをやっているときに、あの畜生が咬みやがった。いつも犬を相手にしているから、そんなもんいちいち気にしてられず、チンキで消毒したんだ。でもそれから二日後だ、その犬が急変して、他の犬に手当たりしだい咬みついたんだ。そこでようやく、その犬が狂犬病にかかっていたってわかった。慌てて病院に行ったら、話を聞いた医者が途端に眉をひそめて『狂犬に咬まれたら二十四時間以内にワクチンを打たなきゃいけないのに、どうしてこんなに遅れて来たんだ』と言ったよ。一瞬で血の気が引いて、俺の命もここまでかと思った。まあ悪運が強かったおかげで、ワクチンを何本か打ったらすぐに抗体ができて、命拾いしたんだがな」

狂犬病ワクチンの接種にタイムリミットがあることは羅飛も知っている。半年前、白亜《バイヤー》星《シン》はそのタイムリミットを利用して、留置場内で狂犬病を蔓延《まんえん》させて複数人を死に至らしめたのだ。その件はいまなお警察内部の機密として扱われ、公開されていない。タイムリミットを過ぎてからワクチンを打って危機を脱したという林瑞麟の話は、理にかなっているだろうか。

そんな疑念を抱きながら、羅飛は張雨《ジャンユイー》に視線を送り、意見を求めた。

「二十四時間は安全を保証するしきい値としてのタイムリミットだが、一概にそうだと言えるわけでもない」張雨は専門的な視点から説明する。「実際には人によって体質が異なるし、咬まれた状況も違うからそのタイムリミットが延びることもある。だが四十八時間以上経ってからワクチンを摂取して助かるというのは、極めて幸運だったというほかない」

「そうなんだよ」林瑞麟は感情を込めて言った。「だからゾッとするなって言われても無理なんだ。このことは思い出したくもないんだ」

蕭席楓は羅飛に外で話そうとジェスチャーした。羅飛は意図を察し、劉《リィウ》を呼んで命じた。

「林さんに飲み物を出すんだ。俺たちはちょっと休憩する」

劉が林瑞麟を室内で休ませている間に、羅飛は張雨と蕭席楓を伴って部屋の外に出た。

羅飛は蕭席楓に質問した。「さっきの犬は犯人が林瑞麟に仕掛けた記憶の障害物でしょうか？」

蕭席楓が答える。「そうです。狂犬病の犬に咬まれ、ワクチン接種のタイムリミットを過ぎたという過去は林瑞麟にとって大きなトラウマになりました。犯人はそのトラウマを切り取り、時空を超えて再び移植したのです。それで林瑞麟が角を曲がった瞬間、その犬が立ちふさがったわけです。林瑞麟がその小道を通ったことを思い出そうとするたびに、強烈な恐怖が彼の意識の通り道をふさぎ、それ以上進むことを許さないのです。これが林瑞麟の記憶喪失の真相です。具体的な催眠テクニックはいま言ったものよりかなり複雑になりますが、おおよその原理はこういうことです」

蕭席楓の説明は専門的だがわかりやすかったので、張雨もほぼ間違いないと思った。それで彼はこう尋ねた。「じゃあ解く方法は？」

「難しくないはずでしょう？」羅飛はあごをさすりながら語った。「実際、林瑞麟が怖がっているのはその犬じゃない。本当に恐怖したのは、安全が保証されたワクチン接種の有効期間を過ぎていたことだ。だからそっちから攻めれば、記憶の罠の突破も簡単でしょう」

蕭席楓がうなずきながら言う。「実はアイディアがあって、相談するために二人を外に連れ出したのです」

羅飛は「わかっています」と答えた。部屋を出た目的は林瑞麟から離れるためだ。彼に催眠のアイディアを知られれば、その効果は大幅に減る。

蕭席楓が語ったアイディアに羅飛も張雨も問題ないと考えた。そして三人とも部屋に戻り、林瑞麟に二度目の催眠をかけた。

03

蕭席楓《シャオシーフォン》は速やかに林瑞麟《リンルイリン》を再び催眠状態にした。今回は視点を変えて質問を始めた。

「その犬に咬まれてから、狂犬病ワクチンを接種したのですね？」

「ああ」

「ワクチンの名前を覚えていますか？」

「海外製の、ラビピュールだ」

林瑞麟は一般人なら全く思い出せない細かいことまでしゃべった。催眠が効果てきめんということだ。

「何回接種しました？」

「五回打つことになっていたが、三回だけで済んだ」

「どうして？」

「あの頃は不安でいっぱいで、三回打ったあとに抗体検査をしてみたら、抗体がもうできていたから残りの二回は必要なくなったんだ」

「それは運が良かったですね。注射の安全を保証するタイムリミットを過ぎていたのに、普通よりも早めに抗体ができたのですから」

林瑞麟は口角を上げ、満足そうな笑みを浮かべた。

蕭席楓が続けて質問する。「ワクチンの有効期間をご存じですか?」

「短くても半年」

「ということは、それから半年間は狂犬病の犬に咬まれても平気ですよ」

林瑞麟はほほ笑みながらうなずいた。

蕭席楓は話の方向を誘導する。「手を咬んだその犬にもう一度出会ったとしても、もう怖がる必要ありませんね?」

林瑞麟はまたうなずいた。

「その犬に帰り道をふさがれていたら、どうするべきですか?」

林瑞麟の潜在意識の世界に映る場面が蕭席楓によって巧みに切り替えられ、彼は再び曲がり角に来ると、見慣れたその狂犬が様子をうかがいながら待っている。

「もう怖がらない」林瑞麟は揺るぎない態度で語った。

「じゃあ犬を追い払ってみませんか?」蕭席楓はアドバイスした。「追い払わないと、他の通行人が咬まれるかもしれませんよ」

林瑞麟の答えは周囲の予想どおりだった。「俺が追い払ってやる」

「どうぞ」蕭席楓は励ますように言った。「うまくいったら教えてください」

林瑞麟は黙り込んだ。潜在意識の世界で、あの狂犬と闘っている真っ最中なのだ。

犯人は林瑞麟の潜在意識の時空のつながりをずらし、林瑞麟にとって恐ろしくてたまらないその狂犬に帰り道の通路をふさがせた。しかし蕭席楓は同様の手法を使って、ウイルスの抗体が検出されたばかりの林瑞麟を現場に呼び出すことで、彼をあの狂犬の天敵へと姿を変えさせたのだ。

しばらくすると、林瑞麟が得意げに報告した。「やったぞ」

「あの狂犬は逃げ去ったのですか?」

「ああ」

「素晴らしい」蕭席楓は褒めた。「ではもう遠回りすることなく、家に帰れますね」

「ああ、いまから左に曲がってあの小道に入るぞ」林瑞麟はそこで言葉を急に止めた。表情から戸惑っていることがわかる。

蕭席楓が尋ねる。「今度は何がいましたか?」

「誰かが手招きしている」

「どんな人です?」

「三十歳ぐらいの太った男で、帽子をかぶっていて、登山用バックパックを背負っている」

その描写は容疑者の身体的特徴と完全に一致する。林瑞麟の記憶が間もなく警察が最も注目する部分に踏み込むと知り、羅飛《ルオフェイ》の神経がにわかに高ぶった。

蕭席楓は聞き続けた。「あなたに来るように手招きしているのですか？」

「ああ」

「彼のほうに行ったんですか？」

「行った」

「知り合いですか？」

「違う」

「ではどうして行こうとしたのですか？」

「『林店長』と声をかけられたから、知り合いか、店の客だと思ったんだ」

「近づいてから、彼の顔をはっきり見ましたか？」

「太っていて、横に広いあごをしていて、小さな目を細めている」

羅飛はその顔の特徴をしかと記憶した。今回の催眠が始まったばかりでもう結果が出たことに、大いに奮い立った。

蕭席楓がまた尋ねる。「その人物は何をしようとしているのです？」

「警察官の朱《ジュー》に渡す物があるから、俺に持っていくように言った」

「警察官の朱とは？」

「交通警察の朱思俊《スージュン》だ。以前、高速道路で通報したときに来たやつだ」

事件がまたもや既視感のある展開になってきた。荷物に送り主、これまでの例に倣えば、犯人の次のターゲットは朱思俊だ。だがいまの羅飛には他のことに思考を巡らす余裕がなかった。蕭席楓が最も肝心な部分に切り込んだからだ。

「彼が持っていたものは？」

「バックパックに」林瑞麟が答える。「全部大きなバックパックに入っていた」

「そのときバックパックを開けて中身を見ましたか？」

「開けた」林瑞麟は一拍置いて付け加えた。「そいつに開けるよう言われたから」

「何が入っていましたか？」

林瑞麟はすぐには答えず、興奮しているように舌なめずりをし、愉悦を込めて言った。

「絶品料理のフルコースだ」

「料理？　どういったものです？」

「クラゲの冷菜にキャベツの炒めもの、エツの姿蒸しに点心、フルーツの盛り合わせ……」林瑞麟は料理名を羅列し、最後につばを飲み込んで褒め称えた。「非の打ち所がない宴席だ」

「そんなにたくさんの料理を？」蕭席楓はつぶやくように質問した。「使い捨て容器に入っていますか？」

「そんなわけないだろう」林瑞麟はきっぱりと否定した。「食器は全部上等な景徳鎮製だ。

良い料理には良い器が欠かせない。使い捨て容器でいいわけあるか？」

蕭席楓は思うところがあるようにうなずき、羅飛にジェスチャーを送るとともにこう言った。「三つ数えたら目を覚まします。一、二、三」

林瑞麟は声に反応して目を覚ました。そして羅飛と張雨《ジャンユィー》は無言のまま蕭席楓と一緒に外に出た。

羅飛はまず外で待機していた劉《リイウ》に命じた。「すぐに朱思俊を呼び戻すんだ。犯人の次のターゲットは彼だ」

劉は「わかりました」と言うと、「来たくないと言われたらどうしましょう？」と尋ねた。

「そのときは彼の上司に伝えるんだ」昇進のことしか頭にない朱思俊も、上司に出てこられたら言うことを聞かないわけにはいかないだろうと羅飛は思った。

劉が命令を実行にし行くと、羅飛は蕭席楓に質問した。「また障害物にぶつかったんじゃないですか？」

蕭席楓が問い返す。「わかりましたか？」

「林瑞麟はエツと言いましたが、いまの時期にエツなんか獲《と》れません。それにバックパックに詰めた料理が磁器に盛りつけられるわけもない」羅飛は分析を述べた。「だからその料理はそもそも存在せず、全部犯人がつくり出したもので、バックパックに仕掛けた本当の企みを隠すためだった」

蕭席楓はうなずいて言った。「私も同じ考えです」

羅飛は即座に尋ねた。「解けますか？」

「解くことは難しくありません」蕭席楓は言った。「いままでの障害物は林瑞麟の恐怖心を利用していましたが、今回は林瑞麟の美食に対する強い欲望を利用しています。解くのなら、彼の欲望を満たすだけで済みます」

羅飛は予想した。「つまり、仮想世界の中で料理を存分に味わわせればいいと？」

「はい。料理を『食べ終えれば』、バックパックの中身を本当に思い出せます。しかし――」蕭席楓は口調を改めた。「それは危険かもしれません」

羅飛もその不安を嗅ぎ取った。「その料理に『トリガー』が仕掛けられているとお考えですか？」

蕭席楓はうなずいた。「だからさっき催眠状態下の林瑞麟の欲望を不用意に呼び覚ますことはせず、こうやって相談しようと考えたのです」

軽率には判断を下せず、羅飛は黙り込んだ。

これまでの三人の被害者はいずれも自身の欲望を極端な形で発散する中で亡くなった。犯人が林瑞麟を殺すのなら、同じようなパターンを踏襲するだろう。催眠状態下で林瑞麟の食欲を解放させるのは、確かに非常に危険だ。すでに爆薬をセットした犯人は、点火されるのを待っているのかもしれない。

だが探索を断念することは「爆薬」のセットされた場所に永遠にたどり着けないことであり、目下のやられっぱなしの盤面をひっくり返せないということだ。その上、ここまで来て諦めるのはもったいなさすぎる。

考え方を変えてみよう。犯人が食欲をダシに、記憶の障害物を設置していた場合、それは警察を引き下がらせるためだろうか？　バックパックに極めて大事な秘密を隠しているからこそ、偽りの「爆弾」で覆い隠して、警察に解除させまいとしているのだ。もしそうなら、すんでのところで手を引くのは逆に相手の思うツボだ。

考えた末、羅飛は抜き差しならない厄介な局面と向き合わねばならなくなった。しかし決断しようにも下せない彼は張雨に意見を求めた。「どう思う？」

張雨は熟考すると、蕭席楓に確認を取った。「どんな状況下でも、一、二、三と数えるだけで林瑞麟はすぐに目を覚ますんですよね？」

林瑞麟はうなずいた。「それには絶対の自信があります」

張雨は羅飛に向き直って言った。「最長三秒間で、俺たち二人で林瑞麟を制御できると思うか？」

羅飛には張雨の真意がわかった。それは最悪の予想だった。

羅飛は決心した。

「俺たち二人では心もとない」彼はドアの外で見張りを続けていた二人の警察官に声をかけた。「二人も入ってくれ」

蕭席楓は「ふふっ」と笑い、感心したように言った。「羅刑事はやることなすこと慎重だ。どんな場面でも二対一の優位を保っておきたいのですね」

羅飛の意図を見抜いた言葉だった。羅飛と張雨の力があれば、二人がかりで林瑞麟を押さえること自体は他愛《たあい》もないことだが、羅飛はまだ蕭席楓を警戒していた。蕭席楓が混乱に乗じて林瑞麟に手を下すつもりなら、さっきの相談はまさに自分の責任から逃れる口実になる。全ての決定を下したのは羅飛であり、自分は早い段階でリスクを警告していたのに、警察が深刻に受け止めなかったせいだと言えるからだ。

そのため、羅飛はここに来て蕭席楓が寝返るといういっそう最悪な予想を立てた。そうなれば二人で事態を収拾するのがほぼ不可能になるため、現場の警察官を増やす必要があった。

蕭席楓に見抜かれようが、羅飛はごまかすつもりはない。彼は余裕そうに笑った。「いろいろ手を打っておくに越したことはありませんから。蕭主任がよろしければ、そろそろ始めましょうか？」

「構いませんよ」蕭席楓は大げさに手を振った。「一つだけお願いがあります。催眠をかけている際はくれぐれも物音を出さないでください」

そして四人が部屋に入った。羅飛はまず林瑞麟に尋ねた。「身につけているものはありますか？」

「携帯電話と財布、鍵、それと腕時計だ」

「ひとまず我々が預かります」羅飛は手を伸ばした。「一時的に保管するだけです」制御不能になった林瑞麟が無闇矢鱈《やたら》に口に入れないよう、潜在リスクをあらかじめ取り除く必要がある。

林瑞麟は携帯電話と財布を取り出し、鍵と腕時計を外すと、全部まとめて羅飛の手に握らせた。羅飛は彼の手に金の指輪がしてあるのを見て、「指輪も外してください」と言った。

林瑞麟はやや不満げに言った。「これは寝るときも外さない結婚指輪なんだ」

「外してください」羅飛は譲らなかった。「あとでお返ししますから」

林瑞麟は渋い顔をしたが、結局羅飛の指示に従った。

羅飛はそれらをそばにいた警察官に渡し、林瑞麟をじっくり観察し、体に危害が及びそうな品物を身につけていないと確認してから蕭席楓に言った。「始めましょう」

蕭席楓は林瑞麟の目を閉じさせ、全身をリラックスさせると、穏やかな声色で彼を再び昨日未明の記憶に戻した。

「いま目の前においしそうな料理がたくさんありますね？」

林瑞麟はうなずきながら、辛抱たまらないという様子でつばを飲み込んだ。

「心ゆくまま食べたくないですか？」

「食べたい」かすかな震え声から林瑞麟の心にたぎってやまない欲望が透けて見えた。

「じゃあ食べましょう」蕭席楓はけしかけた。「思う存分食べてください。限界まで食べるか、いっそ食べ尽くしてしまいましょう」

だが林瑞麟は残念そうに「駄目だ……」と口にした。

「どうして駄目なのです？」蕭席楓は少し意表が突かれた思いがした。林瑞麟にこの提案を断られるとは思わなかったからだ。

「料理がまだ足りない」林瑞麟はこう答えた。

「もう十分あるのでは？」

「前菜が七品しかない」林瑞麟は真剣に訴えた。「宴席は前菜が八品揃ってなきゃいけないんだ。飲食業界では常識だ」

どんな料理があったかすっかり忘れていたが、蕭席楓はそれでも一歩踏み込んで林瑞麟の話に合わせて様子をうかがうことにした。

「前菜が一品足りないと、食事を始められないのですか？」

「ああ、その料理が特に重要なんだ」

「どうして？」

「宴席の中でも一番特別な一品で、いままで食べたことがないものなんだ。その料理がないと、宴席自体が無価値になる」林瑞麟は弱々しくため息をついた。期待に胸を膨らませている一方、不安で落ち着かないようだ。

蕭席楓と羅飛は視線を合わせると、いまだ姿を現さないその料理こそ犯人が仕掛けた「トリガー」かもしれないと踏んだ。何かを待っているような蕭席楓の姿に、自分のゴーサインを待っているのだと羅飛は気づいた。

しばらくの沈黙のあと、羅飛は厳かにうなずくとともに林瑞麟のソファに一歩分近づき、彼の背中にほとんどくっつく形になった。

羅飛の準備ができた様子を見て、蕭席楓は最も肝心かつ危険な部分に言及した。「それはどういう料理なのですか?」

林瑞麟の答えはまたしても奇妙なものだった。「わからない」

「わからないのですか?」状況をコントロールしていた蕭席楓だったが、おちょくられているように感じた。

林瑞麟が話す。「あいつは教えてくれなかった。俺に当ててみせろと言った。当てなきゃ味わう資格はないと言ったんだ」

「あいつとは？　その帽子をかぶった太った男ですか?」

林瑞麟はうなずいた。

「前菜など山ほどの種類がありますが、どうやって当てろと言われたのです？」

「そいつは三つのヒントを出すと言った。俺が本物の美食家なら、三つのヒントだけでその料理を当てられると」そう言うと林瑞麟はこれ見よがしに唇を舐めた。沸き起こる食欲がもう抑えきれないようだ。

蕭席楓も急かされるように質問を続けた。「三つのヒントとは？」

林瑞麟はその人物の言葉に耳を傾けているように押し黙った。室内の全員が息を殺して答えを待った。

林瑞麟はようやく口を開いた。「奴が出した最初のヒントは、煮込み料理だ。さまざまな調味料が入ったスープに何年も味を染み込ませている」

蕭席楓は落胆した。そのヒントだと範囲が広すぎて予想しようがない。すると林瑞麟が話を続けた。「二つ目のヒントは、料理の材料がすごく特別だということだ。子豚のヒレ肉よりも肉質がきめ細かくて柔らかく、魚のほほ肉よりも滑らかで弾力があって、新鮮な貝柱よりも良い歯ごたえだと言っていた」

確かに珍しいと蕭席楓は頭をひねりながらその特徴と合致する食材を懸命に思い出した。

林瑞麟が続けて三つ目のヒントを述べた。「そいつは最後に、誰でも簡単に手に入るのに、容易には食べられない料理だと言った」

誰でも簡単に手に入るのに、容易には食べられない？　哲学めいた謎が込められているように聞こえる矛盾した言葉だ。蕭席楓がうつむきながら没頭していると、いきなり羅飛が声を荒らげた。「すぐに目を覚まさせるんだ、早く！」

その声に反応した蕭席楓が顔を上げると、羅飛が林瑞麟に向かって叫んでいるのが見えた。「食べるんじゃない！」

全てが一瞬の出来事で、蕭席楓が数を数え始める前に事態はもう取り返しのつかないところに来ていた。林瑞麟は舌を半分突き出し、歯で強く嚙み締切った。口の周りがまたたく間に血にまみれる。そして林瑞麟は嚙みちぎった舌先を口の中に入れ、恍惚《こうこつ》の顔で咀嚼し始めた。

羅飛は右手で林瑞麟の左右の頰を強く挟み、これ以上咀嚼させないようにした。だが血は林瑞麟の舌の嚙みちぎられたところからとめどなくあふれ出し、林瑞麟が息を吸って激しく咳き込むと血しぶきが飛び、羅飛の顔や体に降りかかった。

張雨も助けに加わり、指摘した。「気道が血でつまらないように、早く体を支えるんだ」

羅飛と張雨が二人がかりで林瑞麟を抱きかかえている横で、蕭席楓がようやく催眠から覚ます三つの数字を数え終わった。林瑞麟から陶酔した表情が消え、驚愕と苦痛に満ちた形相に変わった。

「ひゅ……ひゅ……」林瑞麟の喉から恐ろしい音が聞こえると、彼は呼吸困難になって全身を引きつらせ、白目をむいた。

「痙攣している。舌根で気道がふさがれるぞ」張雨が焦りながら警告する一方で、林瑞麟の口に指を入れ、縮まった舌根を引っ張り出そうとした。だが口中から血がこぼれ、半分まで短くなった舌をどうやって引っ張ればいいのか。張雨が口の中をいくら探っても、咀嚼されて細切れになった舌の成れの果てしかつかみ取れなかった。

林瑞麟の体が激しく痙攣し、口の中にできた血の池が泡立たなくなった。息絶えたのだ。

羅飛はそれでも林瑞麟の頬をつかみ、目を血走らせながら張雨を急き立てた。「早く。早く引っ張るんだ」

張雨はうなだれながら立ち上がった。「……もう死んでいる……」

羅飛は放心しながら、林瑞麟の死体を前に言葉を失った。

蕭席楓は向かいのソファに座りながら呆気に取られていた。そして室内にいた二人の警察官は木偶《でく》の坊のようにその場に突っ立ったまま、ついに何の行動にも移さなかった。彼らにとって、たったいま起こった出来事はあまりに奇怪な悪夢にほかならなかった。

8　一時の休息と急展開

01

「これからが正念場というときに、仕事を放棄するつもりか?」しゃべっている年配の人物は龍州《ロンジョウ》市公安局局長の魯宸語《ルーチエンユイー》だ。意表を突かれた表情で、目の前に座る羅飛《ルオフェイ》を見つめている。

「放棄ではありません」羅飛は神妙な面持ちで嘆いた。「事態が自分の手に負えないのです。このまま自分が特別捜査チームのリーダーを続ければ、事態がますます悪化する恐れがあります」

魯局長も険しい顔をした。羅飛から事件に関する報告を聞き終えたばかりの彼にとって、「手に負えない事態」という言葉は決して誇張表現ではなかった。

手に負えなかったこととは、林瑞麟《リンルイリン》の死を指す。

蕭席楓《シャオシーフォン》が林瑞麟に催眠をかける中で、犯人が仕掛けた意識の「爆弾」を発動させられた。強烈な食欲に誘発された林瑞麟は自分の舌を噛みちぎり、口腔《こうくう》内の大量出血と激痛で舌根が痙攣し、あっという間に窒息死してしまった。

林瑞麟は一連の事件の四人目の被害者となり、しかも刑事隊内部で羅飛たち警察官が見ている前で亡くなったのだ。警察側にとってこれ以上ないほどの惨敗なのは誰の目にも明らかだ。

それと同時に、警察による朱思俊《ジユースージユン》の身辺警護も暗礁に乗り上げた。

その日の午後、羅飛の命令で劉《リイウ》は朱思俊を刑事隊に連れていって保護しようとしたが、その申し出は今回も断られた。その後、劉は交通警察の上層部にかけ合い、交通警察高速道路大隊の王郁《ワンユイー》隊長から刑事隊の業務に必ず協力するよう朱思俊に命じてもらった。朱思俊も表面上は納得したようだった。だが劉とともに刑事隊へ戻る途中、車から降りてタバコを買いに行くと言い、スーパーの裏口から逃げたのだ。以降、朱思俊は携帯電話の電源を切り、連絡が取れない状態だ。

朱思俊が消えたという報告を聞き、羅飛はひどく胸騒ぎを覚えた。さんざん熟考した挙げ句、彼は魯局長の部屋を訪れ、特別捜査チームのリーダーを辞退すると告げたのだ。

羅飛が抱える困難とプレッシャーは魯局長も理解できた。わからないのは、勇敢な自分の部下がどうしてここ一番というときに尻込むという軟弱な選択をしたのかということだ。

半年前のことを振り返ると、羅飛は白亜星《バイヤーシン》の術中に陥り、留置場内で大騒動を起こされ、耳を疑うような大事件へ発展させられた。このときに羅飛が受けていたプレッシャーは今以上のものだったが、当時は少しもひるまなかったではないか。刑事隊長の任を解かれながらも果敢に最前線で闘い続けた。そのときの気概はどこに行った？

羅飛を見つめる魯局長の瞳には失望以上に深い困惑がにじんでいた。

羅飛は静かにため息をつくと、自身の状態について話し始めた。「体調が……思わしくなくて」

「どういうふうに？」魯局長は原因の究明に必死だ。

「もう二日間眠れていなくて……何らかのプレッシャーのせいで、寝付けないんです」羅飛は顔を上げ、真っ赤に充血した両目を魯局長に見せた。「それのせいで精神状態が悪くなる一方です。林瑞麟と朱思俊の対応でも、重大なミスを犯してしまいました」

「ほお、ミスを犯したと言ったな」魯局長は机を叩きながら言う。「ではまず自己批判を聞かせてもらおうか」

羅飛は無表情のまま話し始めた。「林瑞麟に催眠をかける前から何らかの危険を予期していたものの、自分が取った対策は万全ではありませんでした。その後、林瑞麟が出したなぞなぞの答えが人間の舌だと予想できましたが、反応が一歩遅れたせいで彼の自傷行為を止めるのが間に合いませんでした。私には彼の死の責任があります。朱思俊への対応に至っては、さらに明らかなミスを犯しています。迅速に強硬手段を取って、そもそも彼を刑事隊から出すべきではありませんでした」

「そのとおりだ」魯局長は羅飛の発言を否定しなかった。「それらについては確実にミスを犯している。これまでと比べて、鋭さも決断力も欠いている」

「集中できないせいです」羅飛は額を揉んだ。「いまの状態は業務に大きな支障をきたしています。この局面でなお続けることはできません」

「だから特別捜査チームのリーダーを下りたいと言うのか？」

羅飛は黙ってうなずいた。

魯局長は片時の沈黙のあと、尋ねた。「じゃあ誰を後任にするべきだと思う？」

羅飛も黙り込んだ。最適な人選がとっさに浮かばなかった。

魯局長は仕方なさそうに笑った。「私が出るしかないようだな？」

羅飛の目の前にいる人間は、老いたりと言えども、もとは刑事として活躍し、当時はその名を轟《とどろ》かせた名刑事だ。龍州の警察広しと言えども、目下の情勢に耐えきるのは局長しかいないだろう。そう考えた羅飛は肩が軽くなった。

だが魯局長は続けて言った。「リーダーを退任してしばらく休むといい。ただし制限時間付きだ」

羅飛は尋ねた。「どのぐらいですか？」

「二十四時間だ」

「え？」羅飛は絶句した。それのどこが「退任」なのだろうか？

魯局長に冗談を言った雰囲気など少しもなく、真面目な表情のまま腕時計に目を落とした。「いまは午後五時二十三分。これから二十四時間、特別捜査チームのことを忘れるんだ。いまのお前の任務は泥のようにしっかり眠ることだ。誰にも連絡させないから、携帯電話の電源を切っていい。その二十四時間、特別捜査チームは私が引き受け、どんな状況になっても代わりに対応する。だが二十四時間後、必ず戻ってきてほしい。そして以前のように頭がよく回り、決断力があって勇敢な羅飛が戻ってくるのを待っている」

魯局長の言葉の力強さを感じるとともに、自分への並々ならぬ激励と信頼を受け取った羅飛は大きく息を吸い、歯を食いしばりながら二文字を吐き出した。「はい」

そして魯局長は局長室に劉を呼び出し、羅飛と顔を突き合わせながら引き継ぎを行い、羅飛の休暇を許可した。

今回、羅飛は公安局内の宿舎に泊まることも、一人暮らしをする小さなマンションの部屋に戻ることもしなかった。

羅飛は父親に電話をかけ、端的に告げた。「今日はそっちで晩飯食べたいんだけど」

「わかった」父親はそう言い、確認した。「夜はまた仕事か？」

「いや、家にいる」

羅飛の父親は中学校教師で、母親は医者だったが、二人とも定年退職している。高齢者二人が住む2DKは古いが、旧市街地にあって暮らしやすいため、引っ越そうとはしない。普段仕事が忙しい羅飛に家族と過ごす時間はほとんどないが、電話を一本入れれば両親はいつでも彼を迎え入れてくれる。

羅飛が両親のいる家に着くと、母親がもうおかずを何品も用意して待っており、父親が酒瓶を持ち出して彼に尋ねた。「飲むか？」

「少し」アルコールが自分をさらにリラックスさせてくれるかもしれないと羅飛は思った。それで父子は酒を軽く酌み交わした。酒も食事も十分に堪能すると、老いた両親は羅飛の元気がない様子を見て取り、早めに寝るよう促した。

羅飛は大学に進学する前まで住んでいた小さな部屋に向かった。いまは書斎に改装されているが、羅飛のベッドは残されたままだった。所帯を持っていない男はいくつになっても両親にとって子どもなのであり、家に居場所を残されるのだ。

部屋に入り、これ以上ないほど慣れ親しんだ小さなベッドに横になると、羅飛の気持ちはいくらか落ち着いた。だがそれでも寝付けなかった。意識を緩めないよう必死に制御しているからだ。睡魔に襲われ意識が朦朧《もうろう》とするたびに、ある危機感が自身の魂をいきなりつかみ、その瞬間覚醒して目が冴えてしまう。

羅飛は悩んだ末に睡眠薬――ロラゼパムを取り出した。説明書には、一錠一mg、睡眠前に二～四mg服用することと書かれている。即効性を期待し、最大用量である四錠を飲んだ。

　薬の効果はてきめんで、すぐに眠気が訪れた。羅飛の潜在意識の中では「眠るな、危険だ」という声が絶えずこだましているが、精神力はついに薬物の力に屈した。徐々に、彼の思考は空を漂うたこのように飛んでいき、たこを繋《つな》ぎ止《と》める細い糸すら限界まで引っ張られた。そしてダメ押しの睡魔が来たとき、ふっと息を吹きかけたように糸も切れた。そのたこはコントロールを失い、またたく間に無限の空へ飲み込まれた。

　目が覚めるととっくに空が明るくなっており、羅飛が腕時計を見るともうすぐ午前十一時になるところだった。部屋を出ると、リビングでテレビを見ている父親が顔を上げて声をかけた。「こんなに遅くまで寝ていいのか？」

　羅飛は笑い、「今日は休みなんだ」とだけ言った。両親にここ二日間ろくに眠れていないことを知られたくなかったし、睡眠薬を服用したことなどなおさら言いたくなかった。どちらも高齢な両親を不安にさせるだけだ。

　朝食を食べず、昼食に取り掛かった。自分の精神状態がだいぶましになったとわかると、食事の最中に携帯電話を見てみたが、何のメッセージも着信履歴もなかった。

　二十四時間、誰にも羅飛の邪魔をさせないと魯局長は言っていた。彼は言ったことを絶対に守る。

　だが羅飛は逆に居心地の悪さを覚えた。昼食を済ませて家族と雑談しているときも彼は何度も携帯電話を確認した。携帯電話は何も音を発していないから、無意識の行動だ。

何かを察した父親が羅飛に尋ねる。「心配なら早めに隊に戻ったらどうだ?」

「今日は休みなんでしょ?」母親が羅飛を見たあと、余計なことを言うなと責めるように父親を見た。

父親の言葉で羅飛の決意はますます固まった。彼は立ち上がると申し訳なさそうに別れを告げた。「父さん、母さん、もう行くよ」

手を振った父親からは「行ってこい」と言われ、母親からは「夕飯にまた帰ってくるの?」と聞かれた。

羅飛はきっぱり、「無理だ」と答えた。

夜になったらもう二十四時間をオーバーしているので、彼は特別捜査チームリーダーの責任を再び背負わなければいけないからだ。

羅飛が車で公安局の入り口前に戻ってきたのは午後一時頃だった。昼休み中だというのに入り口には人だかりができ、道までふさがれている。妙に思った羅飛が車から降りて話を聞きに行こうとしたとき、立ち番をしていた王紹海《ワンシャオハイ》が必死な様子で手を振りながら車に駆け寄ってきた。

何かを察知した羅飛は車を降りず、車窓を開けて尋ねた。「どうした?」

王紹海が声を潜めて答える。「羅飛さんに抗議に来てるんですよ。早く隠れたほうがいいです」

「俺に？」驚いた羅飛は人だかりが特に密なところに目を凝らした。すると中央にいる人物が白地ののぼりを縫いつけた竹竿《たけざお》を掲げ、そこに真っ赤な文字で大きく「人命軽視の刑事隊、遺族へ説明果たせ」と書かれていた。その周囲で声をあげてはやし立てている人間の中には、錦繡《ジンシイウ》レストランの料理人や店員が交ざっていた。

きっと林瑞麟の遺族だと羅飛は気づいた。無理もない。林瑞麟が刑事隊でわけのわからないかたちで死んだのだから、誰だって説明を求める。そして林瑞麟をレストランから連れていったのは他でもない羅飛なのだから、その矛先を彼に向けるのは当然の帰結だ。

こんな場面ではひとまず身を隠すほかない。激昂している遺族に何を言っても無駄だからだ。羅飛は王紹海に礼を言い、車をバックさせて静かに離れた。近場を走らせ、車を路上に停めると歩いて裏口から公安局の敷地内に入った。建物内に入ると、魯局長に電話で報告した。

「帰ってきたのか？　まだ四時間あるぞ」魯局長は一拍置いて尋ねた。「準備はできたか？」

「問題ありません」羅飛は確固とした口ぶりで自分の闘う意志を表明した。

「では劉と一緒に私の部屋まで来るんだ」

羅飛と劉は局長室に入った。三人顔を合わせると、劉がこの一日の事件の進展を羅飛に伝えた。一番重要な情報はもちろん、朱思俊の消息だ。

「朱思俊の行方はわからないままです。家にも帰っておらず、出勤もしていません。鑑識部門が彼の携帯電話をすでに特定しましたので、電源を入れれば誤差五十メートル以内で直ちに位置を追跡できます。しかしいまのところ、電源はオフのままです」

羅飛はうなずき、険しい表情を浮かべた。朱思俊が失踪してから二十時間以上経過している。これまでの経験を踏まえると、トラブルに巻き込まれている可能性が高いと推測できた。

最悪のケースは、朱思俊がもう殺されている場合だ。それなら警察は一刻も早く次の被害者を特定しなければならない。

「怒りのサイ」と蕭席楓のメールのやり取りに基づけば、犯人は朱思俊のほか、涂連生《トウーリエンション》のタイヤをパンクさせた人物もターゲットにしている。

そこで羅飛はそのことを尋ねた。「涂連生のタイヤをパンクさせた人物は見つかったか？」

劉は首を振った。「まだです。半年前にトラックを妨害した者の身元は現在六十七人まで確定しましたが、全員否認しているどころか、誰がやったかすら知らないと言っています。ただ、パンクさせたと自慢する書き込みを掲示板で見たと証言した者は何人もいます」

羅飛は身を乗り出した。「書き込んだ人物の身元は調べられるのか？」

「残念ながら、その書き込みはもうなくなっています」劉が説明する。「掲示板を何度も読み返しても見つからなかったため、おそらく削除されたのでしょう。サーバーにもバックアップがなく、書き込みをしたアカウントも抹消されているため、それ以上の捜査は不可能です」

羅飛は失望感を覚えながら尋ねた。「トラックの妨害現場にいた人間で、まだ身元が特定できていない人物はあとどれぐらいいる？」

「それも何とも言えません」劉がお手上げという仕草をする。「スレッドを見て現場に来ただけで、他の参加者と面識がない人物もいますので、彼らの身元を調べるのは困難です」

羅飛にもその難しさはわかっているので、これまでの積み重ねをさらに補強するしかない。「その六十七人ともう一度事実確認をして、事の重大さをしっかり説明するんだ」タイヤをパンクさせた人物がその六十七人の中にいるのに、責任を逃れたいがためにわざと黙っていることを羅飛は心配していた。

「命の危険があることはすでに説明しています」劉は羅飛にそう言いながら、携帯電話を取り出して捜査チームに電話をかけ、もう一度詳しく調べるよう念を押した。

そのとき羅飛は窓辺に近づいていた。窓から入り口前に集まる黒山の人だかりが見える。

羅飛はしばらくその様子をじっと見つめ、劉に尋ねた。「入り口前の集団はなんて言ってきたんだ?」

「百万元の賠償金を要求しています」

「他には?」羅飛は外の様子から、この件が賠償金という単純なもので片付けられるはずがないと感じた。

「他に……」劉はためらいがちに言った。「当事者を逮捕して捜査しろと」

「当事者?」羅飛は力なく苦笑した。「俺のことか?」

劉は口元を歪めて言う。「彼らは林瑞麟が取り調べ中に自白を強要された末に耐えきれず舌を嚙んで自殺したと言っています」

それまで黙っていた魯局長がついに口を開き、羅飛を見つめて言った。「この件で気に病むことはない。私が専門家を手配して解決に当たる」

羅飛はうなずき、上司のサポートに感謝を表明し、こう尋ねた。「記者に嗅ぎつけられていませんか?」

「午前中に何人か来たが、もう適切な対応をしたので問題ないはずだ」魯局長は間を置き、改めて強調した。「事件を解決することだけを心がけるんだ。真犯人さえ捕まえれば、全てうまくいく」

話し合いが終わると、羅飛の肩に再び特別捜査チームリーダーの職責がのしかかった。

劉を連れて局長室を出た彼は次の戦いに臨む準備を始めた。

02

午後三時十九分、事件に大きな進展があった。

まず鑑識から、朱思俊《ジユースージユン》の携帯電話の電波を検知したという情報がもたらされた。羅飛《ルオフエイ》は直ちに朱思俊の携帯電話にかけた。電話がつながるまで、羅飛は気が気でなかった。誰も電話に出ない、または朱思俊以外の人間が電話に出た場合、彼が殺されている可能性は跳ね上がる。

だが結果は羅飛にとって朗報だった。電話の向こうから、何者でもない朱思俊本人の声が聞こえたからだ。「もしもし？」

羅飛は名乗った。「刑事隊の羅飛だ」

「わかっています」朱思俊の口調は落ち着いていたが、いまさっき激しい運動を終わらせたばかりのように少し息切れしていた。

羅飛はもどかしい気持ちで尋ねた。「どこにいる？　無事か？」

「家にいます」朱思俊は答えた。「大丈夫です」

「家？」意表を突かれた羅飛は、どうして家を調べていないのだと詰問するように劉《リイウ》を見た。

劉も頭をかきながら呆然としている。

羅飛はひとまずその問題を棚上げし、厳しい口調で朱思俊を戒めた。「どうして刑事隊に来なかったんだ？　犯人の次の狙いはお前だ。自分の身が危険にさらされているとわからないのか？」

「わかっています」朱思俊はそれでも淡々として落ち着いた口調だった。そして次に彼が発した言葉に、羅飛は自分の耳を疑った。

朱思俊は言った。「あいつはもう捕まえました」

「なんだって？」羅飛は続けて質問した。「誰を捕まえたんだ？」

朱思俊の答えは非常にはっきりしていた。「犯人ですよ、あの配達員に化けていた奴です」

羅飛は飛び上がるほど驚き、詳しい話は後回しにして慌てて尋ねた。「犯人はどこにいる？」

「私のすぐ横です。階段の手すりに手錠でつないでますから、絶対に逃げられません」朱思俊は息を切らせながら、羅飛に催促した。「いますぐ来てください」

「すぐに向かう」羅飛は言うや否や部屋を出たとき、何かを思い出したように電話の向こうへ指示を出した。「その人物に近づきすぎるな。会話をしても、目を合わせてもいけない」

「安心してください」朱思俊は自信満々に答えた。「私は引っかかりません」

羅飛が電話を切ると、後ろにいた劉が落ち着かない様子で尋ねた。「どうしたんです?」

「朱思俊があの犯人を捕まえたと言っている」

劉は信じられないという表情を浮かべた。「まさか?」

「話はあとだ、急いで現場に向かうぞ」

建物の外へ向かう羅飛は朱思俊宅付近を管轄する派出所に電話し、直ちに増援を寄越すよう伝えた。

公安局前は相変わらず林瑞麟《リンルイリン》の遺族で混み合っていたため、羅飛と劉は他の扉から抜け出して路肩に停めた車に乗った。

劉が運転する車が大通りに入ったとき、派出所から連絡があった。増援を率いる所長の呂夢晗《ルーモンハン》が羅飛に電話で報告した。「現場に到着しました」

「状況は?」

「朱思俊は無事です」呂所長が答える。「彼は男を拘束していました。身体的特徴から、防犯カメラに写った犯人と酷似しています」

「よし」羅飛は高ぶる感情を抑えつけた。「もうすぐ着くから、先に現場を保存しておくように」

電話を切ると、羅飛は劉を問いつめた。「朱思俊が家にいたことにどうして気づかなかったんだ？」

「我々も家に行きましたが」劉はハンドルを握りながら答える。「そのときは奴の両親がいて、二人も息子がどこにいるのかわからず、連絡があればすぐに知らせると言っていたので、自分にも何が何だかわかりません」

「朱思俊と両親が口裏を合わせていて、警察の目をそらしていたのかもしれないな？」羅飛は推測した。もしそうなら、劉を責めるわけにはいかない。彼らには家宅捜索を行う権限がないのだ。

「どれほど危険かしっかり説明したんですが」劉がさらに釈明する。「自分の息子が非常に危険な状態にあるとわかっていたんだから、警察に保護を求めるべきなのに」

「もういい」羅飛はその話題は打ち切りだと身振りで示した。「運転に集中しろ。話は現場に着いてからだ」

自分の家がない朱思俊はこれまでずっと友誼新村《ヨウイーシンツン》にある六号棟の三〇二号室に両親と一緒に住んでいた。現場はその三〇二号室前の廊下だ。

上下に続く階段はどちらも派出所の警察官によって封鎖され、野次馬たちが規制線の外で首を伸ばしている。羅飛らが規制線の中に足を踏み入れると、自宅前に立つ朱思俊からそう離れていない場所に男が横たわっていた。その男は肥満体型で、台形のような顔に開けづらそうなぐらい細い目をはめていた。黒く大きな登山用バックパックを背負い、床には赤い野球帽が落ちている。乱れた衣服とほこりで真っ黒になった左頬から、激しい戦いがあった予想できる。右手が手錠で階段の鉄製の手すりにつながれているため、肥えた体がよじれ、ひどく狼狽《ろうばい》した表情を浮かべている。

身体的特徴ばかりか、バックパックや野球帽といった出で立ちまで、この男は防犯カメラに写った容疑者と瓜二つだ。羅飛は湧き上がる興奮をこらえ、警察がさんざん行方を追った人物の顔を間近で見ようと身をかがめた。

太った男が顔を上げて羅飛と目を合わせた瞬間、閉じかけたまぶたの奥から全く尻込みしない眼光が鋭く光った。

少し間を置き、羅飛は呂所長のほうを振り向いた。「ボディカメラは持っていますか？」

呂所長は「ええ」と言い、手招きすると一人の警察官がカメラを持ってきて、証拠映像を撮る準備を始めた。

羅飛は改めてその男のほうを向き、威厳を込めた大声で問いただした。「名前は？」

「李凌風《リーリンフォン》」男の甲高い声は不愉快極まりなかった。

「何しにここに来た？」

「荷物を届けに来た」

「誰に？」

男は首を上げ、朱思俊をあごで指した。「あいつに」

「荷物はどこだ?」

男は答えた。「バックパックの中」

羅飛が目配せすると、劉がしゃがみこんで男のバックパックを調べようとした。チャックを開けても中は空っぽで、一番底をまさぐったとき、十五センチ四方の鉄の箱が手に触れた。

劉が鉄の箱を床に置いた。羅飛は男に「これか?」と尋ねた。

男はうなずいた。

羅飛は彼に命じた。「レンズを見ながら、指を向けるんだ」

男は羅飛に言われたとおりやった。とても協力的で、命令を拒む意思がほぼない。

劉は羅飛に尋ねた。「箱を開けましょうか?」

羅飛は当初、開けて中身を見ようと考えていたが、いまになって考えを改めた。「隊に戻ってからだ」劉に言うと同時に、近くにいる朱思俊に目を向けた。

劉には羅飛の考えがわかった。その箱には十中八九、朱思俊に死をもたらすアイテムが入っているはずだ。男を捕まえたとはいえ、具体的な状況は不明のままだ。朱思俊の前で箱を開けるのはリスクがあると言えた。

羅飛は立ち上がると、命令した。「彼を連れていけ」そして朱思俊に向かって言った。

「君も刑事隊に来て、捜査に協力してほしい」

朱思俊はほほ笑みながら答えた。「構いません」そして手すりにつながった手錠を外した。劉と羅飛が男をつかみ、彼の両腕を背中に回して手錠をかけた。羅飛は男のＴシャツをめくると裾で彼の顔を隠した。

羅飛らが乗ってきた車は護送用ではないので、地元の派出所のパトカーに男を乗せた。羅飛は自ら護送役を買って出てそのパトカーに乗り、劉は別の車に朱思俊を乗せて同行した。

羅飛は車中で蕭席楓《シャオシーフォン》に電話をかけ、現在の状況を伝えた。絶句する蕭席楓に羅飛が協力を要請すると、彼は少しも迷うことなく了承した。

刑事隊に戻ると、羅飛はその男を取調室に入れた。すぐに取り調べることはせず、先に応接室にいる朱思俊に一連の状況を確認した。

朱思俊は言った。「昨日、犯人の次の標的は自分だと聞かされたときは心底震えましたが、刑事隊で亀みたいに隠れるのは自分らしくないと思ったので、自分なりに策を練ったんです」

羅飛には彼が何を考えたかだいたい予想がついた。「自分をおとりにして、犯人が姿を現したら、隙を見て捕まえるつもりだったのか？」

朱思俊は得意げにうなずいた。「そうです。その策を実施するには、まずあなたがたを撒《ま》かなきゃいけませんでした。刑事隊に警護されていれば、犯人もうかつな行動に出ないでしょうから。それでタバコを買うと言ってこっそり逃げ出したんです。実際はどこに向かうわけでもなく、真っ直ぐ家に帰りました。荷物を届けるってのが犯人の犯行手口なんでしょう？　じゃあ家で待ち構えてやろうと。帰ってきたら両親を説得して、携帯電話の電源も切りました。刑事隊が探しに来たとき、部屋に隠れていたんですよ。それで丸一日じっとしてたら、そいつがとうとう現れました。ドアスコープ越しに見ると、百パーセント、防犯カメラ映像の写真の犯人でした。奴がどれだけすごいと言っても、私だってつけ入る隙を与えるつもりはありません。不意打ちのようにドアを開けて一気に飛び出して組み付き、奴に何もさせないままほとんど一瞬で組み伏せました。そして奴に手錠をかけて手すりにつないでから、携帯電話の電源を入れたんです。そのすぐあとに羅飛さんから電話がかかってきました。これがことの顛末《てんまつ》です」

「どうしてそんな危険な真似をしたんだ？」羅飛は朱思俊を問いただした。「犯人を捕まえるのは刑事隊の仕事だ。君は単なる交通警察官だろう」

朱思俊はしばらくの沈黙の後、口を開いた。「それが自分が逆転できる唯一のチャンスだったたからです」

「逆転だと？」羅飛にはその言葉の意味が理解できなかった。

「事件が大きくなれば、交通警察隊にも隠し通せなくなります。半年前の出動が汚点となり、一連の殺人事件の責任を押しつけられることになるかもしれません。そうなったら私の将来はもう真っ暗です。だから賭けに出るしかなかった。犯人を捕まえた私に、これ以上何か言える人物はいないでしょう?」

　そういうことか。朱思俊が自分の出世を優先していたことを羅飛はとっくに知っていたので、彼がこんな手段に出るのも意外ではなかった。

　話を聞く限り矛盾はないが、林瑞麟の件で教訓がある羅飛はさらに慎重を期し、朱思俊に言った。「いまの話を疑っているわけじゃないが、犯人と接触した以上、精神世界で悪さをされないよう、特別な方法を使って検査をしなければいけない」

「精神も自分自身も何ともありませんよ」朱思俊はお構いなくと言いたげに両手を掲げた。「ただそれでも検査が必要だとおっしゃるのなら、協力しましょう」

　羅飛の言う検査とは、朱思俊に催眠をかけて彼の精神世界に「爆弾」が隠されていないか調べることだ。蕭席楓に協力を申し出たのはまさにこのためだ。だが、昨日林瑞麟が催眠中に亡くなったこともあり、蕭席楓は羅飛の考えに大きな懸念を覚えた。

「今回は危険なことは何もしない。彼の潜在意識がいじられているのがわかった瞬間、催眠を中止する」羅飛は自分の考えを説明した。「彼がしゃべった記憶が真実かどうか知りたいだけだ」

　それなら何の危険もない。そこで蕭席楓は朱思俊に催眠をかけた。催眠状態の朱思俊がもう一度詳しく述べたこの一日の出来事は、羅飛が先ほど聞いた話と基本的に一致した。そして蕭席楓は判断を下した。「彼の精神世界は全て正常だ。何の不安要素も存在しない」

羅飛は一言、「わかった」と言った。これで朱思俊の安否に気を揉むこともなく、あの被疑者の尋問に全精力を注げる。

羅飛が取調室に入る前、劉から心が奮い立つような情報がもたらされた。「指紋照合の結果が出ました。趙麗麗《ジヤオリーリー》、姚舒瀚《ヤオシユーハン》、李小剛《リーシヤオガン》の殺害現場から採取した指紋と、朱思俊が捕まえた被疑者の指紋は完全に一致します」

紛れもない有力な証拠だ。被疑者が口を割らなくても、罪状を確定するうえで警察の大きな後押しとなる。もう一つの重要な証拠——現場で回収したあの鉄製の箱——も警察の手の中だ。犯人のこれまでの犯行手口によれば、箱の中には朱思俊を死に至らしめる「アイテム」が入っているに違いない。羅飛はその中身を確かめるべく、劉に命じた。「あの箱を開けてみろ」

劉は証拠品袋から箱を取り出し、手袋をした両手で慎重に蓋を開けた。

羅飛はその様子を息を殺して見守った。朱思俊がこの場にいなくても、危険な「凶器」が白日の下にさらされるとなれば、極度に張りつめた雰囲気になる。

蓋を半分開けた途端、臭気が漂ってきた。中身が完全に姿を見せた瞬間、重苦しい空気が一転してぎこちなくなった。

箱の中に入っていたのは、真新しい犬の糞《ふん》だった。

「なんだこれ？」劉は羅飛を見つめながら呆然としている。

羅飛も頭をかき、そばにいる蕭席楓に意見を聞いた。「蕭主任はどう思われます？　こんなもので朱思俊に催眠をかけられると思いますか？」

蕭席楓は困り果てた顔で問い返した。「何かの冗談でしょう？　犬の糞で人を殺せますか？」

「目くらましでしょうか？」劉は推測した。「こんな悪ふざけで警察の注意を引きつけておいて、本当の『凶器』を隠したのでは？」

その可能性はあり得る。だがこの鉄の箱のほか、何も見当たらないのだ。羅飛はその糞を前にしばらく考えを巡らしたが、結局狙いが読み取れず、匙《さじ》を投げるしかなかった。

「とりあえず証拠品として残しておこう」

劉はそれを聞くとすぐに蓋を閉めた。臭いにいい加減耐えきれなかったのだ。

「これから被疑者を取り調べるための準備をします」羅飛は蕭席楓に言った。「隣のモニター室で中の様子を見られます」

「わかりました。私も彼に会いたくて仕方なかった。『怒りのサイ』と現実世界でようやく会えるとは……」蕭席楓は複雑な気持ちだった。犯人が連続殺人事件を犯した原因が、多少なりとも自分が知らず識らずのうちに彼の背中を押してしまったことにあると考えているからだ。

羅飛はまた劉に指示した。「録画機材を用意してくれ。今回の取り調べは全て映像に残す」

劉がカメラを取りに行っている間、羅飛は蕭席楓を取調室の隣のモニター室に案内した。壁にはめこまれた巨大なマジックミラーから、取調室内の様子がはっきり見てとれる。手錠をかけられた肥満体型の男が、目を閉じたまま椅子に座っている。顔からは何の表情もうかがえない。

劉が隣で録画機材をセットすると、羅飛はしばし蕭席楓と別れ、取調室に入り、被疑者と真っ向から闘う準備をした。

03

取り調べは羅飛《ルオフエイ》が担当し、劉《リイウ》が記録係を務めた。

通例では、最初の取り調べで被疑者の基本情報を記録しなければいけない。この段は供述調書の項目どおりに進められる。

「名前は？」

「李凌風《リーリンフオン》」

「具体的にどのように書きますか？」

「木に子で李、凌《りょう》駕《が》の凌、風景の風」

「年齢は？」

「三十二歳」

「民族は？」

「漢民族」

「学歴は？」

「大学まで」李凌風はそう言いふっと笑い飛ばし、「中退ですけど」と付け加えた。

「本籍は？」

「江西《ジャンシー》省九江《ジイウジャン》市」

「現在の住所は？」

「龍州《ロンジョウ》に来てからは楊集《ヤンジー》鎮の藍山花園《ランシャンホアユエン》五号棟三〇三号室に暮らしています。賃貸です」

基本情報を記録してからが取り調べの本番だ。羅飛は彼の個人情報を詳しく知ろうとした。

「家庭環境を教えてください」

「両親は農家で、いまも村にある生家に暮らしています。兄と姉がいて、兄は県城の中学校教諭、姉は実家で農業をしています。自分は独身です」

「職業は?」

「フリーターです」

「フリーター?」

「説明しづらいんですが」李凌風の目がわずかに開いた。「やりたいことがあったり、興味があることがあったりしたらそれをやるというか」

「これまで公安機関から処罰を受けたことは?」

「ありません」

羅飛はふむとつぶやき、本題に入るために言葉を切った。

「今日どうして刑事隊に連れてこられたかわかりますか?」

李凌風は少しも躊躇せずに答えた。「人を殺したからです」

あっさりした態度に不意を突かれ、羅飛は劉と目を合わせてからまた尋ねた。「誰を殺したんです?」

李凌風は姿勢を正し、背筋を真っ直ぐに伸ばしてかしこまると、わざわざ顔をレンズに向け、非常に真剣な面持ちで口を開いた。「私は趙麗麗《ジャオリーリー》、姚舒瀚《ヤオシユーハン》、李小剛《リーシヤオガン》、林瑞麟《リンルイリン》の四人が死んだ事件の責任を負います」

表面だけ取り繕ったような言葉は警察の取り調べ記録にはまるで適さない。羅飛は険しい顔で問いただした。「あなたが彼らを殺したんですか?」

「はい」李凌風は小さな両目を羅飛に向けた。「私が彼らを殺しました」

被疑者が犯罪の事実を素直に認めたのなら、次は犯罪の動機、犯行手口について聞き、犯罪に関わる時間や場所、関係者や事物などについて一つ一つ裏付けを取り、確認しなければならない。

羅飛は尋ねた。「どうして趙麗麗たちを殺さなければいけなかったんですか？」

李凌風はレンズを見つめながら、ひるまず堂々と言った。「彼女らは罪を犯したからです。涂連生《トゥーリエンション》という人物を死に追いやりました」

「趙麗麗たちはどのようにして涂連生を死に追いやったんですか？」

「トラック運転手だった涂連生は、並外れた優しい心を持っている立派な善人でした。半年前、涂連生は徐州《シュージョウ》まで犬を売りに行く林瑞麟に運転手として雇われましたが、いわゆる篤志家をかき集めた李小剛にトラックが高速道路に入る前に邪魔をされました。そしていざこざの中、何者かにタイヤを二本パンクさせられ、趙麗麗と姚舒瀚から死んだ犬に土下座するよう強要されたんです。涂連生は屈辱に耐えられず、悩んだ末に自死を選びました」

「涂連生に会ったことはありますか？」

「ありません」

「ではその出来事をどうやって知ったんです？」

「ネット掲示板に投稿された涂連生に捧げる文章に書かれていたからです」

「その文章のタイトルを覚えていますか?」羅飛は尋ねた。

李凌風はちょっと考え込み、言った。「『我が友涂連生に捧ぐ』だったはずです」

羅飛が蕭席楓《シャオシーフォン》から読ませてもらった資料と一致する。羅飛は続けて尋ねた。「その話を読んでから、何をしました?」

「その文章を書いた人にメールを送りました」

「どんなメールを?」

「自分が感じた怒りを表明し、涂連生の死に責任がある人間に罰を与えると誓いました」

羅飛がさらにメールのやり取りの内容を尋ねたところ、蕭席楓が見せたメールの内容と同じだった。

羅飛は尋ねた。「メールで使っていたハンドルネームは?」

李凌風は答えた。「怒りのサイ」

「メールのやり取りをしていた相手は誰ですか?」

「具体的にはわかりません。涂連生の友人で、『ドクター蕭』というハンドルネームぐらいしか」

「五月九日の最後のメールで、『奴らを欲望に沈めて破滅させます!』と書いていますが、これはどういう意味ですか?」

「奴らを殺してやるという意味です」

「そのメールを送ったあとに何をしましたか？」

「その掲示板のアカウントを抹消しました」

「どうして？」

「『ドクター蕭』がいい人だったので、巻き込みたくなかったんです。それに警察に手がかりを残したくもなかったので」

この一連の問答でそれまでの蕭席楓の話が事実であることが証明された。蕭席楓が共犯者という線はほぼ排除して良さそうだ。

羅飛は話を核心となる殺人事件の状況に移すことにした。

「趙麗麗たちを殺した方法は？」

「催眠術を使って、奴らの心の欲望を大いに肥大化させてやったんです。さらに特殊なアイテムの力も借りて、自分で自分を殺させることができましたよ」李凌風は話していると き、得意に思っているのかレンズに向けて口角を吊り上げた。

「どうしてそんな変わった方法で殺人を犯したんですか？」

「それが私の特技だからです」李凌風は間を置いてこう言った。「それに私欲に走って涂連生を死に追いやったあの連中を自身の欲望で殺してこそ、制裁の意味があるというものです」

「具体的にどうしたんですか？」

李凌風に包み隠す様子はない。「では初めに趙麗麗から。彼女は最初に私の手にかかった人間です。彼女は美の追求に余念がなかったですが、さほど色白ではない肌が原因で心の病を患いました。そこで私は二酸化硫黄発生装置をつくってプレゼントしたんです。彼女に催眠をかけ、二酸化硫黄で肌が白くなると教えると、彼女は湯船に浸かりながら自身を漂白しようとした挙げ句、亜硫酸風呂で焼け死にました」

「趙麗麗とそれ以前に面識は？」

「ありません」

「じゃあどのようにして彼女の心の病を知ったんです？」

「彼女のパソコンをハッキングしたんです。彼女だけじゃなく、他の連中の使用履歴を全て調べ、ハードディスクの中はもちろん、日記ブログまで目を通しました。だから彼女らのことは何でも知っていたんです」

「怒りのサイ」は「ドクター蕭」とのメールで、自分はハッカーだとうそぶいていた。いまの時代、自分のパソコンを完全にコントロール下に置けなければ、個人の秘密などあってないようなものだ。

羅飛は質問を続けた。「では姚舒瀚はどのように殺害したんですか？」

「姚舒瀚は性欲が強くて、とりわけ中国のある女性芸能人にハマっていました。だからその芸能人をモデルにしたラブドールを特注し、彼に催眠をかけてそのラブドールを芸能人本人だと思わせたところ、彼はたまらずに人形とセックスを始めました。そのラブドールの膣内に刃物を仕込んでいたので、姚舒瀚はペニスがぐちゃぐちゃにスライスされて、出血多量で死にました」

「李小剛は？」

「守銭奴の李小剛には一風変わったアイテムを用意してやりました。作動させると、中に入れた二万元分の新札が飛び回るという代物です。李小剛に催眠をかけてその道具の中に入らせると、高速で飛び交う紙幣に全身をズタズタに切り裂かれ、奴も結局出血多量で死んじゃいました」

李小剛のことを話し終えた李凌風は、自分から林瑞麟のことを語り出した。「林瑞麟の欲望はとにかく食べることでした。だから彼を相手にするのは赤子の手をひねるようなもので、アイテムすら必要ありませんでした。彼に催眠をかけて、自分の舌こそが世界で一番味わいがたい美味だと信じ込ませれば、舌を噛んで自殺します」ここまで話した李凌風の小さな瞳が鋭く光り、ひけらかすように羅飛を見た。

その瞳の奥の言葉が羅飛にはわかる。林瑞麟の精神世界に仕掛けられた意識の「爆弾」を警察が起爆させ、彼を自殺させてしまったが、それらは全て李凌風が巧妙に仕組んだ罠だったのだ。

不甲斐《ふがい》ない対面だが、羅飛はするべき質問を気後れせず口にした。「林瑞麟の仕掛けだけ他の三人と変えたのはなぜです？　それまでの三人は全員催眠をかけた現場で殺害しているのに、林瑞麟だけ引き延ばしたのはどうして？」

「それは警察が三人の死を公開しなかったからですよ」李凌風は口元をかすかに歪め、気づけないほどの薄笑いを浮かべると詳しく説明し始した。「私が殺人を犯したのは単に社会へ恨みを晴らすためじゃなくて、人々の目を覚まさせるためなんです。でも趙麗麗と姚舒瀚、そして李小剛を殺しても、警察が事件の情報を一切漏らさず、世間で話題にすら上っていないことに気づきました。それじゃあ私の苦労が台無しじゃないですか？　だから林瑞麟に公安局で、警察に保護されている状況で死んでもらうことにしたんです。そうすれば警察も隠し通せないでしょう」

そういうことか。警察がいまのところされるがままの状況すら、こいつの計画の内だったわけだ。さらに推測を重ねれば、ネットで扇動して収拾不能な局面にまで追い込んだのも彼の仕業に違いない。

羅飛は怒りがこみ上げてきたが、すぐに冷静にならなければいけないと考えた。催眠師を前にして、自身の感情を誘導されることがあってはならない。考え方を変えれば、この男がいくらひけらかそうが、囚人に身をやつすことは決まっているのだ。警察が把握している証拠は十分すぎるほどだ。取り調べ中にミスが起きない限り、彼は法律の制裁を免れない。こんなときに怒りに身を任せてどうする？

羅飛は心を落ち着けると、四件の殺人事件の詳細について話を聞いた。犯行時刻、通った道、道具を購入したルートなど多岐にわたり、事件の期間が長く、重要な点も膨大で、取り調べを続けるうちに時刻は夜八時近くになったので羅飛は提案した。「とりあえずここまでにしよう。全員夕食をとってから再開だ」

劉が供述調書の確認を求めると、李凌風は早速異議を唱えた。「ここ間違ってますよ。大学に行ったのに、どうして最終学歴が高卒になってるんです？」

劉は聞き返した。「自分で中退と言っていなかったか？」

「一緒じゃないでしょう。大学に行ける能力があったけど、通いたくなくなっただけです。この書き方だと、大学に受からなかったみたいじゃないですか」

「わかったわかった、修正するから」劉はペンを手に取り、「高卒」から「大学」に書き直し、その後ろに（中退）と書き加えた。修正したあと、劉は鼻で笑った。「履歴書でもないのに、こんな見栄《みえ》張ってどうするんだ？」

李凌風は慇懃《いんぎん》な態度で言った。「これからニュースで報道されるとき、あらゆる点が私のイメージに関わってきますから」

劉は彼の相手をするつもりもなく、供述調書を机に放った。「他に問題がないかさっさと確認するんだ」

李凌風は真剣な面持ちで目を通した。その後の記録については何も意見を出さず、「以上の内容を確認し、誤りがないことを認めます。李凌風」と署名した。

羅飛は劉とともに取調室から退室すると、真っ先に隣のモニター室にいる蕭席楓に会い、彼から意見を聞いた。「どう思います？」

「非常に協力的に見えましたから、何か企んでいるわけではないでしょう」蕭席楓は言った。「それに自己顕示欲が強くて、自分のやったことを何から何までしゃべりたくてたまらないのでしょう」

羅飛はそれに同意した。「そうですね。わざわざカメラのほうを向いてしゃべっているときが何度もありました」

「人々の目を覚まさせるって言ってませんでしたか？　自分が伝道師にでもなったつもりなんですかね」劉は吐き捨てるように見解を述べた。「俺から言わせれば異常者ですよ」

羅飛は劉に命じた。「彼の背景を調べるよう手配しろ。俺は魯《ルー》局長に報告してから、食堂で合流する」

事件解決の重要な局面に入ったため、還暦近い魯局長も家に帰らずずっと局長室を固守していた。羅飛の報告を聞き終えると、疲労感をにじませていた魯局長は感情を高ぶらせ、羅飛に尋ねた。「つまり、いまある証拠と被疑者の供述は完全に一致するということだな？」

羅飛は力を込めてうなずいた。「あらゆる点が一致しています。李凌風があの四件の殺人事件の犯人であることは間違いありません」

「それはいい」魯局長は興奮気味に手をこすり合わせた。「明日午前中に記者会見を開いて、事件をメディアに公表するぞ」

羅飛は黙ったまま返事をしない。彼の躊躇を見抜いた魯局長は尋ねた。「どうした？まだそのときじゃないと言いたいのか？」

「いえ、そうではなくて、ただ……」羅飛は口ごもりながら答えた。「メディアに公表することが、被疑者の思惑のような気がしてなりません」

「誇示するのが好きならさせておけ、我々は大衆に説明しなきゃいけないんだ」魯局長は決断するように手を動かし、羅飛に苦笑した。「まだわからんのか？　世論はすっかり沸騰しているから、これ以上騒ぎが大きくなったら私も本当に耐えられんぞ」

魯局長のすっかり白くなったもみあげを見て、羅飛は忸怩《じくじ》たる思いに駆られた。自分の失態で魯局長さえ苦しい立場に追い込んでしまったと考えた。真犯人をやっと捕まえたのだから、一刻も早く真相を公表すれば、老いた上司を直ちに問題の渦中から引き上げられるのだ。

「わかりました」羅飛は記者会見をするという考えに賛同し、尋ねた。「刑事隊で準備をしておくことはありますか？」

「今晩の取り調べが終わり次第、映像を編集するんだ。明日の記者会見で流す」魯局長は頭の中で計算した。「こうしよう、記者会見は九時から始めるから、七時にここに編集済みの映像を見せに来い」

命令を受けた羅飛は退室した。食堂に到着した頃、劉と蕭席楓はほとんど食べ終わっていた。羅飛は慌ただしくご飯とおかずを盛りつけて食事しながら二人に忠告した。「このあと激しくやり合うからよく食べておいてくれ」

「え？」劉は反応に困った。「殺人事件は四件ともすっかりしゃべったじゃないですか。これ以上何をやり合うんです？」

羅飛は逆に聞き返した。「さっきの取り調べ、順調すぎたと思わなかったか？」

「確かに順調でしたが……」劉は考えながら言った。「それは蕭主任が言っていたように、奴は自己顕示欲が強いから何でもあけすけに話したんじゃないんですか？」

「そうかもしれないが」羅飛は劉と蕭席楓を見つめた。「だが万が一、奴が他に何か隠していると考えたら、あまり楽観視できないぞ」

劉はうなずき、尋ねた。「ではこのあとはどうしましょうか？」

羅飛はすでに考えていた計画を語った。「普段どおりに話を聞いて、彼からまだ実行していない殺人の計画を聞き出すんだ。それさえ明らかにすればほぼ勝ったも同然だ」

「確かに」劉は手を叩いて賛同した。「殺人リストにはまだ朱思俊《ジュースージュン》とタイヤをパンクさせた謎の人物の二人が残っていますからね。その二人を殺す計画も明らかにしないと、リスクを一掃したと言えません」

　それから羅飛は蕭席楓に向かって言った。「このあと制服に着替えて、我々と一緒に取調室に入ってください」

「私も同席するんですか？」蕭席楓は思わず聞き返した。

「質問などはしなくていいです。しかし最悪のケースを考えて、奥の手を残しておきたいんです」

「あの男が口をつぐむことを心配しているのですか？」

「ええ、前半が順調でも、後半もうまくいくとは限りません。李凌風が残りの殺人の手口をしゃべろうとしなかったら、蕭主任の出番です」

　蕭席楓には羅飛の考えがわかった。「彼に催眠をかけるつもりですね」

　羅飛はうなずき、考えを述べた。「最初は警察官助手に扮して聞いているだけで結構です。展開が思わしくなってきたら、『とりあえず水でも飲もう』と言いますので、これを合図にして李凌風の隙を見て催眠をかけてください。長時間の取り調べを受ければ、彼もきっと疲れるはずだから、隙をつけます」

「わかりました」蕭席楓は同意した。「うまくいくかはわかりませんが、やってみましょう」

ずっと聞いていた劉はたまらず口を挟んだ。「取り調べ中に催眠術を使うのは違法なんじゃないでしょうか?」

「もちろん違法だ」羅飛は言った。「だが必要なのは催眠で探った結果を知ることであって、それで証拠を手に入れるつもりはない。だから違法かどうかなど考えなくていい」

「ああ、では催眠中は記録も不要ですね?」

「不要だ。俺が合図を出したら、供述調書に署名させろ。その後のことは取り調べと無関係だからな」

劉は机を叩き、「わかりました」と答えた。

話をしている間に羅飛も自分の食事を平らげており、三人はそれから軽く身支度を整えた。制服に着替えた蕭席楓が羅飛と劉とともに取調室に入る。

羅飛は計画どおりに取り調べの第二部を始めた。

「いつどこで警察に捕まりましたか?」

「今日の午後、友誼新村《ヨウイーシンツン》でです」

「友誼新村には何しに行ったんです?」

「朱思俊に制裁しようと思っていました」

「その一部始終を具体的に話してください」

「林瑞麟が死んで、次の制裁の対象が朱思俊でした。昨晩から朱思俊の携帯電話に電話をかけても一向につながらなかったので、今日の午後に直接家に行ったんです。そしたら朱思俊が待ち構えていて、ドアをノックした瞬間、中から飛び出してきた彼に太刀打ちできずに押し倒されて、手すりに拘束されてしまいました。しばらくしてあなたがたがやってきたんです」

羅飛は一番気にかかる点を質問した。「どういう方法で朱思俊を制裁するつもりだったんですか？」

「やはり催眠ですよ。自分の欲望による罰を受けさせたかった」

「どういう手段で？　何を使ってどのように催眠をかけるつもりだったんですか？」

すると朱思俊はそれまで何でも答えていた態度を変え、冷たい目を向けた。「それを言う必要はないでしょう？」

羅飛は険しい顔をして聞き返した。「どうして言わないんです？」

李凌風は小さな目をしばたいた。「うまくいかなかったことは話しづらいものでしょう？自分は大口を叩く人間でもないので」

羅飛の心配はやはり当たった。彼はまず李凌風にプレッシャーをかけることにし、声のトーンを上げて忠告した。「ここは取り調べの場所であって、君のトークショーの舞台ではない。君の態度が今後の量刑に響くということを忘れないように」

「法律はわかっていますよ。素直に白状すれば寛大に、拒めば厳しく処分するっていうあれでしょう」李凌風は細い目をまばたきさせて、こうも言った。「でも法律が黙秘権を授けていることも知っていますよ」

被疑者に黙秘権があるのは確かだ。その沈黙を打ち破ろうとするのであれば、一番有効な武器はやはり証拠だ。

羅飛はあの鉄箱を取り出し、李凌風に尋ねた。「これは何ですか?」

「朱思俊にあげる予定だったプレゼントです」李凌風はにやりと笑って言った。「犬の糞入りの」

「これを彼にあげようとした理由は?」

「犬の糞を食わせたかったんですよ」李凌風はいたずらをした悪ガキのように顔をさらに歪めた。

羅飛は眉をひそめた。糞を食わせるという吐き気をもよおす行為ではあるものの、命に別状はないはずだ。李凌風が朱思俊に犬の糞を持ってきたのは、彼の言う「制裁」とは相手を辱めるためということか? だがそうではないという直感に突き動かされ、羅飛はさらに尋ねた。「そうしようとした目的は?」

李凌風は顔から笑みを消し、少し黙ると、答えとは言えない言葉を口にした。「彼が糞を食う姿はそりゃあ面白いでしょうね」

「真面目に答えるんだ」羅飛はきつい口調で再び質問した。「どうして彼に犬の糞を食べさせようとしたんだ?」

羅飛が真剣な面持ちで「糞を食わせる」ことについて追及したことがまた李凌風の笑いのツボを突いたようだ。彼は腹を抱え、涙を流しながら笑った。そして手錠をかけられた腕を動かし言った。「はいはい、今日はここまでにしましょう。笑いすぎて腰が抜けそうだ」

その態度に劉も我慢ならず、怒りに任せて机を叩きながら怒鳴った。「取り調べをいつ終わらせるかは、警察が決めることだ」

「どうぞ続けてください。でも今日はもう何を聞かれても答えませんよ」李凌風は椅子にもたれかかり、悠然と言った。「黙秘権を行使します」

これ以上李凌風から協力を得られないと羅飛は見抜いた。そういうことなら……羅飛は折れたふりをして、「ちょっと一休みだ、とりあえず水でも飲もう」と言った。

蕭席楓へのゴーサインだ。劉は真っ先に立ち上がると、李凌風に供述調書の確認を求めた。読み終わって署名した李凌風は、椅子の上で背筋を伸ばした。

「疲れましたか?」蕭席楓の優しい声がタイミング良く響いた。「少し休みませんか?」

李凌風が声のしたほうを見ると、何もかも見通す眼差しが自分に向けられていた。彼は瞬時に警戒心を高めて質問した。「おたくは?」

「王《ワン》といいます」蕭席楓はとっさにでまかせを言い、水の入ったコップを李凌風の前に持っていった。「どうぞ。水を飲めば少し楽になりますよ」

李凌風はコップを受け取らず、蕭席楓を見つめながら口元を少し緩めた。「催眠をかけるつもりですね？」

「なんですって？」蕭席楓は慌てることなく、逆にさらに近づいて李凌風の目をのぞいた。「疲れているんですよ。しっかり休むべきです」

「ええ、休まなきゃいけませんね」李凌風は蕭席楓の視線を避けなかった。彼の瞳孔が徐々に拡大し、視線の焦点はとっくに定まっていない。

「休みましょう……休みましょう……」包み込まれるようなささやき声を聞きながら、李凌風のまぶたは重くなっていき、たった七、八秒で彼の細い両目が完全に閉じ、呼吸も緩慢で一定になった。

蕭席楓の催眠が成功したと羅飛が喜ぼうとした矢先、蕭席楓の口から出たのは大きく肩を落としたような深いため息だった。

「どうしました？」羅飛は小声で尋ねた。

蕭席楓は肩をすくめて言った。「催眠をかけるのは無理です」

羅飛は不思議そうに李凌風を見た。「でももう……」

蕭席楓は投げやりに苦笑した。「寝ています」

「寝てる？」催眠の原理を研究した羅飛は、催眠と睡眠が違うことぐらいわかる。どちらも潜在意識の世界に入っているが、催眠時は対象者の潜在意識が催眠師によってコントロールされているのに対し、睡眠時は対象者の潜在意識は完全にコントロールを失い、誰であろうと干渉できない。言い換えれば、寝ている人間に催眠をかけることは不可能なのだ。

蕭席楓はさらに説明する。「彼は自身に催眠をかけ、瞬時に睡眠状態に陥ることで私の催眠を制したのです」

羅飛は理解した。李凌風は蕭席楓から脅威を感じて、迷うことなく自分を眠らせたのだ。こうすれば彼の潜在意識をコントロールできる者はいない。

「じゃあどうします？」羅飛は険しい顔をした。「起こしますか？」

「起こしたところで、もう防御態勢に入っているから無駄です。自己催眠は他者が催眠をかけるよりよほど簡単ですから、私が出し抜くことは不可能です」蕭席楓は為《な》す術《すべ》なしという仕草をした。「催眠をかけるのなら、環境を変えて彼が全く警戒していないときにするしかありません」

羅飛はすぐには打つ手が思い浮かばず、しばらく考え込んだ。だが結局、残念そうに首を横に振るだけだった。「今日はここまでにしよう。この件は……じっくり検討する必要がある」

9　遠隔操作の誘拐劇

01

夜の取り調べを終え、羅飛《ルオフエイ》は劉《リイウ》たちを先に休ませたが、朱思俊《ジユースージユン》についてまだ安心しておらず、彼に局内の宿舎に泊まるよう薦めた。魯《ルー》局長から明朝の記者会見に参加するよう言われていた朱思俊は逆らうことなく羅飛の配慮を受け入れた。

その前に昼まで寝ていた羅飛は夜になっても眠気を覚えず、それならばと取り調べ時の映像を持って技術部門に編集を頼みに行った。翌日の記者会見では公開する映像にも細心の注意を払い、今回の殺人事件に対して世間が抱いている疑念を晴らすとともに、記者会見が犯罪自慢の舞台になってはならないとその重要性を強く理解していた。羅飛は魯局長に選んでもらうため、念には念を入れて編集映像をいくつか用意することにした。

映像全てを編集し終えたときには早朝六時近かった。羅飛は隊長室でお茶を入れ、味わいながら考えを整理した。

李凌風《リーリンフォン》が朱思俊に捕まったことで、警察はほぼ胸をなでおろすことができた。だが羅飛はこのあまりにもあっけなく、そして突然訪れた勝利に現実味を感じられないでいた。すでに警察に朱思俊への犯行を予告していた李凌風が不用心に彼の家を訪れたことは、墓穴を掘ることと何が違う？

羅飛の脳裏に、半年前に自分の身に降りかかった出来事がよぎった。出頭した白亜星《バイヤーシン》に取り調べ中に罠を仕掛けられ、停職に追い込まれたことだ。今回の李凌風の予期せぬ逮捕に羅飛は同様の臭いを嗅ぎ取っていた。特に一人で心を落ち着けて考えに耽っていると、その感覚がますます強くなった。

とは言うものの、羅飛には李凌風の奥の手が全くもって想像できない。半年前と違い、今回は李凌風が事件に関わった証拠を警察がしっかり握っているし、取り調べの過程は全て映像に残しているので、ここから盤面をひっくり返すのは絶対に不可能だ。

だとすれば李凌風が警察に身を明け渡した理由はなんだ？　彼の殺人計画はこれまで順調に進んでいたのだから、余計なことをする必要はなかったのだ。まさか勝利に目がくらみ、一瞬の油断が命取りになって大コケしてしまったのか？　彼の自己顕示欲が強い性格を見ると、ないとは言えない。

そうこう考えているうちに、魯局長との約束の時間になったので、羅飛は上階にいる上司に会いに向かった。編集済みの動画を全て見終わった魯局長は羅飛の考えに首肯した。

つまり重要なのは犯人の犯行を世間に公表することであって、事件の背景や犯人の動機などはぼかすということだ。これにより世論が抱く林瑞麟《リンルイリン》の不審な死への疑いを晴らせ、余計な騒ぎを引き起こすこともなくなる。

二人はその考えに基づいて映像を選び、それから共に食堂で食事した。しばらくすると劉と朱思俊もやってきた。二人とも昨晩よく眠れたのか、大いに張り切っている。

午前九時、大勢のメディアが見守る中、記者会見が始まった。

会見席の中央に座るのが魯局長、羅飛と朱思俊がその隣に、さらにその横に検死官の張雨《ジャンユイー》と劉がそれぞれ座っている。会見を仕切る魯局長は静かな口調で切り出した。「記者の皆様、おはようございます。近日、我が市で立て続けに四件の殺人事件が起き、特に二日前の午後に錦繍《ジンシイウ》レストランオーナーの林瑞麟さんが刑事隊の応接室で亡くなったことが市民の方々から大きく注目され、少なくない誤解と不安を与えました。インターネット上でも疑問視する声が相次ぎましたが、これらはいずれも当たり前の反応であり、我々の業務に対する皆様の監督の結果でもあります。昨日午後、この一連の殺人事件の被疑者を捕まえました。一回目の取り調べで、被疑者は犯行の事実を認め、証拠も確実です。このため、当局は今回記者会見を開き、皆様に事実を明らかにする次第です。これから、実際に本件の捜査を担当した刑事隊長の羅飛が事件の概要を説明します」

そこから羅飛が発言した。事件発生後の顚末を説明し、四人の被害者が死んだ原因や被疑者の犯行手口などを解説したが、強調したのは警察が林瑞麟を保護した理由だ。羅飛が指示する中、劉が防犯カメラの映像や証人の証言などを適宜流した。

羅飛の説明のあと、張雨が検死官の視点から数人の被害者の死亡原因について説明した。そして編集済みの取り調べ映像が再生された。映像の中では李凌風が自身の犯行の手口と内容を詳しく語っており、彼の供述が警察の挙げた証拠と完全に一致するため、出席者の疑問は徐々に解消されていった。

映像が終了すると質疑応答に入った。事件の内容に対する質問は当然羅飛が答え、すでにあらゆる質問を想定済みの彼は一つ一つに対応した。事件の原因について質問が出ることがあったが、まだ結審されていないという理由で明言を避けた。

その質疑応答で事件の様相もはっきりしていき、もう質問の手が挙がらなくなったときを見計らい、魯局長は締めくくりに入った。彼は隣に座る朱思俊を記者に大々的に紹介した。「彼こそ自身をおとりにして、単身で犯人を逮捕した英雄です。質問があれば、会見後に自由にインタビューしてください」

記者たちがまた盛り上がった。取材用のカメラに取り囲まれた朱思俊は、あたかもこの場で最も華やかなスターとなった。

この光景に危惧した羅飛は魯局長に体を近づけるとささやいた。「良いのでしょうか？」「ニュースのネタを提供すれば、殺人事件をしつこく嗅ぎ回られなくなるし、我々公安の良いイメージも報道できる」魯局長はそう言うと、慰めるような口調になった。「羅飛、お前が何日も苦労したのは知っている。だが事件の解決は時に運に左右されるものだ。お前も刑事になって長いんだから、嫉妬することはないだろう?」

羅飛は反応に遅れ、魯局長が意味を取り違えていると気づいた。彼は言い訳する気も起きず、力なく肩をすくめてそれ以上何も言わなかった。

そのとき捜査チームの康浩《カンハオ》が李凌風の経歴を持ってきたので、羅飛は刑事隊の会議室で報告を聞いた。

「彼が供述した経歴に嘘はありませんでした」康浩は開口一番、最も重要な断定を下してから詳細な説明を始めた。「李凌風、三十二歳、江西省《ジャンシー》出身。十九歳のときに実家を出て北京《ベイジン》の大学に進学し、三年通ったあとに自主退学しています。それからはずっと職を転々としていて、家族ともほとんど連絡を取り合っていません。いまわかっている事実から判断すると、彼は性格に少し難があり、身近に友人と言える人物はいません。教師からの評価はだいたい一致していて、頭が良すぎるので着実な方法を取らずいつも本筋から外れた近道にこだわって、偉くなることを妄想していたようです。両親からも疎まれていて、ほとんど気にかけられてもらえず、無茶《むちゃ》なことをしても放っておかれていました」

話を聞き終えると羅飛は質問した。「退学した理由は?」

「彼自身は、大学では学ぶことはないと思ったのでさっさと中退して夢を追いかけたと言っていますが、担任講師の話だと、単位をいくつも落として卒業が絶望的と悟ったから自主退学したとのことです」

「ふむ……じゃあ龍州《ロンジョウ》に来てどれぐらいなんだ？」

「一カ月半前に藍山花園《ラオシャンホアユエン》に部屋を借りています。しかしいつ龍州に来たのかはいまのところ不明です。ここ数年あてどなく暮らしていたせいで、彼の足取りを正確に把握している者がいません」

一カ月半前？　蕭席楓《シャオシーフォン》がネットに文章を投稿した時期と一致する。そう考えると、李凌風はその文章を読んでわざわざ龍州に駆けつけたのか？　羅飛は少し考え込み、続けて尋ねた。「藍山花園の近所の住民から話は聞いたか？」

「聞きましたが、何も得られませんでした。藍山花園は昨年落成したばかりのマンションで、不便な立地のせいで入居率はかなり低いです。李凌風と同じ建物には、彼の他に三世帯しか住んでいなくて、同じ階には誰も住んでいません。李凌風の写真を見せても、見たことがないとしか言われませんでした。ただ住宅区の警備員は彼のことを覚えていて、ときどきマンションから出かけていくのを見かけたと話しています」そう言うと康浩は自ら切り出した。「李凌風宅はすでに封鎖しています。誰かに中を調べさせますか？」

このような重要な現場なら自分で捜査したいと思った羅飛は首を振った。「いまのところは不要だ。こっちの手が空くまで何もするな」

02

報告を終えた康浩《カンハオ》はさらなる調査のために刑事隊を出ていった。羅飛《ルオフェイ》と劉《リイウ》は食堂で昼食を済ませると、隊長室に戻って休憩を取った。

羅飛はまた眠れぬ時間を過ごした。李凌風が逮捕されてもなお心の重荷を降ろせていない。午後にも仕事があるため睡眠薬を飲まず、仮眠用ベッドに身を沈めながらうつらうつらとだけした。

羅飛の頭に霧がかかった頃、不意に急を知らせる力強いノックの音が聞こえた。

羅飛は慌てて飛び起き、「誰だ?」と尋ねた。

「羅隊長、自分です」答えたのは劉だった。彼もオフィスの鍵を持っているが、前回羅飛を起こそうとしたときの経験のせいでむやみに邪魔をしようとせず、ドアの外から声をかけたのだ。

立ち上がってドアを開けた羅飛は「どうした?」と尋ねた。

「魯《ルー》局長が会議を招集しています。これから張《ジャン》書記も来るとおっしゃっています」

「張書記?」羅飛は返事に困り、聞き返した。「どこの張書記だ?」

劉はさらに口調を強めた。「龍州《ロンジョウ》市党委員会の張書記ですよ」

「市党委員会の張書記？　龍州で最高クラスの官僚だろう。なんで藪《やぶ》から棒《ぼう》に市公安局の会議に参加しに来るんだ？」嫌な予感を覚えた羅飛は足早に会議室に向かいながら劉に尋ねた。「何があった？」

劉が答える。「あの野郎は捕まる前にネットにスレッドを立てていたんです」

「李凌風《リーリンフォン》がか？」羅飛は眉をひそめた。「どんなスレッドだ？」

「『龍州催眠殺人事件の真相』というタイトルで、涂連生《トウーリエンション》のあの件の経緯をぶちまけただけじゃなく、自分が殺人を犯す目的と計画まで明らかにしています。いまやネットも世間も騒然として、誰もがこの件で盛り上がっています」

羅飛は確認した。「投稿されたのはいつだ？」

「三日前です。マイナーなサイトに投稿されていて、全然注目されていませんでした。ですが午前中の記者会見で『龍州催眠殺人』についての検索数が激増して、そのスレッドが見つかるやまたたく間にネットユーザーたちの注目の的になったんです。それから数時間でスレッドがいくつもの大手サイトに転載され、いまじゃ検索ワードランキングのトップになっています」

「あいつめ……」羅飛は憂鬱そうにつぶやいた。記者会見で事件の原因を口にしなかったのは、社会の余計な注目を引き起こさないためだった。まさか土壇場で制御不能になるとは。だが張書記が公安局に来る理由は？

羅飛の戸惑いを見て取った劉が話を続けた。「そのスレッドには事件と関係のある動画も添付されていて……」

羅飛は即座に尋ねた。「どういう内容のだ?」

「自分も見る暇がありませんでした」劉が言う。「先ほど陳《チエン》主任から会議を開くと伝えられただけで、大まかな状況しか聞いていません」

羅飛はそれ以上尋ねず、足をさらに早めた。二人が会議室に駆けつけると、魯局長を筆頭に特別捜査チームのメンバーがみなすでに着席し、室内には緊張感が漂っていた。

羅飛の姿を認めた魯局長は、弁公室主任の陳明月《ミンユエ》に指示を出した。「動画を再生するんだ」

プロジェクターを準備済みだった陳主任は簡単に説明した。「これは被疑者の李凌風が三日前にネット上にアップした動画です」彼女はそう言うと、パソコンの再生ボタンを押した。

画面に若い男が映った。歳の頃は二十歳前で、服を着こなしハンサムな顔立ちで、芸能人のようにも見える。

羅飛はその人物に見覚えがあると感じたが、誰かまではすぐに思い出せなかった。

映像を見ると、若い男はどこかのカフェのボックス席に座っているようで、彼の左手前の下から撮影されている。男はレンズに視線を向けることなく、自分の正面をずっと見つめている。

男の向かいに誰かが座っており、その人物が隠しカメラで彼を盗撮しているのだと羅飛は予想した。

「張《ジャン》さん、お会いできて光栄です」情熱的なあいさつが聞こえると、画面に写り込んだ腕がその若い男と握手した。いま聞こえたのが李凌風の声だと気づき、羅飛は意識を集中させた。

張と呼ばれた男は握手のときも座ったままで、余裕に満ちていた。彼は尋ねた。「そちらの名前は？」

「李です、李凌風と言います」

張と呼ばれた男はうなずき、また尋ねた。「何の取材です？」

取材と聞き、李凌風が記者を装ってその若い男を呼び出したのだと羅飛は考えた。

「張さんは若くて才能があり、テレビや新聞に何度も出たことがありますので、これまでの取材でお話しした内容は結構です。今日はプライベートなことをお話しください。些細なことからでもわかることもあります」

李凌風の言葉で、羅飛は突然その若い男の正体に気づいた。張懐堯《ホアイヤオ》といい、地元では少しは名の知れた人物だ。羅飛は先日『龍州日報』で彼の独占取材記事を読んだことがある。張懐堯は今年十九歳、幼い頃から博学多才で、成績が良いだけでなくピアノや書道などでも数々の入賞経験がある。十三歳の頃に龍州市の中学生を代表してアメリカに行き、その優秀な素質が海外のメディアにも絶賛された。特筆すべきは張懐堯の自立心の強さで、身一つで生きるのを恐れず、それ以上に誰にも頼らず自分の頭で考えるのが得意だった。要するに彼は新時代の青年の見本であり、知・徳・体をあまねく成長させた模範だった。

確か張懐堯はヨーロッパの有名大学に受かり、この夏休みが終わったら留学する予定のはずだ。どうして彼が李凌風の取材相手になったのか？

映像では張懐堯がとても慣れた仕草で肩をすくめ、尋ねているところだ。「些細なことからわかることって？」

「張さんのご趣味でもいいですよ。例を挙げてみてくださいよ」

「ペット？」

「ええ、ペットを飼っていますよね？」

「犬をね」

「なんて名前ですか？」

「ローラ」

「ローラ？　ということはメス犬ですか？」

「レディーですよ」張懐堯は李凌風のデリカシーのなさを不快に思ったのだろう、わざわざ正した。

李凌風は笑って言った。「きっと美しい『レディー』なんでしょうね。お会いしたいです」

「今は駄目です」張懐堯も笑った。「妊娠していて、気性が荒っぽくなって、知らない人に攻撃的なんですよ」

「そうですね。妊娠した『レディー』は手がつけられませんよ」李凌風は一拍置き、奇妙な口調で語った。「それじゃあじっくりお話しできますね」

張懐堯は李凌風に質問した。「李さんも犬に詳しいんですか?」

李凌風が言う。「愛犬家のQQチャットグループに入っています」

「そうなんですか」

「張さんもそのようなグループに入っていますよね」李凌風はへへと笑い、意味ありげに声を潜めた。「実は私も同じグループに入っていますよ」

「なんで知ってるんです?」張懐堯がやや視線を上げ、慎重な面持ちになった。「これまでネットで身元を明かしたことはないのに」

「明かさなくとも調べられます。パソコンスキルに長けているので」

「あんた、ハッカーか?」

李凌風は無言だった。おそらく画面の外でうなずいているのだろうと羅飛は思った。

「どうして僕を調べた?」張懐堯は警戒心を高めた。「尾行したんですか?」

「尾行はしていません」李凌風はヒントを出した。「一度チャットしてから身元を調べたんです。ははは、まさか有名人だとは思いませんでしたよ」

「チャット？　あんた――」張懐堯は怪訝そうな顔をしながら予想した。「『浅浅《チエンチエン》玉《ユイー》湾《ワン》』か？」

李凌ははは、と声をあげた。「そうです。ハンドルネームを覚えていてくれたとは」

不機嫌になった張懐堯は立ち上がり、あいさつもせずに立ち去ろうとした。

李凌風が声をかける。「怖いんですか？」その言葉の効き目は抜群だった。張懐堯は立ち止まると、敵意を込めた視線を李凌風に向けた。

李凌風の声がまた響く。「どうやら噂で聞くほど賢くはないんですね」

その言葉が若者のプライドをさらに刺激した。張懐堯は席に戻ると、李凌風をしばらくにらんでから冷ややかに質問した。「あんたこそ自分が賢いと思っているのか？」

李凌風は薄ら笑いを浮かべた。「違いますか？　ちょっと頭を使っただけで張さんをおびき寄せられたんですよ？」

張懐堯は眉を吊り上げ、「僕からすればくだらないな」と吐き捨てた。

「そう言うのなら、そのくだらない話を振り返りましょうか」李凌風の自己顕示欲がまた頭をもたげた。「半年前にＱＱグループでトラックを阻止して犬を助ける計画が組まれて、現場で何者かが犬を積んだトラックのタイヤを二つパンクさせました。誰の仕業か誰もわからなかった。なぜならパンクさせた人物はＱＱグループや掲示板で発言しないロム専だったからです。そこで二カ月前にわざわざアカウントをつくって掲示板にスレッドを立て、自分もそのときの計画に参加して、犬運搬業者を制裁するためにトラックのタイヤに穴を開けたんだと書き込みました。本物のパンク犯がそれを見たらきっと興味を持ち、いったいどんな人物が自分と同じことをやったんだと考えて、私のプロフィールをクリックするだろうと思いました。

多分若い男だろうと予想しました。こんな幼稚なことをやるのは若者ぐらいでしょうし、女性は力が弱いからトラックの大きなタイヤをすぐにパンクさせるのは難しいです。そこで私はアルバムに美女の自撮り写真を大量に仕込んで、ＱＱのアカウントナンバーを書き加えて獲物が針にかかるのを静かに待ちました。

思ったとおり、すぐにあなたから友達申請が来ました。実際は引っかかったのはあなただけではなく、確か全部で六人いましたよ。わざとあなたがたの相手をせず、逆にあなたがたから話しかけさせたところ、あなたはこう言いましたね。『僕も君と同じく、あのトラックのタイヤをパンクさせたんだ』と。ははは、そうやって見つけたんですよ。そしてあなたのパソコンに侵入して、身元を特定しました。なるほど自分のことを有名人だと自負し、身元を明かすのに慎重だったから、ずっとロム専だったわけだ。しかし美女を目にして平静さを失った結果、自分の行いを進んで白状してしまうなんてもったいないですか？」

「他人のタイヤをパンクさせてなお『間違ったことは何もしていない』と言うつもりですのに、怖がる必要がどこにある？　単にくだらない人間に騙されただけだ」

ね」

「それがどうした？」張懐堯は口の端を歪めて言った。「間違ったことは何もしていない

「あれは一種の制裁だ」張懐堯は落ち着き払った様子で答えた。「犬を運んで売りさばき、食べることなんか誰が許したんだ」

「犬を運んで売って食べることは間違いなんですか？」

「当然だ。犬は人間の良き友達だ。友達にそんなことできるわけないだろ？」

「人間の良き友達？」李凌風は大げさに笑った。

「何がおかしい？」

「おかしいですよ。人間の良き友達って……ははは、そんな偽善的な言葉を耳にするたびにおかしくてたまらなくなります」

「何が偽善だ？　犬はそもそも人間の友達だ」

「じゃあ人間はどうやって友達と敵を区別していますか？　人間にとって利用価値のあるのが友達で、価値のないのが敵《てき》ってことでしょう。人間側の利益に基づいているにすぎません。ミツバチ君は人間の良き友達で、一生懸命作った蜂蜜が人間に食べられてしまいま

す。カイコちゃんは人間の良き友達で、繭《まゆ》を作ったらお湯で茹《ゆ》でられちゃいます。ラット君は人間の良き友達で、最後は毒薬を食べさせられて実験室で無残に死んでしまうじゃないですか……ははは、人間の良き友達とは！　この世でこれ以上偽善的で滑稽なセリフがありますか？」

張懐堯は李凌風の言葉にひるむことなく反論する。「犬は主人に付き添う動物であって、主人に愛されれば主人のそばにいようとする。いま挙げた例とは全然違う」

「犬が主人に付き添いたいですって？　それもおかしな話だ。犬の祖先は狼で、自由気ままに野生をむき出しにしていましたよ。狼が人に飼い慣らされた結果、犬になったのは、自由と野生を奪われて奴隷根性が染みついてしまったからです。この世に生まれ落ちたとき、犬に選択権があれば、何者にも囚《とら》われず生きることと、人間の従属者となることのどちらを選ぶと思いますか？」

「何が言いたいのかわからない。人間にとって動物の価値は役に立つかどうかだろ？　狼を飼い慣らして犬にしたことの何が悪い？」

「じゃあ認めるんですね？　人間が動物に持つ感情は、単に人間側の利益に左右されているだけだと。言ってしまえば、それは身勝手な支配ですよ」

張懐堯はこれ以上言い争う気はなさそうに両手を掲げた。「そう理解したいなら、それで結構だ」

その言葉を待っていた李凌風は即座に笑みをこぼした。「じゃあ良かった。これで私も愛犬家の仲間入りです」

「愛犬家？」張懐堯は疑わしそうに言った。「犬を食べるのは間違っていないんじゃないのか？」

「そうですよ。愛犬家です。好きなのはかぐわしい香りを放つ犬肉ですがね。だから私も、犬とは人間の良き友達だと言えますよ」

張懐堯は李凌風をにらみつけ、「下品だ、吐き気がする」と言い捨てた。

「おかしいですね。あなたは犬を飼うのが好きで、私は犬を食べるのが好き。その二つの好きに何の違いがありますか？　どちらも人間の私欲を満たしているじゃないですか。そっちの好みが上品で美しく、こっちの好みが下品で吐き気がする理由はなんです？」

張懐堯は態度を変えず言い切った。「犬を飼うのと食べるのでは大違いだ」

「本質的には一緒ですよ」李凌風は言葉をいったん切り、悠然と語った。「すぐにわかります」

張懐堯は顔を歪め、李凌風の話に付き合うつもりはないようだった。

李凌風も張懐堯の侮蔑を見抜き、自分から話し始めた。「じゃあ話題を変えましょうか。犬を食べるのは悪いことだとして、犬を輸送していた運転手を罰する資格があなたにあるって言うんですか？」

張懐堯が言う。「過ちを犯せば罰せられて当然だ。そうすることで自分の過ちを正す機会が得られるんだ」

「資格があるかって聞いたんですよ」李凌風は強調した。「自分のほうが彼より優れていると思っているんでしょう？」

「そんなこと言うまでもない」張懐堯はその話題など歯牙にもかけないというように無関心に笑った。

「なんて考えているのかわかりますよ」李凌風が言う。「あなたは有名人で、天に愛された子だ。頭が良くて優しく、いつも募金しているし、今年はもう二回も献血している。それにこのこともいままで記者に話したことはなく、ネットの日記にこっそり書いていたのを偶然私に見つかっただけですからね」

張懐堯は無言だったが、口元に得意げな笑みを浮かべた。

李凌風が続ける。「あの運転手のことはどうです？　完全に見下しているでしょう。彼みたいな人間とあなたを同列に扱えるわけないじゃないですか？」

張懐堯はようやく口を開いた。「そうじゃない。彼には確かにたくさんのチャンスがあったのに、犬の輸送という間違った仕事を選んだことに失望させられたんだ。例えば犬肉を食べる人間も、他に選択肢がないのならともかく、この世には肉なんていっぱいあるじゃないか。豚でも牛でも鶏でもいい、どうしてわざわざ犬肉を食べなきゃいけないんだ？」

「じゃあ自分が立派だと考えている理由は、自身に才能があり優秀だからですか、それともたくさんの選択肢があったからですか？」

「誰しも選択肢なんかたくさんあるさ」張懐堯は真面目に答えた。「俺の選択肢だって他人より多いというわけじゃない」

対する李凌風はしばらく黙り込み、口を開いた。「あなたにはすごい父親がいただけでしょう」

張懐堯は急所を突かれたように険しい顔をして目を見開き、明らかに腹を立てた様子で声を荒らげた。「父親に頼ったことなんか一度もない！」

「そうですか？」

「いままで報道された俺のニュースを見てみろ。俺がいつ自分から父親の名前を言った⁈」

「誰にも言っていないからと言って知られていないわけではないでしょう？」李凌風は軽薄そうな笑い声を放ち、さらに言った。「全く現実が見えていない！　あなたは単に金の匙を持って生まれた恵まれた子どもなだけだ。成功したのは、多くの並外れたリソースを独占していたからで、そんな自分を立派だと考えているのは、現実世界の残酷さを味わっていないからだ。感謝の気持ちでいっぱいにならなきゃいけないのに、それどころかこんなにも偉そうにしている。偽善であるばかりか臆病だ。高いところから見下ろしている。

さっきあなたが口にした疑問と『パンがなければお菓子を食べればいいじゃない』と言うのと何が違いますか?」ここまで話し、李凌風は戒めるような口調で重々しく宣言した。「代償を支払うべきだ」

「何だって?」張懐堯は目を白黒させて相手を見返した。彼の世界で「代償」とは聞き覚えのない言葉だったようだ。

カットされたように映像が急に跳んだ。場面が変わり、張懐堯の姿が消え、代わりに太った男が姿を現した。その場にいた誰もが、それが被疑者の李凌風だとわかった。彼は黒い机を前にして座り、両手を揃えて講義をするようなポーズを取っている。後ろの風景から、民家で撮影された映像だとわかる。

李凌風はレンズに向かって急にしゃべり出した。「いまご覧になったお子様の名前は張懐堯、かつてはこの市の人気者でした。しかし涂連生を死に追いやった犯罪者の一人として、制裁を受けなければいけません。今まさに彼は命の危機に瀕《ひん》している最中ですので、あなたがたは一刻も早く助け出さなきゃなりません。でも問題は、私が彼をどこに閉じ込めているのか誰も知らないってことです。

半年前にトラックを妨害して犬を助け出した方々、あなたがたは涂連生の死に良心の呵《か》責《しゃく》を覚えているでしょうか?　死んだ犬に土下座をするよう迫られたときの彼が受けた屈辱をあなたがたは感じられるでしょうか?

そんな思い上がった人たちに、もう一度思いやりの心を発揮するチャンスを与えます。半年前にトラックに積まれた犬を救助した皆さんは、あの子を助けに来る気がありますか？」

そう言うと李凌風は右手を端に伸ばして、画面の外から鉄製の箱を持ってきた。警察が黒く大きな登山用バックパックから見つけ出したあの証拠品だと羅飛にはわかった。

「私が毎日見かける愛犬家の多くは、犬を散歩させているとき、他人の気持ちなんか全く考えていません。私が住んでいる住宅区で言うと、草むらのあちこちに犬の糞を放ったらかしにしています。この糞は今朝拾ってきたばかりのものです」李凌風はレンズに向けて蓋を開け、にやりと笑って話を続けた。「皆さんの中で誰かが進んで名乗り出て、私の目の間でこの犬の糞を完食すれば、張懐堯のところに連れていってもいいですよ」

映像はそこで終わった。陳主任はプロジェクターを切るとともに説明した。「あの張懐堯は張書記の息子です。事実確認をしたところ、確かにもう十日間行方不明になっています。張書記も間もなく来られます」

視聴中にもう張懐堯の正体を予想していた羅飛は、深いため息をつき、プレッシャーがさらに重くのしかかった。

「羅飛」魯局長は名指しで尋ねた。「いまの映像についてどう思う？」

羅飛は残念そうに答えた。「全て奴の計画の内です。我々は利用されたんです」

魯局長は「うむ」と言い、羅飛に続けて話すよう示した。

「奴は林瑞麟《リンルイリン》を市公安局で死なせてネットで扇動し、人々の関心を事件に向けたんです。世論の圧力を鎮めるために、我々は一連の殺人事件を公表するしかありませんでした。それで奴が投稿したあのスレッドが世間の注目の的になったんです」

「つまり」魯局長が思案するように語った。「奴が捕まったことも計画の内ということか？」

「間違いありません。奴の目的は警察の力を借りて我々にPRさせることだったんです。注目を浴びる気分を味わいたかったんです」羅飛は最後にこう付け加えた。「いかれています」

魯局長はもういいという仕草をした。「いかれてるかどうかはさて置き、目下の課題は張懐堯の救出策を一刻も早く練ることだ」

羅飛は二つの決断を下した。「直ちに李凌風を尋問しましょう。そして鑑識に奴の家を調べさせるんです」

03

張懐堯《ジャンホアイヤオ》が李凌風《リーリンフォン》の手に落ちて消息不明になってすでに十日経つ。これがどれほどの危機的状況なのか羅飛《ルオフェイ》は十分理解していた。警察にとっていまは一刻一秒があの青年の生死に関わる。即刻、李凌風の口を割らせるには特殊な手段を取る必要がある。

羅飛が放電警棒を手にし、取調室に入ると、すでに李凌風が劉《リイウ》に連れてこられていた。李凌風は両手にそれぞれ手錠をかけられ、尋問用椅子の両側の肘掛けとつなげられて、身動きを取れなくさせられている。

羅飛は劉を見ながら言った。「お前は出ていけ」これから自分がやることは規則違反であるため、他の者を巻き込みたくないのだ。

劉は立ったまま動かない。「羅隊長、自分にやらせてください」

「時間を無駄にするな」羅飛は態度を崩さずに追い払うように手を振った。

劉は退室するほかなく、モニター室で魯《ルー》局長とともにガラス越しに様子を眺めた。

取調室で羅飛が口を開く前、李凌風はうぬぼれた様子で尋ねた。「あの動画を見ましたか？」

羅飛は答えず、放電警棒の安全スイッチをオンにし、金属の先端で李凌風の腕を突いた。

「ぐおおおっ——」李凌風はすさまじい雄叫《おたけ》びをあげ、上半身を痙攣させた。

羅飛は警棒を引き、大声で問いただした。「張懐堯はどこだ？」

李凌風は激しく喘ぎ、苦痛に満ちた声をあげた。「くそ、しびれさせやがって」

「張懐堯はどこだ？」羅飛はもう一度問いつめるとともに、警棒をまた振り上げて再び突く構えを取った。

李凌風は羅飛を見ながら不気味な笑みを浮かべ、あろうことか羅飛に発破をかけた。

「来いよ、もう一度だ」

羅飛は毛ほどもためらうことなく、警棒の先端で李凌風を突き、その瞬間、電源を入れて出力を一段階上げた。

李凌風は豚のような悲鳴をあげ、激しく痙攣し続け、口角からよだれを垂れ流している。

羅飛は李凌風を冷たく見下ろし、回復してからの反応を待った。

「うっ……うっ……」李凌風は喉を震わせながら、喉元から何かの言葉が出かかっているようだ。「痛い」や「しびれる」と言おうとしているのかと羅飛は思ったが、彼の口から飛び出したのは「気持ちいい！」だった。

羅飛は痙攣の中手錠で擦り切れる李凌風の腕を見つめながら、何が気持ちいいのか見当もつかなかった。

少し呼吸を落ち着けた李凌風はまたしても不気味な笑みを浮かべた。「私の痛みはあんたの怒りから来ている。この怒りこそ私の計画が完璧な証《あか》しだ。気持ちいい、爽快だ！」彼は大声で叫びながら陶酔しきった表情で「来い。もう一度味わわせてくれ」と言った。

羅飛は突然何かを悟り、警棒を握った拳を力なく下ろした。

李凌風は逆に背筋を伸ばし、事態を掌握している態度を取った。「張懐堯がどこにいるか知りたいですか？」彼は口を歪めて言った。「じゃあ私の言うとおりにしてください。これは私のゲームですから」

羅飛は一瞬黙り、やるせなく尋ねた。「何をするつもりだ？」

「私の要求はもう動画で言いましたよ」李凌風は急がず静かに答えた。「具体的に実施するうえで条件を付け加えさせていただきますよ。例えばですね、いますぐネットを見させてください」

「ネット？」

「ええ、あなたがあんなに怒っていたから、ネットの反応を知りたくてたまらないんですよ」李凌風は口を尖らせて指図した。「さっさと準備してください。ネットを見終わったら次の段階に進みましょう」

取調室を出た羅飛は隣のモニター室に来た。状況を見ていた魯局長が羅飛に念のため確認した。「何も聞き出せなかったのか？」

羅飛は首を振って答えた。「奴は我々が強硬手段を取ると見越して、事前に自己催眠をかけていました。肉体的な痛みは奴に精神的な快楽をもたらすだけで、奴が折れることは決してありません。これ以上続けても時間の無駄です」

魯局長はうなるように言った。「では譲歩するしかないか……」

「それは、一時的に犯人の要求を飲み、奴の行動に沿って対策を練るということですか？」

魯局長はうなずき、指を二本立てて強調して言った。「原則は二つだ。一つは、事態をこれ以上悪化させないこと。もう一つは、犯人に逃亡する機会を与えないことだ。この二つの原則の下でなら自分の判断で行動して構わない」

羅飛は劉に命じた。「奴にパソコンでネットを使わせる仕度をしろ。ただし見せるだけで、書き込みなどはさせるな」

羅飛の指示に従い、劉が取調室にパソコンを運んできた。このパソコンにはキーボードを接続しておらず、サイトを閲覧するだけで外部に情報を発信することはできない。

李凌風はそんなパソコンでもご満悦な様子で、刑事隊の取調室でも構わずにネットを始めた。彼が以前投稿したあのスレッドはすでに警察により削除済みだが、転載動画やこの件に関するさまざまなコメントはすでにネット中を駆け回っていた。

李凌風は得意げになりながら、たびたび感心した声をあげた。「見てくださいよ、ネット民たちがトラックを妨害した連中の特定を始めていますよ」

「おお、みんなあの連中に罵詈雑言《ばりぞうごん》を浴びせている。予想どおりだ」

「ははは、ケータイの番号までさらされてら。電凸《でんとつ》した人間も何人もいるでしょうね」

「人民大衆がこの連中に、自発的に糞を食って人命を救うよう呼びかけてる。ふふふ、こいつら犬を救助したときは我こそは道徳のお手本だという顔をしていたのに、いまじゃ道徳を強制される辛酸を舐めているなんて」

羅飛は隣で黙って李凌風のパフォーマンスを眺めていた。七、八分もすると、取調室に陳《チエン》主任が入ってきて、羅飛に耳打ちした。「張書記が来た」

羅飛は劉に李凌風を見張っているよう指示し、陳主任とともに急いで会議室に向かった。

五十歳過ぎの男が魯局長のそばにいる。彼こそ龍州《ロンジヨウ》市党委員会書記の張辰《チエン》だと羅飛は理解した。

龍州の官僚世界での張辰の評判は悪くない。聞くところによれば、強大なバックを持たずに全て自分だけの力で一歩ずつ着実に今日の地位に上りつめたため、身の振り方や物事の処理には慎重で手を抜いたことがなく、長年にわたって何のスキャンダルも出したことはない。だが今回、彼は非常に不本意な形で全市民の注目の的になってしまった。

羅飛が着席すると同時に張辰は口を開いた。「同志諸君、今回は苦労をかけた。まず君たちに謝らなければならない。私の子育てが間違っていたばかりに、諸君にこれほど多大な迷惑をかけることになってしまった」表情に大きな変化はないが、眉間から深い焦慮が隠しきれずににじみ出ている。

「子育てが間違った」は張辰に貼るレッテルとして不適切かもしれない。多くの人間が張辰の息子こそ教育の成功例だと考えているからだ。

賢くて優しく慎《つつ》ましい。張懐堯をよく知る人間はいつも彼にこんな評価を下した。そしてそれらの特徴が張辰の教育の結果だということは疑いようがない。恵まれた環境に身を置きながら、張辰は我が子に特権的な思想を何一つ植えつけることはなかった。彼はただ張懐堯に最高の教育環境を用意し、息子を伸び伸び成長させただけだ。

張辰は息子の自立心の育成にも特に気を配っていた。数年前の母親の病死もまた、息子の自立を促した。国内の硬直化した教育モデルを快く思わない父親のサポートの下、張懐堯は幼い頃から全方位型の教育を受け、成績はトップクラスといかなくとも豊かな才能と技術を身に着け、また旅行を愛し、高校卒業前に中国のほとんど全ての風光明媚《ふうこうめいび》な土地を踏破した。この夏休みはチベット自治区に行く予定だった。

十日前は張懐堯の旅行出発日だった。その日以降、彼と父親は直接やり取りすることなく、毎晩携帯電話にショートメッセージで無事の報告が届くだけだった。張辰もその状況を何とも思わなかった。彼からすれば張懐堯はすでに自立しており、自分のことは自分でできる我が子に多忙な公務の合間を縫って口出しする必要はないと考えていた。

それが今日の昼になり、ネットを揺るがす動画が出たことで、張辰はようやく息子が危険に巻き込まれた可能性に気づいた。息子の携帯電話に電話をかけてもつながらない。そして息子の親しい友人に尋ねたところ、この十日間誰も張懐堯から連絡を受け取っていないことがわかった。事態を重く見た張辰は、手元の公務を全て放り出して公安局に駆けつけたのだ。

魯局長は事件の経過をかいつまんで張辰に簡単に説明した。李凌風の家を捜査した鑑識も戻ってきて、現場の状況を報告した。その家の奥が動画の撮影場所だと断定できたが張懐堯はそこにおらず、現場には争った跡や誰かを監禁した形跡は見当たらなかった。

話を聞き終えた張辰はこうまとめた。「つまり、君たちは息子を見つけられていないし、その犯人の口を割らせる術もないということか？」

「おっしゃるとおりです」魯局長はそのどうしようもない現実に直面せざるを得なかった。

「――彼の要求に応えられる者が現れない限りは」

「彼が持ってきた犬の糞を誰かが食べなければいけないんだろう？」

「彼はさらに条件を付け加えました」羅飛が補足した。「糞を食べる様子をネットの人々に向けて生配信しろというものです」

「馬鹿げた話だ」張辰は頭を振り、こう尋ねた。「いまのネットの声はどうなっている？」

「ネットユーザーのほとんどは、人命に関わることなのでトラック妨害事件の当事者たちが責任を取るよう呼びかけています。息子さんに対する龍州市民の印象は良いままです。まだ大人とはいえない年齢ですし、過ちを犯したとはいえ、死の脅威を受けるべきではないと考えています」

魯局長の言葉はおおむね事実だ。ネットでは張懐堯に対する心ない言葉も書き込まれているが、それでも彼が救われてほしいという声が大半だ。

張辰はまた尋ねた。「張懐堯が私の息子だということはもう知られているのか？」

魯局長は気まずく両手を掲げた。「隠し通せるものではありません……」

張辰はため息をつき、顔にますます焦りの色を浮かべた。しばらく押し黙ると魯局長に尋ねた。「この種の事件に対し、警察は一般的にどう対処する？」

魯局長はか細い声を出した。「本件を人質誘拐事件とみなすなら、警察には最優先する原則があります。それは、最善を尽くして人質の安全を保障することです」

「要するに、犯人の要求を飲むことも承諾できるということか？」

「そのとおりです」

魯局長の答えを聞いた張辰の眉がわずかながら緩んだ。

しかしその後、羅飛の声が続いた。「魯局長」彼は注意するように語った。「先ほどおっしゃった原則がもう一つありますよ」

魯局長は躊躇して口を開かなかった。そこで張辰は羅飛に尋ねた。「もう一つはなんだ？」

「事態をこれ以上悪化させないことです」羅飛は一拍置き、話を続けた。「犯人の要求を飲むことは、無関係な第三者を巻き込むことにほかなりません」

「確かに……」張辰は独り言のようにつぶやいた。「私の息子のために公衆の面前で誰かに糞を食べさせることなど、悪影響でしかない」

「悪影響どころではありません。さらに深刻な結果になる恐れもあります」羅飛は粛々と警告した。「催眠を使った殺人に長けたあの男と接触するのは、どんな人物であれ危険です。林瑞麟《リンルイリン》の件を戒めとして、我々はなんとしてでもそういうことがないようにしなければいけません」

魯局長はうなずいた。実は彼も憂慮していたことだった。

李凌風が映像の中で言っていた「皆さんの中で誰かが進んで名乗り出て、私の目の間でこの犬の糞を完食すれば、張懐堯のところに連れていってもいいですよ」という言葉の意味は、その条件を引き受けた人物が李凌風と間近で接触するということだ。そしてその人物が涂連生《トゥーリエンション》の死に関わっているのであれば、制裁リストに名前が載っていなくても李凌風が手を下す機会を見過ごすことはないだろう。

だから李凌風の条件を受け入れることは、当事者が屈辱を味わわされるばかりか、命を失うリスクすらはらんでいる。警察の持つべき原則に背いていることは疑う余地がない。

張辰もその得失を理解した。彼はため息をつき、暗澹《あんたん》とした態度で言った。「警察の捜査方針に影響を与えるべきではないだろう。だが父親として、できるだけ多くの方法を考えてもらいたい」

沈黙に包まれる中、魯局長が口を開いた。「最も理想的な状況は、志願者が現れてくれることだが……」

その言葉の意味は明らかで、警察は誰に無理強いすることもできなければ、今回の作戦に協力するよう説得することすら不可能なのだ。何者かが自発的かつ完全に志願する形で李凌風の要求に応えなければならない。そうすれば最悪の結果になったとして、警察の責任もかなり減らせる。

羅飛は付け加える。「志願者には事前にリスクを説明しなければいけませんし、世間が注目することも伝える必要があります」

張辰がうなずいた。「私も同感だ」

「じゃあそうしよう」魯局長は仕事を割り振り始めた。「トラック妨害者のリストを持って、一刻も早く彼らと連絡を取り、利害をしっかり説明したうえで協力する者がいないか探すんだ。陳主任はネットにできるだけ肯定的な文章を掲載してくれ」

陳主任は退室した。羅飛は十数人の警察官にこれまでの捜査で明らかになったリストをもとに、手分けして電話させた。だがしばらくしないうちに報告が上がり、おそらくネット上で個人情報が特定される嫌がらせに耐えきれず、ほとんどの人間が携帯電話の電源をオフにしていた。他の人間も犬の糞を食べるという行為を引き受けられるはずがなく、命の危険などなおさら冒せなかった。

張辰の顔に失望の色が浮かぶ。そのとき、会議室に戻ってきた陳主任が魯局長に耳打ちした。

「本当か？」魯局長はにわかに顔を輝かせた。「いますぐ連れてきてくれ」

陳主任は出ていったと思ったら、すぐにある人物を伴って会議室に入ってきた。その人物は部屋に入るなりこう言った。「ネットの動画を見て、居ても立っても居られず駆けつけました。私も半年前のトラック妨害事件の当事者です。張懐堯さんを助けられるなら、一切の責任は私が負います」

その言葉は春風のように張辰の曇り顔を一瞬で晴らした。だが反対に羅飛はますます暗澹とした気分になった。

魯局長が張辰に紹介する。「彼は我が公安局交通警察連隊の同志、朱思俊《ジュースージュン》です。半年前のトラック妨害事件は彼が出動して処理しました」

「知っている」張辰は称賛のまなざしになった。「被疑者を逮捕したのも彼だったな」

魯局長は今度は朱思俊のほうを向いて話した。「君がこの任務に名乗り出てくれるのなら、確かにこれ以上ない人選だ。だがくれぐれも気をつけるんだ。この任務は困難なだけでなく、大きな危険も伴っている」

「承知しています」朱思俊はうなずいた。「危険がなんだと言うんです？　私は警察官です。人民大衆の命を守ることこそが、私の本来の責任です」

威勢がよく力のこもったその二つのフレーズに、室内の人間が喝采した。だが唯一、羅飛は面と向かって反対した。「駄目だ。行ってはいけない」

「どうしてですか？」朱思俊は不意を突かれたように羅飛を見た。他の者も彼に次々といぶかしげな視線を送る。

「李淩風はそもそもお前に犬の糞を食わせるつもりだったんだ」羅飛は朱思俊に説明する。

「お前が本当にそれをやれば、それこそ完全に奴の思うつぼだ」

朱思俊は肩をすくめて言った。「しかし私に捕まったことで、奴の計画はとっくに崩れたんですよ」

「いまの状況を見れば、捕まることも計画の一部だったんだ。昨日の取り調べの最中、奴はお前にあの糞を食わせると言っていたぞ」

「それでも怖くはありません」朱思俊の態度は頑なままだ。「奴の脅しに屈して、張懐堯さんの命を諦めるっていうんですか？」

双方の意見が平行線をたどり、お互い譲らないため、張辰は魯局長に確認を取った。

「魯さんはどう見る？」

魯局長は深く考え込むと、羅飛のほうを向いて重々しく言った。「犯人が何を企んでいようが、お前の計画どおりにするだけだ。一つ、張懐堯の命を救うこと。二つ、朱思俊の身の安全を保証すること。三つ、犯人に逃亡の機会を与えないこと」

その言葉は朱思俊の申し出を認めたに等しかった。彼はすぐに心を奮い立たせながら表明した。「私の身の安全は最後で構いません。羅隊長、人質を救出し、犯罪者を処罰することだけを考えてください。私には何の心配もいりません」

朱思俊の態度に心打たれた張辰は立ち上がって駆け寄ると、彼と両手を固く握り合った。

「朱同志、父親として君にありがとうと言いたい」

誰が始めたのか、室内は拍手の音で包まれた。朱思俊は拍手の中、堂々と胸を張り気概に燃えている。

一介の交通警察官が市党委員会書記の恩人になる機会に恵まれるなど、いったいどのような巡り合わせだろうか。一人の人間のキャリアをどれほど左右するだろうか。朱思俊にとって、尊厳を捨て命すら失うことになっても、決して捨てることはできないのだ。

羅飛は苦笑いを浮かべるしかなかった。相手がまたしてもターゲットの心の奥底にたぎる一番強烈な欲望を再びつかみ取ったのだから。そして魯局長に視線を向けると、表情をこわばらせていて真意は見て取れなかった。

羅飛は魯局長が実際はもっと冷静で、ただやむを得ない選択をしただけだと信じた。

10　愛犬家への仕打ち

01

李凌風《リーリンフオン》の望みどおり、朱思俊《ジユースージユン》は取調室内で李凌風と向き合って犬の糞を食べきり、その模様をネットで生配信した。

そばで眺めていた李凌風はこの件に対するネットのコメントを笑いながら閲覧した。そして朱思俊を見つめて上機嫌に言った。「オーケー。いまから張懐堯《ジヤンホアイヤオ》のところへ連れていきましょう。運転するのはあんただ。車にはあんたと僕以外誰も乗せちゃ駄目だ」

朱思俊はトイレに駆け込むと胃袋がひっくり返るぐらい吐き戻し、それから歯茎から血を出さんばかりに必死に歯を磨いた。

朱思俊がトイレから出てきたとき、ドアの外で待ち構えていた羅飛《ルオフエイ》は一足の革靴を彼に渡した。「この靴に履き替えるんだ」

朱思俊は靴を履き替えながら尋ねた。「盗聴器が仕掛けてあるんですね？」

羅飛はうなずいた。「一部始終を見張っている。何か異変が起きれば計画をいつでも中止する」

「はい」朱思俊はつま先で床を蹴って靴のサイズを合わせた。そして顔を上げた。「もう準備できました、行きましょう」

李凌風の要求どおり、警察は一般ナンバーのビュイックを用意した。朱思俊は運転席に、李凌風は手錠をかけられたまま助手席に座り、車内には他に誰も乗っていない。

「行こうか。門を出て右折」李凌風の指示の下、朱思俊はエンジンをかけて車を市公安局の中庭から出した。それとともに周囲に配置された数十台ものパトカーが一斉に動き出した。パトカーはビュイックを中心に取り巻く包囲網を敷いた。ビュイックがどこに行こうとも、辺り一帯の交差点でパトカーが監視している。

それから五台の普通車がビュイックとともに走る。この五台は性能が優れているだけではなく、運転手もみな龍州《ロンジョウ》警察でトップクラスの追跡の専門家だ。五台は位置を適時入れ替えながらビュイックの前後左右を守るように走行しており、一台がビュイックの百メートル前方を走り、もう一台がビュイックの百メートル後方を走っている。車内には運転手の他に経験豊富な警察の特殊部隊が三人ずつ乗車している。李凌風がいきなり車から降りて歩行エリアに逃げ込んだら、特殊部隊も直ちに降りて、数秒以内に李凌風を包囲し、取り押さえることが可能だ。

羅飛は魯《ルー》局長と大きめの指揮車に乗り、警護車列の後ろをゆるゆるとついていく。指揮車の後部座席には約三十センチ四方のモニターがあり、ビュイックと周囲のパトカー、そして五台の警護車のGPS信号が表示されている。羅飛はそれらの信号に基づいて警察官を派遣し、ビュイックの包囲網をつくった。

不十分と言えない予防策だが、羅飛はそれでも安心していない。一番危険な爆弾がとっくに網の中央に仕掛けられているからだ。

李凌風こそこのゲームのプロデューサーで、警察はどれだけ頑張ろうが、エンディングを予想できない役者にすぎない。

魯局長も最悪のケースを想定した。実行前、彼は作戦に参加する特殊部隊に、「制御不能な状況になった場合、犯人を射殺して構わない」と指示を出した。

羅飛もそのとき、「朱思俊に何か異常が起きた場合はどうするのか」と尋ねた。異常とはすなわち、朱思俊が李凌風に催眠をかけられるということだ。彼は危険に陥る可能性もあるし、李凌風の共犯者ともなり得る。

「それこそ制御不能な状況だ」魯局長は答えた。「すでに言ったように、制御不能な状況になればいつでも撃っていい」

それで羅飛は魯局長の意志を完全に理解した。万が一決定的な瞬間が訪れた場合、張懐堯を救うチャンスがあれば、朱思俊を犠牲にしたとしても惜しくはないということだ。

羅飛は間もなく悲劇が起こる気がした。彼ができることは懸命に事に当たることであり、それで形勢を逆転できるかわからないにしても、適切なことをするだけだ。

ビュイックの車内で李凌風が次々にルートを示す。取り留めなくしゃべり続けたいままでと比べ、明らかに口を慎んでおり、「左折」「右折」「直進」といった簡潔な言葉しか言わない。ビュイックは彼の指示で進んでいき、繁華街へ向かっていく。そして指示は逐一、朱思俊の革靴の盗聴器を通して羅飛が乗る指揮車内のモニタリングシステムに伝わる。

もうラッシュのピーク時で、繁華街に近づくほど道路を走る車が増える。李凌風が警察の監視の難易度をわざと高めているのだと気づき、羅飛は精神を集中させるとともに指示を出し、パトカーに隙間なく秩序だった陣形を取り続けるよう命じた。

そのまま走行すること約十分、ビュイックは龍州市中心部の龍陽《ロンヤン》道路に出た。そのとき羅飛の耳に李凌風の声が聞こえた。「右折して路地へ」

羅飛が即座に地図を確認すると、その路地は「育才路《ユイーツアイ》」という名前だった。龍陽道路と海昌《ハイチャン》街につながっていて、西側には宝帯《バオダイ》川東岸、東側には陽光《ヤングアン》水岸住宅区がある。羅飛は無線で命令を下した。「目標車両は育才路に沿って龍陽道路から海昌街方面へ走行中。十二号車は海昌街東端の交差点で待機、二十三号車は海昌街西側の交差点で見張り、七号車は育才路と龍陽道路間の交差点で警備に就き、五号車は宝帯川西岸で警戒に当たれ。十九号車は陽光水岸住宅区東門で待機、四十六号車は陽光水岸住宅区南門で待機だ。他の車両は引き続き包囲しながら走行せよ」

羅飛がパトカーを手配する中、警護車列の最前列の車が育才路へ曲がり、それに続くようにビュイックも曲がった。それから四台の警護車と指揮車もビュイックと一定の距離を保ちながら後ろに続いた。

直後にまた羅飛の耳に李凌風の声が入った。「前方の川辺にベンチがある。その下に物が置いてあるから代わりに取りに行け」

朱思俊が尋ねる。「ベンチの下?」

李凌風が答える。「そうだ。両面テープで貼りつけてあるから、触ったらすぐわかる」

羅飛は直ちに指示を出した。「目標が川辺のベンチ近くに停車。各チーム対応できるように準備しろ」

最前列の警護車はすでに陽光水岸住宅区の西門まで来ており、指示を受けるとそのまま住宅区内を曲がった。三人の特殊部隊員が車を降りる。そのうち二人が住宅区を散歩するふりをしながらベンチに近づき、残りの一人が住宅区の警備員ボックスに潜んだ。

しばらくするとビュイックが川辺に停車し、運転席のドアから出てきた朱思俊がそう遠くないところにあるベンチへ向けて歩いていく。

あとから来た警護車はそのまま進み、すぐにビュイックを追い越した。

三台目の警護車はビュイックの後方に停車した。助手席にいる特殊部隊員は車から降りると、近くのキオスクで新聞紙を買う体裁を装った。さらに続く二台の警護車と指揮車はそれぞれビュイックから見えないところに停車した。

目下、腕に覚えのある三人の特殊部隊員が目標に対して挟み撃ちの構えを取っており、宝帯川対岸にもパトカーが陣取っている。ビュイックが停車してるとはいえ、李凌風が逃げ出そうとしてもその成功確率は限りなく低い。

ベンチのそばまで来た朱思俊が身をかがめて探ると、確かにベンチの下に小さな袋が貼りついていた。彼は袋を取り、車内に戻った。

羅飛の耳にまた李凌風の声が聞こえた。「寄越せ」それからモニター画面に映る目標車両がまた前へ進み始めた。

羅飛は無線で現場にいた特殊部隊員に尋ねた。「朱思俊が持っていたものが何だったか見えたか？」

最も近くにいた特殊部隊員が答えた。「ビニール袋でした。不透明だったため、中に何が入っているかまでは見えませんでした」

羅飛はパトカーに指示を出し、ビュイックの包囲と尾行を継続した。その後、モニター上の目標車両が育才路を出て、左折すると海昌街を西に進んだ。「ん？」羅飛はにわかに眉根を寄せた。

魯局長も異変に気づき、羅飛に尋ねた。「どうして犯人の指示が聞こえないんだ？」

ビュイックはずっと李凌風の指示どおりに進んでいたのに、どうして今回の左折直前に李凌風の声がしなかったのだ？　羅飛が盗聴器の受信機を確認すると電波が消えており、調整しても無反応のままだった。ここで異変の正体に気づいた羅飛は魯局長に言った。

「盗聴器の電波が遮断されています」

魯局長はこう予想した。「つまりさっきの袋の中身は盗聴妨害機だったのか？」

「おそらくは」羅飛はうなずくと、指示を仰いだ。「作戦を中止しますか？」

盗聴器の電波が遮断されたということは、ビュイック内のリアルタイムの情報が警察に把握不可能になったことを意味する。李凌風がこの機に乗じて朱思俊に催眠をかけている可能性は極めて濃厚だ。

少し考え込んだ魯局長は言った。「尾行は続行だ。警戒を緩めるな」彼は危険を冒してでも、張懐堯《ジャンホアイヤオ》を助けるチャンスを手放すつもりはなかった。朱思俊と李凌風の盗聴が中断されても、ビュイックはいまのところ警察のコントロール下にあるままだ。まだまずい状況とはいえない。

しかし羅飛の神経はすでに限界まで張りつめており、彼はもう新たな状況が起きたあとだと考えた。警察が適切に対処できるかどうかは彼の理解の範疇《はんちゅう》外だ。

ビュイックは市街地を突き進み、数十台のパトカーが影のように同行する。羅飛はモニター上のGPS信号をまんじりともせずにらみ続けていると、無音の画面を通してでしかストーリーの展開を予想できないサイレントサスペンス映画の観客になった気がした。

それからまた十分が経ち、ビュイックは石橋路に出た。ここは旧市街地の道路で、右手側に歩道が敷かれ、さらにその奥に広々とした緑地帯がある。ビュイックはしばらく走ると、スピードを徐々に落として路肩に寄っていき、停車するような動きを見せた。

羅飛は指示を飛ばし、前後を挟む二台の尾行車に乗車する特殊部隊員に、目標に徒歩で接近するよう命じた。

車に近づいた隊員から指揮車に報告があった。「犯人が車から降りました」

羅飛は耳を疑った。助手席につながれていた李凌風が自由に降車できるということは、ビュイックの車内ですでに何かが起きてしまったということだ。緊急事態に魯局長の判断を仰ぐ暇もなく、直接命令を下した。「作戦中止、直ちに犯人を確保しろ」

もう正体を隠す必要もない特殊部隊員たちは李凌風に駆け出し、拳銃を抜いた。

李凌風も駆け寄ってくる特殊部隊員に気づいた。彼は道の左右どちらへ逃げ去るわけでもなく、歩道を抜けて奥の緑地帯へ向かった。この選択に大勢が不思議に思った。緑地帯の向こうは高い塀になっていて通行不能だからだ。

続けてさらに予想外の光景が目に飛び込んできた。路肩に停めてあったビュイックが突然動き出し、七、八メートルバックしたかと思うと、猛スピードで歩道へ突進した。エンジンの爆音さえ聞こえる勢いだった。高さ十数センチごときの縁石ではビュイックの突進を止められず、車は歩道から緑地帯に頭から突っ込んだ。その後、ドンッというくぐもった衝突音が響き、ビュイックのバンパーに跳ね飛ばされた李凌風の体が空中で弧を描いた。そして車は高さ一メートル半ほどのコンクリート製の建造物にぶつかり、ようやく止まった。直後、李凌風の体が車の屋根に落下し、再び鈍い衝突音が聞こえた。

そばにいた特殊部隊員が取り囲んだが、屋根の上で伸びている李凌風は穴という穴から血を吹き出し、息をしていなかった。先頭に出た傅哲《フージャー》が大急ぎで指揮車に報告する。「被疑者はビュイックに跳ねられ死亡」。それと同時に、別の隊員の艾維《アイウェイ》が運転席のドアを開け、車内の状況を確認した。

車内のエアバックが全部開いている。朱思俊は顔全体が腫れ上がり、額から血を流しているが、意識は比較的はっきりしており、命に別状はなさそうだ。

艾維は朱思俊を抱えて車から降ろそうとしたが、うまくいかなかった。よく見ると、朱思俊の右手が手錠でハンドルとつながっている。

ようやく羅飛たちも現場に到着した。想像をはるかに超えた光景に羅飛は車に駆け寄ると余裕もなく問いつめた。「何があったんだ?」

朱思俊は羅飛の問いに答えず、後ろに立っている魯局長に視線を向けた。

魯局長は近づくと彼に尋ねた。「大丈夫か?」

「大丈夫です」朱思俊は軽く息継ぎをし、住所を口にした。「正大路《ジョンダー》五十七号新世紀《シンシージー》水産市場の地下二階のB二〇九です」

意表を突かれた魯局長は「なに?」と聞き返した。

「張懐堯はそこにいます。早く……早く助けに行ってください」額から流れる血で朱思俊の顔はまたたく間に真っ赤に染まり、言葉もかけられない姿になった。だが彼はそれどころか口角を上げ、隠しきれない得意げな笑みを浮かべていた。

02

新世紀《シンシージー》水産市場は龍州《ロンジヨウ》市南部の郊外にあり、市全体の水産物を取り扱う重要な卸売市場だ。地下二階には業者用の保管庫として管理会社が貸し出している数十個もの冷凍倉庫が置かれている。

目的地へ向かう途中、警察はまずB二〇九倉庫について現在わかることを調べた。管理会社の登録情報によると、その冷凍倉庫が貸し出されたのは一カ月前。借り主が記入した名前と身分証番号は警察の照合の結果、でたらめだった。さらに奇妙なことに、管理会社の担当者は借り主の容姿を全く覚えていなかった。羅飛《ルオフエイ》は、この担当者が記憶の障害物を設置されたと推測した。

二十分ほどで警察が現場に到着した。警察の要請を受け、鍵を開けるために管理会社が派遣した人間が扉の前で待っていた。

周囲に異常がないことを確認した羅飛は、「開けてください」と指示を出した。

すぐに解錠され、羅飛が押すと分厚い扉が重々しく開いた。内部から灯《あか》りが漏れるとともに悪臭が鼻を突いた。糞尿の臭気の中に強い血の臭いが漂っている。羅飛は嫌な予感がし、すぐに内部を確認した。

五十平方メートルほどの地下室で、ドアの他には隙間風も通らないほど密閉されている。中央に五十センチほどの鉄製のブロックがあり、そのそばに男の人影が見える。ブロックから一メートル程度の鎖が二本伸びていて、そのうちの一本が男のくるぶし辺りにつなげられ、もう一本の先に何かの動物がいる。

その動物が犬ではないかと羅飛は感じたが、断定できなかった。彼の目に映るのがあちこち欠けた血まみれの死骸だからだ。鼻を突く生臭さの出どころはそれだった。

現場に死人がいないとわかり、羅飛は少し胸をなでおろした。屋内へ数歩踏み入り、その男を凝視した。

汚れた身なりの憔悴しきった若い男だ。顔や手、そして体中が血に塗《まみ》れているが、怪我をしているようには見えない。扉が開いてからも彼はずっとその場に立ち尽くし、うつろな目と放心した表情が人形を思わせる。

室内に冷気は感じず、冷凍装置はオフになっているようだ。

「張懐堯《ジャンホアイヤオ》さんですか?」羅飛はその若者の名前を呼んだ。

若者は反射的に返事をした。

「警察です」羅飛は張懐堯に近づき、「助けに来ました」と声をかけた。

張懐堯は羅飛の言葉の意味を理解すると、顔をわななかせ、何とも言いがたい表情を浮かべた。そしてうつむくと両手で自分の顔を覆い、ひぃひぃひぃ……と笑い声とも泣き声ともつかないひどく奇妙な声をあげた。数秒して声がピタリと止《や》み、彼の体が曲がったかと思うと床に崩れ落ちた。

慌てて駆け寄った羅飛が張懐堯を支え、後ろにいた劉《リイウ》らもすぐに手を貸した。羅飛は張懐堯の鼻に手を当て、単なる気絶で命に別状はないはずだと確認した。

管理会社の人間が工具で鎖を外した。そして大勢で張懐堯をパトカーに乗せ、龍州市人民病院へ向かった。病院では直ちに集中治療が行われた。

張辰《ジャンチエン》も駆けつけ、医者から息子が衰弱しているだけで、少し療養すればリハビリに入れると告げられた。感極まった張辰は涙を流し、魯《ルー》局長の手を固く握りしめながら感謝の言葉を繰り返した。

「礼を言うべきは私にではありません」魯局長は張辰に思い出させた。「全員、朱《ジュー》に礼を言うべきです」

「そうだそうだ、朱君はどこに?」

「怪我を負い、現在は下の外科室で治療を受けています」

張辰は興奮気味に手を振った。「すぐに見舞いに行かせてくれ」

朱思俊《スージュン》は額を七針縫う傷を負い、顔もやや腫れ上がり、手錠につながれていた右手の捻挫がそこそこひどかったが、怪我と言えるのはそれぐらいだった。張辰は彼に心のこもった感謝を伝えるとともに、魯局長にもこのような優秀な同志をしっかり育てるよう言い含めた。

張辰がいなくなってから、羅飛はようやく朱思俊に事の次第をつぶさに聞くことができた。

朱思俊は羅飛に説明した。「ずっと李凌風に行き先を指示されていました。育才路《ユイーツアイ》に着いたとき、川辺のベンチからはがしたビニール袋を奴に渡すと、中には小箱みたいな機器が入っていて、小さなマスターキーとリモコンのような何かが見えました。奴はまずその小箱みたいな機器を開けると、私に催眠をかけ始めました。抵抗しましたが、そもそも自分にはかかりませんでした。しかし奴を欺くために、かかったふりをしたんです。すると奴はその鍵で手錠を外すと、私の右手とハンドルをつなぐよう命令したので、従いました。それから奴は石橋路まで行き、緑地帯のそばで停車するよう命じました。そしてある住所を口にし、そこに張懐堯を閉じ込めていると言うと、車から降りて逃げようとしたんです。自分は車を奴にぶつけること以外、阻止することができませんでした。それから羅隊長たちの姿が見えました」

羅飛が質問を続ける。「奴はどうして催眠をかけようとしたんだ？」

朱思俊が答える。「命令に従わせたかったんだと思います。ただそれを見越して用心していたから、かかることはなかったです」

「具体的になんと言われたんだ？」

「覚えていません」

「覚えていない？」羅飛は奇妙に思った。ついさっきの出来事を忘れることなんてあるだろうか？

「催眠をかけられていると意識した瞬間、自分の集中力を分散したから話の内容がほとんど耳に入らなかったんです」朱思俊が説明する。「張懐堯を助け出したいのなら自分の言うことだけを聞いていればいいと言われたのは覚えています。ただ具体的にどんな言葉だったかまでは覚えていないんです」

羅飛はまだ納得いかなかった。「あれほど強力だった奴の催眠が、そんなに簡単に防げるものなのか？」

「しかし現実にそうだったので」朱思俊が肩をすくめて言う。「生まれつきめったに催眠にかからない人間なんじゃないでしょうか？」

羅飛は朱思俊を注意深く観察した。めったに催眠にかからない人間？　まさか自分と同じように、とても強い自制心を持っているのか？　だがこんなに出世に固執している朱思俊が持つ強烈な欲望など、催眠師にとって心の中で開けっ放しになっている扉と同じだ。だが羅飛がいくら疑念を抱こうが李凌風が死んだのは間違いない。朱思俊の言うとおり、これが現実なのだ。

羅飛は他のことを聞いた。「自分で手錠をかけるよう奴に言われたとき、黙って従ったのはなぜだ？　とても危うい状況になるとわかっていただろう？」

「奴を欺くためです。李凌風に優位に立っていると思わせる必要がありました。でないと張懐堯の居場所を白状させられないじゃないですか？」

「車で衝突したのはなぜだ？」羅飛は最後の質問を尋ねた。「あのときはもう特殊部隊員が取り囲んでいた。車内でも見えていたはずだ」

「ええ、見えました」朱思俊は笑みを浮かべた。「しかし私には見えていて、隊員たちには見えていなかったものがありました」

「なんだ？」

「地下へ続く入り口です」

羅飛は「ああ」と感心し、「見えていたのか？」と尋ねた。

朱思俊はうなずいた。「緑地帯の中にありました。入り口が開いていて、李凌風がまさにそこへ向かっていくところだったんです。地下から逃げる気だと悟り、こんな状況は計画外だと突然気づきました。そうはさせまいと、車をぶつけるしかなかったんです」

羅飛は少し黙り、うなるように言った。「正しい判断だった」

「え?」

「その地下への入り口は防空壕の通気口だったんだ。李凌風は前もって通気口のコンクリ製のカバーを壊し、そのまま中へ入れるようにしていた。そして通気口の下に爆薬をセットしていた。ビニール袋に入っていたというリモコンは、その起爆装置だ。手製の爆薬の威力など大したことないが、通気口を崩落させるのには十分だ」羅飛は現場の状況を説明すると、話をこうまとめた。「つまり、中に逃げ込んだら、李凌風は入り口を爆破して特殊部隊員の追跡を振り切ったはずだ」

「そうなったら奴を捕まえるのは難しかった、ということですね?」

羅飛は正直に答えた。「そうだ。あの防空壕は巨大で、出口が六つもある。警察が短時間で全ての出口の場所を把握するのは不可能だった。だから君が車をぶつけなければ、とっくに逃げられていただろう」

「良かった」朱思俊は笑った。「怪我をした甲斐《かい》があるってもんです」

「あるなんてものじゃない」羅飛は朱思俊を見つめた。慢心しきった彼を褒めたくはなかったが、朱思俊が手柄を挙げたことは否定できない事実だ。「君は犯人の逃亡計画を阻止しただけじゃなく、張懐堯の命も助けた。いまじゃこの街の英雄だ」

「そうなんですか？」朱思俊は枕に頭を埋めると、満足そうに目を閉じた。彼にはもう出世という目もくらむ欲望を満たせる確信があった。

03

治療が施されて張懐堯《ジャンホアイヤオ》は深夜に意識を取り戻したが、ひどく動揺していた。監禁がその理由なのは明白だ。翌早朝に羅飛《ルオフェイ》は張懐堯の記憶を探るために、蕭席楓《シャオシーフォン》に人民病院まで来てもらった。

羅飛が気がかりなのは張懐堯の心理状態だけではない。李凌風《リーリンフォン》がこの若者の精神に意識の「爆弾」を仕掛けてはいないか明らかにする必要があった。

蕭席楓に導かれるまま、張懐堯はあっという間に催眠状態に入った。そして蕭席楓は記憶の探索を開始した。

「十日前に何があったかちょっと思い出してみませんか？」蕭席楓は優しい口調で尋ねた。

「その日はチベットに行くはずでしたが、何かがあって予定を変更したのですよね？」

張懐堯は病床で黙ってうなずいた。

「何があったのです？」

「人が……会いに来たんです」

「彼とは知り合いでもなんでもなかった。チャットでしゃべったことがあるだけでした」

「詐欺師だ」その口調には怒りが込められていた。そしてこう説明した。「彼とは知り合いでもなんでもなかった。チャットでしゃべったことがあるだけでした」

「どんな人でしたか？」

「彼に何をされました？」

「あの地下室に連れていかれました」

「どうしてついていったのです？」

「ローラが捕まっていたからです」

「ローラ？」

「ペットの犬です。貴重な純血種のスコッチ・コリーの」

「ローラを盾に取られたからついていくしかなかった？」

「そうです」

「ローラのことが大好きなのですね」

「はい。彼女は妊娠していました」

「ローラはその地下室にいたのですか？」

「いました」

「それから、何があったのです？」

張懐堯は一瞬口ごもり、こう言った。「意識を失いました。後頭部がひどく痛かったから、殴られたんだと思います」

張懐堯の沈黙は時間の経過を表しているようだった。蕭席楓が続けて尋ねる。「かなり長い間、気を失っていましたか?」

張懐堯が言う。「そうだと思います」

「目が覚めたとき、どうなっていましたか?」

張懐堯は不安げに唇を舐めた。「最悪でした」

「どのように?」

「その地下室に閉じ込められていて、鎖にもつながれていました」

「さっきの男はいますか?」

張懐堯は首を横に振った。

「その地下室にいるのはあなた一人だけですか?」

「あと……」張懐堯は歯を食いしばり、強く相反する感情を込めて言った。「ローラが」

「ローラが一緒に閉じ込められていたのですか?」

「はい。あいつはもう一本の鎖をローラの首につないでいたんです」

「なるほど」蕭席楓は考え込み、また尋ねた。「地下室の様子を説明できますか?」

「あまり広くありません……天井の照明がまぶしくて……」張懐堯は感情を込めずに続ける。「床はひどく湿っていますが、そいつが絨毯《じゅうたん》を用意していたおかげで、床に敷けばそこまで寒くはなかったです……」

「それから何がありました？」

張懐堯の呼吸が急に乱れた。

「落ち着いて」蕭席楓は穏やかな声で張懐堯を誘導する。「思い出すのはゆっくりでいいです。一日目から始めましょう」

「一日目……」つぶやく張懐堯の動揺がいくぶん収まった。

蕭席楓は一つ確かめたいことを思い出した。「地下室に閉じ込められているとき、時間はわかりましたか？」

張懐堯が答える。「はい。日付が表示された時計が壁に掛けられていました」

「わかりました。では一日目から話してください。最初の日はどう過ごしましたか？」

「ほとんど逃げ出す方法を考えていました。最初は扉に近づこうと思いましたが、鎖でつながれていたせいで少しも歩けませんでした。鎖を壊そうとも考えましたが、何の道具もありません。そうこう格闘していたら喉が渇いてきました。ただ近くに洗面台があったので、蛇口をひねれば水が飲めました。すると洗面台にナイフが落ちていたんです。すぐさまそれをひったくって、あいつが戻ってきたらこのナイフで命がけで抵抗してやると考えました。でもいくら待っても奴は戻ってきません。だからナイフで鎖をこじ開けようともしたんですが、頑丈でびくともしませんでした。力が抜けて、床にぼうっと座り込んでいろんなことを考えているうちに何度も泣いてしまって……一日目はそうして終わりました」

「では二日目は？」蕭席楓は続けて尋ねた。「二日目はどうでした？」

「二日目は……」張懐堯は弱々しく話し出した。「二日目は昼になっていました。夜ほとんど眠れず、朝になってようやく限界が来てまぶたが重くなって、目が覚めたらもう昼だったんです。寝たおかげで気分がだいぶましになったので、落ち着くんだ、むやみにあがいたり、泣いたりしたところで無意味だと言い聞かせました。ここから出るには、外の助けが必要です。だからうつ伏せになって、外の音に耳を澄まし、誰かが近づいてきたら大声で助けを呼びました」

「反応はありましたか？」

張懐堯は首を振り、目を閉じながら言う。「外から足音は全部で五回聞こえましたが、どれだけ叫んでも返事一つ返ってきませんでした。そこでようやく、この地下室が防音で、中からいくら叫んでも外には聞こえないんだとわかりました」

「二日目はそうして過ごしたのですか？」

「はい。その日の夜も全然眠れませんでした」

「三日目は？」

「心の底から絶望しました」張懐堯は語る。「もう何をしても無駄だとわかり、逃げ出す方法すら考える気もありません。ほとんどローラと抱き合って体を温め合っていました」

蕭席楓は張懐堯の声が震えていることに気づき、「寒いですか?」と尋ねた。

張懐堯が力なく答える。「寒いしお腹も減って……」

蕭席楓はふと思い出したように質問した。「中に食べ物はありますか?」

張懐堯が辛そうに首を振る。「水しかないです。お腹が減って耐えられなくなったら水を飲みに行くしかありません」

蕭席楓は落ち着いた口調のまま話を進めた。「その夜は眠れましたか?」

「眠れました」張懐堯は一拍置き、こう付け加えた。「でもローラは眠れなかったみたいです」

「どうしてわかるのですか?」

「四日目の朝に目を覚ましたとき、ローラがそばに座っていたんです。ずっと僕を見つめていたみたいでした」

「その日はどう過ごしました?」

「何もしませんでした。体が弱っていて、立ち上がることすらしなかったです。そのまま横になって水を飲む気も起きず、また寝ました」

「再び目を覚ましたときには五日目になっていた?」

「はい、五日目に……」張懐堯の呼吸が乱れ始めた。「とても恐ろしいことに気づいたんです」

「なんですか？」蕭席楓も身構えたが、それでも口調は平静を保ったままだ。

張懐堯がしゃべる。「目を覚ましたとき、またローラがそばに座っていたんです。昨日と同じようにまばたき一つしない目でじっと見つめていました」

「どうして恐ろしくなったのです？　ローラのことは大好きなのでしょう？」張懐堯は張懐堯を元気づけようとした。「その部屋の中で、彼女こそ唯一のパートナーなのでしょう」

「不意に気づいたんです。ローラ……彼女も……お腹が減っているんだって」この言葉を絞り出した瞬間、張懐堯は緊張のあまりつばを飲み込んだ。

蕭席楓は言葉の意味に気づいた。「ローラが自分を食べようとしていると思ったのですか？」

張懐堯はうなずくと、また呼吸が忙しなくなった。

「それからどうしました？」

「慌てて足を組んで座りました」

「なぜです？　とても衰弱しているのでしょう？」

「弱っているところを見られたくないんです」張懐堯は感情的に言う。「そうしないとローラに獲物だと思われてしまう。だから絶対に体を起こさなきゃいけないんです」

「一日中そうしていたんですか？」

「はい。ナイフを握りしめたまま、限界を迎えて失神するように眠るまで、ローラと一日中睨み合っていました」

蕭席楓はこれまでの話をまとめた。「もう五日目ですが、あなたもローラも五日間何も食べていませんね」

「ええ」張懐堯は唇を舐めると、また飲み込む動作をした。

「では六日目には何がありました？」

「六日目は……」張懐堯は深く息を吐いた。「悪夢を見ました。蛇が顔中を這《は》い回っているんです。びっくりして起きて目を開けた瞬間、全身から冷や汗が吹き出しました。夢に出てきた蛇は、ローラの舌だったんです。あいつはずっと僕の顔を舐め回していたんだ」

「それから？」

「すぐさまナイフを振りかざして」張懐堯の声が途端に甲高くなった。「ローラのお腹に突き刺しました。そしたら雄叫びをあげて目の前で大きな口を開けたから、きっと咬みつこうとしたんだ。それからも何度もナイフを突き立てました。そういった行動は自分の意思とは無関係だったみたいで、制御できませんでした。ローラはゆっくり崩れ落ちて僕の胸元に倒れそうになったので、座ったまま後ずさりして避けると、床に倒れて小さく呼吸していました。お腹はもうぐちゃぐちゃで、血が内臓と一緒に傷口から流れています。子宮もすっかりズタズタで、まだ形をなしていない数匹の子犬がへその緒をつけたままお腹から出てきました。ローラは首をひねって自分の子どもを見ながらクンクンと鳴いて、そのまま動かなくなって死にました」

　催眠師が対象者の発言や感情に心を乱されることはあってはいけないが、これほど凄惨な描写に蕭席楓も少し息が詰まり、沈んだ声を発した。「ローラを殺したのですか……」

「先に食おうとしたのはあいつだ！　あいつが俺を食おうとしたから！」張懐堯は声を嗄《か》らして叫び続ける。

　蕭席楓は自分の気持ちを落ち着けると、続けて質問した。「それからどうしました？」

「あいつが俺を食おうと……」同じ言葉を繰り返す張懐堯の目は垂れ下がり、まるで何かしらの言い訳で自分に言い聞かせているようだ。

　その弁解の真意を察知した蕭席楓はある予想を口にした。「ローラを食べたのですか？」

　張懐堯の答えはない。彼は目の前の障害を意図的に避けたように黙ると、一つ前の質問に答え始めた。「それからあいつが戻ってきて、僕を見たんです」

「僕を見た」が本当に意味することは、「自分がしたことを見た」だろう。

　蕭席楓は意識を集中させた。「彼に何をされましたか？」

「笑われたんだ」張懐堯は歯ぎしりをし、顔に恨みを込めた。「あいつはこう言った。どうですか、あなたのような立派で愛情にあふれた人間がお友達に何をしたのか見てご覧なさいって」

「あなたは？　どういう反応をしました？」

「奴を刺し殺してやろうと、ナイフを持って突進しました。でも数歩もしないうちに鎖に引っ張られて転倒しました。奴はそんな僕を見て大笑いし、ここでそのおいしい犬肉のフルコースを味わいながらおとなしく待っているんだ、あと数日もすれば誰かが助けに来ると言って出ていきました。それから奴は来ませんでした」

「それから数日間、犬肉を食べて飢えをしのいでいたのですね？」

張懐堯の答えはない。彼は唇を嚙み締めながら体を小刻みに震わせている。

蕭席楓は張懐堯の枕元に近づき、かがみ込むと彼の耳元で小さくつぶやいた。「私たちにはわかっています。彼女が先にあなたを食べようとしたということを」

張懐堯の脳内で張りつめていた糸が緩み、彼はゆっくり大きく息を吐くと、「そうです」とだけ言った。

「疲れたでしょう。寝てください」蕭席楓の指示を聞いた張懐堯の呼吸は緩やかに整っていき、静かになると夢の中へ入っていった。

蕭席楓はそばで見ていた羅飛に手招きし、二人して病室から出ていった。

「どうでした？」羅飛はもうほとんど理解していたが、それでもプロの見解を聞きたかった。

蕭席楓が話す。「犯人は彼を罠にはめて、自分の愛犬を食べる道を選ばせたのです」

「深刻な結果だと見るべきでしょうか？」

「なんと言いましょうか、そうともそうでないとも言えます」そして蕭席楓は問い返した。「張懐堯救出時、マスコミに現場の状況は漏らしていませんよね？」

「もちろんです」

「それなら良かった。犯人は張懐堯の心に心穴をつくりましたが、幸い崩壊はまだです。犯人はもう亡くなり、彼にはもう心の橋を架けてあります。外から邪魔が入らなければ、そこまで深刻なことにはならないはずです」

「外からの邪魔」が何を指すか羅飛にはわかった。彼は「ええ」と答え、言った。「この件を決して外に漏らさないよう対策を考えます。張懐堯はすぐに留学に行くことになっているので、しばらくの間耐えきれば何事もなく終わるでしょう」

蕭席楓はうれしそうにうなずくと、感慨深げに語った。「私のせいで起きた事件も、これでようやく終わりです。はあ、涂連生《トゥーリエンション》への責任も果たせましたよ……」

11　七つの欲望、七通りの死に方

01

　二日後に警察は再び記者会見を開いた。大勢が注目していた事件が幕を下ろしたのだ。警察は張《ジャン》懐《ホアイ》堯《ヤオ》を救出したばかりか、危険極まりない被疑者の息の根を往来で止めたのであり、それらの功績は全て朱《ジュー》思《スー》俊《ジュン》という一介の警察官のものとなった。

　このような事情があって、記者会見はほとんど朱思俊の表彰式と化した。

　会見後の取材中、ある記者が朱思俊に次のような質問をした。「今回の事件では、犯人は催眠という防ぎようのない手段で殺人を犯しました。龍《ロン》州《ジョウ》市では昨年も催眠殺人が起き、市民は『催眠』という二文字にデリケートになっています。朱さんは犯人と二度も正面から対峙し、催眠が全く効かなかったそうですが、どうすれば邪悪な催眠術から身を守れるか、その経験を伝授していただけませんか？」

　朱思俊は力強くはきはきと答えた。「心に強い力を持ち続け、信念を貫き、自身を守るんです。これらができさえすれば、催眠にはかかりません」

近くで見ていた羅飛《ルオフェイ》が静かに首を横に振った。催眠対策がそんなに単純なら、どうして自分は睡眠時に薬品に頼らなければいけないのだ？

「あの野郎、調子よくしゃべっていますが、ついていただけじゃないですか」近づいてきた劉《リイウ》が小声でつぶやいた。

そんな様子の助手に羅飛はからかうように言った。「えらく不満そうだな？」

「当たり前じゃないですか」劉は我が世の春を謳歌《おうか》している朱思俊を横目に見た。「俺たちが何日もかけて苦労したのに、手柄は全部あいつの独り占めですよ。英雄みたいにちやほやされていますが、半年前の件の責任は持ち出されないんでしょうかね？」

この一連の殺人事件は、半年前に涂連生《トゥーリエンション》が屈辱を与えられたことに端を発する。朱思俊はそのとき現場で対応した警察官であり、その対応が不十分だった責任は免れない。だがいまの彼はもう過ちを清算し、人生の華々しい逆転劇を遂げた。

「そう腐るな。あいつがあそこまで駆け上がったのも、完全に運のおかげとは言えないぞ」羅飛は劉にほほ笑んだ。「簡単だ。糞を食えと言われて食えるか？」

劉はしょげた様子で無言で鼻をこすった。

「急いで事件終結の報告書を書いてくれ」羅飛は劉の肩を軽く叩き、こう付け加えた。「李凌風《リーリンフォン》の経歴をさらに詳しく頼む。いまの資料だとまだ穴だらけだ」

劉は「わかりました」と答えた。

現時点の証拠で李凌風が犯人だったと認定するに十分だが、これだけ大規模な事件だと被疑者の経歴や犯行時の心理状況といったデータも必要となってくる。これが警察が捜査を締めくくるうえでのポイントになった。

だが、形式的と思われていた捜査で、またしても意外な発見をすることになった。

午後、劉が羅飛の部屋に飛び込んできて、入ってくるなり声を張り上げた。「李凌風が『成り行き任せ』でした」

「何だって?」羅飛はしばらく劉の言葉をつかめなかった。

劉は抱えていたノートパソコンを机に置き、画面を開いて羅飛の前に移動させた。「このチャット履歴に見覚えはありませんか?」

羅飛が目を凝らすと、画面には会話のキャッチボールが表示されていた。

……
成り行き任せ:最近どうだい?
ペットパラダイス:あまり良くないです。言われた販売促進プランをひと通り試しましたが、最初は良くても数日で駄目になります。
成り行き任せ:もっと頑張って。世の中、簡単にいかないことばかりなんだから。

ペットパラダイス：頑張れって言われても、ぶっちゃけもうあまり信用していないというか。

……

ここまで読んで羅飛は思い出した。この履歴は「怒りのサイ」と蕭席楓《シャオシーフォン》とのネット上でのやり取りで見たことがある。「ペットパラダイス」は李小剛《リーシャオガン》のハンドルネームで、「成り行き任せ」は李小剛にアイディアを与えたウェブマーケターだ。

「李小剛がトラック妨害を計画したときのチャット履歴だな?」羅飛はその意味を噛み締めた。「李凌風が『成り行き任せ』だったと言ったな?」

「はい!」劉は興奮気味に説明する。「このノートパソコンは李凌風の私物です。彼のチャットソフトにログインして何となく確認するつもりでしたが、こんな事実が見つかるとは思ってもいませんでした」

「つまり李小剛にトラック妨害をそそのかした黒幕は李凌風だったということか?」

「そうです。プロフィールも我々の捜査と一致します」劉はますます早口になり、やや息切れを起こしていた。そこで少し落ち着いてからまたしゃべり出した。「捜査によって、李凌風の職業がいわゆる『ウェブマーケター』――要するにネット上で流行を煽《あお》って広告を打ってプロモーションを行う職業――だったことが明らかになっています。彼は三年前まで北京《ペイジン》のネットマーケティング会社に勤めていました。当時の同僚によると、李凌風は頭が回っていつも良い案を出すのですが、怖いもの知らずのところがあって、たびたび度を越したことをしでかすので会社も持て余し気味になって、理由をつけてクビになりました。それからはフリーになって何人かのネット有名人の輩出に一役買いましたが、全員悪い意味での有名人です。好かれていようが嫌われていようが、名を売ってなんぼというのが彼の理念でした。名前が知られれば注目も集まり、経済効果も生み出せて、世論すら動かせる力を持てるという考えだったようです」

その言葉を聞き、李凌風の強烈な自己顕示欲を思い出した羅飛は劉が言おうとしていることがわかった。「李凌風が一連の事件を起こしたのは、涂連生のために正義感を振りかざそうとしたんじゃなくて、単に自分が有名になりたかっただけだと言いたいのか？」「奴のどこに正義感があるって言うんですか？」劉は問い返すと持論を語った。「トラックの妨害を言い出したのは奴だったんですよ。きっと会社をクビになってからうだつの上がらない日々を送っていた李凌風は、現状に強い不満を持っていたはずです。奴は大勢の人間から注目を浴びるために、大掛かりな計画を立てようとしたんです。そこで涂連生が屈辱のあまり自殺した件に目をつけて、催眠を使って殺人を犯してからわざと捕まると、今度は警察の力を使ってメディアに出演するルートまでつくったんです。さらに張懐尭を監禁して、犬の糞を食わせるという馬鹿げたことを言い出したのも全部、有名になりたいという野望があったからです。ただ小賢《こざか》しかったばっかりに、最後は自分の命すらもてあそぶことになってしまいましたがね」

劉の推理に基づいて整理すると、李凌風のさまざまな奇行にも説明がつく。羅飛は劉を褒めたかったが、何かがおかしいと感じた。

李凌風が李小剛にトラックを妨害するようそそのかした黒幕だったという証拠は確かに意外すぎる。だがそれが持つ意味は、劉が考えるような簡単なものではないのかもしれない。この直感が羅飛の胸をふさいでいる。丸い円を描こうとして滑らかな筆運びを見せていたのに、最後が欠けてしまいきれいな円にならなかったみたいに。

だがその欠けがどこに存在するのか羅飛は自分でもうまく説明できず、ただ目を半開きにして押し黙ってしまった。視線の焦点が定まらなくなり、目の前のパソコンの画面もぼやけていく。

劉は羅飛が熟考に入ったとわかると、その邪魔をせずに座ってじっと待った。

時間がゆっくり過ぎていく。パソコンの画面が突然切り替わり、チャットページが消えて一枚の画像が表示された。羅飛の視線は途端にそれに釘付《くぎづ》けになった。全体的に重たい色合いの中に、真っ白なシャツを血で汚した禿頭《とくとう》の男が両手を上げている。

その男は外国人で、画像の色合いや構図から見て、映画のポスターに違いなかった。羅飛にはこれが事件と関連性があるとは思えなかった。

二、三秒経つとその男がゆっくり消え、別のポスターが浮き出てきた。どうやらスクリーンセーバーが起動したみたいで、これらの映画ポスターは李凌風が設定したスライドショーのようだ。

羅飛の視線がまた定まらなくなり、ポスターもぼやけてきた。だが突如数文字の漢字が錐のように目に飛び込んできた瞬間、羅飛は思わず「あっ!」と声をあげた。

「どうしました?」劉が慌てて顔を近づけた。これまでの経験上、羅飛がこのような反応をしたときは必ず何か大事なことを思いついていた。

羅飛は食い入るようにパソコン画面を見ている。「いま表示されていた文字はどこに消えた?」

劉が羅飛の視線の先を追う。文字なんてどこにあるんだ? 画面には映画の一幕が映っているだけだ。ボロボロの小屋の中に一人用のベッドが置かれ、その上に全身を白いシーツに覆われた男が寝ていて、不穏な気配が漂っている。

「さっき文字が出てきたんだ!」画面を指差す羅飛は断言口調で言った。

「どこです?」劉が反射的にマウスを動かすと画像は消えてしまい、画面にはまたチャットが表示された。

「消したのか?」羅飛が急かす。「さっきの画像を見せてくれ」

「はあ」劉はコントロールパネルを開くと、スクリーンセーバーに設定されている画像を表示した。

「これじゃない、次だ」羅飛は劉に指示しながら四、五枚に目を通すとようやく「ストップ」と叫んだ。

それはさっき表示されていた映画の一幕とは違い、編集を経てデザインされたポスターだった。ポスターのメインは二人の男の顔で、二人の額の上にそれぞれアルファベットが刻まれ、左には「Brad Pitt（ブラッド・ピット）」、右には「Morgan Freeman（モーガン・フリーマン）」とある。

その両者の顔が交わる箇所に、漢字が上から下に羅列されている。

容姿
色情
金銭
美食
名声
偽善
出世

それらの単語の下に、もっと大きく太いアルファベットで「Ｓｅ７ｅｎ」とある。さらにその下には小さな文字で「"Seven deadly desires. Seven ways to die."」と書かれている。

「ただの映画のポスターでしょう?」劉は意図がつかめなかった。

羅飛がヒントを出す。「英語のポスターにどうしていきなり漢字が出てくる? それにこの単語の意味が……本当にわからないのか?」

劉の表情が固まった。ようやく羅飛の思考に追いついた彼は、一瞬で頭のてっぺんまで寒気が走ったのを感じた。

02

張懐堯《ジャンホアイヤオ》は駅のそばにあるケンタッキーの店内にいた。目の前にはコーラの入ったコップしかない。腹が減っていないのではなく、食欲がないのだ。

なおも吐き気を覚えるここ数日間の経験は思い出すことさえ忌々しく、逃避は最適な方法かもしれなかったので、彼は結局旅行に行く計画を進めた。静かで落ち着ける場所に行けば、自分の顔を知る者も、厄介なマスコミや無責任な噂もない。

龍州《ロンジョウ》で張懐堯は一躍時の人になってしまった。大きなサングラスをかけたところで、ひと目のつかない場所にいないとすぐにそれとバレてしまう。

いまついているテーブルはトイレの隣にあり、一般人が好き好んで座る場所ではない。張懐堯はコーラのコップを持ちながら、龍州最後のひとときを一人で味わっていた。

予定では予約の列車があと一時間で駅に到着する。それから彼はチベットまで行き、旅行を終えたらそのままヨーロッパに留学に行く。可能であれば、もう帰ってきたくはない。

張懐堯が自分だけの孤独を静かに堪能していたところに、一人の女が真っ直ぐやってきて彼の向かいに座った。

平凡な見た目で、三十歳過ぎといったところだ。張懐堯が違和感を覚えたのは、店内には空いたテーブルがいくつもあるのに、彼女がわざわざそこに座った点だ。だが彼女が車椅子の子どもを連れているので、その疑問は消え去った。

彼女は子どもを連れて店内のトイレを使いたかっただけで、このテーブルがトイレに一番近いから一時的に腰を下ろしたのだろう。張懐堯は推測しながら、車椅子に目を向けた。

車椅子には小学生ぐらいの子どもが乗っていた。うつむいたままピクリとも動いていないので、寝ているのだろう。小さな子どもはブランケットに包まれ、ニット帽を目深にかぶり、両目の部分だけ露出している。

向かいの女は張懐堯の視線に気づき、車椅子の子どものほうを見た。うっとりしたような眼差しだった。

あらゆる母親の目に世界で一番美しく映るのが我が子だ。だが張懐堯は、自分の子どもをそのような目で見つめる母親をほとんど見たことがなかった。

その瞳に込められた感情は寵愛《ちょうあい》というレベルを通り越し、全身全霊で崇拝しているのに近い、我を忘れた状態のようだ。

そのときその女性が張懐堯のほうを振り向き、「こんにちは」とあいさつしてきた。張懐堯もそれに「どうも」と答えた。

「犬を飼っているんですか?」女が突然質問した。話しかけた瞬間に見せた微笑がどういうわけか奇妙だった。

ぎょっとした張懐堯はこう答えた。「ええ……飼っていました」

「私も飼ってたんです、ミニプードル」女の笑顔がますます輝く。「その子ったら私のほっぺたを舐めるのが大好きだったんですよ。なんでかわかります?」

張懐堯は眉をひそめたまま一言も発しなかった。

女は勝手にしゃべり続ける。「私が遅くまで寝るのが大好きだったから、そんな風に起こしてくれていたんです。知ってます? 寝ているときに犬が頬を舐めるのって、その人のことをとても気にかけているからなんですよ。あんまりよく寝ているから心配になって、舌先で呼吸を確認して生きてるかどうか判断するんです」

張懐堯は目を見開いたまま彼女を見つめ、呼吸も荒くなり、気が動転していたが尋ねた。

「犬が人を舐めるのは、別の理由もあるんじゃないんですか？」

「別の理由？」女はぽかんとした表情で尋ねた。「どんな？」

「例えば」張懐堯は辛そうに口を開いた。「本当は食べようとしていたとか……」

「まさか」女は呆れたように言う。「犬が飼い主を食べたいと思うわけないじゃないですか。ただ心ない人たちが自分の飼っていた犬を食べたって話は何回も聞いたことありますけど」

　急激に吐き気がこみ上げ、気分が悪くなった張懐堯はこの場を離れたかったが、両足が縫いつけられたように動かない。

　女は立ち上がると車椅子を押して店外に向かった。彼女は張懐堯に別れを告げることも、途中で振り返ることもしなかった。

03

「さっき見た映画のタイトルが『セブン』だと？　それが事件と何の関係があるんだ？」

魯《ルー》局長は怪訝な表情で羅飛《ルオフエイ》を見ている。羅飛がいきなり自分のところに来たかと思ったら、唐突に映画の話題を振った理由が彼には理解できなかった。

「とても大きく関係しています」羅飛は非常にかしこまって言う。「実際に見ていただくのが一番ですが、時間もないため……簡単にあらすじを説明しましょう」

魯局長は黙ってうなずいた。

「この作品は連続殺人事件をテーマにしたアメリカの映画で、犯人はカトリックが定める七つの大罪になぞらえた殺人を行うことで人々を戒めようとします」簡単にまとめたあと、羅飛は核心となるストーリーについて話し始めた。「事件の最初の被害者は肥満体で、彼は胃が破裂するまで食事を強いられ続けられました。現場には、彼の罪が『暴食』であることを示すメモが犯人により残されています。二人目の被害者は弁護士で、彼は自分の肉をえぐり取って天秤《てんびん》に乗せるよう迫られ、出血多量で亡くなっています。彼の罪は『強欲』でした。三人目の被害者の罪は『怠惰』で、彼はベッドに縛りつけられ一年もの間身動き一つ取らされず、生きた屍《しかばね》と成り果てました。四人目の被害者は娼婦《しょうふ》で、その罪は『肉欲』。犯人に無理やり下半身にナイフを装着させられた客の男と性交したため、彼女の死はひときわ惨《むご》たらしいものになりました。五人目の被害者はきれいなモデルで、鼻を削がれ、顔を切り裂かれた彼女は、電話で助けを呼ぶよりも睡眠薬を飲んで自殺することを選びました。プライドが高かった彼女は、醜い顔と化した事実を受け入れられなかったのです。そして『高慢』こそ犯人が彼女に着せた罪でした」

羅飛はここでいったん話をやめ、反応をうかがうように魯局長を見つめた。

魯局長はすでに話の意味を聞き取っていた。「李凌風《リーリンフォン》はその映画の影響を受けて犯行に及んだということか？」

「そのとおりです」羅飛は魯局長にプリントアウトした二枚の紙を差し出した。「この二枚の画像を見てください。一枚目が映画のオリジナルのポスターで、二枚目が李凌風が自分のパソコンに壁紙として設定していたものです」

魯局長は眼鏡をかけてしげしげと見比べた。「ふむ……構図は同じだが、印刷された文字に違いがあるようだな」

「一番上は主演二人の名前なので関係ありません」羅飛は前に出て、ポスターに指を伸ばしながら説明した。「最も肝心な違いは中央の単語です。オリジナルのポスターでは上から順番に英語でGLUTTONY、GREED、SLOTH、ENVY、WRATH、PRIDE、LUSTと表示されています。これは翻訳すると暴食、強欲、怠惰、嫉妬、憤怒、高慢、肉欲となり、カトリックが教義で定める七つの大罪にもなります。しかし李凌風が手を加えたパソコンの壁紙では、その箇所に漢字が当てられ、それぞれ容姿、色情、金銭、美食、名声、偽善、出世とあります。その下にはゴシック体の英語があり、一見「Seven」と読めますが、真ん中のアルファベットの『v』が数字の『7』になっています。これは映画のオリジナルタイトルで、二枚の画像とも一緒です。一番下にある小文字の英文にまた違いがあります。オリジナルポスターには“Seven deadly sins. Seven ways to die.”とあり、これは翻訳すると『七つの死に至る罪、七通りの死に方』となりますが、李凌風が手を加えたものは“Seven deadly desires. Seven ways to die.”となっていて、『七つの死に至る欲望、七通りの死に方』となります」

羅飛の説明を聞き終えれば、映画と龍州《ロンジョウ》で起きた一連の殺人事件との関係は明々白々だった。魯局長は眼鏡を外し、こうまとめた。「つまり李凌風は最初から映画に出てくる犯人の殺人のプロセスを模倣して、カトリックにある『七つの大罪』を自分が定義する『七つの欲望』に変えていただけだったということか?」

「おっしゃるとおりです」羅飛は憂い顔で重たいため息をついた。

「奴の計画どおりになっていたら、七人が死んでいたということか」魯局長は安堵の声をあげた。「止めるのが間に合って良かった」

羅飛は苦笑した。「いえ、間に合ってなんかいません。彼の計画はまだ進行中なんです」

魯局長は驚くと、何度も首を振って否定した。「どうしてそうなる? 李凌風はもう死んだだろう」

羅飛は低い声で言った。「彼の死も計画の内だからです」

「なんだと?」魯局長は意味が全くわからないというように目をしばたたかせた。

「この計画も映画の内容と呼応しています」そして羅飛はまた映画のストーリーを話し出した。「映画では犯人はモデルを殺害後、警察に来て刑事に自首します。しかしその時点では五つの罪を終わらせたばかりでした。その後、配達員によって刑事の妻の生首が入った箱が彼のもとに届けられます。怒りに駆られた刑事は冷静さを失い、犯人を射殺し、自分も刑務所に行くことになるんです」

魯局長は困惑の表情を浮かべた。「その展開にどんな意味があるんだ?」

羅飛は説明した。「犯人は刑事の手によって自身の計画を完遂させたんです。彼は嫉妬心によって刑事の妻を殺したため、自身が『嫉妬』の罪の担い手となりました。そして犯人を射殺した刑事は『憤怒』の罪を犯したんです。つまり犯人は自らの死をもって七つの大罪の罰を遂げたことになります」

それで理解した魯局長はすぐに推測を投げかけた。「李凌風も自分から死を求めたと言いたいのか? 彼もまた七つの欲望の一つを犯していたから?」

羅飛はうなずいた。「はい、李凌風の欲望は『名声』です。長年ウェブマーケターをやっていた彼は有名になることが何より大事だと考えていました。半年前にトラックを妨害して犬を救出する計画を立てたのは彼なのですから、彼もまた涂連生《トゥーリエンション》の死に責任があります」

魯局長は真剣な面持ちになり、また眼鏡をかけると壁紙にされていたポスターを手に取り、また細かく観察した。そしてため息混じりに言った。「ということは、朱思俊《ジュースージュン》に対応する欲望は『出世』だな?」

「はい」羅飛は答えると、被害者全員を一度に並べ立てた。「彼ら二人のほか、趙麗麗《ジャオリーリー》は善』です。五人は自分の欲望が原因で亡くなっています」

『容姿』、姚舒瀚《ヤオシユーハン》は『色情』、李小剛《リーシヤオガン》は『金銭』、林瑞麟《リンルイリン》は『美食』、張懐堯《ジヤンホアイヤオ》の欲望は『偽

魯局長は眉間にしわを寄せたまま黙った。しばらくして慎重な口ぶりで羅飛に話しかけた。「その分析は基本的に正しいと思うが、本件の現状についてそこまで悪く考える必要もないと思う。参考までに二つの見解を述べよう。まず一つ目は李凌風への心理的なアプローチだ。その映画には宗教色があることを踏まえるべきであって、西洋人は信仰のためなら自分の命も捧げられるだろうが、李凌風はいったいどんな力に支えられて同様の犠牲を払うことができたんだ？　二つ目は事件そのものについてだ。朱思俊が李凌風を車で跳ねて殺したのは仕方のないことだったばかりか褒めてしかるべきことであり、罰を与える計画というのなら筋が通っていない。それに張懐堯はすでに救出されているだろう？　これもまた犯人の計画がすでに破綻していることを意味している。私が言いたいのは、李凌風が本当に跳ねられて死んでしまったのは、彼の計算外だったかもしれないということだ」

「そうかもしれません……」羅飛は魯局長の見解を完全に否定しなかったが、すぐにこう言った。「しかし慎重を期して、最悪のケースを想定するべきだと思います」

「うむ」魯局長もその意見には賛成だった。彼は羅飛に尋ねた。「ではこれからどうするつもりだ？」

「まずは張懐堯と朱思俊を保護し、催眠師による催眠治療を受けさせて、あらゆる潜在的リスクを除去します」

魯局長は思い出したかのように言った。「そういえば張懐堯にはもう催眠をかけたんじゃなかったか？」

「一度行いました」羅飛が答える。「しかしそのときは事態がここまで深刻なものと思っていなかったので、もう一度かけることは無意味ではありません」

魯局長はうなずいた。「では手配したまえ」

「すでに済ませています。朱思俊には劉《リイウ》を行かせましたが、張懐堯には……魯局長に取り持っていただくことになるかもしれません」

「どうしてだ？」

「張懐堯は退院後に携帯電話の番号を換えていて、我々では連絡が取りようがありません。新しい連絡先を知っているのは張書記だけだと聞きました」

「わかった。私から張書記に電話してみる」魯局長はそう言いながら卓上の電話の受話器を手に取り、携帯電話の番号を押した。電話はすぐにつながった。

「張書記ですか、魯です。ええ、懐堯君の新しい電話番号をお聞きしたくて……いや、大したことではありません。刑事隊の形式的な再確認作業と言いましょうか。はい、メモしますのでどうぞ」魯局長は羅飛に目配せした。羅飛には紙もペンも必要なく、頭脳だけを頼りに魯局長が復唱する数字の羅列を記憶した。

魯局長が電話を切るとともに、羅飛は記憶したばかりの携帯電話番号を即座に入力した。呼び出し音がしばらく鳴り続け、ようやくつながった。「もしもし？」

張懐堯の声ではないとすぐに気づいた羅飛は直ちに質問した。「誰だ？　張懐堯は？」

相手が聞き返す。「そちらは？」

「刑事隊長の羅飛だ」

「羅隊長でしたか」相手が電話口で名を名乗る。「駅派出所の周琪《ジョウチー》です」

「周所長？」羅飛はいぶかしんだ。「張懐堯の携帯電話じゃないんですか？」

「私にも何とも。遺体の身元確認がまだできていないので」

「遺体？」羅飛の心がにわかに重くなった。「遺体と言いましたか？」

「こっちでたったいま事故が起きて、飛び込み自殺があったんですよ。それで現場を片付けていたんですがね、この携帯電話は被害者の所持品ですよ。ところでどうしてこの電話にかけたんですか？」

「私が行くまで現場を動かさないでください！」羅飛は慌ただしく電話を切った。ここまで速い事態の悪化に、彼の額には玉のような細かい汗がにじみ出ていた。

張懐堯《ジャンホアイヤオ》が亡くなったとき、現場には大勢の目撃者がおり、事が起きた瞬間の証言はだいたい一致していた。

午後三時三十分頃、張懐堯は龍州《ロンジヨウ》駅の二番ホームにやってきた。彼は人混みを避けてホームの隅に一人たたずみ、うつろな目で遠くを見つめていた。

三時四十分、列車が二番ホームに入ってきた。車両の先端と張懐堯との距離が十メートルもなくなった瞬間、彼は突然ホームから飛び降りた。ブレーキを踏む暇もなく、先頭車両が張懐堯を押し潰していった。

死者が市党委員会の張書記の子息だとわかり、駅の関係者はいささか気を揉んだ。周《ジヨウ》所長はかなり焦った様子で太鼓判を押した。

「絶対に自殺だと私が保証します。事故の瞬間、半径十メートル以内に人っ子一人いなかったんです」

自殺ということは羅飛《ルオフエイ》にもわかっているが、張懐堯が望んでやったことではないと確信している。何らかの邪悪な力がこの青年の精神世界を侵したに違いない。

そのとき一台の小型乗用車がホームに入ってきた。全員ひと目見るなり、張辰《チエン》が知らせを聞いて駆けつけてきたのだとわかった。

「現場を規制して周囲の人間たちを退散させるんだ。絶対に記者を中に入れるんじゃない」魯《ルー》局長は周琪《チー》にいくつか命じると、小型乗用車のところまで出迎えに行った。

小型乗用車が規制テープの外に停まり、沈痛な面持ちの張辰が降りてきた。

魯局長が張辰の前に出て忠告する。「張書記、現場はご覧にならないほうが……」

張辰は無言で魯局長を押し退《の》けると、毅然《きぜん》とテープをくぐった。一歩ずつホームの端に近づき、目の前の惨状に卒倒しかけた。

レールに横たわる全身がすり潰され、ばらばらになった死体は、すでに人の形を成していなかった。

全身の筋肉が固まった張辰はただ唇を激しく震わせるだけだった。五秒ほど経つと途端に全身が揺れ、斜め後ろに倒れ込んだ。

張辰の運転手が慌てて駆け寄り、彼の体を支えた。周囲の人間もその光景に一瞬肝を冷やした。

張辰は手を上げ、「大丈夫だ」と答えると、必死に耐えながら立ち上がった。視線をレールの死体から離さず、深くくぼんだ目から涙がかすかに光っている。

その様子を見て羅飛は胸が押し潰されそうだった。いま目の前にいるのは市党委員会書記でもなんでもない、悲しみに打ちひしがれる一人の父親であり、痛みで心が潰れた老人だった。

羅飛は喉から小さな声を絞り出した。「申し訳ございません……」

声のしたほうを向いた張辰は羅飛の姿を認めると精一杯の笑みを作った。「君のせいじゃない……君たちは全力を尽くした。ただこの子が弱すぎたばかりに苦しみを乗り越えられなかったんだ……」

羅飛はまだ何かを言おうとしたが、魯局長の視線に止められた。魯局長はすぐさま張辰の運転手に言った。「早く張書記に車内でお休みいただくようにしましょう」

「張書記、謹んでお悔やみ申し上げます」運転手は小声で張辰に思いやりの言葉をかけるとともに、彼の腕を軽く引っ張った。今度は張辰は抵抗することなく、運転手に支えられ現場から離れた。

魯局長がつかつかと羅飛のそばに歩み寄り、耳打ちした。「まだ状況が不確かなんだから、余計なことを言うな」

羅飛ははっとし、数秒後に魯局長の意図に気づいた。

張辰からすれば、龍州市公安局は張懐堯の救出任務をすでに終わらせていて、現在の惨劇は息子が暗い影から逃れられなかったから起きたことにすぎない。だが羅飛が「七つの欲望」の推測を口にすれば、途端に状況は一変し、張懐堯の死も犯人の計画の内となれば、龍州市公安局は捜査怠慢による職務不履行の責任を免れない。そこまで考えると羅飛は苦々しげに笑って首を振った。

張辰を見送ると、羅飛と魯局長も現場に長居することはなかった。劉《リイウ》が朱思俊《ジユースージユン》を連れて刑事隊に戻ってきたという知らせを受けたので、全員一斉に車で引き返したのだった。

会議室で姿勢を正して座る朱思俊にいまのところ異常は見られない。いまでは彼が「七つの欲望」殺人計画の唯一の生き残りなのだ。

羅飛が現在の状況を詳しく語って聞かすと、朱思俊は少しも不安がることもなく、逆に羅飛を鼻で笑った。「羅隊長はどうして毎回私を目の敵《かたき》にするんです？」

羅飛はその問いに面食らった。「私がいつ目の敵にしたんだ？」

「荒唐無稽な話をさんざん並べ立てて、アメリカの映画まで持ち出してきて、私が本当の狙いに気づかないとでも思ってるんですか？」朱思俊は会議室内を見渡すと言った。「わかりました。じゃあ代わりに言いましょう。羅隊長はこう言いたいんじゃないですか。お前は英雄でもなんでもない、李凌風《リーリンフオン》に利用されただけだ。お前は張懐堯を救出したどころか、逆に彼を死に追いやったんだ。李凌風を跳ね飛ばしたことすら間違いだった。お前は犯人が計画を完成させる手助けをしたんだってね」

自分の分析をここまで曲解された羅飛は頭を抱えたくなったが、口酸っぱく諭すしかなかった。「どう思おうが、私は事件を分析しただけだ。そして他の者が死んだいま、君も非常に危険な立場にある」

朱思俊が猛然と反論する。「私のどこが危険だって言うんですか？　死んだ人間を怖がるとでも？　危険と言うならその元凶は李凌風じゃなく、腹に一物持ってる同僚だと思いますけど」

そばで聞いていた劉が我慢できなくなり、朱思俊の鼻先に指を指して非難した。「それはどういう意味だ？　俺たちがあんたをハメる理由がどこにある？」

朱思俊は羅飛に向かって尋ねる。「羅隊長は張懐堯に心理療法を受けさせましたよね？それなのになぜ自殺したんです？　それに対しての責任はないんですか？」

この問いに羅飛は弁解できず、素直に認めた。「ある」

朱思俊が追撃する。「じゃあこんなでたらめな理由を話しに来たのは、責任から逃れるためじゃないんですか？」

「違う」羅飛は揺るぎない答えを口にした。朱思俊の目を見据え、彼の心の中を見破ろうと試みた。

たった数日で朱思俊はうだつの上がらない交通警察官から世間の注目を集める英雄となり、本来は臆病だった性格も荒々しく自分勝手になった。この変化に羅飛は急速に膨れ上がる欲望をはっきりと見て取った。

羅飛は警察が次々に遅れを取る理由を改めて考えた。警察が対峙しているのは用意周到な犯人ばかりではない、さらに恐ろしいのは被害者の心にいる制御不可能な悪魔なのだ。

犯人は警察と直接やり合わずとも、それらの悪魔を解き放ってやるだけで、獲物は自分の欲望に飲み込まれてしまう。

「全員落ち着くんだ！」黙っていた魯局長がついに場のまとめに取り掛かり、羅飛に代わって朱思俊に説明した。「羅隊長が『七つの欲望』の分析を出したとき、まだ張懐堯の自殺は伝わっていなかった。彼が責任逃れをするためというのはあり得ん」

朱思俊は魯局長相手に反論を説こうとはしなかったが、頑なに主張した。「なんであれそんな分析信じませんし、誰の催眠であってもごめんですよ」そう言うと彼は少し間を置き、あざけりを込めた口調で冷淡に笑った。「催眠を受けた張懐堯はどうなりました？」

「無理強いはしない。本当に催眠治療を受けるつもりがないのなら」魯局長は朱思俊を見つめて言った。「自分の隊に戻りたまえ。劉、送っていくんだ」

「魯局長……」羅飛は懸念の色を浮かべ、なんとか止めようとした。しかし彼を制して手を振る魯局長の態度は頑なだった。

朱思俊は立ち上がると、魯局長にのみあいさつをして澄ました顔で立ち去った。朱思俊に腸が煮えくり返っているのか、劉は見送ろうとしなかったが、羅飛から「ついていくんだ、届け終わるまで決して揉めるんじゃないぞ」と促されてようやく席を立ってあとを追った。

二人が去ってしばらくしてから羅飛は納得できずに魯局長に尋ねた。「どうして行かせたんです？」

「他に何ができた？　我々の英雄を拘束するつもりだったか？」魯局長は打つ手なしと言いたげに手を掲げた。「強制措置に出たところでうまくいかないのは目に見えている。彼が協力を拒むのなら、こっそり進めるしかないだろう」

羅飛はその意味が聞き取れた。「密かに催眠をかけるということですね？」

「できるか？」

「下準備が必要です」羅飛は続けてこう言った。「しかし最優先すべきは朱思俊の安全の確保です」

魯局長は「ふむ」とうなると、「劉につきっきりで見張らせるんだ」と言った。

「夜の睡眠はどうします？」

魯局長は少し考えてから提案した。「私が交通警察隊とかけ合って、今後数日間の朱思俊の勤務を夜勤にしてもらう。昼間も帰宅させずに、寮に住まわせる」

「わかりました」羅飛は一時的にだが安心した。

「そっちは催眠のプランを一刻も早く練るんだ。もし朱思俊に何かあれば、警察の完敗としか言えなくなる」羅飛がいざ仕事に発《た》とうとした瞬間、魯局長は念を入れてこう言い含めた。「この件はとりあえず他言無用だ。でないと業務に差し支える。わかったな？」

羅飛はうなずいた。

05

羅飛《ルオフェイ》は夕食を済ませると蕭席楓《シャオシーフォン》のもとを訪れ、彼の助力を得られるよう願った。

「相手が非協力的なら、催眠の難易度は間違いなく高くなりますね」蕭席楓は分析する。「肝心な点は、彼に顔がバレているので接近するのが困難ということです」

羅飛が提案する。「うちには専門の技術職員がいるので、変装させられますよ」

「ほお？　どのぐらいまで？」

「面と向かってじっくり見られない限り、本人だと気づかれません」

「ふむ、それなら……」蕭席楓は少し考え込み、言った。「あとはうまい具合に彼に接近する状況が必要です。警戒心を少しも抱かせてはいけません」

実は同じことを考えていた羅飛は劉《リイウ》に電話をかけた。「そっちの状況はどうだ？」

「聞かないでくださいよ」劉は愚痴を吐いた。「あの野郎、完全にこっちを敵視しています。保護しているっていうのに、奴の前じゃ愛想笑いまでしなきゃいけないんですから」

「一緒にいないのか？」

「はい。奴は前方のパトカーに乗っています。現在車で追っているところです」

「いま朱思俊《ジューースージュン》に密かに催眠をかける計画を練っている最中だ。彼の行動の癖を注意深く観察して、何か使えるチャンスがないか探るんだ」

「羅隊長、この仕事は他に適任がいないんですか」劉は文句を言った。「自分はもうあいつについて回りたくありません。長年警察官やってて、ここまで腹が立ったことはないですよ」

「これは任務だ、いまはお前の意見を聞いていない」羅飛は厳しい口調に切り替えた。「腹を立てようが、仕事を忠実にこなすんだ」

叱責された劉は言葉を詰まらせた。

「我慢して奴の機嫌を取ってやれ」そう言うと羅飛は口調をだいぶ和らげた。「この任務が終わったら酒をたっぷりおごってやる」

「それでしたら！」劉ははきはきと返事した。若く酒好きな彼だが、捜査期間中は飲酒が許されていないためここ最近一滴も飲んでいない。

羅飛が電話を切ると、そばで聞いていた蕭席楓が心配そうに尋ねた。「大丈夫でしょうか？」

「大丈夫です」そう言って羅飛ははは、と笑い飛ばした。「劉は直情型で、口では文句ばかり言っていますが、適当な仕事は絶対にしません」

劉もまた実際の行動で羅飛の信頼に応えた。深夜、彼が羅飛に電話をかけたとき、羅飛は横になったばかりでまだ眠ってはいなかった。

「羅隊長がおっしゃった方法が本当にうまくいきました」劉は興奮気味に話し始めた。「どうした?」

「言われたとおり、朱思俊の機嫌を取ってやったんですよ。さすが英雄だとか、きっとどこまでも出世するでしょうねとか言ったらすぐにのぼせ上がって、いまなら我々としゃべってもいいと言っています」

「うん?」その反応は羅飛にとって予想外だった。「何をしゃべるつもりだと思う?」

「自分にもわかりません。話すのは羅隊長が来てからだと言っています」

「じゃあいまからそっちに向かう」羅飛は起き上がり、尋ねた。「いまどこだ?」

劉が答えた。「揚子江《ヤンズージャン》路です。劉集鎮《リイウジー》の交差点を過ぎて南へ五百メートルほどのところです」

羅飛は続けて尋ねた。「そんなところへ何しに行ったんだ?」揚子江路は龍州《ロンジョウ》市郊外を通る、辺鄙《へんぴ》な場所にある国道だ。

「朱思俊が退勤後に静かな場所でじっくり話がしたいと言ったので、ここまで車で来たんです」

その場所は朱思俊が勤務する南郊外環状高速道路からそこまで離れていない。羅飛は当初、劉に朱思俊を刑事隊まで連れてきてもらうつもりだったが、情緒不安定な朱思俊が刑事隊に来た途端、態度を翻すという懸念が頭をよぎったので、考えを改めた。まあ自分から会いに行くのもいいだろう。

羅飛は揚子江路まで車を飛ばした。三十分後に劉集鎮の交差点に着き、スピードを落として道路の両側を見渡すと、そう離れていないところに劉の車をすぐに見つけた。

羅飛は劉の車の後ろに停車し、劉と朱思俊に声をかけようと車から降りた瞬間、目の前にある車にヘッドライトもテールライトも灯っておらず、ドアも閉まっていて真っ暗な車内に劉も朱思俊の姿も見当たらないことに気づいた。

羅飛はドアを開けようとしたが、ロックされていたため、四方に呼びかけた。「劉、劉……」

周囲が闇に包まれた国道はしんと静まり返り、羅飛の声が遠くまで響くものの返事は返ってこない。

いぶかしんだ羅飛は携帯電話を取り出すと、劉に電話をかけた。通話ボタンを押した瞬間、近くから携帯電話の着信音が響いた。疑惑がますます膨らむ中、その音のほうへ視線を向けるが、暗闇に覆われた砂利道に小さな明滅が見えるだけだった。

劉の携帯電話だと思った羅飛は近づいてその携帯電話を拾い上げると、身を乗り出して砂利道の下を見渡した。

下には田畑が続き、大きな稲穂が夜風に揺れている。そのときあぜ道に誰かが倒れているのに気づき、羅飛はそのピクリとも動かない影に急いで駆け寄った。走る中、月明かりを借りて見たそれは、劉だった。

羅飛は沈痛な気分を押し殺し、小さな声で呼びかけた。「劉！」そして身をかがめて彼の口と鼻の間に手をかざしたが、その瞬間、全身が凍りついた。劉の呼吸はすでに止まっていた。

羅飛が動揺しながら苦しみ喘ぎ、悲しみと怒りで胸が張り裂けそうになっていたとき、右側のそう遠くないところからうめき声を耳にした。とても弱々しく、肉体と精神双方の痛みを耐えているようにも、死にゆく者が吐く末期のため息のようにも聞こえる。

羅飛はひとまず劉の遺体を放置し、うめき声のするほうを探索すると、劉と同じようにあぜ道に倒れている朱思俊を発見した。左手で胸を押さえ、右手は力なく草むらに横たわっている。両目は閉じられ、瀕死《ひんし》のようだ。

「どうしたんだ？」羅飛は朱思俊の目の前にしゃがみこんで詰め寄りながら、朱思俊の左手を引っ張って傷の具合を見ようとした。

その瞬間、朱思俊の右手が素早く動いたかと思うと、硬い何かが羅飛の後頭部をしたたかに打ちつけた。羅飛の体が震え、数瞬の間こらえたものの、硬直したまま倒れ込んだ。

どのぐらい時間が経ったのか、羅飛は昏睡《こんすい》から目を覚ました。後頭部に焼けるような痛みを覚え、意識も朦朧《もうろう》としていて目の前もぼやけており、自分がどこにいるかすらわからない。羅飛は無意識にうなった。

「羅隊長、起きましたか?」何者かに冷ややかに問いかけられた羅飛は、それが朱思俊の声だと聞き取れた。そして意識が徐々に回復し、襲われた当時のことを思い出していった。自分が朱思俊にハメられたのだと悟った。

周囲に目を凝らすと、車の後部座席に寝かされていた。これは劉の車だ。車体がわずかに振動しているのは走行中だからだろう。外は相変わらず真っ暗で、車窓に集まる夜の重々しさが車内へ浸透し、氷点下の静寂が羅飛の周囲にたゆたう。

羅飛は腰を下ろそうとあがいたが、上半身の身動きが全く取れず、自分が縛られているのだと理解した。そして腕を動かして限られたスペースを探ると、自分の体の下に硬い人間の体があることに気づいた。

羅飛の心臓が一瞬止まりかけ、それから激しい痛みが胸から全身へまたたく間に伝わっていき、無数の微細な針を全身の細胞一つ一つに一斉に差し込まれたようだった。それは劉の遺体だった。この若者はもうこの世から去り、二度と戻ってくることはない。そしていま、彼の死体はまさに自分と背中合わせの状態で一緒に縛られている。

「朱思俊……」羅飛がかすれ声で問いただす。「何をするつもりだ?!」

「何をするつもりだって?　こうなったのも全部、あんたらのせいじゃないか!」朱思俊は運転席から後ろを振り向き、憎々しげに羅飛をにらんだ。

「劉を殺したな！」

朱思俊がわめいて言い返す。「俺から将来を奪おうとしたからだろっ！」

「劉はただお前を守ろうと……」羅飛は苦しみのあまり目を閉じた。脳裏に数時間前の劉との通話がよぎった。劉がそのときもう朱思俊の敵対心を感じていたのに、自分は彼に任務を続けるよう頑固に言い聞かせたのだ。羅飛は悔やみ、死んだのが劉ではなく自分であったのならとすら思った。

朱思俊は何も心動かされることなく嚙み締めた歯の隙間から恨み言を並べ立てる。「守るだって？　そんな綺麗事《きれいごと》、いまさら誰が信じるんだ。あんたらは俺を陥れようとしてるだけだ。あんたらは俺が英雄になったことが、俺一人に刑事隊全体の功績が横取りされたことが許せないんだ！　口では守ると言っておきながら、実際は俺を蹴落として恥をかかせた挙げ句に痛い目を見せてやろうと企んでるんだろう！　でもお前らの思いどおりになんかなってたまるか！　ここまで上りつめたんだから、もう二度とそんなこと考えさせないようにしてやる！」

朱思俊はほとんど正気を失っていた。魔に魅入られたような朱思俊を見ていた羅飛は不意に何かに思い至り、苦笑してつぶやいた。「お前は……もう催眠にかけられていたんだな……」

「あんたはいっつも自分が正しいとしか考えていないのか？」朱思俊は再び振り向くと、

歪んだ笑みで羅飛を一瞥した。「口を開けば催眠催眠って、見てみろ、いま場を支配しているのは誰だ？　簀巻《す》きにされているのはどっちだ？」

「全部、李凌風の計画だ！」羅飛はあらん限りの声で叫ぶことで、催眠中の朱思俊を呼び覚まそうとした。「そうやって非を認めないままだと、自分を追いつめるだけだ！」

朱思俊は「はんっ」と鼻で笑い、「やっぱり何もわかってないんだな」と蔑むように言った。

朱思俊の言葉に裏があると感じた羅飛は「どういう意味だ？」と尋ねた。

「本当に場を支配しているのは俺だ！」朱思俊は勝ち誇ったように不気味に笑った。「李凌風だって？　あいつも単なる踏み台なんだよ」

羅飛の背筋に冷たいものが走った。「まさか……奴を跳ねたのはわざとか？」

「もちろん。奴が地下から逃走するってことはとっくに知っていたから、跳ね飛ばすだけで手柄は俺のものだ。くくっ、これこそ計画だろ、違うか？　デカいメリットがなかったら誰が犬の糞なんか食うかよ？」

羅飛は悟った。朱思俊が催眠をあれほど拒んだのは、自分の卑劣な行為を掘り起こされるのを恐れてのことだったのだ。「お前ら、いつからつながっていた？」

すると朱思俊は羅飛を見下したように一瞥した。「説明するのも面倒だ。地獄で李凌風にでも聞くんだな」そう言うとアクセルを踏み込み、車をますます加速させた。

「俺たち刑事隊を甘く見過ぎだ」羅飛は冷ややかに言い放った。

「そうですか？」朱思俊は皮肉たっぷりに聞き返す。「あなた自身風前の灯火《ともしび》なのに、あなたたちをどう怖がればいいんですか？」

「俺を殺せばしのげると思っているんだろう？　だがな、すぐに捕まるぞ。お前の殺しは素人丸出しだ、大量の手がかりを残すに決まっている」

「はあ？」朱思俊は余裕を見せて質問する。「じゃあ専門家の視点で、どう殺せば素人っぽくならないか教えてくれます？」

しばらくの沈黙のあと、羅飛が口を開いた。「この車を水中に沈めるつもりだろう」

「ほお？」朱思俊の声から、心を見抜かれたときの驚きが漏れていた。羅飛は続けて言った。「この車には手がかりが多すぎる。水中に沈めれば人も車も消えるから、警察が捜索しようにも手のつけようがない」

「そのとおりですよ」自分の企みが羅飛に見抜かれた朱思俊に、もはや隠すことはなかった。「いまは南明《ナンミン》山に向かっているところです。そこには翡翠《フェイツイ》湖と隣り合った数キロに及ぶ下り坂の山道があって、途中に急カーブがあるんですよ。良い角度を狙ってアクセルを入れれば……車は湖目がけて飛んでいきます。どうやってこの方法を思いついたと思います？　数年前に南郊外大隊で交通警察をやっていたとき、制御不能になった小型車が湖に飛び込んだことがあるんですが、あそこは水深が十メートル以上あったんで、さんざん苦労した挙げ句、車内から遺体だけしか引き上げられず、車体はまだ湖底に眠っているんですよ。これでも自分たちが見つかると思いますか？」

南明山に翡翠湖、どちらも羅飛には馴染みがありすぎる場所だ。だいぶ人里離れたところで、道中に設置された防犯カメラも少ない。交通警察である朱思俊にとって、たった数カ所の防犯カメラを避けることなど造作もないことだ。彼の計画どおりに進めば、自分も湖底に沈んだまま永遠に日の目を見ない屍となるかもしれない。

羅飛は揚子江路から南明山までの自動車ルートを頭に描くとともに、窓の外にかすかにひらめく闇夜と街灯の風景から自分がいまいるおおよその場所を特定しようとした。そして時間の引き延ばしにさらに頭を絞った。

「一つ忘れているみたいだな」羅飛は小馬鹿にしたように言った。

「何を？」先ほど心を見透かされた朱思俊は羅飛の発言に若干身構えた。

「俺の車だよ」羅飛が言う。「揚子江路に停めてあるから、明日になれば誰かが見つけて、警察が付近を少し捜索すれば劉の殺害現場を見つけるはずだ。あそこには血痕だけでなくお前の足跡もある」

「ご忠告どうも」朱思俊は笑い飛ばした。「でもそんなことはとっくに気づいていた。だからあんたの車を一・五キロ南に移動させたんだ。そこまで離れちゃいないが、刑事隊の捜索範囲外なのは確かでしょう」

羅飛は弱々しい笑みを浮かべた。生き延びる時間を稼ぐために、叶《かな》うならその車を処理するために朱思俊に現場まで戻ってもらいたかった。しかしその機会は初めからなかった。車は真っ直ぐ進み続ける。そのとき窓に道路標識が一瞬映り、その地名をはっきり目にした羅飛はまたアイディアをひねり出した。彼はふふっ、と失笑した。「勝ち誇るのはまだ早いぞ。俺たちを車ごと湖に沈めたところで、警察は死体を見つけ出せるんだ」

朱思俊は思わず聞き返した。「どうやって？」

「刑事隊の業務に詳しくないみたいだな。劉のように特別任務を任されて出動した場合、ＧＰＳ発信機を身に着けることになっているんだよ」

「だから？　発信機が水中でも作動するなんて信じませんよ」

「水中じゃもちろん無理だ。だがコントロールセンターは信号が消える前の発信機のルートを検出できる。信号が翡翠湖周辺で消えたとわかったら、警察だってダイバーを派遣して水底をさらうさ」

朱思俊は押し黙った。脳を回転させているのが明らかだ。すると突然ハンドルを切って本来のルートから離れ、脇道に入った。その道路は時折他の車のライトがきらめき、さっき走っていた道路より交通量が多い。

その道を五、六分ほど走ると、朱思俊は車を脇に停め、陰鬱な表情で迫った。「発信機はどこだ？」

羅飛は笑い飛ばした。「言うと思うか？」

朱思俊はそれ以上尋ねず、車から降りて後部座席側に回ると、羅飛の足があるほうのドアの取っ手に手をかけた。

「お前らの企みを俺が見抜けないと思ってるのか？」朱思俊は乱暴にドアを開けると、前かがみになって劉の左足から革靴を引き剝がした。

朱思俊が手で革靴のかかと部分を引き裂こうとし始めたが、力が足りないと思ったのか、今度は歯をむき出してかかとに嚙みついた。そのとき遠くからやってきた車のハイビームが夜の闇を切り裂き、朱思俊の獰猛な顔が羅飛の眼前に露わになった。

かかとがついに引き裂かれたが、中には発信機も何も入っていなかった。朱思俊は怒りに任せてその革靴を羅飛の顔に叩きつけると、またかがんで今度は劉の右足から靴を脱がした。

まぶしい光線とエンジンのうなりが同時に近づいてくると、羅飛は待ちに待ったタイミングが来たと集中し、朱思俊がかがんだ瞬間に両足を一気に引きつけ、彼の両肩目がけて足裏を突き出して蹴り上げた。不意を突かれた朱思俊は頭から後ろに転がっていった。

一台のトラックが羅飛の目の前をかすめ、その瞬間、耳をつんざくようなブレーキ音が響いた。数秒の時が経ち、ブレーキ音はトラックのスピードとともに消えた。

トラックの運転手が慌てた様子で羅飛の足があるドアの前まで駆けてきた。その四十歳ぐらいの男は、車内を見るなりうろたえながら尋ねた。「な、なんだってんだこりゃ？」

羅飛は至極冷静な口調でその男に話しかけた。「お願いします、ロープをほどいてください」

男の手足には全く力が入らず、かなりの時間をかけてようやく羅飛を縛るロープをほどいた。そして羅飛が車内からゆっくり這い出たとき、男は泣きそうな声で懇願した。「もう少しで警察が来るから、証人になってくれ。俺は普通に運転してただけなのに、あいつがいきなり道路に転がり込んできたんだ」

「私が警察です」羅飛はそう言うと、トラックのほうへ向かった。そしてすぐにタイヤの下敷きになっている朱思俊を確認した。死に様は昨日の張懐堯よりいくらかましともいえなくもない。

トラックの運転手は不安げに羅飛の背後に隠れている。

死地から生還したとはいえ、羅飛はうれしくも何ともなかった。そして朱思俊の死体を見下ろし、しばらく凝視したあとつぶやいた。「ついに成った……」

「へ？」運転手は狼狽《ろうばい》気味に顔を寄せ、警察を名乗った目の前の不審な人物に当惑の視線を向けた。

「彼の計画が成ったんだ」羅飛は押し潰されそうなほど真っ暗な空を見上げ、深くため息をついた。「七つの欲望が……」

12　透明な復讐者

01

卓についているのは二人だけなのに、食器は三人分並べられている。蒸留酒を一息で飲み干せる量が入るグラスには三杯とも白酒《バイジイウ》が並々と注がれている。

「飲もう」羅飛《ルオフェイ》は目の周りを真っ赤にさせながらそれだけを口にし、グラスを掲げると首を反らして一口で飲みきった。向かいに座る張雨《ジャンユイー》もそれに続き、グラスを空けた。

「任務が終わったら酒に付き合うと約束したよな。今日は思う存分飲もう」羅飛は無人の隣の席に語りかけながらグラスを手にすると、そこに置かれたグラスに軽く当て、それから一気にあおった。「兄弟、お前の酒は俺が替わりに飲むからな」そう言うと無人の席のグラスをつかみ、また首を反らして飲みきった。

強いアルコールが喉を通り、肺腑《はいふ》に染み渡り、血と涙を沸騰させる。

張雨は空いた二杯のグラスを酒で満たした。「兄弟、俺も付き合うぞ」彼は羅飛を真似て二杯とも飲んだ。そして羅飛もまた一杯グラスを空けた。飲み終わると二人の間に沈黙が流れた。

長い時間を経て、羅飛が重たい口を開いた。「劉《リイウ》の検死結果は出たのか?」

「ナイフによる心臓への刺し傷が致命傷だった。肋骨《ろっこつ》の間には五センチものナイフの先端部分が挟まっていた」羅飛を見つめる張雨の目に燃えるような感情がたぎった。「わかるか?　お前は劉に救われたんだ」

「え?」羅飛は意味がわからず顔を上げた。

張雨が説明する。「折れたナイフから劉の指紋が見つかった。指紋の位置と鮮明度から、劉が刺されてからの反応がわかるし、こんな結論も簡単に導き出せる。劉は死ぬ直前、自分に刺さったナイフを全力で叩き折ったんだ」

張雨の言葉の意味を羅飛は一瞬で理解した。そして事件現場の映像が瞬時に脳内で展開された。

朱思俊《ジュースージュン》に揚子江《ヤンズージヤン》路まで誘い出された劉は、羅飛を電話で呼んで通話を切ったあと、朱思俊にナイフで襲われた。身を守るのが遅れた劉は心臓を刺されて致命傷を負った。しかし朱思俊が次に羅飛を手にかけるととっさに判断した彼は、力を振り絞って自分の肋骨の隙間に刺さったナイフを折ることで、羅飛の命を奪う凶器を使えなくさせたのだ。

ナイフをなくした朱思俊は代わりとなるものを見つけようとしたが、探し回ってようやく手にしたのが割れていないレンガだった。レンガの攻撃力はナイフをはるかに下回る。朱思俊はそれで羅飛を襲ったが、その一撃が致命傷になることはなく、羅飛は気絶しただけだった。

劉が肋骨でナイフを折った決死の行動が自分に生き延びる道を与えてくれたのだと羅飛は痛感した。

「劉、良い相棒だった……」誰もいない席を凝視する羅飛の目から流れる涙が頬を伝わり、あごからポタポタと垂れた。それから羅飛は目を閉じるとしばらく黙り、そしてまた数枚のティッシュで円を描くように顔をぬぐった。そうしてひとしきりぬぐうとようやく目を開けた。悲痛と無念と感謝の念がこもった涙で洗い流された両目に、再び揺るぎない意志と輝かしい光が宿った。

張雨の意識も別の世界に入っていた。彼は手を止めず、機械的に料理をはしでつまんでは口に運び、自分で酌《しゃく》をしているうちに思考がまとまらないせいで視界がますます歪んでいった。羅飛がいつもの羅飛に戻ったのを見て、彼はたまらず尋ねた。「全部、李凌風《リーリンフォン》の計画だったと言うのか？」

うなずく羅飛の顔からはもう失意と悲痛の色は見えない。

「でもどうやってだ？　もう死んだ人間がどうやって死んだあとのこともコントロールできる？」

「生前に準備万端だったのさ」羅飛が答える。「あの日、ビュイックの中で李凌風が自身の『逃走プラン』をわざと朱思俊に漏らしたのは、朱思俊に轢《ひ》かれるためだ。朱思俊は李凌風さえ死ねば真相を知る者はいなくなると考えたが、自分もまた李凌風が生前に仕掛けた罠に掛かっていたとは思わなかっただろう。そう言える根拠は李凌風のノートパソコンの中にある。警察が『七つの欲望』という手がかりを見つければ、朱思俊を保護しようとする。だが警察に注目され保護されることを大きな脅威とみなしていた朱思俊は、自分の出世のために命がけの悪あがきに出たんだ。奴はそうやって間違いを重ねていくうちに窮地に追い込まれた。そして李凌風の計画は大成功というわけだ」

「しかしだな……」張雨がためらいがちに尋ねる。「朱思俊がうまくいってしまった場合は？　奴がお前を殺して翡翠湖《フェイツイ》に沈めたとしても、李凌風の計画は達成されたのか？」

「達成したことに変わりはない」羅飛は苦笑いした。「考えてもみろ、劉は俺の指示で朱思俊の護衛についていたんだから、俺と劉が同時に消えたとなったら真っ先に疑われるのが朱思俊だ。警察に捜査されれば奴は強く反発するだろう。結局奴はとっくの昔に欲望への狂った道をひた走っていて、そのゴールは肉体と欲望の滅亡しかなかったんだ。違う点を言うなら、そのルートだと朱思俊とそのイカれた欲望の殉死者が何人も出たはずだ」

寒気を覚えた張雨はショックを振り落とすように首を振った。「出世のために人間はそこまでおかしくなれるものかね……」

羅飛が答える。「奴はもともと強烈な出世欲を持っていた。そこに李凌風の催眠を受けて……」

「朱思俊も催眠をかけられていたと言うのか？」

「そうだ。奴の行動はもはや常識では説明できないものばかりだからな」

張雨は少し考えてまた尋ねた。「じゃあ張懐堯《ジャンホアイヤオ》は？　彼はどうして自殺したんだ？」

「李凌風が事前にトリガーを仕掛けていて、特定の状況で張懐堯の心穴が爆発するようにしていたんだ」

張雨が即座に聞き返す。「蕭席楓《シャオシーフォン》に張懐堯へ催眠をかけさせたんじゃないのか？　いったいどうやって……？」

「李凌風の催眠方法が上を行っていたとしか言えんな」羅飛は一拍置き、自分を責めるような口調になった。「あのときは『七つの欲望』計画を把握していなかったから、李凌風の死で事件が終わったとばかり思っていた。それが……張懐堯が死んで朱思俊を死守しないといけなくなるとはな。でも朱思俊を見張るほど奴の反発は強くなっていった。この事件がどう進展するのかは全て、李凌風の手のひらの上だったとも言える」

「そりゃおっかないな。李凌風は策略家だったわけか……死んだのが救いだ」張雨はため息を漏らすと、別の疑念に思い至った。「でも自分すら巻き込んだのはどうしてだ？」

「奴の死も計画の内だからだ」

「でもそんな必要がどこにある？　『七つの欲望』という殺戮計画を行うことに何か特別な意味があったのか？　自分自身の命すら捨てられるほどか？」

魯《ルー》局長からも聞かれた質問だ。羅飛は熟考の末に答えをひねり出した。「一番の可能性は、やはり名を上げるためだろう」

張雨はにわかには賛同できないといった様子だ。「でも奴は死ぬ前から有名だっただろう？」

「それだけじゃ足りなかった。奴は世界中に自分を知ってもらいたかったのかもしれない」

「世界に名を馳せるってか？　それはオーバーすぎるだろう？」

「ちっともオーバーじゃない。奴の目的は達成するはずだった」羅飛は料理を口に含み、説明を続けた。「『セブン』はアメリカの有名なハリウッド映画で、世界的に知られている。李凌風は映画の手口を完璧にコピーしていたのだから、何事もなければ事件はまたたく間に広がってその名は世界に轟《とどろ》いていたさ」

「でも『七つの欲望』計画が誰にも知られていないんじゃ、広まらないだろう？」

「ノートパソコンに警察への手がかりを残していた奴が、一般人向けにネットに残してないとでも？」羅飛はふふっと笑い飛ばした。「その手がかりはまだネットに浮上していないが、それは事件の最新情報がまだ記者にバレていないからだけかもな。張懐堯や朱思俊の死が明るみになったとき……どうなるか見ておくんだな」

張雨は愕然《がくぜん》とし頭を抱えた。「奴は有名になりたいあまり正気を失ってたんだな」

「ああ、奴は異常者だ。己の欲望に狂わされた、な」そして羅飛は目の前のグラスを掲げ、さっと手を振りながら言った。「この話はやめにして飲むぞ。今日は劉に付き合って楽しく飲むんだ」

張雨もグラスを掲げ、二人は酒を注ぎ合って飲み合った。羅飛は無人の席のグラスに軽く当てるという方法を踏襲し、そのたびに一気に飲み干した。羅飛は張雨より酒が強かったが、今回は張雨より先に酔い潰れた。

目を開けたとき、空はすっかり白んでいて、羅飛は自分が公安局の隊長室の小さなベッドに寝ていることに気づいたが、いくら思い返してもレストランからここまでどうやって戻ってきたのか思い出せなかった。

羅飛は誰かに聞こうと携帯電話に番号を入力し始めたが、通話ボタンを押す直前になってそれが劉の電話番号だと気づいた。重要なことも些細なこともまず劉に尋ねるという長年染みついた習慣に彼はしばらく困惑し、それからまた心が苦しくなった。

頭を切り替えて、今度は張雨の携帯電話にかけた。電話に出た張雨はいきなりこう尋ねた。「起きたか？　大丈夫か？」

「ちょっと頭が」羅飛は左手でこめかみを揉んだ。「昨日どれぐらい飲んだんだ？」

「二人で一本空けたんだぞ、五十二度の酒を。俺よりハイペースで、三百ミリは飲んだんじゃないか」

羅飛はため息をついた。「そりゃ飲みすぎだな。酔って暴れたりしなかったよな?」

「暴れる? お前は酔っ払っても他人よりよっぽど冷静だろ」張雨は羅飛を茶化《ちゃか》し、また言った。「だけどお前が酒の席で言ったあの予言は当たりそうにないがな」

「予言?」羅飛はめまいがして、酒の席でした予言など思い出せなかった。

「李凌風は有名になるって言っていたが、いまのところ何の動きもないみたいだぞ」

羅飛はそれで自分の発言を思い出し、「ああ」とつぶやくと少し考え込んだ。「張懐堯と朱思俊の死はまだ報道されていないんだろ?」

だが張雨はこんなことを言った。「昨日報道されていたぞ。二人とも龍州《ロンジョウ》の有名人だからな、死んだっていうニュースがネットとマスコミのせいであちこちまで広まったぞ。だけどお前が言っていた『七つの欲望』計画は知られていないから、まだ二人の死と李凌風を結びつけられないみたいだ」

「李凌風はきっと手がかりを残している」羅飛は自分の判断を信じた。「ただまだ見つけられていないだけだ」

「昨日ネットを何度も検索したが、手がかりの欠片も見つからなかったぞ」張雨は少し間を空け、尋ねた。「奴が本当に何らかの手がかりを残していたとして、そこまでわかりづらくする必要もないだろ？」

羅飛は言葉に詰まり、答えることも反論することもできなかった。

張雨は提案した。「この件に関しては別の可能性を考えなきゃいけないんじゃないか」

「うーん」羅飛は張雨のアドバイスを受け入れた。「俺もネットを調べてみるから、あとでまた連絡する」

電話を切ると羅飛は隊長室のパソコンをつけてネットを細かく検索してみたが、「七つの欲望」計画と関連のある情報は一つも見当たらなかった。

自分の判断が誤っている？　李凌風が計画を達成させたのは名を売るためではなく別の意図があった？

だが改めて考えてみると、李凌風の本当の目的がなんであれ、彼が有名になるチャンスを棒に振る理由がない。

今回の連続殺人事件は手口がいままでにないほど巧妙で、高知能犯罪の分野でも「世界を揺るがす怪奇事件」と言える。李凌風が抱えていた名声や利益を求める強烈な欲望をもってして、そんな「偉大な作品」を警察の事件簿の中だけに埋もれて忘れ去られるという結末を望むだろうか？

「この理屈は通らない……なら、俺の判断が間違っているんだ」羅飛はそう結論を出した。

羅飛は目を閉じるとオフィスチェアに身を委ね、右手を机の縁にかけながら人差し指で卓上を軽く叩き、非常に落ち着いたリズムを取った。人差し指以外に体のどの部位も動かず静止している。そして微細な汗が額から浮き出てきた。透き通った汗の粒が音もなく生まれ、広がり、蒸発し、または飲み込まれる――羅飛の体内のアルコール、倦怠《けんたい》感、混乱、困惑も飲み込んでいく。

頭の中で事件に関する要素が一つに集められ、人間、物事、鍵となる物証、そして関係者の重要な言葉の全てが脳の指揮系統に従って高速で配置につく。時系列どおりに一糸乱れぬ隊列をなす様子はまるで慎重に並べたドミノだ。

思考と想像の天窓の下で羅飛は指先で一枚目のドミノを倒した。ドミノが一枚ずつ倒れていき、脳内で事件を高速回転させていく。最初こそ順調で、ドミノは何の懸念もなく倒れていったが、後半のある箇所に差し掛かるとドミノ倒しが途端に止まった。

それに伴い、机を叩いていた羅飛の人差し指も停止した。だが羅飛が頭の中ですぐにそのミスをしたドミノを探し出し、さまざまな角度からつぶさに観察したあと、それをゆっくり左へ九十度ひねると、後ろのドミノもまたそれに連なり向きを変えた。

この調整は驚くべき結果をもたらし、ドミノはまたしても一枚ずつ倒れていき、最後の一枚まで倒れきった。

ついに目を開けた羅飛は視線を窓の外に向けると、抜けるような青い空と白い雲があり、闇の片隅にまで光を照らす苛烈な日差しがあった。

羅飛は額を軽くぬぐうと、座椅子から猛然と跳ね起き、勢いよく部屋を出ると小走りで魯《ルー》局長の部屋まで向かった。

羅飛を目にした魯局長は呆れたように言った。「家に帰って休めと言わなかったか？」九死に一生の経験をした羅飛は魯局長から特別に一週間の休暇をもらい、コンディションを整えるよう言われていたのだ。

「まだ休むときではありません」羅飛は魯局長の前に座り、丁重に告げた。「魯局長、特別捜査チームの業務を再開しなければいけなくなりました」

「事件はとっくに片付いて、あとは報告書を書くだけだろう」魯局長はもういいと手を振り、正直に話した。「まとめるのは確かに骨が折れるだろうが、お前が書かなくていいんだ」

羅飛はその言葉の真意を聞き取れた。もし自分に書かせたら、報告書にきっと犯人の犯罪計画、そして張懐堯と朱思俊の死の真相を書き込むに違いない。だが市公安局トップの立場からすれば、警察が被《こうむ》る巨大な圧力を回避するため、張懐堯と朱思俊の事件はこれまでの殺人事件と分けて扱うことが望ましい。

それも魯局長が羅飛を休ませたがった理由の一つだろう。

羅飛は魯局長に手をかざし、強い口調で言った。「報告書を書くことには興味ありません。私が興味あるのは事件の真相と犯人の殺人計画です」

「真相？　計画？」魯局長は落胆の色を隠さず言う。「犯人の計画はもう達成されたんじゃないのか？　ターゲットを一人残らず手をかけたどころか、我々は劉まで犠牲にさせられた。これが真相じゃないのか？」

「それについていくら考えてもわからない疑問がありました。魯局長が最初にお気づきになられた点です、つまり……」羅飛は言葉を区切り、続けて言った。「李凌風が自分の命までかける必要がどこにあったか？」

「確かにこの前気になったが」魯局長は肩をすくめた。「しかしいまその問題にこだわってどんな意味がある？」

「意味ならあります」羅飛は真摯に訴えた。「この問題に真相が隠されているからです」

「ほお？」羅飛の言葉の重みを受け取った魯局長は彼に話を続けるよう示した。

「私もいまは魯局長と同じ疑問を持っています。計画が文句なしに完璧であっても、李凌風がその実現のために自分の命を投げ打つことはしないと思います。そこで私は……彼は計画を実行できなかったと考えました」

魯局長は羅飛を怪訝そうに見つめた。「だが計画は最後まで実行されたどころか達成されてしまったぞ」

「おっしゃるとおりです」羅飛はうやうやしく目を細めた。「しかし計画の実行役は李凌風ではなかったと思われます」

魯局長は耳を疑った。「犯人は他にいると言うのか?」

羅飛は神妙な面持ちを崩さずうなずいた。

「そんな馬鹿な?」魯局長にとってこの意見は受け入れがたいものだった。「李凌風には犯罪の確固たる証拠もあるし、信憑《しんぴょう》性の高い自供もしていて、全て自分が裏で糸を引いていたと認めている。これで犯人じゃないなんてことがあるか?」

羅飛は沈黙のあと、反論した。「朱思俊が李凌風を殺害したのはさらに疑いようのない事実であり、朱思俊もまた自身が全てをコントロールしていたと信じていました。事件の後半だけしか見ていなかったら、我々もこんな結論を下せていたのかもしれません。つまり、朱思俊こそこの殺人計画を企画し実行した人間だったと」

魯局長は羅飛の言わんとしていることを理解し、確認するように尋ねた。「李凌風も朱思俊も真犯人に操られたコマだったというのか?」

「はい」羅飛はその考えに沿って分析する。「二人とも真犯人に催眠をかけられていたんです。犯人はまず李凌風の自己顕示欲を利用して彼を操り、前半に数件の殺人事件を起こしました。その後、出世をエサに朱思俊をそそのかして彼を操り、後半の殺人計画も遂げたんです」

魯局長は首を振った。「その推測は大胆すぎる……本当にそうなら、これまで警察が真犯人の存在に全く気づけなかったのはどういうことだ? 透明人間だったとでも言うつもりか？」

「透明人間ですか……」羅飛は意味ありげにつぶやき、また目を細めながら話した。「まさに透明人間のように最初から最後まで暗闇に身を潜めていたのも、この計画の尋常ならざるところです」

「ふむ？」魯局長は羅飛の説明を待った。

「七人を立て続けに殺害するという重大な連続殺人事件を警察が指をくわえて待つはずがありません。警察の立場で考えれば、どれほどの人員と物資を投入しようが解決するという一択しかありません。そのため、犯人が無傷で退場しようとすれば、一番良い方法は自分自身を『透明人間』にすることです」

「だから自分は表に出ることなく、裏で操っていただけということか？」

羅飛はうなずき、分析を進めた。「しかし裏で暗躍するにしても避けては通れない問題があります。それはどうやって操られていた人間の口をふさぐかということです。多くの犯罪者は殺人を決行するとき、殺人依頼をするなどして自分の存在を隠そうとします。ですが依頼された殺し屋が警察に捕まれば、黒幕も自《おの》ずとあぶり出されるのがほとんどです。今回の事件に話を戻しますと、真犯人は特殊な方法で殺人を遠隔操作したわけですが、警察は操られたコマからそれでも突破口を見つけ出せたわけです」

魯局長は羅飛の思考に沿って言った。「だからコマも排除する必要があったんだな」

「重要なのは、どう排除するかです」羅飛は話を続ける。「殺し屋を雇った人間の多くが殺人実行後に口封じに出ますが、その行動さえ警察に手がかりを残すことになりかねません。ですから本件の真犯人は慎重に事を運び、その企ての最下層に極めて巧妙に身を隠しているんです」

魯局長が思案しながら問いかける。「企てとは、『七つの欲望』という殺人計画のことか？」

羅飛はうなずいて言葉を続けた。「はい。映画の『セブン』のストーリーを使って犯罪を模倣したんです。そうして映画のストーリーと照らし合わせた警察は、犯人が自分から死を選んだと考えるはずです。それでその企てを考えた人物は、自らを『透明』にして部外者になるという目的を達せられたというわけです」

魯局長はさんざん考えた末に口を開いた。「いまの分析は合理性があるとも言える。ただどれも主観と憶測に寄っていて、肝心の証拠がないだろう」

羅飛は即座に答えた。「証拠が一つあります」

「うん？」魯局長の目が光った。「言ってみろ」

羅飛は説明する。「朱思俊は死ぬ前、李凌風を跳ね飛ばしたときの裏事情を口にしましたが、そのとき振り返るように、『デカいメリットがなかったら誰が犬の糞なんか食うかよ？』と言いました」

「ふむ、つまり朱思俊が李凌風を跳ね飛ばしたのも計画の内で予定どおりだったというわけだな」

「彼が事件後に催眠を受けようとしなかったのは、催眠中に真相を語り出すことを恐れていたためです。しかし……」羅飛は記憶をさらにさかのぼった。「李凌風の逮捕直後に、蕭席楓の催眠を受けさせたときは抵抗する素振りすら見せませんでした」

「朱思俊はそのときはまだ巻き込まれていなかったから、やましいことは何もなかったと」

「ですので、朱思俊が黒幕に催眠をかけられたのは、李凌風が逮捕されてから朱思俊が犬の糞を食べるまでの間だったと推測できます。しかしその間、朱思俊と李凌風は全く接触していません」

そこまで話すと、最も肝心な結論がすでに眼前に迫っていた。魯局長は指で机を叩き言った。「つまり、朱思俊に催眠をかけたのは李凌風じゃなかった」

「はい。そしてその人物こそ本件の真犯人です。彼の企ては考え抜かれていましたが、それでもその過程で自分の足跡を残しています」羅飛は一拍置き、続けた。「現在はこの人物の犯行の一部始終を再現できます。真犯人は二人の助手を選びました、それが李凌風と朱思俊です。その黒幕はまず李凌風に催眠をかけると、彼に有名になりたいという欲望を抱かせて、趙麗麗《ジャオリーリー》、姚舒瀚《ヤオシユーハン》、李小剛《リーシヤオガン》、林瑞麟《リンルイリン》の四人を殺害するとともに張懐堯に致命傷となる『心穴』を植えつけました。しかし李凌風は自分の命を終わらせる考えなど毛頭もなく、自分が無事に逃げおおせると思っていました。そのとき朱思俊が登場し、黒幕に操られながら李凌風を跳ね飛ばし、自身も引き返せない道へと踏み出したんです」

羅飛の分析を聞き終えた魯局長はまた疑問を投げかけた。「李凌風がビュイックで朱思俊に催眠をかけていないのなら、盗聴器の電波を妨害する必要はあったか？」

「真犯人によるカモフラージュだと思われます。実はいまになって、李凌風はそもそも催眠術ができなかったのではと疑っています」

「なに？」

「彼は逮捕後、催眠の腕を披露したことがありません。犯行手口を供述していたときは大口を叩いていただけだと思われます。注目されたいがためのホラでしょう」

「だが蕭席楓と対面したときに自己催眠をかけていなかったか？」

警察官に扮した蕭席楓が奇襲の形で李凌風に催眠をかけようとしたが、李凌風はそれを察して自分から睡眠状態に入った。これは一般人ができることではない。

「真犯人が前もって仕掛けたトリガーが作動しただけでしょう」羅飛は推測する。「李凌風はそのときすでに催眠にかけられていて、催眠による脅威を感じた瞬間に自分から睡眠に入れるようになっていたんです。『記憶障害』の催眠効果と似たようなものです」

魯局長はしばらく考え、また尋ねた。「催眠術ができなかったのなら、どうやって趙麗麗たちを殺したんだ?」

羅飛は推測を続けた。「それもトリガーを使ったんでしょう。真犯人はあらかじめ趙麗麗たちに催眠をかけていて、李凌風には道具を運ぶ役目しか負わせず、その道具を利用して意識の『爆弾』を起爆させたんです」

魯局長は納得いかないように舌を鳴らすと、羅飛に指摘した。「趙麗麗たちは李凌風が接触する前まで普通に暮らしていて、催眠をかけられている様子ではなかった」

羅飛は眉間にしわを寄せた。確かに矛盾する。特に姚舒瀚には殺される前に会って話までしているが、そのときの彼は精神状態に全く問題はなかった。李凌風が届けた道具は姚舒瀚の頭をおかしくさせ死に至らしめることすら可能なものだったのか?

昨年の「顔面食いちぎりゾンビ事件」と「ハト人間落下死事件」を振り返ると、犯人はトリガーを利用して殺害を延期させていた。だがその二人の被害者は催眠をかけられてから異常な状態にあり、トリガーは単に「死の命令」を下すスイッチにすぎなかった。だが今回の事件で趙麗麗たちは李凌風に出会う前まで何の異常な兆候も見せていない。こうなると真犯人の催眠の手口は人智《じんち》を超えている。

合理的な説明をすぐに出せなかった羅飛は言葉を濁した。「この事件はまだ詳しく検証し、何度も考える必要があるのは確かです……しかし背後に真犯人がいる可能性がゼロではないのは間違いありません」

「しかしだな」魯局長は両手をこすり合わせた。「それは結局可能性だ。もう事件の結論が出ているのだから、捜査を続けるということは、その結論を覆すということだぞ。今回受けている圧力はお前もよくわかっているはずだ……」

羅飛も当然理解している。これまでは「犯人」が警察にその場で殺されたというのが結論で、公安局は立て続けに記者会見を開いている。これで真犯人が別にいると発表すれば、それは警察による自傷行為そのものではないか？　それにこの事件は市党委員会書記の子息まで絡んでいる。大衆と上層部の板挟みになっている魯局長として、慎重を期すのもやむを得ない話だった。

魯局長の言葉から、特別捜査チームを再集結して事件を捜査するのは不可能だとわかった。羅飛はすがるように尋ねるしかなかった。「魯局長、では……何か後押しをお願いできないでしょうか？」

魯局長は頰杖《ほおづえ》をつき、しばらく黙ってから言った。「半月の休暇ならやってもいい」

羅飛は一瞬自分の耳を疑ったが、すぐに我に返った。「独自に秘密捜査をしろということですか？」

「そうだ。半月で実質的な証拠が見つけられなかったら、この件はそれで終わりだ。見つけられたら」魯局長の目が光る。「どれほどの圧力を受けようが、私もお前の再捜査を支援する」

「わかりました」羅飛は目を細め、誓いを立てるように拳を振り上げた。「半月でやり遂げます」

02

一週間後。

昼がますます長くなり、夜七時を過ぎた頃に空がようやく暗くなり始めた。

双橋新村《シュアンチヤオシンツン》の七号棟六〇二号室から出てきた蕭席楓《シヤオシーフオン》は防犯用ドアの鍵をしっかり閉めると、うつむきながら階段を下りた。

このアパートは六階建てで、エレベーターはない。蕭席楓は一階の出入口を出ると、周囲を見回してから足早に立ち去った。

すぐ近くの隅に停めてある車の運転席から、徐々に遠くなっていく蕭席楓の背中を見ていた羅飛《ルオフエイ》は、アパートの最上階を見上げた。

六〇二室の窓は暗く、照明は見えない。

「羅隊長、行かないんですか?」話しかけたのは助手席に座るスキンヘッドの男だ。阿《アー》九《ジイウ》というあだ名で、もともとは龍州《ロンジョウ》のしがないチンピラでしかなく、スリや窃盗の常習犯として警察の世話になったことも少なくない。その後羅飛から何度も「教育」を受けた結果、警察の情報提供者となったのだ。

羅飛は言った。「慌てずもう少し待て」そうして二人は車内で待ち続け、それから一時間半ぐらい経ち、空が完全に暗くなった頃、羅飛はようやく阿九に声をかけた。「行くぞ」

二人揃って最上階まで着くと、羅飛は六〇二室を守るドアを指差した。「これだが、なんとかなるな？」

ここは生前の涂連生《トゥーリエンション》の家だ。彼の死後、この家は遺産として蕭席楓に名義が移った。羅飛は室内を調査するため、助《すけ》っ人《と》として阿九を呼んだのだ。

阿九は唇を曲げて言い放った。「これですか？　朝飯前ですよ」

羅飛は忠告した。「痕跡を残すなよ」

「任せてください。俺の手にかかれば、誰にも気づかれないように開けられますよ」そう言いながら阿九はポケットから鍵束を取り出した。鍵のサイズや形状はさまざまだ。

阿九は鍵束から一つ選び、それに頑丈なアルミホイルの切れ端を巻きつけると、ドアの鍵穴に突っ込み、何度か力を込めて角度を調整すると、手応えを感じた瞬間にさらに力を入れてひねった。カチャと小さな音が響き、ドアが開いた。

「どうです、うまいもんでしょう？」阿九は口を横に広げてにっと笑うと、羅飛に無心するような態度を見せた。

「わかったわかった」羅飛は仕草でそれを制した。「車に戻ってアパートを見張っていろ。

さっきの男が戻ってきたらすぐに携帯電話に知らせるんだ」

「わかりました」阿九はそう答えてさっさと去ったが、去り際に感慨深げに言った。「長いことこの仕事をやってますが、警察のために見張りをするなんて初めてですよ」

彼と無駄口を叩く気などない羅飛はドアノブを軽く握ってドアを引き、落ち着いた様子で部屋に入った。

部屋の中に湿ったカビ臭さがこもっているのは、長い間換気をしていないせいだろう。室内の暗がりは羅飛の想像以上で、ドアを閉めて手を伸ばしたら指先さえ見えないほどだ。羅飛は携帯している高輝度懐中電灯を点け、室内の状況を探索し始めた。

コンパクトな2LDKで、玄関ドアを開けるとすぐ眼前がリビングだ。その中央にある奇妙なものと羅飛はいま対峙していた。

それは直径二メートルほどの円盤で、縁はとても薄く、半球のように中央部が五十センチほど出っ張っている。羅飛の頭にすぐ浮かんだのは、SF映画に出てくるUFOだった。近づいて間近で観察し、羅飛はさらに確信を強めた。これは映画のUFOそのものだ。

中央部の出っ張りは操縦室で、そこに半球形のアクリルカバーがかぶさり、カバーを開くと船内に一人用の小さな操縦席があり、席の前に計器パネルが並んでいる。その一番右にある大きな赤いボタンがこの計器のメインスイッチのようだ。羅飛は手袋をはめ、そのボタンを押してみた。

円盤はゆっくりと起動し、緩やかに傾き上下した。羅飛がかがんで見てみると、円盤は支えとなる棒が下の電動の台座と連結していて、その動きの原理は子どもたちが大好きなメリーゴーラウンドと一緒だ。

計器パネルには他にも色とりどりのボタンがついている。羅飛がそのいくつかを押して見ると、UFOからいろいろな音が出た。

羅飛はしゃがむともう一度、一番大きな赤いボタンを押した。円盤は動きを止め、音もしなくなった。しばらく考えを巡らせると、立ち上がって室内を見渡した。リビングから寝室につながるドアは固く閉ざされ、リビングの窓も黒く分厚いカーテンが隙間なく引かれている。部屋の右側にオープンキッチンがあって、窓があるみたいだがそこも同様に黒く重たいカーテンに遮られている。室内がこれほど真っ暗なわけだ。

懐中電灯の光線が流し台を照らすと、流しの壁に水が反射するのが一瞬見えた。よく調べようと思い近づいた瞬間、何かがぶつかったのか足に衝撃が走った。視線を下ろしてライトを照らすと、子ども用の椅子だった。

羅飛はそれを避けて流しのそばに来ると、まだ水が溜まっていた。それで手袋を取って流しのそばのはし立てを触ってみると、数本に水滴がはっきりついていた。

バスルームはキッチンの向こうだが、床が濡れていたため足跡が残るのを心配し、中には入らなかった。羅飛はバスルームのドアの前で懐中電灯を照らした。

マンション内のバスルームにはたいてい腰掛式の水流トイレが設置されているものだが、ここのは昔ながらのしゃがむタイプだった。

ドアのそばのラックにはタオルが二枚かかっている。羅飛がつまんでみると、いずれも湿っていた。

キッチンから移動した羅飛は東向きの寝室に来た。この部屋は十七平方メートルほどで、内側の壁際に幅五メートルのダブルベッドが置かれていて、枕やシーツはきれいにあつらえてある。他にはサイドテーブル、クローゼットなどの家具があるだけだ。ベランダへ出られる窓も同じように分厚いカーテンが引かれていて、とても息苦しい闇をつくっている。

羅飛はそのまま西向きの部屋へ来た。ここは割と狭く、十平方メートルほどしかなかった。家具やその配置から見て、書斎のはずだ。ドアの向かいの壁が本棚に占拠されている。本棚は三つの小さな棚を組み合わせたものだ。小さな棚は幅約一メートル、高さ約二メートルで、本を入れられるスペースはほぼ本で埋まっている。本棚を見比べた羅飛は、三つの棚の蔵書の趣味がそれぞれ異なることに気づいた。

北側の棚はいずれも理系の書籍で、基本的なものから専門書まで揃っている。二冊の専門書を抜き出してページをめくったところ、内容の難解さは羅飛の読解力と理解力をはるかに超えていた。

真ん中の棚にはコンピューター関連の書籍があり、ソフトウェア・ハードウェアに関するものや各種ネットワーク技術に関するものまである。もともとコンピューター分野に疎《うと》い羅飛は、これらの中身を読んだところで何もわかるはずがないと思った。

南側の棚には人文的な書籍が並んでいて、国内外の古典文学からここ数年で流行った最近の小説までさまざまで、推理小説で埋まっている段もあった。だが羅飛の関心が殊《こと》の外向いたのは、別の段に入っている本だ。その段は『心理学』『夢分析』『微表情研究』などの心理学や精神学関連の書籍が収められ、催眠にまつわる書籍も何冊かある。

南側の壁には一人用ソファが置かれている。ソファの左には小さなティーテーブル、右にはフロアスタンドが立っている。本棚向かいのドアのそばに設置されたパソコンデスクには、古いデスクトップ型パソコンがある。デスクとその前に置かれた椅子が不揃いに見える。デスクの高さに比べて、その椅子がさらに高いのだ。この椅子に座ったら、必死に腰をかがめないとマウスを操作したりキーボードを打ったりできないだろう。

北側の窓も例に漏れず黒いカーテンが引かれているので、羅飛の懐中電灯だけがこの家全体を照らす唯一の光源となっている。

羅飛はその小さな部屋の中央に立ち、手元から伸びる光線の動きに合わせて室内を見渡した。そして彼は何とも言えない感覚――怪しく謎に満ちた――に囚われた。

こんな部屋は涂連生の生活空間にまるっきりそぐわない。

懐中電灯の光が部屋の西北の隅に止まった。パソコンデスクそばの床に人間の下半身程度の高さの金庫が直に置かれていた。

トラック運転手の家に金庫に保管しなければいけないほどの貴重品が？　そんな疑問を抱きながら羅飛はその隅に行って腰をかがめた。金庫の表面を懐中電灯で照らし、つぶさに観察する。

分厚い金庫の扉には電子錠がついていて、暗証番号を入力しないと開かない仕組みだ。羅飛は暗証番号の予想に時間を無駄にするつもりはなく、テンキーには触らず、視線を金庫の表面にある一点に落とした。

テンキーの横、金庫の扉に直径三、四ミリ程度の小さな穴が開いている。羅飛は懐中電灯を穴に向けて、秘密の中身をのぞいてみようとした。しかし光が穴の中を照射しているとき、羅飛は目を穴から十センチほど離さなければならず、それ以上近づけると自分の頭が光を邪魔してしまう。そのため、しばらく粘ったものの結局中身はわからなかった。

だが羅飛の観察は徒労だったわけではない。彼はその小さな穴の縁が金属の光沢を放っていることに気づいた。つまりこの穴は金庫が出荷されたときからもともとついていたものではなく、何者かが電動ドリルなどの工具を使って穿孔《せんこう》したものだ。

羅飛は一瞬、誰かが金庫を壊して保管物を盗もうとしたのかと考えたが、すぐにその考えを打ち消した。穴がとてもきれいで、急かされてこじ開けたものに見えないからだ。それに暴力で金庫を開けようとするなら、まず初めにやるのは鍵を破壊することであり、分厚い壁面に苦労して穴を開けることではない。

羅飛はこの穴の意味を思案したが、すぐには何の考えも浮かばなかった。思考が膠着《こうちゃく》すると、無意識に右目をその穴に密着させた。何も見えないが、本来無意味なその動作が真夜中にひらめく無音の稲妻のように、さっきまで行きづまっていた羅飛に一つの予想を立てさせた。

その気づきに羅飛は雷に打たれたように一瞬で総毛立った。彼は途端に立ち上がり、数歩後じさった。それからくぐもった声をあげると、壁際に置かれた本棚に背中をぶつけた。背中に感じる固く冷たい本棚の感触に羅飛は心なしか安心感を覚え、気を静めると懐中電灯を切り、静寂に包まれた闇の中に身を置いた。それから自身の心臓が急速に高鳴るのを感じると、両目を閉じて聴力に神経を集中させながら耳をそばだてた。静まり返った無音の空間で鼓膜を震わせるのは自分の鼓動だけだ。

闇の中、両目を静かに閉じた羅飛は徐々に呼吸を整えた。心拍数はすぐにもとどおりに戻った。そのときふと思いつき、両目を開くと同時に懐中電灯を点け、光線で部屋の四方を照射して回った。

だが書斎にはこれ以上変わったものはない。彼は考えを巡らすと、ドアに向かって歩き出した。書斎のドアは開けっぱなしで、壁との間はわずかな隙間しかない。

書斎の入り口まで来た彼はドアノブをそっと引き、それからドアの後ろに隠れていた隅に素早く光線を浴びせた。壁際には家庭用の脚立が置かれていた。

羅飛はじっと考え込むと、足早にリビンクを抜けて家の外に出た。ドアを逆手で閉めて階段を下りようとしたとき、下から女性が上がってきた。その女性は鍵を出すと向かいの六〇一号室のドアを開けながら、羅飛に疑いの眼差しを目を向けた。

羅飛はその女性に声をかけた。「すみません」

彼女は警戒心を露わにした。「なんですか？」

「警察の者です」羅飛は手帳を見せた。

もうドアを開けて部屋に入っていた女性は上半身だけ出しながら尋ねた。「何か用ですか？」

「いくつか質問してもよろしいですか。お時間は取らせませんので」羅飛は手帳をしまい、一つ目の質問をした。「ここに住んでどのぐらいですか？」

女性が答える。「七、八年ってところです」

「お一人ですか？」羅飛は六〇一号室の内部が真っ暗なことに気づいた。照明が消えているはずだ。

「ええ」女は顔に嫌悪感をにじませた。警察といえども、プライバシーに関わるこの手の疑問を投げかけるのは十分失礼な行為に当たると言いたげだ。

羅飛は六〇二号室のドアを指差し、尋ねた。「向かいの住人とは親しいですか？」

「いいえ」女性は首を振り、こう付け加えた。「向かいの方は少し前に引っ越してきたばかりですし、ここにいつも住んでいるわけじゃないみたいです」

「ああ」羅飛はさらに尋ねた。「ではその前の住人とは？」

「その前？　トラック運転手の人のことですか？　彼とはほとんど口を利いたこともありません」

「彼の部屋には他に誰かいませんでしたか？　そのトラック運転手の住人ですが」

「誰も」女性は首を振りながら言った。「誰も見たことありません」

「そうですか」羅飛はうなずくと、これ以上質問がないという仕草をした。「ありがとうございました」

女性は中に入り、リビングの照明を点けてドアを閉めようとしたとき、外から伸びてきた羅飛の手に止められた。

「ちょっとすみません」羅飛の視線が部屋の中のある物に留まった。

「なんですか？」女が羅飛の視線をたどると、そこには車椅子があった。

「お一人なんですよね？」羅飛は口を尖らせて尋ねた。「どなたかいらっしゃるんじゃないですか？」

その質問は女性の逆鱗《げきりん》に触れたようで、彼女は顔を真っ赤にして反論した。「関係ないでしょ。何か悪いですか?!」そして羅飛の手をどかし、それ以上の会話を拒むようにドアを閉めた。

羅飛は眉をひそめた。六〇一号室を見てから六〇二号室に目を向け、彼の心に大きなクエスチョンマークが二つ浮かんだ。この固く閉ざされた二枚の扉の奥にいったいどのような秘密が隠されているんだ？

そのどちらかの答えを知っている者が少なくとも一人いる。

羅飛は阿九に電話をかけ、上がってくるように言った。

「終わったんですか？」阿九は自分から提案した。「じゃあ鍵をもとどおりにしますよ」

「いやいい」羅飛は手を振って制した。「このドアを外からも中からも開かないようにロックすることはできるか？」

「お安い御用で」阿九は工具を取り出すと、鍵を何回かいじくり、最後にもったいぶった仕草で鍵穴に息を吹きかけると、背筋を伸ばして言った。「はい、これで鍵があってもこのドアは開きません。これがね、俺みたいな『プロ』だからこそできる熟練の仕事ってもんですよ」

「よくやった」羅飛は褒めてからさらにこう言いつけた。「俺はこれから行くところがある。お前はまだ下で見張っていてくれ」

阿九は元気よく答えた。「わかりました」それから二人は階段を下り、羅飛は車でこの場をあとにした。

03

羅飛《ルオフェイ》は車で蕭席楓《シャオシーフォン》の家まで向かい、中に通されてから蕭席楓に尋ねられた。「羅刑事、夜更けに訪ねてくるとは、きっと何か大事な話があるのでしょう?」

「あるにはあります」羅飛は言う。「しっかりお話ししたいと思いまして。できればその間、邪魔が入らないようにしてもらいたいです」

蕭席楓はうなずき、羅飛を書斎に案内した。鍵を閉めると、この書斎は閉鎖された空間になった。

室内を照らすオレンジ色の照明が優しく温かく感じる。

蕭席楓は一人用ソファを指差し、どうぞと言うと、窓辺に行ってカーテンを引いた。

羅飛は腰を下ろすと、視線を向かいの窓に向けた。乳白色のカーテンに安心感を覚えた。

「ここでも仕事しているんですか?」羅飛は尋ねた。

「ええ。極度に強い不安を抱えている患者は、ときどき家に連れてきて治療を施します。オフィスよりもこういった環境にいるほうがいつもと違う感覚を覚えて、心が休まったりするものです」

蕭席楓の自宅と職場の雰囲気の違いを、肌で感じ取っていた羅飛は同意した。

蕭席楓は羅飛の右にある椅子に座ると興味深げに聞いてきた。「最近休みを取られたんですって？」

「ええ」

「しかしいまの状態は……あまり良くなさそうだ」蕭席楓は羅飛の目を見ながら言う。「とてもお疲れのご様子です」

羅飛は口元を歪め、あくびをすると、真っ赤に充血した両目をこすった。そしてまた両目を開けたとき、自分の荒い呼吸音をはっきり耳にすると自嘲気味に首を振り、改めて深く息を吸ってゆっくり吐き出した。だが呼吸に明確な変化は生じなかった。

「不眠症がひどくなっているようですね」

「この二日間は睡眠薬をやめましてね」羅飛は説明する。「薬物に依存したくないから、休暇を機に体調を整えようと思っているんです」

「体は休めていますが、心はそうじゃありませんね」蕭席楓は少し前のめりになり、冗談めかして聞き返した。「整えられるとお思いですか？」

「そうですかね？」羅飛は背筋を伸ばし、薄目で蕭席楓を見返している。

しばらくすると、蕭席楓は判断する口ぶりで言った。「実はあなたも欲望に操られている人間なのですよ」

「ほお？」羅飛は表情を崩さず、相変わらず姿勢正しく座っている。

「事件を捜査することがあなたの欲望なのです。そのような欲望が血管を流れ、魂を操り、そして肉体を腐らせています。操り人形と化し、事件を解決するためだけに存在する機械と成り果てているのです」蕭席楓は哀れむような顔になるとため息をついた。「その欲望にいつか身を滅ぼされますよ」

羅飛は肩をすくめた。「考えすぎでは？　ちょっと眠れないだけですよ……」

蕭席楓が一笑に付す。「体がそれほど疲れているのに眠りづらいということは……すでに制御不能状態にあるということですよ」

その言葉に羅飛は痛いところを突かれたように眉をひそめた。

羅飛の感情の反応を補足した蕭席楓がここぞとばかりに説き伏せにかかる。「一度、精神的な意味で心の底からリラックスするのが望ましいですよ」

羅飛は興味ありげに尋ねる。「どうやって？」

「まず欲望を抑えることです。そうですね――」蕭席楓は目を細めて尋ねる。「しばらくの間、ここに来た目的を忘れられますか？」

羅飛は沈黙のあと、ささやくように言った。「やってみましょう」

「ちょっと一休み、一休みと自分に言い聞かせてください。心の中で繰り返すだけで結構です」

羅飛の表情が柔らかくなり、眼差しにも先ほどまでの鋭さがなくなった。

「素晴らしい」蕭席楓が励ますように言う。「自分が徐々にリラックスしていくのがわかります。頭がいっぱいだったのは、中にいろいろなものを溜め込んでいたからです。いまはそれらを一時的に外に排出しても良いのです。呼吸とともに鼻から出してください。呼吸するたびに脳内の重たくまとまりのないものが減っていき、自分が受けている圧力もそれに呼応して少なくなっていきます」

羅飛は無意識に自身を調整して、呼吸も徐々に安定させていった。

蕭席楓が言う。「目を閉じてみてください。そうすればもっとリラックスできますよ」

羅飛はいったん目を閉じたものの、ほんの数秒で突然開けた。体も硬直し、顔にも緊迫した表情を浮かべている。

蕭席楓が心配そうに尋ねる。「どうしました?」

「寝たら駄目だ、危険すぎる」羅飛はつぶやく。「意識のコントロールを失うわけにはいかない」

「どうして?」

羅飛は黙り込み、整っていた呼吸もまた荒く浅くなった。

「わかりました。目を閉じたくなければ開けたままで結構です」蕭席楓は譲歩した。「リラックスだけして、悩みのもととなることは考えないように。ここに危険はないと信じてください」

羅飛は自分の感情と呼吸のリズムを整えようとした。

蕭席楓は身をよじり、椅子を自分の背後の壁に寄せた。壁にはロータリースイッチがあり、彼は手を伸ばすとスイッチをゆっくり半分ほどひねった。

もともとそれほど明るくなかった室内灯がさらに暗くなり、その光の変化に伴い羅飛の瞳孔も反射的に拡大し、視線が明らかに定まらなくなった。

「どうですか？」蕭席楓が尋ねる。

「心地いいです」羅飛はまたリラックスし始め、体をソファに埋めると満足したように言った。「この椅子は落ち着きますね」

ここで蕭席楓は先ほどの話題を持ってきた。「意識のコントロールを失えないと言っていましたが、それが眠りたくない理由ですか？」

「ええ、他人に自分の潜在意識の中に入られるわけにも、のぞかれるわけにもいかないんです」

「ほお？」蕭席楓は何かに気づいたようだった。「それは……催眠をかけられるのを恐れているのですか？」

羅飛は口をつぐんだ。

「催眠は悪いものではありません」蕭席楓は言い聞かせた。「自分自身のことをもっと知ることができます」

それでも羅飛は拒む態度を取る。「いや、私にはできない……」

羅飛の表情の変化を読み取った蕭席楓はこう推測した。「心に秘密を抱えているから、他人に知られるのを恐れているのですか?」

「あまりに危険なことで……」羅飛は繰り返して強調した。「コントロールを失うわけにはいかないんだ」

「なるほど、わかりました」蕭席楓は少し間を置くと、結論を述べた。「眠れないのはその秘密のせいです。頭が混乱しているときに何者かに自分の意識を乗っ取られたら、自分の秘密が相手にバレて深刻な結果をもたらすと恐れているからです」

羅飛はうなずくと長いため息をついた。

「いったいどのような秘密が?」蕭席楓はじっと見つめて尋ねた。

羅飛は警戒気味に声を荒らげた。「言えない!」

蕭席楓はすぐさまなだめるような仕草を取った。「わかりました。言いたくないなら言わなくて結構です」

羅飛は体をこわばらせながら息を吸い、喉仏を震わせた。

思案していた蕭席楓は提案した。「秘密が明らかになることをそこまで恐れているのなら、それを閉まってしまいましょう」

羅飛は関心を持ったようだ。「どうやって?」

「例えば、精神世界に金庫を創り出して、そこに秘密を入れることが可能です。そして自分しか知らない暗証番号を設定すれば、他人に秘密を盗まれる心配はなくなります」

「ちょっと非現実的ですが……」羅飛は疑わしげに尋ねた。「本当にできるんですか?」

蕭席楓は力説する。「もちろんです。催眠師にとって、これはとてもポピュラーで実用的な心理カウンセリングですよ」

「じゃあわかりました」羅飛は協力的な態度で自分から切り出した。「どう始めるんですか?」

「まずは金庫が必要ですね」蕭席楓は説明する。「私も一緒に創ります。いまは目を閉じて——」

羅飛は反射的に拒んだ。「いえ、目は閉じたくないんです」

「心配なさらずに」蕭席楓は語りかける。「眠ることはありません、ただ精神を集中させてほしいだけです。私が精神世界に金庫を創り出しますから、私の言葉になぞってイメージするとともに、その金庫を脳内にしっかり刻み込んでください」

「それなら……いいです」羅飛は躊躇したものの最終的に目を閉じた。

蕭席楓が説明を始めた。「それは白い金庫です。高さは一メートルほど、縦横がそれぞれ五十センチあります。鋼鉄製でとても分厚いため、物を中に置けば絶対に安全です。扉にはテンキーがついていて、それで扉を開ける暗証番号を設定できます。端的に言えば、その金庫は非常に頑丈で安心できるものです」

目を閉じながら蕭席楓の説明に耳を傾けている羅飛の表情はとても落ち着いていた。

「その金庫の形が想像できましたか？」蕭席楓が尋ねる。

羅飛はうなずいた。

蕭席楓が念を入れるようにまた尋ねる。「その姿ははっきりしていますか？」

「ええ、とてもはっきりしています」

「良かった」蕭席楓は口角を上げて笑みを浮かべ、また言った。「これから金庫の扉を開けて、その秘密を入れられます。終わったら教えてください」

極めて大切なものから目をそらさず見つめているように、羅飛の眼球がまぶたの裏を這い回る。少し時間が経って羅飛は口を開いた。「入れました」

「では扉を閉めてください」

「閉めました」

「これから暗証番号を設定しましょう。気をつけてください、その番号を知っているのは自分だけです。決して他の人に見せないでください」

羅飛は右手の人差し指を伸ばすと同時に左手を開き、左手で人差し指を覆いながら何度か虚空を押した。

蕭席楓は羅飛の動きを黙って見つめている。そして羅飛が両手を下ろすと祝《ことほ》ぐような口ぶりで言った。「はい、これで秘密に鍵がかかりました。もう誰にも盗まれません」

羅飛は重荷を下ろしたように大きく息を吐いた。

だが蕭席楓は言葉を続けた。「これからその金庫の姿をしっかりと記憶してもらいます。そこには恐ろしい秘密が入っているのですから、決して忘れてはいけません」

「記憶しました」羅飛は真面目に答える。「鋼鉄製の白い金庫で、高さ一メートル、縦横五十センチ。金庫の扉にはテンキーがあります。パスワードはもう設定しましたが、絶対に誰にも教えません」

「素晴らしい」蕭席楓は賛辞を送る。「その秘密はもう安全です。これ以上心配することがありますか？」

羅飛は両手を腹部の上にのせて言った。「だいぶ良くなりました」

「それなら」蕭席楓が提案する。「ちょっと寝てみてはいかがでしょう」

羅飛の両手から力が抜け、呼吸も穏やかになっていく。蕭席楓は邪魔することなく、何かを待つようにそばで静かに座っている。
二、三分後、羅飛の頭がわずかに傾いた。誰の目から見ても寝ているとわかる。しゃべる人間がいない書斎は途端に静かになり、ただ羅飛の一定の呼吸音だけが聞こえる。
疲弊しきった状態で眠りにつけば、通常は深い眠りにつく。この気怠《けだる》げな雰囲気が伝染ったように蕭席楓は椅子の背もたれに体を預け、ひと仕事を終わらせたようにくつろぐ姿勢を取った。

だがこのとき羅飛が突如目を覚まし、ソファから体を真っ直ぐに起こして尋ねた。「もう終わりですか?」

仰天した蕭席楓は同じように体を真っ直ぐに硬直させ、いぶかしげな表情でまばたきも忘れて羅飛を見つめた。

「催眠はもう終わりですか?」羅飛はまた尋ねた。爛々《らんらん》と輝く両目からは少しの疲れも見えない。

何かを察した蕭席楓は驚きの声で質問した。「最初から寝ていなかったのですね?」

羅飛は笑うだけだ。

「ではいままで……」

「付き合っていただけです」羅飛はそう言うと、説明を付け加えた。「書斎に案内されたとき、催眠をかけられると思ったので、思い切って治療に付き合うことにしたんです」

手玉に取られたと感じた蕭席楓は力なく苦笑した。「ど……どうしてそんなことを?」

「実験ですよ」羅飛は厳しい顔つきになった。「その結果によって判断するつもりでした」

蕭席楓は羅飛の言葉の意味がわからないというように呆然の首を振った。

「もうここまで来てもったいぶることもありませんね」羅飛は蕭席楓を見つめて言う。

「これから、一連の催眠殺人事件の真相や深夜に訪れた理由も含めて全てお話します。できれば話を真剣に聞いて、わからない点があればいつでも質問してほしいです」

真顔の羅飛を見て、蕭席楓もきっととても重要な話になると悟り、厳かにうなずいた。

羅飛は一連の殺人事件最大のターニングポイントについて語り始めた。

「李凌風《リーリンフォン》が死んだことで、警察は事件の終結を高らかに宣言しました。しかし本当はこの一連の事件は終了とはまだ程遠いところにあった。その後、張懐堯《ジャンホアイヤオ》と朱思俊《ジュースージュン》も死んだことはご存じでしょう?」

「ええ、劉《リイウ》君も犠牲になったと聞いています」蕭席楓は悲痛な声色になり、また質問した。

「警察は彼ら数人の具体的な死因を公開していませんが、私は事件ときっと関係があると見ています。おそらくあなたが以前心配していたように、李凌風が『七つの欲望』という殺人計画を完成させたのでしょう」

羅飛はかつて蕭席楓に『七つの欲望』計画を説明し、朱思俊の救助を頼んだことがある。だが今日、彼は自分のいままでの推論を徹底的に否定することになる。「その『七つの欲望』殺人計画は単なる目くらましであって、真犯人も李凌風ではありません」

「李凌風が犯人ではない?」蕭席楓は驚愕した。「そんな馬鹿な?」

「詳しい話はあとでするので、いまは私の思考の筋道についてきてください。要するに何者かが李凌風によくできた謎を仕掛けさせて、誰もが李凌風こそ犯人だと思い込んだ瞬間、真犯人は法の枠外にいる『透明人間』となれたんです」

蕭席楓がたまらず口を開く。「じゃあその真犯人は誰なのですか?」

「この十日感、私は休暇という名目で実際は真犯人探しに密かに奔走していました」羅飛は蕭席楓に一瞬視線を向け、率直に言った。「捜査の結果、一番の容疑者はあなただと考えました」

「そうですか?」蕭席楓は気を静めながら聞き返す。「どういう理由で?」

「真犯人がさんざん苦心してあれほど大規模かつ複雑な殺人の陰謀を企てたのはなぜでしょうか? 謎を複雑にすればするほど警察側に捜査の手がかりを残すことになるというのに」羅飛は自身の考えを説明し始めた。「犯人が敢えて手間と労力をかけたのには、ちゃんとした理由があるはずです。そこで私は、この人物は誰もがひと目でわかるぐらい事件と明白な利害関係があると推測しました。つまり通常の捜査過程を踏んでこの事件を分析した場合、この人物は間違いなく警察にとって事件の重要参考人となるはずです。だからこの人物は身代わりを探して警察の目をそらす必要があった。このプロセスは複雑であるばかりか多くの不確定要素がありますが、それでも自身を直接警察の捜査線上に浮上させるよりよほどましです」

蕭席楓は「ふうん」と声を漏らした。「私が涂連生《トゥーリエンション》のたった一人の友人だから、一番怪しいと考えたのですね」

「涂連生の交友関係を調べました。彼には親戚縁者もいなければ、他に友人もいません。

私にはあなた以外にこの事件と関係のある人物が一人も思いつきませんでした。この点はさっき話した分析をさらに裏付けることになります。唯一の関係者として、あなたは何が何でも自分を『透明』にしなければいけなかった。でなければ警察があなたという存在をみすみす見逃すはずはありませんからね」

「確かに理由としては十分です。しかし」蕭席楓は反論を始めた。「最初の事件が起きた二日間、私はそもそも龍州《ロンジョウ》にいなかったので犯行を実行する時間がなかったのですよ」

「その二日間北京《ベイジン》に出張に行っていて、飛行機の往復搭乗記録があるばかりか北京のホテルの宿泊履歴もあり、アリバイは完璧です。しかしそれで嫌疑が晴れるわけではありません。視点を変えて考えてみると、出張などめったになく、この一年、龍州からほとんど出なかったあなたが、事件が起きた二日間だけいなかったのも、できすぎていると言えませんか？」

蕭席楓は苦笑した。「そう考えられたら、アリバイもかえって犯罪の証拠となってしまいます。私が共犯者であるのは確定のようですね」

羅飛が話す。「これまではあなたが催眠術を使って李凌風をリモートの殺人マシンにしていたと考えていました」

「催眠術で遠隔操作した人物に催眠術を使わせて連続殺人事件を成し遂げたと？」蕭席楓が羅飛を真っ直ぐ見つめる。「羅刑事、それは自分で言ってて絵空事みたいだと思いませんか？」

羅飛は正直に認めた。「確かに荒唐無稽です。しかしそのとき把握していた情報をまとめたら、これでも合理的な考えでした」

「わかりました。合理的かどうかは置いておきましょう」蕭席楓が両手を広げて話す。「しかしそれは結局憶測ですよ。捜査するには証拠を重視しなければ」

「そのとおりです。だから証拠を探そうとしました」羅飛は蕭席楓にほほ笑んだ。「実はこの一週間、尾行していました」

「ほお？」羅飛を見据える蕭席楓の表情には驚きと諦めの色が浮かんでいる。その後、落ち着かない様子で尋ねた。「何かわかりましたか？」

「毎日仕事を終えるのがとても早いですね。午後四時頃にはカウンセリングセンターを出て、双橋新村《シュアンチヤオシンツン》の七号棟の六〇二号室――生前の涂連生の家――に行っている。そして毎日七時か八時頃にそこを出ている。夕食を食べてから帰っているんじゃないかと思いました。何度かスーパーから食材を買ってきている姿を見かけていますから」

蕭席楓は鼻を触りながら答えた。「そのとおりです」

「ここで疑問が生じます。家も家庭もある人間が、しょっちゅうあの古い家まで行かなくてはいけない理由とはなんだろう？　以前、涂連生が長距離の仕事のときはその留守を預かるために鍵を持っていたとおっしゃっていましたね。しかし涂連生はペットも飼っていないし植物も育てていなかったともおっしゃっていました。それを聞いたとき、ペットも植物もいない部屋を他人に見てもらう必要があるかと不思議に思いました。それから朱思俊が言っていたことを思い出したんです。半年前のあのトラブルを処理したとき、涂連生は当初死んだ犬に土下座することを拒否していましたが、姚舒瀚《ヤオシユーハン》から人に頼んで家を差し押さえて壊すと脅されたとき、彼は折れたと朱思俊は言っていました。それで突然、涂の家には何かとてつもない大事なものが隠されているんじゃないかと思ったんです」

蕭席楓はため息をついた。「だからあの家に何が隠されているのかを調べるために、今夜忍び込んだのですか？」

「はい。それほど大事なものなら、事件と関係があるかもしれませんからね」羅飛はそう答えて話を続けた。「あの家を調べたと言っても、本当にいろいろありましたよ。家に入ってすぐ、とても奇妙なものを見つけました。何だかわかるでしょう？」

「ＵＦＯですか？」

「ええ。ＵＦＯ……もうかなり怪しい。これこそ自分が探していたものだとさえ思い、長いこと食い入るように見つめましたが、それほどおかしな点はなかったです。いや、怪しいと言えば怪しいんですが、毎日見に来なければいけないものでもありませんし、涂連生もこれのために死んだ犬に土下座はしないでしょう。他に秘密があると思い、他の部屋も調べ続けました」

蕭席楓は「ふう」とだけ言った。これから起こる出来事を心の底から望んでいないようだが、残念ながらもう止められないのだ。

「台所の流し台が使われたばかりで、数膳のはしが濡れていましたし、バスルームのタオルも湿っていました。これらは全部あなたがやったことだと思いましたし、筋は通っていました。それから書斎に行くと、部屋一面を埋め尽くす本は明らかに涂連生が読むものではありませんでした。そこでこの本がもしかしたら自分の目当てのもので、蕭主任はここの傑作揃いの名著に魅了されて、毎回後ろ髪引かれる思いで家に帰っているのではないかと考えました。ただ涂連生が本のために土下座するのも理屈に合いません。彼は自分の命と同じぐらい本が好きだったんでしょうか?」

蕭席楓は苦笑した。「彼が読書好きだったとしても、頭に入らなかったでしょう」

「だからそこに必ず何かがある」羅飛は黙り、蕭席楓の目を見つめながら言った。「そして部屋の隅で金庫を見つけました」

蕭席楓は羅飛と目を合わせたくないのか、残念そうに目を伏せた。

「その金庫を目にした瞬間、ついに目当てのものを見つけたと思いました。なぜならその扉が見るからに奇妙だったからです。扉に小さな穴が空いているのに気づきました。しかし室内は真っ暗だから、その穴をのぞいても何も見えないはずなのに、無意識的にのぞいてみたんです。その穴に目を近づけたとき、奇妙な感覚を覚えました」羅飛は蕭席楓に尋

ね る。「何だかわかりますか？」

蕭席楓は首を振った。知らないのか、答えたくないのか定かではない。

羅飛はゆっくりと答えを言った。「その扉の奥から何者かにのぞかれている感覚ですよ」

蕭席楓は何も言わず、ただため息を吐いた。

羅飛は構わず話を続ける。「その瞬間、自分の考えに唖然とさせられたものの、多くの点がこの推測を補強していました。驚くほど小柄な人間がこの部屋に潜んでいるというね。流し台のそばに踏み台代わりの椅子があったのも、トイレがしゃがむタイプだったのも、低いパソコンデスクに反して異常に高い椅子が置かれているのも……その金庫に隠れていた人物のためだったんですね？　扉にわざわざ穴を穿《うが》ったのは呼吸と観察のためだったんでしょう。そのようにして、その人物は何年もの間、外界から隔絶した生活をそこで送り、これまで第三者にその存在を知られることがなかった。いったい誰なんです？　どうしてあそこに住んでいるんです？」

羅飛の問いに対し、蕭席楓は相変わらず沈黙という形で答えた。

「言わないのなら私が答えを見つけます」羅飛はやや強引に迫った。「互いの時間を無駄にしたくなければ、この『透明人間』について自身の口から語ってもらいましょうか」

これ以上口をつぐんでも無駄だと考えた蕭席楓は、顔を上げると羅飛に問い返した。

「どのような人物だと思いますか？」

「金庫に身を隠せるのだから幼児か、あるいは相当小柄な大人か」羅飛は分析を述べた。

「そのどちらでもありません。彼は本当は……」蕭席楓は悲壮感を帯びた口調で答えを口にした。「余命いくばくもない少年です」

羅飛は絶句した。「は?」

蕭席楓が付け加える。「難病を患っています」

「難病?」言葉の意味がわからない羅飛は怪訝な表情を浮かべた。

蕭席楓はため息をつき、羅飛に告げた。「彼は何が原因かはわかりませんが、乳児の段階ですでに体に顕著な発育遅延が現れていました。背は子どものままですが、精神は実年齢と変わりません」

「その人物は何らかの病気だと?」

蕭席楓はうなずき、話を続ける。「おそらく。成人することは難しいかもしれません」

そういうことかと納得した羅飛の口から自然と疑問がこぼれた。「その人物は涂連生といったいどんな関係があるんですか? どうして一緒に暮らしていたんです?」

「彼は涂連生が育てた捨て子なのです」蕭席楓の思考が目まぐるしく回転し、ある時期を回想し始めた。「十六年前……涂連生がまだ清掃隊でゴミ収集車を運転していたときのことです。ある日の夕暮れ、彼はゴミ捨て場の片隅で捨て子を見つけました。その赤ん坊には身元につながるものが何も残されていなかった。どこから来て、何という名前で、いつ生まれたのか全て不明でした」そう言うと蕭席楓は意味ありげに羅飛を見つめながら尋ねた。「これがどういうことかわかりますか？」

羅飛は判断を述べた。「その子は両親に生きることを望まれていなかった」

「ええ」蕭席楓は力なく述べる。「残酷に聞こえますが、それが事実です。その子は生後数カ月ほどでしたが、未熟児だったと思うほど小さく、両親が貧しくて捨てたのかもしれません。痩せて骨が浮き出た体に、こけた頰と尖ったあご。歯はまだ生え揃っていないのに目はくぼんで皮膚がたるみきっていて……言ってしまえば彼の体からは人間の赤ん坊らしい可愛らしさが少しも見当たりませんでした」

話し終えた蕭席楓はその子の悲惨な身の上に胸をえぐられたように深いため息をついた。だが彼は柔らかな笑みを取り戻して話を続けた。「しかし涂連生はそのようなことを少しも気にしませんでした。お金はありませんでしたが、彼はその子を家に連れて帰ってかいがいしく面倒を見ました。その子を愛《いと》おしみいたわるさまは、世間にいる実の親たちに決して劣らないものでした」

羅飛は考えを巡らせながらつぶやいた。「その子に、子どものときに出会ったあの子猫を重ねていたんですね。愛おしむだけじゃなく、同じ立場の人間を思いやるような複雑な感情があったんでしょう」

「そのとおりです」蕭席楓は感心するようにうなずいた。「彼はその子に涂小猫《シャオマオ》と名付けました。彼らは父子として十数年間片時も離れず一緒にいました。二人の依存関係は他人に理解できるものではありません」

「だったら」羅飛は疑問を口にした。「どうして涂連生は正規の手続きを取ってその子を養子にしなかったんです?」

「涂小猫にこの社会と一切関わらせたくなかったからです」蕭席楓は息を漏らし、その理由を説明した。「この世の苦しみを嫌というほど味わい、虐げられ侮辱される人生を送ってきた涂連生は、普通とは違う者がこの世でどのような目に遭うのか知りすぎていたため、涂小猫にまでそのような苦しみを経験させたくないと考え、その子を自分の庇護《ひご》の下で育て、何も危険がない世界で過ごさせようとしたのです」

「何も危険がない世界……」羅飛は眉を吊り上げて尋ねる。「それがあの狭く閉ざされた古い家ですか?」

蕭席楓は無言でうなずいた。

羅飛はここに来てついに「透明人間」が生まれたきっかけを知った。部外者が彼の存在を全く知らなかったのも無理はない。涂連生が早くから特別な愛し方で世間の目から徹底的に隠していたからだ。そんな雁字搦《がんじがら》めの愛し方が果たして涂小猫にとって本当に幸せだったのか考えた羅飛はしばらく言葉が出なかった。

感慨に耽っていた羅飛は再び蕭席楓に質問をぶつけた。「ではあなたは?　あなたはその子とどういう関係なんです？」

　蕭席楓が答える。「私は涂小猫の存在を知る唯一の第三者です。他人はみな涂小猫に危害を加えると考えていた涂連生も、私だけは信じていました。涂小猫からはおじさんと呼ばれています。先ほど述べた推測は間違っていません。涂連生が長距離仕事に出かけるたびに、その子の面倒を見に行っていました。そして涂連生が死んだ犬に土下座したのも、その子の身の安全を考えてのことです。そして不安に駆られた彼は、万が一に備えて涂小猫が隠れられるよう金庫を買い……」

　羅飛は蕭席楓の話に割り込み尋ねた。「その子に催眠術を教えましたね？」

　蕭席楓は隠さず言った。「ええ」

　羅飛がさらに尋ねる。「どうして？」

「学びたがったからです」蕭席楓が説明する。「あのような環境で育った涂小猫は心理面でいくつかの問題を抱えていて、苦しむこともあれば戸惑うこともありますから、いつも催眠を使ってその悩みを紛らわす手助けをしていたのです。そうしていると涂小猫が催眠に興味を持つようになったので、教えてあげました」

　羅飛は質問をやめない。「彼の催眠術の腕前はどのぐらいですか？」

　蕭席楓は反応に困ったが答えた。「それは不明です。一日中家にいるので、実際に使う機会などありませんから。しかし腕を磨いたらきっととてつもない使い手になりますよ。

彼は賢く、天才ですから」

「天才ですか？　どういう分野の？」

「さまざまな分野です。彼はＩＱが桁外れに高く、常人を凌駕する記憶力と理解力を持っています。病弱でなければ、彼の人生はどこまでも果てしなく広がっていたことでしょう」蕭席楓は話しながら惜しむように首を振った。

棚三つを満杯にした書籍が脳裏に浮かんだ羅飛はたまらず推測し始めた。蕭席楓が言うほどの天才で、十数年間家から出ずに一日中読書と勉強に費やしている人間の知識と能力はどの程度のレベルにまで達することができるのだろうか？

蕭席楓は羅飛の考えを見透かしたようにいくつか例を挙げた。「あの子は十歳で高校生の全科目を独学で身に着けてから、さまざまな専門書を読み漁《あさ》り始めたのですよ。数学や物理や化学、それにコンピューター関連の知識にとりわけ興味を示し、手先も器用で十二歳のときに家電を修理できました。そうだ、部屋で見たあのＵＦＯも彼が自分でデザインして製作したものです」

羅飛は神妙な面持ちで考え込み、蕭席楓を見つめながら口を開いた。「話をまとめましょう。涂小猫はこの世界で一番涂連生と親しい人物で、理工学やコンピューター知識に精通している天才であり、なおかつ催眠術について未知数の能力を備えているということですね」

羅飛の言葉から不穏な気配を察知した蕭席楓は眉をひそめて問いかけた。「何が言いたいのですか？」

「私がここに座っている理由をお忘れですか？」

「一連の殺人事件の真犯人を探しているのでしょう」羅飛の問いに答えるとともに、蕭席楓は一抹の不安を覚えた。

「真犯人は涂連生と密接な関係にある人間です。これまではあなたしかいないと考えていましたが、ここに来て涂小猫に目を向けなければいけなくなりました」

「どうしてそうなるんだ？」蕭席楓はやや冷静さを失い、言った。「彼を疑うぐらいなら私を疑い続けたほうがましだ」

羅飛は不要だという仕草をした。「実験をしたあのときから、あなたが犯人ではないことはわかっています」

羅飛の言う「実験」が何を意味しているのか見当もつかない蕭席楓は戸惑い気味に羅飛を見つめている。

羅飛は種明かしを始めた。「涂連生の家であの金庫を調べていたとき、中に隠れていた涂小猫も私を目撃したはずです。私が帰ったあと、彼はきっとあなたに電話をかけたでしょう？　だからあなたは私があの家を訪れたことを事前に知っていた、違いますか？」

蕭席楓はうなずいた。

羅飛は続ける。「顔を合わせたあとに書斎に案内されましたが、そのときすでに催眠をかけられると予測していました。そこでそれを逆手に取ってかかったふりをすることで、いったい何をされるのか確かめようと思ったのです。言葉で誘導していったあなたは一見すると不眠症のもととなっている心結を解くサポートをしていましたが、本当の目的は私の記憶に障害物を設置することだったんでしょう。私が心の奥底で最も恐れている存在と金庫を一つに結びつけましたね。催眠が成功していれば、私はその金庫を開けることを毛頭も考えなくなり、涂小猫も私の脅威にさらされなくなります」

「おっしゃるとおりです」蕭席楓は自嘲気味に笑う。「どうやら私の催眠術は間抜けの独り言のように無駄だったようだ」

だが羅飛は否定した。「無駄というわけではありません。少なくとも自身の潔白を証明しました」

蕭席楓はきょとんとした。「どうやって?」

「考えてみてください」羅飛が誘い水を向ける。「自分が犯人だとして、私にどんな催眠をかけますか?」

蕭席楓は方法を組み立ててから言った。「自分への危険をなくすようにするでしょうね。例えば何らかの考えを植えつけるなり切り替えさせるなりして、間違いなく李凌風が真犯人であると思い込ませるか、もしくは捜査の方向性を他に向けさせるか。ちょっと残酷な手段を取るなら、意識の『爆弾』を埋め込んで単独での殺害を目論みます。こういった前提はいずれも催眠が成功した場合、というのは言うまでもありませんが」

「すでに成功したんじゃないですか？」羅飛は口角をわずかに上げ、形容しがたい顔をした。「先ほど私の意識は完全にあなたに導かれるままとなり、精神状態も完全に無防備になっていましたよ」

「ええ」蕭席楓はバツが悪そうに話す。「ふりとはいえ、私はすっかり信じ切っていました」

「しかしあなたは私の潜在意識の世界にそれほど干渉することなく、あの金庫の記憶に障害物を設置しただけで、私が目を覚ますのを黙って待っているだけだった。つまりあなたの念頭にあったのはいかにして涂小猫の秘密を守るかであって、捜査のことなど二の次だった」羅飛はさらに分析する。「それによってあなたが本件の真犯人では絶対にないと断定できましたし、協力者ですらないと判断しました。だから私はここであなたと腹を割った対話を続けているわけです」

「なるほど、信頼してくれたことには感謝します」蕭席楓は羅飛の目を見た。「しかし私への疑いを排除したからといって、誰かを適当に見繕って代役に仕立て上げることはないでしょう？」

「誰が適当に見繕ったと言いましたか？」羅飛が聞き返す。「さっきまとめたとおり、涂小猫は真犯人の特徴と一致しているじゃないですか」

「表面だけをなぞったら一致しているように見えるが、現実的な状況も考えるべきだ」

羅飛はどうぞという仕草をした。「では現実的な状況とは何かいまから話し合いましょう」

蕭席楓が真っ先に質問をぶつけた。「涂連生が亡くなってから、涂小猫はほぼ毎日私と一緒にいた。私に隠れてあんなだいそれた事件ができたと思いますか？」

「毎日一緒だったと言っても、夕食前後の時間帯でしょう。あなたはその他の時間帯に涂小猫が何をやっていたかは知る由《よし》もなかったはずですし、事件が起きた二日間はたまたま龍州にいなかった。いま考えてみると、これは偶然なんかじゃなく、涂小猫が敢えてあなたのいないその二日を選んで行動を起こしたんだ」

「涂小猫は外出もままならない病人だ。まさか家にいながら事件を遠隔操作していたとでも言うのか？」

「本番前の計画段階ではインターネットがあれば進められるから、家にいながらでも可能だったことは確かです。しかし事件があったあの二日間はそうはいきません。涂小猫は事件現場に直接出向いていたんです」

「それはなおのこと不可能です」蕭席楓が目をむいて羅飛に問う。「涂小猫は一人で外出すらできません。それに警察だって事件発生時の防犯カメラの映像を見たでしょう？　事件現場に来ていたのは最初から李凌風の他に誰もいませんでした」

「彼の他にもありましたよ」羅飛は強調するように言葉を溜めて言い放った。「バックパックが！」

　バックパック？　もちろんそのことも覚えていた蕭席楓は一瞬呆気に取られた。羅飛は説明を続けた。「実は当初からあの登山用バックパックが怪しいと思っていました。李凌風はあのバックパックをずっと背負っていましたが、その具体的な使い道はわからないままでした。趙麗麗《ジャオリーリー》、姚舒瀚、李小剛《リーシャオガン》が殺害されたとき、使用された道具はあの中に入っていたものではなかった。林瑞麟《リンルイリン》が催眠をかけられたとき、バックパックから出てきた料理が幻であった以上、バックパックそのものの存在意義はいったいなんだったのか？　そして李凌風が朱思俊の家の前で取り押さえられたとき、あんなに大きなバックパックに犬の糞しか入っていなかったのはあまりに不釣り合いです。だから私はいくら考えても、李凌風があの大きなバックパックを背負っていた理由が思いつきませんでした」

　蕭席楓は羅飛が何を言いたいのか察知し、震える声で言った。「まさか……」

「涂小猫はバックパックに隠れていたんです」蕭席楓の思っていたことを言葉にした羅飛はそこからさらに説明を述べた。「前半の事件が起きた二日間、涂小猫はそうやって身を隠しながら現場に来て、趙麗麗、姚舒瀚、李小剛そして林瑞麟に自ら催眠をかけました。そしてその後、黒いバックパックに犬の糞を入れたのは犯行手口に一貫性を持たせるためで、『黒いバックパックは李凌風が肌見放さず持ち歩いているもの』だという思い込みを生じさせたんです」

「じゃあ李凌風と張懐堯、それに朱思俊への催眠はいつ終わっていたのです？」蕭席楓は立て続けに心にくすぶる疑問を口にした。

それに対し羅飛は肩をすくめた。「それはまちまちです」

「つまりその二日間だけじゃなく、涂小猫は他の時間帯も外出していたと？」

「そうです。まだ彼が本当に家から出られないと思っているんですか？」

蕭席楓は反論した。「ではどうやって？　毎回李凌風のバックパックに隠れていたとでも？　しかし張懐堯と朱思俊に異変が現れたのは、李凌風が死んでからですよ？」

「涂小猫は李凌風に催眠をかけて自分の『足』代わりにしていたんですから、他人に催眠をかけるのだってわけもないでしょう」羅飛はふっと自嘲気味に笑い、こう言った。「少なくとももう一人の頼れる『足』があったことは確かです」

蕭席楓はすぐさま質問する。「誰です？」

「向かいの六〇一号室に住む一人暮らしの女性ですよ」

「え？」蕭席楓にとって予想外の名前だった。「黄歓《ホアンホアン》のことですか？」

「名前を知っているんですか？　まあまあ面識があるみたいですね」

「何年も近所にいるのだから、それぐらいは知っていますよ。でも彼女は涂小猫の存在に気づいてさえいなかった。彼女も涂小猫の『足』だったと言う証拠は？」

「彼女は一人暮らしですが、家に車椅子がありました。ちょっと妙だと思いませんか？」

蕭席楓はその問いかけの意図がわかった。「涂小猫は黄歓が押す車椅子に乗って外出していたと？」

羅飛はうなずき、話を進めた。「どうして家に車椅子があるのか質問したときに激昂されたため、何者かが彼女に記憶障害の催眠術を仕掛けたのだと考えました。それから黄歓の個人情報を調べさせたところ、何年も前に結婚して妊娠したものの流産で赤ん坊は助からず、のちに自身も子宮を摘出していたことがわかりました。夫とはそれが原因で離婚しています。そのため彼女は心の奥底で子どもを渇望していたものの、子どもに関する記憶は彼女が直視したくない心結でもありました。この二つをうまく利用した涂小猫は、自分を彼女の子どもだと思い込ませて、彼女を『足』代わりにし、事が終われば彼女の記憶を消去していたのでしょう」

蕭席楓が羅飛を凝視する。羅飛の話がますます真実味を帯びてきたことを認めなければいけなかったが、胸中ではいまだに涂小猫が一連の殺人事件の真犯人だと信じられずにいた。

さらに切り札となる論拠を出せる羅飛は、蕭席楓に言った。「実はまだ推測がありまして、この推測が実証できれば、もう私の判断に意義を挟めないと思います」

「推測とは？」蕭席楓は不安な様子で飛びついた。

「李凌風が連絡を取ってきたのは、あなたがネットに投稿した涂連生に捧げる文章を読んだからとおっしゃっていましたが、あなたはそんなにインターネットが好きな人ではないですよね。これから私の質問に正直に答えてください。そのときネットに投稿しようとしたのはなぜですか？　涂小猫から影響されていませんでしたか？」

この問いは最後のベールを剝ぎ取ったようだ。しばらく絶句していた蕭席楓は最終的に認めざるを得なかった。「そうだ……確かに彼から大きな影響を受けた」

「大きな影響？」羅飛は口元を歪め、表情にますます自信をみなぎらせた。「つまり実はあなたも彼の催眠にかかっていたと理解していいでしょうか？」

蕭席楓はうなだれて一言も発さず、顔色も悪い。イエスと言っているのと同じ態度だ。

「ようやく大まかにですが、この事件のあらすじをまとめられますね」羅飛は手を振り、落ち着いた様子で語り始めた。「涂連生の自殺後、涂小猫は養父のために復讐を決意した。彼はネットでトラック妨害事件の主要人物を調べ上げるとともに、趙麗麗をはじめとする七人を復讐のターゲットに選んだ。直接手を下して趙麗麗たちを殺害していけば、警察が捜査の過程で涂連生の人間関係を重点的に調べ上げると涂小猫にはわかっていた。涂連生の自宅の捜査に来られたら、自分には隠れる場所がない。だから彼は巧妙な殺人計画を考え出し、復讐を遂げるだけでなく警察の目から徹底的に逃れなければいけなかった。

この計画の第一歩はあなたからだった。涂小猫はあなたの涂連生への友情を利用し、ネットにあの追悼文を投稿するようけしかけ、事件の発端をカモフラージュした。それから李凌風を龍州に誘い込んで彼に催眠をかけた。欲望を焚《た》きつけられた李凌風は涂小猫の計画のコマとなることを喜んで受け入れた。なぜなら彼はこの計画によって有名になると信じて疑わなかったからだ。

李凌風は『怒りのサイ』というハンドルネームであなたにメールを送り、趙麗麗ら六人を自身の『制裁対象』に定め、殺人計画を正式にスタートさせた。一連の殺人の手口や使用された道具などの全てが涂小猫の手によるもので、李凌風は具現化した実行役にすぎなかったことは明白です。涂小猫に鮮やかな逃走プランまで用意してもらった李凌風は、この計画が終われば無傷で退場できると信じ込んでいました。自身も涂小猫の計画のターゲットの一人だったなんて夢にも思わなかったでしょうね。

李凌風が捕まると、涂小猫は続いて朱思俊に催眠をかけ、彼を計画後半の実行役としました。そして李凌風のノートパソコンに手がかりを残し、『七つの欲望』という構想で警察を欺いた。全てが彼の計画どおりに進行しました。朱思俊は李凌風を車で跳ね飛ばし、自身も結局死から逃れられなかった。『七つの欲望』のリストにあった全員が死に、涂小猫の復讐計画も成功に終わりました。誰もが李凌風こそ真犯人だと考えていたとき、その背後に痕跡を残さない『透明人間』が潜んでいたなど誰が考えつくというんですか？」

蕭席楓は黙って羅飛の話を聞いていた。書斎にはクーラーがついていたが、彼の額には汗がにじみ出ていた。

羅飛が尋ねる。「いまはどうお考えですか？」

蕭席楓は大きく息を吸い、まだ必死に持ちこたえているように見える。彼は顔を上げると羅飛をしばらくにらみ、口を開いた。「ええ、いまのお話はどれも非常に論理的ですよ。しかしさっきも言ったように、警察の捜査は合理的な推測に則《のっと》るだけでは進められません。確固とした証拠が不可欠です」

「証拠ならきっとあります。鑑識があの黒い登山用バックパックを科学的に検査すれば、中から涂小猫の皮膚片のサンプルを採取できるはずです。そして李凌風と涂小猫のパソコンのデータもじっくり調べるので、消されずに残っている通信記録が出てくるかもしれません。双橋新村付近の防犯カメラも捜査対象となりますので、涂小猫が李凌風か黄歓と一緒に外出していたら、映像が残っているでしょう。それから催眠師を呼んで黄歓の脳内にある記憶障害を除去させます……言ってしまえば、涂小猫が複雑な連続殺人事件を犯した以上、いかなる痕跡も残さないということは不可能なんです。警察が彼のことを念頭に置きさえすれば、そんな痕跡が見つかるのも時間の問題です」

羅飛の声色は落ち着いていたが自信に満ち溢れていた。彼はすでに勝利を確信していた。スケールの大きな計画を練ったのは、「透明」になろうとしたためだ。犯人がひとたび透明じゃなくなれば、計画全体が頓挫する。なぜなら大がかりな仕掛けにおけるあらゆる分岐が警察に追跡の手がかりを与えることになるからだ。

蕭席楓は脱力感に襲われた。両手で頭を抱えながら痛々しく懇願した。「そんなことはしないでくれ！　この世界からとっくに見捨てられたあの子をこれ以上苦しめないでくれ！　それが涂連生の最期の願いでもあるんだ」

「お気持ちはわかります。あなたがた一人一人の気持ちも理解できます。ですが」羅飛は涙声で嘆いた。「私は刑事として、法律を行動の最高規範にしなければいけないんです」

蕭席楓は失意に沈みながら瞳を閉じ、振り絞るように言った。「じゃあ最後の頼みがある……あの子と話をさせてくれ」

04

羅飛《ルオフェイ》と蕭席楓《シャオシーフォン》は涂連生《トゥーリエンション》が住んでいた家のアパート下まで来ると、そこでずっと待機していた阿九《アージイウ》と合流した。阿九は蕭席楓を見て、六〇二号室の持ち主だとわかり狼狽した様子だった。羅飛は特に説明することなく、阿九に上まで行って鍵を開けるよう命じ、それから先に帰らせた。

約束どおり、蕭席楓が一人で部屋に入って涂小猫と話をする間、羅飛はドアの外で待っていた。

一時間ほど経つと、蕭席楓が憔悴しきった様子で出てきた。

「上がってください」蕭席楓はややかすれた声で羅飛に言った。「涂小猫が書斎にいます」

羅飛は蕭席楓に続いて家に上がった。室内の照明は点いていたが、分厚いカーテンが灯りを遮っているので、外から見たら真っ黒のままだ。

書斎のソファに小柄な人物が座っていた。体の大きさから、小学生ぐらいといったところだ。部屋に足を踏み入れた羅飛に、その人物は顔を向けた。驚くほど緩慢な動作で、棺《かん》桶《おけ》に片足を突っ込んでいる老人を思わせた。

彼が涂小猫《トウーシヤオマオ》――暗闇に十数年間潜んでいた「透明人間」――だと羅飛は知った。実際の年齢ではまだ二十歳にも満たない少年だが、彼の体はすっかり死の縁にいる。

蕭席楓から事前に話を聞いていたとはいえ、初めて涂小猫を目にした羅飛は内心ショックを抑えるのが難しかった。

体は痩せ細り、四肢は枯れ木のようだ。脂肪も筋肉もついておらず、あるのはゴツゴツした骨格とうすい皮膚だけだ。深くくぼんだ眼窩の中を二つの大きな目玉が動いていなければ、羅飛は自分が目にした人物が生きているとは思わなかっただろう。

涂小猫も羅飛を見つめ、羅飛が近寄づいていくと凹《くぼ》んだその口を動かした。「ごめんなさい」

「え？」涂小猫が前置きにそんなことを言うと思っていなかった羅飛は面食らった。

「ごめんなさい」彼はもう一度謝った。「あなたの助手が亡くなったことについて、とても申し訳なく思っています」

羅飛の胸が痛んだ。劉《リイウ》が生きていれば、いまも自分とともに現場に来ていたに違いない。そう考えた羅飛は無意識に後ろに目をやった。そこはいつも後ろをついてきた劉の定位置で、いまは自分一人の影しかいない。胸の痛みを隠しきれず、彼の鼻が小刻みに動いた。

長い沈黙のあと、羅飛は落ち込みながら一言口にした。「良い奴だったよ」

「僕もあんな結末、見たくありませんでした」涂小猫が弁解する。「朱思俊《ジュースージュン》の心に潜む悪魔を解き放っただけでしたが、その後に起きたことにはどうすることもできませんでした」

羅飛は目の前の人物にどんな感情で向き合うべきかわからなかった。理屈から言えば彼こそ劉を死に追いやった張本人なのだが、羅飛はどうやっても心に渦巻く恨みを形にできず、眼光を投げかけることで脳内の戸惑いを振り払おうとするかのようにただじっと涂小猫を見つめている。

涂小猫も羅飛と視線を合わせた。彼の瞳は黒く、輝いていた。この両目が彼の体にわずかに残された若さの印なのだろう。

それでも羅飛は雑念を捨て去り、純粋な法の執行者となることを決めた。それで眼光を鋭く問いかけた。「君は自分が一連の殺人事件の真犯人だと認めるか？」

涂小猫はうなずくと弱々しい声で答えた。「認めます」

「じゃあ一緒に刑事隊まで来て取り調べを受けてもらう」

涂小猫は黙り込んだ。細く小さな体をソファに縮み込ませているさまは隠れようとしているようだ。だが諦めたように小さなため息を漏らした。そして顔を上げて羅飛に尋ねた。

「どこでボロが出たか教えてもらえますか？」

「李凌風《リーリンフォン》が死んだ動機だ」羅飛は質問に答える。「『有名』になりたい欲望によって死んだ彼が『七つの欲望』のような完璧な計画を公《おおやけ》にしなかった理由は？　これは理屈に合わない。だから李凌風は『七つの欲望』という計画を知らなくて、黒幕は別にいるんじゃないかと推察したんだ」

「そうでしたか……」涂小猫は乾いた唇を舐め、肩を落として言った。「慎重になりすぎたせいですね」

「慎重になりすぎた？」彼がそう言う理由が羅飛には理解できなかった。

涂小猫は説明した。「どこまでも『透明』になろうとしたから、ネットにどんな痕跡も残したくなかったんです。だからネットを使うときは李凌風を操って、アカウントの申請や使用が必要なたびに、コメントの入力や投稿とかまで全部やらせていたんです。でもお気づきだと思いますが、李凌風に『七つの欲望』という計画をネット上に発表させるのは不可能でした」

「ああ」羅飛はうなずいた。「その計画自体、李凌風に秘密にしないといけなかった」

涂小猫が話す。「実際僕も、李凌風の言葉遣いを真似してメールを書いて、『七つの欲望』計画を大手マスコミに漏らそうと考えました。メールは李凌風が逮捕される前に書き終えて、時間を指定すれば、李凌風が死んでから送信できます。でもまだ不安でした。そもそものメールを誰のアカウントから送ればいいのかという問題がありました。李凌風のアカウントを使えば彼に気づかれますし、新しいアカウントを使えば警察に疑念を持たれます。それに警察にメールの言語的特徴を比較されて、言葉遣いからミスを見つけられないかも心配でした。いろいろなことが気がかりになって、メールを送信するという考えを捨てたんです。李凌風が死んだ動機もそこまで大きなミスと言えなかったでしょう。最悪でも玉に瑕《きず》程度だから、危険を冒す必要はないと思ったんです。ふふっ、でもそのわずかな傷すらあなたの目から逃れられなかったとは、本当に予想外でした」

「仮初《かりそ》めを生み出したのなら、不自然な痕跡をさらけ出すのは必然だ」羅飛は厳かに訓戒を告げた。「これこそ『天網恢恢疎《てんもうかいかいそ》にして漏らさず』だ」

「確かに羅刑事は非常に敏感な人でしたね」涂小猫は落ち着いた口調で白旗を上げた。「事件の分析に関してはほぼ反論の余地がありません。でも一点だけ誤りがあります」

「なんだ？」

「僕がこの殺人計画を考え出したのは、注目されないようにするためであって、罰から逃れるためではありません。僕は半分死にかけている人間で、病魔に死刑を告げられている身なんですよ。これ以上何を恐れる必要がありますか？」

確かにそのとおりだ。涂小猫のこの弱った状態を鑑みると、罪状を確定できたところで裁判の日までもたないだろう。

そこで羅飛は問いつめた。「じゃあさんざん知恵を絞って策を講じたのは何のためだ？」

「怖かったんです。別に罰を恐れていたわけじゃなくて、外の世界が怖いんです」涂小猫は沈痛な笑みを浮かべた。「世間の目にさらされるのが、僕には最も残酷なことなんです。そんな想像もつかない苦しみの中で残りの人生を過ごしたくありません」

「外の世界がそんなに怖いのか？」羅飛は自信を持って首を振った。「暗闇での生活に慣れすぎてしまったから、太陽の光を恐れているだけだろう」

「わかっていませんね……」涂小猫は羅飛を見つめ、質問した。「外の世界が僕にとってどれほど残酷なのか見せてあげましょうか？」

なんと答えればいいかわからず、羅飛は言葉を発さない。

涂小猫がそばにいる蕭席楓に視線を向けた。「おじさん、実は最近お母さんと知り合ったんだけど、知ってる？」話しているときの彼は心が温かくなっているように、口角をわずかに上げていた。

蕭席楓がうなずく。「向かいに住む女性のことか?」

「うん」思い出に浸っているように涂小猫の目が少し泳いだ。「初めて会ったのは二年前の冬でした。そのときは父さんが長距離の仕事に出ていて、三日後に帰ってくると言われました。そして三日目の夜に会いたくてたまらなくなったから、勇気を出してドアを開けて敷居に座って待っていたんです。

じっと座っていると、階段を上がる足音が本当に聞こえてきました。うれしくなって目も見開いて、期待に胸を膨らませながら階段の曲がり角を見つめていると、しばらくして誰かが上がってきました。でもそれは父さんじゃなくて、女の人でした。

部屋に戻ろうと思ったときにはもう姿を見られていて、彼女に『あら、どこの家の子ども?』って声をかけられたんです。そのときは帽子とマスクをつけて、露出していたのは目だけだったから、僕の正体に気づかなかった彼女は、僕のことを子どもだと勘違いしたんですね。その心のこもった口ぶりに胸が熱くなった僕は、振り返って彼女を見ました。

女性は僕の前までくると、しゃがんで目線を合わせながら聞いてきたんです。『どこの家の子ども? どうしてここにいるの?』って。彼女の眼差しに心を打たれて、ふと『この人が僕のお母さんだったらなあ』と思ったんです。そしたら『お母さん』と言葉を漏らしていました。その女性も一瞬固まってしまいましたが、次の瞬間、彼女の目に涙があふれてきたんです。この気持ちをもっと味わっていたくて、彼女にテクニックを使いました」

「テクニック」とはずいぶんぼかした言い方だ。蕭席楓が問いつめた。「彼女に催眠をかけたのか？」

涂小猫はゆっくり首を縦に振った。「彼女は子どもをなくしたことがあって、彼女の気持ちにも支えが必要だったんだ。その気持ちのおかげで僕らは互いに慰め合うことができた。僕は彼女を『お母さん』って、彼女は僕を『坊や』って呼んだよ。もちろん全部催眠状態だけでのことだけど」

「それから催眠で彼女を操ったのか？」羅飛が割って入った。「彼女に車椅子を用意させていつも外出していたんだろう？」

「いつもというわけでは……父さんが長距離の仕事に行っているときだけで、ときどきぐるりと外を散策した程度ですよ」

蕭席楓がたまらず尋ねる。「じゃあ外に出て何をしたんだ？」

「得に何も、ぶらついて見て回っただけだよ。他人に姿を見られないよう、毎回自分の体をしっかり隠して。一番好きな場所は公園だったな。お母さんが一緒にベンチに座らせてくれた。人も多くなかったし、新鮮な空気を思う存分吸えた。ときどきベンチに座ってくる人もいたんだけど、みんな僕のことを子どもだと思って不審に思わないんだ。だからタイミングを見計らって彼らの精神世界に入って、彼らの暮らしや感情、それに欲望なんかをのぞいたよ」

　羅飛は心中理解した。道理で涂小猫は催眠術への造詣が深く、被害者一人一人の欲望を極めて正確に把握できていたはずだ。そんな能力をある日突然身に着けることは不可能で、初心者から上級者への手順を踏まないといけない。そして涂小猫は天賦《てんぷ》の才と頭脳を持ち、多くの本に目を通していたばかりか外に出て練習する機会もあった。強大な催眠能力を持てたのも不思議ではない。羅飛は再び尋ねた。「犯行を行う中で、その『お母さん』も重要なアシスタントだったんだな？」

「そのとおりです。でも彼女は何も知りません。いつも別れ際に記憶障害を設置していましたから、彼女が目を覚ましたときは僕らのやり取りをすっかり忘れています」そう言うと涂小猫は蕭席楓に頼み事を言った。「おじさん、彼女をここに呼んできてくれない？」

　蕭席楓は唖然としながら尋ねた。「いまか？」

「うん。連れてくる前に、記憶にかけた鍵を解除して」涂小猫は一瞬言いよどみ、お願いした。「これが母と子の最後の縁になるかもしれないって言っていいから」

　蕭席楓が書斎から出ていった。涂小猫は再び羅飛のほうを向き、先ほどの話題に戻った。「羅刑事、僕はめったに外出しませんが外の世界についてよく知っていますし、その世界が僕にとってどんな意味を持つのかも十分承知しています」

「ネットや本で知ったのか？」羅飛が質問する。

「それは一部にすぎません。僕にはもっと直接的でより真に迫る経路がありました」

「なに？」興味を引かれた羅飛は答えるよう促した。「どんな経路だ？」

涂小猫は答えた。「父さんの生き様を読むことができたんです」

「それは……催眠でか？」

「そうです。催眠術を覚えたての頃、練習相手は父さんしかいませんでした。父さんも喜んで協力してくれました。父さんが帰ってくるたびに催眠をかけたので、僕らの生活の一部にさえなりました。長い長い間、父の精神世界に入り、外の世界で受けた数々の苦難を読みました。外の人間がいかに父を差別し、蔑んでいるのかを知り、また父がどのようにしてそれら全てに我慢強く耐えていたのかも知りました。父は水門みたいに風雨の何もかもを外で食い止め、僕には穏やかな日の光しか当てなかった」涂小猫は少しの間言葉を発さず、そして振り返るように言った。「だから僕らは同じ精神世界を持っていて、一人の人間だったとも言えました。ただ、父である半身があらゆる苦しみと屈辱に耐える一方で、僕は父がつくり出す幸せな生活をのんきに送っていたんです」

羅飛は心からの賛美を送った。「君のお父さんは確かに素晴らしい人だった」

涂小猫は少し動揺して羅飛を見つめた。「本心からそう思っているんですか？」

「本心だ」羅飛は態度を明確に表明した。「彼は寛大で思いやりがあり、優しかった。多くの不公平な仕打ちを受けながらも、最後まで誰かを恨むことはなかったのだから。このことだけを見ても、彼は私が知る中で一番素晴らしい人物だったのは間違いない」

涂小猫は目の縁をうるませ、心打たれた表情で語った。「ありがとうございます。父のことをそんなにも褒めてもらえるなんて、思ってもいませんでした」

羅飛は一言ずつ念を押すように言った。「人間の本当の価値は、その人の精神世界の中にある。社会的地位でもないし、見た目なんかじゃ決してない」

「父が聞いていたら、きっととても喜んだと思います」涂小猫は安堵の笑みを浮かべたが、すぐに首を振った。「でもほとんどの人はそうは思いません。多くの人にとって父はちっぽけな存在にすぎません。これまで誰からも尊敬されたこともなければ、その容姿を嘲笑されるとき以外では存在を気にかけられたことさえないんです……この世界で父は死んだ犬より劣る立場だった」

涂連生の死について考えた羅飛の脳裏に新たな疑問が生まれた。「しょっちゅう父親と精神面で交流していて、自殺の前兆に気づかなかったのか？」

涂小猫は苦々しく笑った。「もちろん気づいていましたよ」

「止められなかったのか？」

涂小猫が質問を返す。「どうやって止めるべきだったと思います？」

「そりゃあ催眠だ。君は催眠の達人だし、父親だって君のことを心から信頼していたんだから、希望はあったんじゃないのか？」この前に蕭席楓と涂連生の心理的な問題について話し合い、「心の橋」治療術では通用しないと知っていた羅飛は別の筋道を探ろうとした。「君が一番得意な記憶障害を設置するとかだ」

涂小猫は静かに首を振った。「障害物というのは、大きなもので小さなものを隠すやり方です。死んだ犬に土下座したという屈辱的な記憶をどんな感情で隠せると思いますか?」

羅飛はすぐにその理論を理解した。

そして涂小猫がつぶやくように語り出した。「実は別の方法を使って食い止めたんです」

「なに? どんな方法だ?」

涂小猫が小声で答える。「父の僕への愛情を使って……」

羅飛にはそれがわかった。「君から離れたくないと思わせたのか?」

「そうです。催眠を使って、極度に依存した感情を父に植えつけました。父はひどい屈辱を受けて、死んだほうがましだと考えながらも、この世界で他に頼る当てがない僕のことを考えるたびに自殺を思い留まったんです」

「じゃあそれでどうして……」

「それで状況がさらに悪化したんです」涂小猫が悔しそうに苦笑する。「この方法で僕は四カ月近く持ちこたえさせましたが、結局はその場しのぎでした。父は自殺こそしませんでしたが、心の苦しみはこれっぽっちも減らず、ただ僕のためだけに踏ん張って耐えていたんです。そんな感情が父の心を押し潰していき、時間が経つほど生じる危険も大きくなっていきました。そして父はついに耐えきれなくなって……

そのことに気づいたとき、これ以上父を引き止めようとしても無駄だと悟りました。父をこの世に生かすことは、苦しみを増やし続けるだけです。だから僕は催眠を解除しました。それから父は遺書をしたためて、僕のことを蕭おじさんに託すと、一人でこの世界から去っていきました」ここまで話すと渁小猫は深くうなだれ、くぼんだ眼窩から涙がとめどなく流れた。

羅飛は心の底から同情した。渁小猫は悲しみ泣く状態からゆっくり立ち直ると、座ったままできるだけ胸を張って背筋を伸ばし、毅然とした表情を浮かべた。自身の小さな肉体に宿る何かのパワーを見せつけようとしているようだった。

「父が亡くなり、僕も生きる意味がなくなりました。僕らにとって死そのものが解脱《げだつ》なんです」口調も変わり、不気味な寒気がかすかに感じられる。「でもまだ去るわけにはいかなかった。僕にはまだやることがあったんです」

羅飛はその言葉の真の意味に気づき、肩を落とした。「父親の敵《かたき》を討とうとしたのか？」

渁小猫が淡々と話す。「父は僕の面倒を見てくれたのだから、僕も父のために何かしないといけません」

「父親は君のしたことを良しとするだろうか？」羅飛は渁小猫に気づかせようとした。

「彼がまだ生きていたら、きっととてもショックを受けるだろうし、がっかりするに決まっている」

「でも父はもう死にました。全く騒がれることなく死に、半年前に父を傷つけ侮辱した連中は誰一人として責任を負わず、良心の呵責を覚える人間もいなかった。彼らにとって父はアリと同じぐらい取るに足らない存在だったんです。アリの生き死にや栄光と恥辱を気に留める人間なんかいないでしょう？　アリごときに自分たちの日常を左右されないと思っているんでしょうが、それは違う。アリだってあいつらの世界を変えられるんだ。アリが怒りに燃えれば、あいつらを恐怖で震えさせることもできる。それこそ僕――取るに足らないアリ――がこの世界にあげなければいけない雄叫びなんです」

涂小猫の声明にも似た言葉になんと返せばいいのかわからず、羅飛は黙った。

足跡が響き、気まずい静寂を打ち破った。

室内の二人が同時に書斎のドアに目を向けると、一人の女性の姿が彼らの目に飛び込んだ。

向かいの部屋の住民で、涂小猫の「お母さん」の黄歓《ホアンホアン》だ。彼女の後ろには蕭席楓がおり、書斎の入り口に立ち、差し迫った不安げな表情で室内を見渡している。

涂小猫はソファの上でゆっくりと体をひねり、まずこう口にした。「お母さん」

それが黄歓が初めて目にした涂小猫の本当の姿だった。彼女は明らかにうろたえ、大きく口を開けて叫ぼうとしているが声が出てこず、両手で自分の頬を固く押さえている。

涂小猫が彼女にほほ笑みかけた。悲鳴がついにあがり、黄歓は即座に背中を向けると気を動転させながら家の外へ駆け出した。

「黄さん、黄さん！」冷静にさせるために蕭席楓が背後から声をかけた。だがその努力も虚しく、三秒もしないうちに、バタンとドアが閉める音が壁伝いに響いた。

羅飛はため息をつき、ソファに座る老境に差し掛かった子どもを改めて見た。涂小猫は至極冷静に両手を広げて羅飛に話しかけた。「見ましたか？　僕にとって外の世界とはあいうものですよ」

蕭席楓も書斎に入った。うなだれていて、落胆しているようだ。

涂小猫はもうしゃべることもないのか、両手を組むと互いの袖に入れた。沈黙が流れると、涂小猫がまた蕭席楓に声をかけた。「おじさん、ＵＦＯのところまで運んでくれない？」

蕭席楓はうなずくと、腰をかがめて涂小猫をソファから抱き寄せた。その動作が非常に軽快で、今にも砕け散る枯れ葉を持ち上げるかのようだった。その際彼は何かに気づいたのか全身をこわばらせたが、すぐに平静を装ってリビングへと歩き出した
羅飛は蕭席楓の後ろに張りつき、蕭席楓が涂小猫をＵＦＯの操縦席に入れるのを見ていた。

涂小猫は椅子にもたれ、何かを探そうとするように両目をゆっくり動かしている。そして静かに語り始めた。「小さい頃、父から文字を教わっているとき、物語も聞かせてもらいました。僕が一番好きだったのは映画の『E.T.』で、地球に取り残された宇宙人が出てくるんです。優しい子どもに拾われて守られ、ラストに宇宙船に乗って故郷の星に帰ることができました。故郷では誰からもいじめられませんし馬鹿にもされません。普通の生活を送れて、たくさんの友達がいて、彼のことを愛してやまない家族――父、母、兄、姉――までいて、二度と見捨てられることはないんです」

話を終えると涂小猫は組んでいた両手を袖から出して解いた。そして左手を小さく掲げ、計器パネルのスイッチを押すと、UFOが軸の上で徐々に動き始めた。

「でもただのお話なんだよね？」涂小猫が寂しそうに蕭席楓に尋ねた。

「いや、彼は本当に家に帰ったんだ」蕭席楓は毛のない涂小猫の頭を軽くなでると、優しく語りかけた。「さあ目を閉じて」

涂小猫は目を閉じた。

蕭席楓の声が流れるように続く。「想像してごらん、いまUFOに乗っているんだ。UFOはもう空に飛び立ち、どんどん上昇して徐々に大気圏に突入する。呼吸が遅くなり始めて、体も徐々に浮かんでいく……」

涂小猫は蕭席楓の言葉に従い体から力を抜き、両手を力なく操縦席の肘掛けに置いた。

涂小猫の右腕には切り傷があった。鮮血が静かに流れ出て、すでに袖の半分を染めている。驚いた羅飛が声をあげようとしたとき、蕭席楓が目に涙を浮かべながら厳粛な仕草で手を振った。

羅飛は全てを悟った。少しの間逡巡《しゅんじゅん》したが、喉まで出かかった叫び声を飲み込むことにした。

蕭席楓は羅飛に目配せして感謝を伝えると、引き続き涂小猫への最後の催眠に取り掛かった。

「UFOは上昇を続け、もう宇宙にまで到達した。少し寒いかもしれないが、心配ない、それが正常な反応だ。君はゆっくり眠りに落ち、次に目を覚ました頃は自分の星に帰れている。そこは君の故郷で、たくさんの仲間がいるし、君のお父さんとお母さんもいる。みんな君が帰ってくるのを待っている……」

涂小猫の口元に笑みが浮かんだが、すぐにがっかりした様子で口を開いた。「でもそんな星どこにも見えないよ。目の前が真っ暗だ」

蕭席楓はためらったが、誘導を続けた。「ほら目の前だ。暗闇の片隅でその星は光を放っている……」

涂小猫の眼球がまぶたの下で動き回る。焦り、うろたえているようだ。

突然何かを思い出した羅飛は書斎に駆け込んだ。ソファのそばには床置き電気スタンドがあり、パラソル形の真っ黒なランプシェードをかぶっている。

羅飛はランプシェードを外し、携帯している十徳ナイフを取り出すと、その中の錐を使ってランプシェードのてっぺんに穴を数十箇所開けた。穴を開けながら彼は室内を歩き回り、その間に照明を全て消すとリビングに戻った。

蕭席楓は羅飛の意図が読めず、不可解な表情で彼を見つめている。

羅飛がリビングの照明も消すと、室内は指先すら見えないほどの闇に包まれた。次に羅飛は高輝度懐中電灯を取り出してスイッチを入れ、しゃがんで懐中電灯をＵＦＯのそばに立てて置いた。一筋の光のビームが天井を投射する。続けてさっきのランプシェードを懐中電灯の上にかけると、光の束がランプシェードの小さな穴を通過して天井に数十ものまたたく光点を映し出した。

羅飛の真意をつかんだ蕭席楓が再び口を開いたとき、言葉には先ほど以上に強い自信が宿っていた。

「さあ目を開けて」蕭席楓は涂小猫の額を軽くなでた。「頭上に輝く満天の星々を見るんだ」

涂小猫は両目を開けた。暗闇の世界の中で彼はついに温かく輝く光点を目にした。

「あっ、見えた――」涂小猫は喜びに満ちた声をあげた。「なんてきれいな星空なんだ」

「一番輝いている星が見えるか？」

「うん、見つけた。あそこにある。一番輝いて大きな星だ」

「あそこが君の故郷、君の星だ。ＵＦＯであの星まで向かっているんだ」

数秒の沈黙のあと、涂小猫は小さくつぶやいた。「家に帰るんだ……」弱々しくもあり、落ち着いてもいたその声は、これから眠りにつく子どものようだった。

エピローグ

今年の夏初めての雨は、神がすすり泣いているようにしとしと降っている。

涂連生《トウーリエンション》の墓が開けられ、小さな骨壺《こつつぼ》が添えられると、墓の主とともに安らかな眠りについた。

「感謝しなければなりませんね」蕭席楓《シャオシーフォン》が隣にいる羅飛《ルオフエイ》に言った。「彼の尊厳のために身を引いてくれてありがとうございます」

羅飛はそっとため息を吐いた。「知らないと思いますが、この事件の真犯人を捕まえる日が来たら、お前は何の資格があってあんなに多くの人間を殺したんだ？　お前にこの世界を裁く資格があるのか？　と問いつめてやるつもりだったんです。ですが涂小猫《トウーシヤオマオ》と対峙した瞬間、自分こそ彼にそんな疑問をぶつける資格がないと思いました。なぜなら彼がこの世界に反逆したわけではなく、この世界が彼を見捨てたわけですから」

「こう理解していいでしょうか――」蕭席楓がほほ笑みながら尋ねる。「頑なに守っていた法律より自身の感情を最終的に優先したと？」

「そうかも……しれません」図星だと言わんばかりに、羅飛は眉間に力を入れた。

何かを読み取った蕭席楓は少し考えてから羅飛に質問した。「不眠症はどうですか？」

羅飛が苦笑する。「まだ薬の世話になっています」

「事件はもう終わったのですから、もう心配することなどないでしょう？」

今回の騒動を乗り越え、羅飛と蕭席楓にはある種の信頼関係ができていた。それで羅飛は率直に語った。「自分の心には悪魔が宿っていて、意識がはっきりしているときはそいつを制御できるんですが、催眠にかけられた場合、その悪魔が抜け出して極めて重大な結果をもたらすことになるかもしれないんです」

「だから催眠にかけられるのを恐れているのですか？」蕭席楓は笑い飛ばした。「そこまで目が節穴な者などいますか？　誰がわざわざあなたのような名刑事に喧嘩を売るというのです？」

「ある勢力が闇に潜伏しています」羅飛は焦燥感を込めて言った。「大きなダメージを負いましたが、そのうち再起を図るでしょう」

「そうなのですか？」蕭席楓はたまらず尋ねた。「いったい何者なんです？」

羅飛は答えなかった。しかし恐ろしい声がこのときも彼の心に鳴り響いていた。

——エウメニデス！

訳者あとがき

中国全土を揺るがせたあの催眠師大会から半年、龍州でまた不可解な事件が起きる。息を呑むほど美しい女性モデルが硫酸風呂に浸かり、顔に幸せそうな笑みを浮かべたまま息絶えていたのだ。続けて、そのモデルの元恋人で成金のドラ息子が、女優を模した精巧なラブドールに覆いかぶさって股間を血まみれにしながら恍惚の表情で昇天していた。捜査の指揮を執る刑事隊長の羅飛は、過去の経験を踏まえて、被害者に催眠術が使われたと見る。しかし半年前に催眠術でハトやゾンビになりきり、結果的に命を落とした被害者と異なり、今回の被害者はいずれも自ら進んで激しい肉体的損傷を受けて亡くなっている。催眠術とは対象の欲望を刺激し、実際の行動に誘う技術であって、対象者の意思に反する行動はさせられない。ならば彼女らを酸の風呂に入れ、カミソリ入りラブドールを抱かせるに至った欲望の正体とは？　というのが本書のおおまかなあらすじです。

やっぱりつかみがうまいなと翻訳中に改めて思いました。浴槽で眠るように死んでいる美女はいかにも絵になるし、カミソリ入りラブドールで性器がズタズタになるなど想像しただけで股間が凍ります。〈邪悪催眠師〉シリーズの第二部である本作は、前作よりもグロテスクで猟奇的なシーンが多く、眉をひそめるような無神経な表現や描写も目立ちますが、私は三部作の中でこの作品が一番好きです。第一部は催眠師という未知の相手に主人公の羅飛が終始振り回され、催眠術の専門家・凌明鼎に協力を仰ぎつつ、彼の因縁に巻き込まれ、彼なくして捜査が進まないほどアドバンテージを奪われていました。一方本作では、前回の戦いを経てすっかりセミプロ並みの催眠術の知識を持つ羅飛が警察組織の力のみを頼りに、姿の見えない催眠師を追い詰めようとしています。また、防犯カメラの映像の確認、関係者への聞き込み、現場検証などにテキパキと指示を出し、刑事としての仕事を地道にこなすかたわら、催眠術がトラウマになって不眠症になり、ついには捜査方針に自信が持てなくなったという弱音もこぼします。第一部が羅飛の過去の掘り下げに筆を割いていたのに対し、第二部ではその内面や人物像に焦点を当てていて、正義の体現者たろうとする刑事の意外な一面や本音を垣間見ることができます。

本作が中国で出版されたのは二〇一四年。前作同様、実在の事件をモデルにした出来事が登場します。中でも食用にする犬を積んだトラックが愛犬家グループに走行を阻止されたというニュースは、中国で今でも聞きます。中国には徐州市の沛県以外にも犬肉を食べる地域がありますが、それらの行為に対し、文化ではなく犬への虐待だとして反対運動が起こるようになりました。また、作中でペットの血統書付きゴールデンレトリバーも食用として輸送されていたように、犬の来歴がわからず衛生面が保証されていないという問題もあります。反対運動が大きくなったのは二〇一〇年前後と記憶していますが、それに伴い、運動を偽善と指摘する声もネットで聞こえるようになりました。作者の周浩暉はそうしたネットの傾向を敏感にキャッチしたのか、一部の愛犬家もまた迷惑で浅はかな存在として描いています。

生活や消費スタイルがめまぐるしく変化する中国ですが、作中で関係者が利用するオンラインモール「タオバオ」は今ではすっかり生活に欠かせなくなり、容疑者が扮した配達員は彼らがいなければ生活が成り立たない存在になりました。一方、微信にすっかりお株を奪われたQQも、作中では関係者の重要な足跡を残すチャットアプリとして存在感を放っています。ただし、流行に疎くデジタルに弱い羅飛は当時からすでに中国の発展のスピードについていけなかったようです。そして、聞き慣れない言葉やパソコン画面の見慣れない表示に遭遇するたびに助手の劉に助けを求めます。こういう風に羅飛がエリート刑事からただのおじさんに戻るシーンが個人的に好きなので、凄惨な殺人事件が続く第二部ではそういったシーンが一種の清涼剤のように感じられました。

中国のサスペンス・ミステリー界隈では「殺され役」としてお馴染みとなった「富二代」（富豪の子ども）や「官二代」（官僚の子ども）も登場します。小悪党というイメージがすっかり定着してしまったため、フィクションの中で殺されてもあまりかわいそうに思われないし、横暴であればあるほど犯人への同情が高まるという、本当に便利な存在になりました。しかし金持ちで傲慢なドラ息子や世間知らずのボンボンばかりか、一攫千金を夢見て上京した貧乏な若者すら犯人にとって一本の線で結ばれ、一緒くたに殺されてしまうというところに本作の凄みがあります。

本書は、二〇二〇年に早川書房から刊行された『死亡通知書　暗黒者』、二二年にハーパーコリンズ・ジャパンから出た『邪悪催眠師』第一部に続く、日本で三冊目となる周浩暉の翻訳小説です。日本語版は、著者が刊行後に手を入れた改訂版の原稿を翻訳しており、また一部著者の許諾のもと修正したため、現在中国語で読めるものと若干異なります。残念ながら、近年作者に特に動きがないため、新作の報告はありません。ですが映像界隈では大きな進展があり、『死亡通知書　暗黒者』を原作とする映画『暗殺風暴』が二三年に公開。また、『邪悪催眠師』三部作を一シーズンにまとめたドラマ『無眠之境』も二三年に配信され、二五年には日本語版ブルーレイディスクが発売されます。

最終巻となる第三部では、凌明鼎以上の実力を持ちながら、警察の捜査に非協力的で一筋縄ではいかない催眠師が登場します。羅飛は新たな催眠犯罪にどう立ち向かうのか。そしてどのようないきさつで龍州から『死亡通知書　暗黒者』の舞台へ向かうのか。日本に紹介できる機会を待ちたいと思います。

二〇二四年十一月

阿井幸作

訳者紹介　阿井幸作
北海道生まれ。北海学園大学卒業。北京市の中国人民大学に語学留学中に中国のミステリ小説に興味を持ったことがきっかけで、ライターと翻訳家の道へ。訳書に周浩暉『邪悪催眠師』(ハーパー BOOKS)、孫沁文『厳冬之棺』、陸秋槎『ガーンズバック変換』(共訳)(以上早川書房)、紫金陳『知能犯の時空トリック』(行舟文化)がある。北京在住。

ハーパーBOOKS

7人殺《にんころ》される

2024年12月25日発行　第1刷

著　者　周《しゅう》 浩暉《こうき》
訳　者　阿井幸作《あいこうさく》
発行人　鈴木幸辰
発行所　株式会社ハーパーコリンズ・ジャパン
東京都千代田区大手町1-5-1
04-2951-2000(注文)
0570-008091(読者サービス係)

印刷・製本　中央精版印刷株式会社

定価はカバーに表示してあります。

ISBN978-4-596-52926-8